DE INSIDER

Ava McCarthy

DE INSIDER

De Fontein

Oorspronkelijke titel: *The Insider*

Vertaald uit het Engels door: Anne Jongeling
Omslagontwerp: Studio Jan de Boer, Amsterdam
Zetwerk: Het Vlakke Land, Rotterdam
ISBN 978 90 261 2502 7
NUR 332

www.defonteinboeken.nl

1

HARRY STOND OP HET PUNT iets te doen waarvoor ze in de gevangenis kon belanden. En ook al was dat niet ongebruikelijk in haar werk, toch zat ze nu met klamme handen.

Ze schoof haar beker koffie opzij en keek naar de glazen deuren van het gebouw aan de overkant van de straat. Haar ogen traanden in de felle aprilzon. De eerste keer dat ze zoiets ondernam was op haar dertiende, en ze was er bijna voor gearresteerd. Maar dit keer zou ze ermee wegkomen.

Aan de overkant zwaaiden de deuren open en ze schoot met een ruk overeind. Het was alleen maar de motorkoerier die naar buiten kwam. De enige bezoeker in de afgelopen twintig minuten. Harry schoof heen en weer op het harde aluminium van haar stoel. Geheid dat haar rug er straks uit zou zien alsof er een luxaflex in was gebeiteld.

'Wil je nog iets bestellen?'

De café-eigenaar, zo gedrongen als een buldog, stond vlak voor haar met zijn armen over een vlekkerig schort gekruist. De boodschap was duidelijk. Het was lunchtijd en ze hield het tafeltje op het terras al bijna een uur bezet. Tijd om te vertrekken.

'Ja, graag.' Ze schonk hem haar liefste lachje. 'Spa rood, alstublieft.'

Hij zette haar koffiekopje op een dienblad en slofte weer naar binnen. De deuren aan de overkant zwaaiden nogmaals open en nu stapten er vijf jonge vrouwen naar buiten, gekleed in identieke, blauwgroene uniformen. Ze slenterden over de stoep en namen om de beurt een trekje van één enkele sigaret, als duikers die hun laatste persluchtfles deelden. Harry kneep haar ogen tot spleetjes om hun gezichten te bekijken. Ze waren stuk voor stuk te jong.

Ze leunde naar achteren en zette haar voeten naast elkaar op de grond. Ze had de hele tijd met haar benen over elkaar gezeten en nu prikte haar panty onder haar donkerblauwe pakje en had ze kramp in haar enkels gekregen. 's Morgens had ze nog lopen dubben of ze gewone platte schoenen aan zou trekken of die met het hakje en de gouden gespen, en zoals gewoonlijk was ze weer gezwicht voor het glimmende werk. Hopelijk hoefde ze de komende drie kwartier niet te rennen.

Terwijl ze haar voeten probeerde te ontspannen, luisterde ze naar het gekletter van bierfusten die in een nabijgelegen steeg werden gelost. Door de open cafédeur kwam de geur van verschaald bier naar buiten, muf als rottend fruit. Pal voor haar neus bleef een bus stilstaan en blokkeerde haar uitzicht op de deuren.

Shit, ze had op die bushalte moeten letten voordat ze hier ging zitten. De motor ronkte stationair terwijl de passagiers een voor een uitstapten. De lucht trilde door de hete dieseldampen zodat de bus en het gebouw erachter bibberden als in een fata morgana.

Jezus, had heel Dublin soms in die bus gezeten?

Ze probeerde door de stoffige ruiten heen het gebouw aan de overkant in de gaten te houden, maar het enige wat ze kon zien was het bovenste gedeelte van de deurpost. Het zonlicht werd blikkerend weerspiegeld in het metaal toen de deuren weer open gingen, maar Harry kon niet zien wie er naar buiten was gekomen.

Ze schoof haar stoel achteruit en liep op een drafje een paar meter verderop totdat ze de entree weer goed kon zien. Het trottoir was leeg.

Harry keek op haar horloge. Het werd al laat, maar het was te riskant om haar volgende stap te nemen. Vooralsnog.

De buschauffeur gaf gas om zich weer tussen het verkeer te voegen. Met gebalde vuisten wachtte Harry tot hij weg was. Toen ze weer goed zicht had, zag ze hoe een vrouw halverwege de straat in tegenovergestelde richting van de meisjes liep. Ze was ouder dan zij, eind veertig of ergens daaromtrent, en ze was alleen. Ze bleef stilstaan bij het zebrapad en keek naar rechts en naar links.

Harry's vingers ontspanden zich. De blonde highlights in haar kapsel waren nieuw, maar verder zag ze er precies zo uit als de foto op haar website.

Ze wachtte tot de vrouw weg was, wierp wat muntgeld op tafel en stak de straat over.

Het was een stuk koeler en rustiger aan de andere kant van de glazen deuren. Harry liep op de receptioniste af en nam ondertussen de omgeving in zich op. Er stond een lage tafel met zakelijke tijdschriften tegen de ene muur. Links zag ze dubbele, grote glazen deuren en rechts van haar hetzelfde. De enige ontsnappingsroute, mocht ze die nodig hebben, was via dezelfde weg als waarlangs ze was binnengekomen.

Harry produceerde weer een glimlachje uit haar repertoire; de afgemeten grimas van een drukbezette zakenvrouw die geen tijd had voor grapjes.

'Goedendag, mijn naam is Catalina Diego,' zei ze tegen het meisje achter de balie. 'Ik heb een afspraak met Sandra Nagle.'

Het meisje hield haar blik strak op het beeldscherm gericht. 'Die is gaan lunchen.'

'Maar ik zou haar hier om halftwaalf treffen.'

Het meisje kauwde op het uiteinde van haar potlood en trok haar schouders op. Haar lippen waren slordig gestift met roze lipgloss waarvan een beetje op haar potlood terecht was gekomen.

Harry boog zich iets verder over de balie. 'Ik organiseer de training voor de helpdesk. Hoe lang blijft ze weg?'

Het meisje haalde haar schouders weer op en klikte met de muis van haar computer. Harry wilde hem wel uit haar handen rukken om ermee op haar knokkels te rammen.

'Ik kan hier niet zomaar blijven rondhangen,' zei Harry. 'Ik zal zonder haar moeten beginnen.'

Ze draaide zich om en liep naar de deuren aan de linkerkant, alsof ze precies wist waar ze moest zijn. De receptioniste kwam half overeind uit haar stoel en het potlood viel kletterend op haar bureau.

'Ik ben bang dat ik u niet zomaar naar binnen mag laten zonder toestemming van mevrouw Nagle.'

'Luister eens ...,' Harry keerde zich om en keek op het naamplaatje van het meisje. '... Melanie. Het heeft me een maand gekost om deze training op poten te zetten. Als ik nu wegga, kom ik pas weer over een maand terug. Wil je soms dat ik Sandra uitleg hoe het kwam dat ik niet kon beginnen?'

Harry hield haar adem in en zette zich schrap. Als iemand haar op die manier had proberen af te bluffen, had diegene wat kunnen meemaken. Maar Melanie knipperde alleen maar met haar ogen en liet zich weer in haar stoel vallen. Harry nam het haar niet kwalijk. Die ochtend had ze

Sandra voor het eerst gesproken toen ze de bank belde als zogenaamde rekeninghouder met een klacht. Haar naam en foto had ze op de site van de bank gevonden, op de pagina waar hoog werd opgegeven over hun ongeëvenaarde klantenservice. Nadat ze haar twee minuten aan de lijn had gehad, was Harry tot de slotsom gekomen dat de vrouw een kreng was en het zag ernaar uit dat Melanie die mening deelde.

Melanie slikte en schoof een bezoekerslijst over de balie. 'Goed dan, maar dan moet u zich eerst intekenen. Hier uw naam, en de datum, alstublieft.'

Harry voelde iets opfladderen in haar maag toen ze de gegevens neerkrabbelde. Melanie gaf haar een badge en wees naar de deur links van Harry.

'Die kant op. Ik doe wel even open.'

Harry bedankte haar en gaf zichzelf in gedachten een pluim. Ze herinnerde zich de pluimen van haar vader als het haar was gelukt om te bluffen met poker. 'Niks lekkerder dan die overwinningsroes met een lege hand,' had hij met een knipoogje gezegd.

Een lege hand was het zeker. Ze bevestigde de badge aan haar revers en liep op de deuren af. Het veiligheidsslot zoemde en op de scheidingswand ging een groen lampje branden. Ze rechtte haar rug en duwde de zware deuren open. Ze was binnen.

2

Leon Ritch had al acht jaar niets meer van de Profeet gehoord, en hij had vanuit de grond van zijn hart gehoopt nooit meer iets van hem te horen. Hij krabde aan zijn baard van twee dagen en las het mailtje nog een keer.

Misschien was het een grap. Iedereen kon ondertekenen met 'De Profeet', toch? Hij controleerde het adres van de afzender. Dat was anders dan de laatste keer, maar net zo vreemd: an763398@anon.obfusc.com. Hij overwoog nog even om het te traceren, maar wist al bij voorbaat dat dit geen zin had. Het laatste adres van de Profeet was herleid naar een remailersysteem. Een dood spoor. Wie het dan ook was, hij wist beslist hoe hij zijn identiteit verborgen moest houden.

Behalve hij waren er nog drie anderen op de hoogte van het bestaan van de Profeet. Een daarvan zat in de gevangenis en een andere was dood. Dan bleef alleen Ralph nog over.

Leon toetste een nummer in dat hij al heel lang niet meer gebeld had.

'Met mij,' zei hij.

'Sorry, met wie?'

Leon hoorde het geroezemoes van mannenstemmen op de achtergrond. Waarschijnlijk zat Ralph in een vipmeeting van de bank, waar hij zich met zijn ellebogen een plekje moest zien te verwerven op een bedrijfsborrel. Ooit had hij zelf furore gemaakt in die wereld.

'Doe niet zo lullig, Ralphie.'

Hij hoorde de mannen bulderend lachen, maar het geschater dimde allengs totdat het was getemperd tot een holle echo. Het klonk alsof Ralphie-Boy zich op het herentoilet had teruggetrokken.

'Is het daar beter?' vroeg Leon.

'Waar ben jij in vredesnaam mee bezig?'

'Ik wilde gewoon een oude vriend bellen. Het is echt een dag voor een stem uit het verleden.'

'Waar heb je het over? Ik had je gezegd nooit meer contact met me op te nemen.'

'Ja, ja, ik weet het wel. Luister 'es, Ralphie-Boy, ben je vlak bij je bureau?'

'Ik zit midden in een bestuursvergadering en ik kan niet...'

'Mooi zo. Ik stuur nu een mail naar je privéadres. Ga 'm lezen.'

'Wat? Ben je gek geworden?'

'Doe het nou maar gewoon. Ik bel je over vijf minuten terug.'

Leon hing op en ging weer achter zijn pc zitten. Hij klikte het mailtje opnieuw aan en stuurde het door naar Ralphs adres.

Hij draaide zijn bureaustoel en staarde door het raam naar de glasbakken en vuilniscontainers die in een rijtje op de kleine parkeerplaats achter zijn kantoor stonden. Pal tegenover hem zag hij de smerige achterkant van het plaatselijke Chinese afhaalrestaurant, De Gouden Tijger. Een chique naam voor een ranzige aanslag op je gezondheid.

Een jonge Chinees in een witte overall kwam uit de achterdeur gestapt en smeet een zak met god weet wat voor troep in de vuilnisbak onder Leons raam. Hij trok zijn neus op bij de knoflookwalm en zijn maag trok samen. De meeste winkeleigenaren hadden dezelfde smerige lucht om zich heen hangen; als ze met hun papieren langs waren geweest was Leons kantoortje doortrokken van hun geur. Zijn maagzweer speelde gemeen op.

'Rijke Leon,' hadden ze hem vroeger genoemd. Hij werkte zestien uur per dag en sloot de grootste deals af. Hij was toen een echt grote jongen, met miljoenen op zijn bankrekening en een trofeebruidje aan zijn arm. Zijn huwelijk van twintig jaar lag inmiddels in de goot, naast zijn reputatie en zijn banksaldo.

Leon kneep zijn ogen dicht. Als hij aan zijn huwelijk dacht, moest hij ook meteen aan zijn zoon denken, en dat was nog erger dan die maagzweer. Hij concentreerde zijn aandacht op de brandende pijn in zijn maagwand, en probeerde het beeld van Richard, zoals hij hem die ochtend op het treinstation had gezien, uit zijn gedachten te bannen. Het was bijna een jaar geleden dat hij zijn zoon voor het laatst had gesproken.

Hij had de hele nacht zitten pokeren en was met de metro naar kantoor gegaan, als haringen in een ton met de rest van de forenzen. Hun afkerige blikken vertelden hem wat hij al wist: dat zijn ogen roodomrand waren, zijn adem stonk en de bacteriën onder zijn oksels een orkaan uitwasemden.

Zijn wagon stopte bij een kluwen schooljongens op het perron bij Blackrock. Hij had wezenloos door het raam naar ze staan kijken. En toen stokte de adem in zijn keel. Donker haar, ronde ogen, sproetjes als modderspatten. Richard. De passagiers drongen zich voor hem langs, maar hij had hen met zijn ellebogen opzij geduwd om nog een blik op zijn zoon te kunnen werpen. Doordat hij een kop groter was dan de rest van de jongens, was hij makkelijk te zien. Hij was lang geworden. Leon voelde zijn borst opzwellen. De jongen zou net zo lang worden als zijn moeder, en niet gedrongen zoals hijzelf.

Leon had zich nog dichter naar de deur gemanoeuvreerd. De voorste van Richards vrienden wurmde zich al de wagon in, en van dichtbij kon hij het embleem van het Blackrock College op zijn blazer zien. Leon fronste zijn wenkbrauwen. Maura had er niets over gezegd dat Richard naar een andere school was gegaan. Maar hij had haar dan ook al een hele tijd niet meer gesproken. Hij vroeg zich af wie het schoolgeld betaalde.

Nu stond Richard ook bij de deur. Leon richtte half zijn arm op en wilde net zijn aandacht trekken, toen hij het deftige accent van Richards vrienden opmerkte. Op hetzelfde moment werd hij zich bewust van de zurige lucht van zijn kleding, de vlekken op zijn windjack en zijn ongeschoren kin. Zijn hand bleef midden in de lucht steken.

'Richard!'

De jongen draaide met een ruk zijn hoofd om en keek naar het perron achter hem. Leon liet zijn arm langs zijn lichaam vallen en keek door het raam naar buiten. Er rende een blonde man van in de veertig op de trein af. Hij was gekleed in een donkere, wollen overjas en had een rode sporttas in zijn hand. Hij gaf de tas aan Richard en woelde de jongen nog even door zijn haar. Leon zag een brede glimlach op het gezicht van zijn zoon verschijnen, en hij voelde een scherpe steek in zijn maag, alsof hij net een handvol glasscherven had ingeslikt. Langzaam had hij zich omgedraaid en was door de menigte naar de andere kant van de wagon geschuifeld. Daar was hij blijven zitten, aan het oog onttrokken, totdat hij er zeker van was dat zijn zoon weer was uitgestapt.

Hij schrok op bij het gerinkel van flessen. Op de parkeerplaats buiten was de jonge Chinees weer verschenen, dit keer om de ene na de andere glazen pot in de glasbak te kieperen. Leon wreef over zijn gezicht en haalde diep adem om die pijnlijke knoop uit zijn maag te krijgen. Misschien moest hij zich morgen maar eens fatsoeneren. Misschien ging hij Richard wel opzoeken.

Hij keek op zijn horloge. Tijd om Ralphie-Boy opnieuw te bellen. Hij schraapte zijn keel en toetste het nummer in.

'Heb je het al gelezen?' vroeg hij zodra Ralph opnam.

'Wat is dit voor zieke grap?'

'Je haalt de woorden uit mijn mond.'

'Denk je soms dat ik dit naar je heb gestuurd? Ik wil hier niets mee te maken hebben.' Hij klonk alsof hij een droge mond had.

'Wat scheelt eraan, Ralphie? Ben je bang?'

'Natuurlijk ben ik hartstikke bang. Er staat voor mij veel op het spel, meer dan voor jou.'

Leon klemde zijn vingers steviger om de hoorn. 'En acht jaar geleden heb je dat allemaal kunnen behouden dankzij mij, laten we dat niet vergeten, oké?'

Ralph slaakte een zucht. 'Wat wil je precies van me, Leon? Nog meer geld soms?'

Goede vraag. In eerste instantie wilde hij er alleen maar zeker van zijn dat Ralph deze mail niet had verstuurd, maar nu kwam er een andere gedachte in hem opborrelen.

'Dus je hebt de mail gelezen?' vroeg Leon.

'Ja. Hij schrijft dat het meisje het heeft. Nou en?'

'Nou, misschien wil ik het wel terug.'

'Denk je dat ze je het zomaar zal geven? En wat nou als hij ernaast zit?'

'De Profeet heeft nog nooit ergens naast gezeten,' zei Leon. 'En hij heeft het bewijs, zegt-ie.'

'Wat mankeert jou toch? Wil je soms dat we allebei in de gevangenis belanden?'

Leons blik gleed weer naar het raam. Misschien was het achteraf bezien niet eens zo verkeerd om een bericht van de Profeet te krijgen. Misschien was dit zijn kans om weer op te krabbelen.

'Ik weet misschien wel iemand,' zei Leon. 'Ik heb al vaker met die gast gewerkt. Hij kan het oplossen.'

'Dit bevalt me voor geen meter.'

'Dat hoeft ook niet, Ralphie.'

Leon smeet de hoorn op de haak en wierp weer een blik naar buiten. Dit keer was hij blind voor de graffiti op de muren en de uitpuilende vuilnisbakken. Hij zag voor zich hoe hij pas geschoren, tien kilo lichter en gekleed in een Italiaans kostuum aan het hoofd van een vergadertafel zat. Hoe hij een smaakvolle wollen overjas droeg en Richard toejuichte tijdens een rugbywedstrijd op school. Leon knarsetandde en balde zijn handen tot vuisten.

Dat meisje had iets wat van hem was en hij wilde het terug.

3

'GOEDEMIDDAG, MET DE SHERIDAN BANK...'

'... er is niets te vinden bij uw transacties, meneer Cooke. Zal ik een ander rekeningnummer van u proberen?'

De lucht gonsde van zo'n dertig verschillende gesprekken door elkaar. De meeste stemmen waren vrouwelijk en ze vulden de ruimte als beleefd zoemende hommeltjes. Harry liep tussen de bureaus door, elk daarvan afgeschermd door een blauwe scheidingswand, en luisterde met een half oor naar de telefonerende meisjes. Ze had zelf ook een rekening bij Sheridan. Misschien moest ze hierna maar van bank veranderen.

Er waren genoeg lege bureaus, maar Harry wilde er een achterin. Ze liep naar de andere kant van het vertrek en wist een leeg bureau in de hoek te bemachtigen. Ze legde haar tas op de stoel en wachtte totdat het meisje met het ronde gezichtje op de werkplek naast die van haar het gesprek had beëindigd.

'Nogmaals mijn excuus, mevrouw Hayes. Tot ziens.'

Het meisje typte iets in op haar computer en gaf Harry een knipoogje. 'Alweer een ontevreden klant.'

Harry glimlachte. 'Zijn er ook andere klanten dan?'

'Niet hier in elk geval.'

Harry stak haar hand uit. 'Ik ben Catalina. Ik zou hier deze middag beginnen.'

'O, wat leuk. Ik heet Nadia.' Ze schudde Harry's uitgestoken hand. Haar nagels waren lang en bloedrood gelakt, en aan elk van haar mollige vingers had ze zilveren ringen, zelfs aan haar duim.

Harry maakte een gebaar naar het lege bureau. 'Is het goed als ik deze neem?'

'Natuurlijk, hij is vrij.'

Harry ging zitten en deed de pc aan. 'Volgens mij ben ik nog niet aangesloten op het systeem. Zou jij me kunnen inloggen, denk je?'

Nadia aarzelde even. 'Dat mag ik eigenlijk niet.'

Gewoon achteloos blijven. 'Ah, ik begrijp het. Ik wilde alleen even een kijkje in het helpdesksysteem nemen voordat mevrouw Nagle zo meteen terugkomt van haar lunch.'

Nadia beet even op haar onderlip, en liet toen een glimlachje zien. 'Waarom ook niet? We willen niet dat ze jou op je eerste dag al over de knie legt, toch?'

Ze deed haar headsetje af, liep naar haar toe en boog zich naar voren om haar gebruikersnaam en wachtwoord in te typen. Harry rook een mengeling van Calvin Klein en pepermuntjes.

'Alsjeblieft,' zei Nadia.

'Dank je. Ik sta bij je in het krijt.'

Harry wachtte tot Nadia weer achter haar eigen bureau zat en bezig was met een ander telefoontje. Ze verzette haar scherm een beetje zodat niemand kon zien wat ze uitspookte en ging aan de slag.

Met een paar toetsaanslagen was ze al vanuit het helpdeskprogramma in het besturingssysteem. Harry schudde haar hoofd en zei bijna hardop 'tuttut'. Ze mochten de boel hier wel eens beter beveiligen.

Ze speurde de harde schijf van de pc af en dook in allerlei bestanden en directories, maar het was gewoon een standaard desktop zonder wat voor geheimen dan ook. Ze klikte met de muis en kreeg snel een overzicht van al haar netwerkconnecties:

F:\\Jupiter\shared
G:\\Pluto\users
H:\\Mars\system
L:\\Mercurius\backup
S:\\Saturnus\admin

Dat leek er meer op. Zo kon ze de centrale database van de bank binnenkomen.

Harry werkte de lijst van aangesloten apparaten stap voor stap door en probeerde toegang te krijgen. Bij sommige kon ze direct hun bestanden bekijken, maar bij de meeste werd ze al na één toetsaanslag geblokkeerd. Ze groef dieper, op zoek naar iets bruikbaars. En toen had ze beet: het bestand met de lijst wachtwoorden. Hier waren alle gebruikersnamen en wachtwoorden opgeslagen van iedereen die op het netwerk was aangesloten. Dit was haar sleutel tot het systeem. Ze dubbelklikte met haar muis en probeerde het bestand te openen. Beveiligd.

Harry fronste haar wenkbrauwen en keek op haar horloge. Haar hart ging sneller slaan. Ze zat hier nu al twintig minuten en ze had nog een heleboel te verkennen. Ze liet het bestand met wachtwoorden links liggen en begon het netwerk door te spitten; ze kroop in elk filesysteem en snuffelde tot in elke uithoek. Ze wist precies waarnaar ze zocht en het móést ergens zijn. En ja hoor, hebbes, opgeborgen op een gedeelde drive die voor iedereen toegankelijk was: de onbeschermde reservekopie van het bestand met wachtwoorden.

Harry voelde haar nekhaartjes kriebelen, zoals elke keer als ze een systeem had kunnen hacken dat zogenaamd beveiligd was. Ze wilde een roffel op het bureaublad slaan, maar alles op zijn tijd.

Ze opende de reservekopie en speurde de inhoud af. De gebruikersnamen waren gewoon leesbaar, maar de wachtwoorden waren gecodeerd. Harry wierp een blik over haar schouder. Nadia zat met een klant aan de telefoon en typte met klakkende nagels op het toetsenbord.

Harry liet haar hand in haar jaszak glijden, viste er een disk uit en stopte die in de computer. Er zat een programma op om wachtwoorden mee te kraken, en ze liet het los op de reservekopie. Ze boog zich over een computerhandleiding, en terwijl het programma zijn werk verrichtte deed ze net alsof ze door de handleiding bladerde.

Het kon even duren, zoals wel vaker het geval was bij het kraken van een woordenlijst. Het programma liep de gehele lijst af, decodeerde elk woord en probeerde een match te vinden. Daarna waren de letter- en cijfercombinaties aan de beurt. Maar uiteindelijk had ze alle wachtwoorden die ze nodig had.

Harry keek weer op haar horloge. Ze kreeg kippenvel in haar nek dat ze met haar vingers wegmasseerde. De supervisor zou met een minuut of tien terugkomen, en het kraken zou nog vijftien minuten in beslag nemen. Het zou erom spannen. Maar zo ging het altijd bij een inbraak. Daarom was het zo onweerstaanbaar.

Haar vader had altijd gezegd dat ze een inbreker zou worden, al sinds die ene dag waarop ze een baksteen door het keukenraam had gegooid en naar binnen was geklommen. Toen ze thuiskwam uit school had ze voor een gesloten deur gestaan, maar het enige wat haar interesseerde was de poortscan die ze die ochtend had aangezet; ze wilde weten of er misschien iets op haar computer was gevonden. Ze probeerde dit aan haar vader uit te leggen toen hij later met een ongelovige uitdrukking op zijn gezicht door de glasscherven liep. Ze wist vrijwel zeker dat hij haar pc zou afpakken, maar in plaats daarvan had hij de processor een upgrade gegeven en kreeg ze haar eigen huissleutel. Op die dag was hij bij de elfjarige Harry flink in aanzien gestegen.

Ze had ook een nieuwe naam, omdat haar vader haar toen Harry was gaan noemen. Soms had ze liever een exotische Spaanse naam gehad, zoals haar zusje. Amaranta was lang en had asblonde lokken. Toen zij werd geboren was Harry's moeder nog steeds verkikkerd geweest op haar charmante half-Ierse, half-Spaanse echtgenoot. Tegen de tijd dat Harry ter wereld kwam, waren ze vanwege zijn financiële rampspoeden al noodgedwongen van een landhuis naar een krappe etagewoning verhuisd, en was haar moeders passie voor Spaanse namen verflauwd. Harry was degene die haar vaders gitzwarte ogen en zijn blauwzwarte krullen had geërfd, maar daar was haar moeder niet van onder de indruk. Ze verwierp alles wat maar enigszins Spaans was, en vernoemde haar dochter naar haar eigen moeder Henrietta, een nuffige dame uit het noorden van Engeland.

'Wie heeft er nou ooit gehoord van een inbreker die Henrietta heet?' had haar vader na het incident met het keukenraam verkondigd, en sindsdien had hij haar steevast Harry genoemd. En sindsdien luisterde ze naar geen enkele andere naam.

Harry controleerde het kraakprogramma. Bijna klaar. Ze scande de lijst met wachtwoorden die al in leesbare tekst waren omgezet. Daar had je die van Nadia. Gebruikersnaam 'nadiamc', wachtwoord 'diamanten'. Die van Sandra was 'sandran' en haar wachtwoord 'standvastigheid'. Ze schudde haar hoofd. Daar had ze niets aan. Wat ze nodig had was een klinkende account, een met speciale privileges.

En daar was-ie dan, helemaal onder aan de lijst. Het wachtwoord van de netwerkbeheerder: asteroid27. Haar tenen wiebelden in de punten van haar schoenen. Nu was ze net een beveiligingsmedewerker met een loper voor het hele gebouw: ze kon overal naar binnen en het netwerk lag aan haar voeten.

Ze logde in onder haar nieuwe privilegestatus en haalde meteen het auditprogramma van het netwerk af. Op deze manier zouden haar activiteiten nergens in de auditlogboeken worden geregistreerd. Ze was onzichtbaar.

Harry liep de servers af en dook in elk bestand dat haar interessant leek. Bij bepaalde gegevens waartoe ze nu toegang had, sperde ze haar ogen wijd open: kredietlimieten van cliënten, bankrevenues, salarissen van het personeel. Ze kon de e-mail van iedereen lezen, inclusief die van de president van de bank.

Ze ging een andere database binnen en probeerde enige logica te ontwaren in al die cijfers voor haar neus. Haar vingers bevroren bijna op de muis toen ze zich realiseerde dat ze naar zo ongeveer de vertrouwelijkste informatie keek die een bank maar kon hebben: rekeningnummers, pincodes, creditcardgegevens, gebruikersnamen en wachtwoorden. Het was het soort spul waar hackers van dromen, en het meeste ervan was niet eens gecodeerd.

Harry scrolde langs de gegevens. Het was een fluitje van een cent om geld van deze rekeningen te halen. Niemand zou ook maar iets in de gaten hebben. Ze bewoog zich door het systeem als een geest die nergens voetafdrukken zou achterlaten.

'Die is vroeg terug.'

Harry keek opzij naar Nadia, die een knikje in de richting van de deur gaf. Sandra Nagle stond bij de dubbele glazen deuren en inspecteerde haar klembord.

Shit. Tijd om te vertrekken.

Harry ging als een razende met haar vingers over het toetsenbord. Ze kopieerde de lijst met gekraakte wachtwoorden naar haar schijf, en nu ze toch bezig was sloeg ze ook meteen enkele rekeninghoudergegevens en beveiligde pincodes op.

Het kopiëren ging langzaam en ze keek op om te kijken wat Sandra Nagle aan het doen was. Die liep het vertrek door en hield om de paar passen stil om een blik op de helpdeskmedewerkers te werpen.

Harry wist dat ze er een einde aan moest breien en dat ze nu een risico nam, maar er stond haar nog één ding te doen. Ze bewoog haar muis en plaatste een van haar eigen bestanden vermomd in een uithoek van het netwerk. Dat vond ze altijd leuk: haar visitekaartje achterlaten.

De vrouw kwam nu haar kant op, terwijl ze een aantekening op haar klembord maakte. Ze bleef stilstaan om iets aan een meisje te vragen dat op enkele meters afstand van Harry zat.

Harry wiste het geheugen om elke mogelijkheid uit te sluiten dat ze kon worden getraceerd. Ze schakelde het auditprogramma weer in en keek toen op.

Sandra Nagle staarde haar recht in de ogen.

Er dropen zweetdruppeltjes onder Harry's oksels vandaan. Nylon knisperde op nylon toen de vrouw op haar af kwam lopen. Ze sloot haar toegang naar het netwerk af en had het scherm van de helpdesk net weer teruggehaald toen Sandra Nagle bij haar bureau was aangekomen.

De vrouw hijgde. Ze was zo dichtbij dat Harry de lichtblonde haartjes op haar bovenlip kon zien.

'Wie ben jij en wat voer jij hier uit?'

'Jij bent Sandra Nagle?' Harry stond op en zwaaide haar tas over haar schouder, trok het schijfje uit de pc en liet het in haar tas glijden. 'Je hebt me laten wachten.'

'Wat...'

Harry drong zich langs haar heen en liep in de richting van de deur, terwijl ze haar knikkende knieën probeerde te negeren.

'Ik ben hier in opdracht van IT om te kijken hoe het met jullie systeem gesteld is,' zei ze. 'En ik heb een ernstig virus ontdekt.'

Sandra Nagle volgde haar op de voet. 'Hoe –'

'Je hoeft niet meteen het systeem plat te leggen, maar ik hoop van harte dat je de aanwijzingen van het antivirusprogramma van de bank hebt opgevolgd.'

De vrouw zette nog een paar aarzelende stappen. Harry keek over haar schouder.

'Ik zie het al. Je zult ongetwijfeld snel iets van IT horen.'

Ze duwde tegen een van de dubbele deuren, maar hij ging niet open. Ze probeerde de andere. Ook dicht.

'Wacht eens even, wie was je ook al weer?' Sandra Nagle kwam met snelle passen op haar af. Godver.

Harry zag het knopje op de muur waarmee je de deuren kon openen. Ze drukte erop en hoorde een klik. Ze beukte de deuren open en rende door de ontvangstruimte. Melanie staarde haar met open mond aan.

Harry stormde door de glazen entreedeuren het zonlicht in, en maakte zich als een haas uit de voeten.

Zinderend van de adrenaline rende Harry langs de gracht; haar pumps klakten op de keien en het bloed pompte door haar lichaam. Pas toen ze er zeker van was dat niemand achter haar aan kwam, ging ze langzamer lopen en zocht een plekje op de grachtenwal om tot bedaren te komen.

Het water ruiste tussen de hoge rietstengels langs de oever en een licht briesje verkoelde haar gezicht. Toen het gehamer in haar borstkas was gekalmeerd, viste ze haar mobieltje uit haar tas en koos een nummer.

'Ian? Hallo, je spreekt met Harry Martinez van Lúbra Security. Ik heb net de penetratietest op je systemen uitgevoerd.'

'Nu al?'

'Ja. Ik heb me naar binnen gehackt en vond alles wat ik nodig had.'

'Jezus. Hé, mannen, hebben we een IDS-alarm gekregen?'

Harry hoorde enige commotie op de achtergrond. 'Koest maar, Ian. Er is niets mis met je Intrusion Detection System. Ik ben er niet van buitenaf ingekomen.'

'Niet? Maar dat is wel wat we verwachtten.'

'Ja, dat weet ik.' Harry huiverde. 'Sorry.'

'O Harry! Jezus.'

'Hoor eens, veel wapenfeiten van die hackers zijn van binnenuit gepleegd. Jullie zouden je eens wat beter moeten beveiligen.'

'Je meent het.'

'Ik ben dus binnengekomen via het netwerk van de bank zelf, en kon toegang tot het netwerkbeheer krijgen –'

'Hè?'

'– en vond de rekeningen van de cliënten en hun pincodes.'

'Godverju.'

'Laten we het erop houden dat het interne beveiligingssysteem niet helemaal je van het is. Maar je kunt het herstellen met een paar simpele voorzorgsmaatregelen. Ik zal enkele adviezen in mijn rapport opnemen.'

'Maar hoe ben je er in vredesnaam ingekomen?'

'Met wat sociale vaardigheden en wat haar op mijn tanden. Mocht het een geruststelling zijn: ik was bijna betrapt.'

'Niet dus. Wat een puinhoop.'

‘Het spijt me, Ian. Het leek mij een goed idee om je alvast te waarschuwen voordat de staf er lucht van krijgt.’

‘Nou, bedankt, dat is aardig van je. Maar ik ben nog altijd zwaar de klos.’

‘Het is niet zo erg als het klinkt.’ Harry’s mobiel piepte. ‘Ik heb nog een lading hackerspul achtergelaten om jullie antivirussoftware te testen. Maar daar hebben we het nog wel over als we de boel gaan schoonvegen.’ Haar mobiel piepte nogmaals. ‘Ik moet hangen, Ian, sorry. Ik spreek je morgen.’

Ze nam het inkomende telefoontje aan.

‘Ha, die Harry. Hoe staat het met je poging tot inbraak?’

Harry glimlachte. Het was Imogen Brady, een IT-medewerkster op het kantoor van Lúbra Security. Ze zag voor zich hoe haar vriendin daar aan haar bureau zat, met haar voeten die net niet tot de vloer reikten. Imogen zag eruit als een chihuahua, met grote ogen in een kindergezichtje. Ze was een van de beste hackers met wie Harry ooit had gewerkt.

‘Ik ben net klaar,’ antwoordde Harry. ‘Hoe gaat het bij jou?’

‘Het Euromonster is naar je op zoek.’

Ze refereerde aan haar baas, Dillon Fitzroy. Het gerucht ging de ronde dat hij multimiljonair was geworden op zijn achtentwintigste, tijdens de internethausse. Dat was negen jaar geleden. Kort daarna had hij Lúbra Security opgericht en uitgebreid met andere softwarebedrijven totdat het een van de grootste in de branche was.

‘Waarvoor?’ vroeg Harry.

‘Weet ik veel. Misschien wil hij een date?’

Harry rolde met haar ogen. Imogen mocht er dan uitzien alsof ze met een briesje al weg kon waaien, als het om het verzamelen van roddels ging was ze een terriër.

‘Je kunt me ook meteen met hem doorverbinden,’ zei Harry.

‘Okidoki.’

Enkele seconden later hoorde ze Dillons stem aan de andere kant van de lijn.

‘Harry? Ben je al klaar bij Sheridan?’

Aan het achtergrondgeluid te horen praatte hij luid in een telefoon die op de speaker stond.

‘Klaar,’ zei Harry. ‘Op het papierwerk na.’

'Laat dat maar zitten. Ik heb alweer iets nieuws voor je.'

'Nu meteen?' Ze barstte van de honger en kon de koffie en hamsandwiches in de broodjeszaak aan Baggot Street al ruiken als ze eraan dacht. Ze kwam overeind en slenterde in de richting van de brug.

'Ja, nu meteen. Stuur die gegevens van Sheridan maar naar me op, dan laat ik Imogen het rapport opmaken. Jou heb ik nodig voor een andere opdracht: je moet weer enkele zwakke plekken opzoeken.'

Harry hoorde het geklik van zijn toetsenbord op de achtergrond. Dillon kon altijd een heleboel dingen tegelijk. Waarschijnlijk bewerkte hij met de linkerhand als een pianist zijn laptop, terwijl hij met de rechter aantekeningen op een notitieblok maakte.

'Waar moet ik dit keer naartoe?' vroeg Harry.

'Naar het IFSC, en de klant heeft specifiek naar jou gevraagd. Ik vertelde hem dat jij de beste bent.'

'Dank je, Dillon, je bent een echte heer.' Opeens was ze blij met haar hoge hakken. Het International Financial Services Centre was beslist chique.

'Bel me als je klaar bent,' zei Dillon. 'Dan gaan we een hapje eten en kun je me de uitslag vertellen.'

Haar ogen gingen wijd open. Dubbel zo blij met de hoge hakken. 'Oké.' Voordat ze haar gedachten kon laten afdwalen naar wat een hapje eten precies inhield, zei ze: 'Vertel nog eens wat meer over die klus voor IFSC. Is al bekend welk systeem zij hanteren?'

'Nee, dat moet je maar uitzoeken als je ter plaatse bent...' Dillon zweeg even. 'Volgens mij willen ze je eerst doorlichten.'

Harry bleef midden op het trottoir stilstaan. 'Waar is dat goed voor?'

Dillon wachtte iets te lang voordat hij antwoord gaf. 'Luister, bij nader inzien is het toch niet zo'n goed idee. Misschien kan ik beter Imogen sturen.'

Harry legde haar hand over haar vrije oor tegen het lawaai van het verkeer. 'Zeg, waar gaat dit over? Wie is de klant?'

Ze hoorde dat hij zijn adem tussen zijn tanden naar binnen zoog terwijl hij over zijn antwoord nadacht.

'Goed dan, het was een stom plan,' zei hij. 'Het gaat om KWC.'

De adrenaline vloeide uit Harry's systeem als water uit een gebarsten pijpleiding. Ze wankelde naar de grachtenwal en zeeg neer op de koude stenen.

KWC. Klein, Webberly & Caulfield, een van de meest prestigieuze investeringsbanken van de stad, die hun diensten verleenden aan enkele van de meest gefortuneerde particulieren en bedrijven in Europa. Hun hoofdkwartier was gevestigd in New York, en ze hadden vestigingen in Londen, Frankfurt en Tokio, en ook een in Dublin.

Het was tevens het bedrijf waarvoor haar vader werkte totdat ze hem in de gevangenis lieten gooien.

4

'Wat is het beroerdste scenario?' vroeg Harry.

De man aan de andere kant van de vergadertafel bekeek haar met samengeknepen ogen. Hij was in de veertig, en zijn stugge grijze haar was zo kortgeknipt als dat van een marinier.

Hij haalde zijn schouders op. 'Dat iemand weet door te dringen tot de rekeningen van onze investeerders.'

'Dat is niet erg genoeg.'

Hij leunde naar achteren en sloeg zijn armen over elkaar, zodat zijn overhemd over zijn huid spande. 'Wat kan er nou erger zijn dan wanneer een hacker zijn handen weet te leggen op het kapitaal van onze cliënten?'

'Zeg het maar.' Harry wierp een snelle blik op het visitekaartje dat hij haar had overhandigd. Felix Roche, IT-inkoop, KWC. Op de achterkant krabbelde ze: 'Onwillig'.

Haar ogen gleden naar het raam achter Felix. Het was niet zomaar een raam, het was een complete wand van glas waardoor de kade langs de Liffey wel bij het interieur leek te horen. In de verte zag ze de mintgroene koepel van het Custom House en het golfdak op de toren van Liberty Hall. Het ging KWC blijkbaar voor de wind.

Felix leunde weer naar voren op de tafel. 'Best, dan schets ik een rampscenario,' zei hij. Harry rook de uien die hij tijdens de lunch had gegeten. 'Als ik je nou eens vertel dat iemand onze vertrouwelijke F&O-overeenkomsten kon bekijken? Is dat beroerd genoeg?'

F&O. Fusies en Overnames. Dat was de afdeling waar haar vader vóór zijn arrestatie had gewerkt. Harry slikte en frunnikte aan haar schrijfblokje. Ze wierp een snelle blik op Felix. Hij zag ongezond bleek, als de buik van een dode vis. Over het algemeen was ze wel gewend aan tegenstand bij de technische jongens, maar dit was anders. Ze had tegen Dillon gezegd dat ze tegen dit karwei was opgewassen en dat KWC gewoon maar een klant was, net als alle andere. Nu was ze daar niet meer zo zeker van.

De deur zwaaide open. Een man van in de dertig kwam de kamer binnenlopen. Hij was goed gebouwd, had lichtbruin haar en een paar schouders dat op een rugbyveld thuishoorde.

Felix trok een gezicht bij deze onderbreking.

'Hallo Felix, ik kom er even bij zitten.' De man wierp Harry een fronsende blik toe en trok een stoel bij.

Haar wangen gloeiden onder zijn blik. Wat was hier aan de hand? Ze rechtte haar rug en stond op.

'Harry Martinez.' Ze stak haar hand uit.

De frons verdween van zijn voorhoofd en hij grijnsde. 'Sorry, ik had een man verwacht. Dat overkomt je denk ik wel vaker, zeker?' Hij schudde haar de hand. 'Jude Tiernan. Ik ben hier de investeringsbankier.'

Zijn handpalm was warm en er kwam een aangename, citrusachtige aftershavegeur in de kamer te hangen. Wat had een investeringsbankier te zoeken bij een IT-vergadering? Toen schoot haar Felix' stekelige opmerking over de F&O-deals weer te binnen.

'Laat me raden,' zei ze. 'U werkt aan de F&O?'

'Laat ik het zo zeggen: ze werken voor mij.'

Harry leunde naar achteren en maakte het optelsommetje. Dus hij was Hoofd F&O, net als haar vader indertijd. De celstraf van de een betekende de carrièremove voor de ander. Ze voelde hoe hun blikken haar probeerden te doorboren. Haar vader was een legende geweest bij deze bank. Hadden zij soms de link gelegd en waren ze haar nu aan het onderzoeken? Ze beet op haar onderlip; ze kon hen geen van beiden in de ogen kijken.

Jude legde zijn mobiel op het tafelblad en haalde een zilveren pen uit zijn borstzakje. Hij liet hem tussen zijn vingers van de ene hand draaien en maakte met de ander een gebaar in haar richting. 'Gaat u door, alstublieft.'

'Ik verwachtte eigenlijk wel iemand van IT-beveiliging hier aan tafel,' zei Harry. 'Iemand die het systeem goed kent.'

Felix snoof. 'IT-beveiliging, laat me niet lachen. Ik ken de systemen beter dan wie ook. Ik heb die apparaten zo goed als zelf gebouwd.'

'Aha.' Harry keek nog een keer op zijn visitekaartje. 'En nu bent u van IT-inkoop.'

Hij keek haar aan. 'Ik ben gepromoveerd, ja. En Beveiliging was meer dan gelukkig dat ik deze eerste vergadering wilde afhandelen. Zo konden zij zich weer heel wat gedoe besparen.'

Harry haalde diep adem. Ze keek naar haar schrijfblokje, al had ze niets opgeschreven.

'Goed dan. Ik weet niet hoeveel Dillon jullie al heeft verteld,' zei ze. Bar weinig, naar het zich liet aanzien. 'We moeten inbreektesten uitvoeren totdat we weten welke aanpak het best bij u past.'

Weet met wie je aan tafel zit, had haar vader haar geleerd. Pas je eigen houding daarop aan. Het probleem was dat ze geen flauw benul had met wie ze aan tafel zat en ze gaven haar ook geen enkel aanknopingspunt.

'Die inbreektesten zijn complete tijdverspilling,' zei Felix. 'Onze systemen zijn beveiligd, daar kan ik persoonlijk voor instaan.' Hij loerde naar Harry. 'En wie anders beweert, trekt mijn professionaliteit in twijfel.'

Jude negeerde hem. 'Wat gebeurt er precies bij zo'n inbreektest, mevrouw Martinez?'

Felix zuchtte. 'O kom op, Jude, ik heb dit al met haar doorgenomen. En bovendien weten we allebei dat ze hier alleen maar zit omdat haar baas een oude bekende van je is en hij dat account wil.'

Harry keek weer naar haar schrijfblokje. Geen wonder dat ze met iemand van Inkoop werd afgescheept. Ze namen dit onderwerp niet eens serieus.

Jude stak een hand omhoog om Felix het zwijgen op te leggen, en glimlachte naar Harry. 'Doe me een lol. Vertel me over die inbreektest.'

Harry vermoedde dat hij ook iets zat te testen. Ze beantwoordde zijn glimlach niet.

'Bij een inbreektest gebruik ik elke smerige truc om jullie systeem binnen te komen,' zei ze. 'En zodra ik binnen ben, ga ik rondneuzen om te kijken hoeveel schade ik kan aanrichten.'

Jude speelde nu niet meer met zijn pen. 'Met andere woorden: je doet alsof je een hacker bent.'

'Precies.'

Felix leunde naar voren. 'En wat mag u dan wel voor hacker zijn, mevrouw Martinez? Een met een zwarte of een met een witte hoed op?'

Harry verstrakte en staarde hem aan.

Jude keek van de een naar de ander. 'Kan iemand me dit uitleggen?'

Harry sloeg toe voordat Felix nog een keer naar haar had kunnen uithalen. 'Zwarte hoeden zijn kwaadaardige hackers die alleen maar heel veel schade willen veroorzaken. Witte hoeden gaan niet destructief te werk.

Ze zijn alleen maar geïnteresseerd in technologie en het verkennen van de grenzen.'

Ze richtte zich weer tot Felix. 'Om op uw vraag terug te komen, meneer Roche, ik ben een beveiligingsmedewerker, geen hacker.'

'Kijk eens aan, een hacker met normen en waarden,' zei Felix. 'Wie had dat ooit gedacht?'

Jude krabbelde iets op zijn notitieblok en schoof het naar Felix. Harry zag dat Felix' kaak verstrakte toen hij het briefje las en ze vroeg zich af of ze de test had doorstaan.

'Zeer intrigerend allemaal,' zei Jude. 'Dus, hoe pakken we dit aan?'

'Voor een rechttoe rechtaan inbreektest kunnen we zowel het zwarte- als het wittedoosscenario toepassen.'

'Alles bij u is zwart-wit, nietwaar?'

Harry keek hem recht in de ogen. 'Daar komt het wel op neer, ja.'

Hij trok zijn wenkbrauwen op. 'Goed, ik luister.'

'Een zwartedoosproef komt het meest overeen met een hackeraanval van buitenaf. Ik begin met niets, op jullie bedrijfsnaam na. Met behulp van externe informatiebronnen snuffel ik in jullie netwerk rond, en daarna breek ik in.'

Ze laste een stilte in om er zeker van te zijn dat hij haar begreep. Hij knikte en glimlachte.

'Bij een wittedoosproef ben ik vanaf het begin volledig op de hoogte van jullie interne systeem. Jullie firewalls, netwerkinfrastructuur, databases, alles,' zei Harry. 'Met andere woorden, dan val ik van binnenuit aan.'

De deur ging krakend open, en een man van eind vijftig stapte de kamer binnen. Het grijze haar op zijn kalende hoofd stond als een paar vleugels wijd uiteen.

Het is net Coco de Clown, dacht Harry bij zichzelf.

'Gaat u alstublieft verder,' zei de nieuwkomer, en hij nam plaats op een stoel die achter Harry tegen de muur stond.

Mijn god, hoeveel mensen kwamen haar nog meer op de vingers kijken? Ze wierp een blik op de vergadertafel die plaats bood aan twintig man en vreesde het ergste.

Jude keek heel even naar de oudere man en richtte daarna zijn aandacht weer op Harry. 'Welke aanpak zou u adviseren, mevrouw Martinez?'

Harry probeerde zich te concentreren. 'De witte doos. Ik weet uit ervaring dat het eigen personeel een veel grotere bedreiging vormt dan hackers van buitenaf.'

'En u weet natuurlijk alles van het eigen personeel, niet dan?' zei Felix.

Ze verstijfde van haar kruin tot aan haar voetzolen. 'En wat bedoelt u daar precies mee, meneer Roche?'

'Ach kom nou toch, laten we het maar hardop zeggen. We denken het allemaal al.' Hij spreidde zijn armen alsof de hele kamer gevuld was met mensen die het allemaal met hem eens waren. 'Qua eigen personeel stak die vader van u wel de kroon, of niet dan?'

Harry knipperde met haar ogen, sloeg ze toen neer en frunnikte aan haar schrijfblok. Ze probeerde niet te haperen toen ze zei: 'Wat mijn vader al dan niet heeft gedaan, heeft niets met deze discussie te maken.'

'Al dan niet?' bauwde Felix haar na. 'Hij is veroordeeld wegens handel met voorkennis, of vergis ik me? Hij heeft acht jaar gekregen.'

Harry keek naar zijn gebalde vuisten en de vlekken van boosheid in zijn nek. Ze keek hem aan. 'U neemt dit alles nogal persoonlijk op, nietwaar?'

'Dat doe ik zeker, verdorie. Het bedrijf is bijna failliet gegaan door Salvador Martinez.'

'Felix, dit kun je niet maken.'

Harry schrok van het plotselinge stemgeluid van Coco de Clown achter haar.

Jude schoof heen en weer op zijn stoel. Felix loerde naar Harry; zo te zien had hij nog meer op zijn lever.

Harry nam niet eens de moeite om op die onverwachte bijval te reageren. De pot op. Ze vond het welletjes en legde haar handpalmen op het gelakte tafelblad. Het was zo glad en zo kil als een spiegel. Ze kwam overeind om hen allen aan te kunnen kijken.

'Meneer Roche, ik ben hier alleen maar naartoe gekomen om het over de veiligheid van uw IT-systeem te hebben, en verder heb ik niets met u te bespreken.'

Ze pakte haar tas en wilde naar de deur lopen. Toen kreeg ze opeens een idee. Ze wist dat ze het eigenlijk niet hardop zou moeten zeggen, maar toch. Ze draaide zich om en keek hen aan.

'Wie weet was mijn vader niet de enige interne handelaar hier. Wie weet heeft zijn arrestatie een spaak in het wiel gestoken.'

Felix' kaak verslapte. Jude kwam al half uit zijn stoel; zijn op elkaar geknepen lippen vormden een vinnige streep.

Coco de Clown kwam overeind en stak zijn hand op. 'Kom, heren –'

Jude viel hem in de rede. 'U kunt maar beter geen beschuldigingen uiten die u niet hard kunt maken, mevrouw Martinez.' Hij hield de zilveren pen in zijn vuist geklemd. 'Er zijn nog altijd mensen die in de integriteit van ons beroep geloven, al hoort uw vader daar niet bij.'

'Kijk eens aan, een investeringsbankier met normen en waarden,' zei Harry. 'Wie had dat ooit gedacht?'

Ze liep zo snel ze kon naar de deur, en rende nog net niet. Die verdomde kamer was groter dan een tennisveld. Ze rukte de deur open en sloeg hem hard achter zich dicht.

Pas toen ze halverwege de gang was besefte ze hoe ze beefde. Naarstig op zoek naar de uitgang sloeg ze plompverloren een hoek om. Die snertlift was natuurlijk aan de andere kant. Op zijn best was haar richtingsgevoel dyslectisch, en dit was niet het juiste moment om te verdwalen en om hulp te moeten vragen.

Ze liep terug langs de vergaderkamer en vond de lift. Ze drukte op het knopje en drentelde ongeduldig voor de deuren heen en weer totdat hij kwam.

De deur van de vergaderkamer werd geopend en ze hoorde snauwende mannenstemmen. Ze keek naar de lift. Nog twee etages te gaan. Ze speurde de gang af naar eventuele vluchtwegen. Geen deuren, geen kasten: niets dan een gepolijste marmeren vloer.

Er kwam iemand naar buiten. Coco de Clown. Hij zag haar en gaf haar een knikje.

'Mijn excuses, mevrouw Martinez.'

Hij liep op haar af en stak zijn hand uit. Zijn wenkbrauwen vormden opgetrokken boogjes in zijn hoge voorhoofd en zijn ogen stonden treurig.

'Ik heet Ashford,' zei hij. 'Ik ben de president van KWC. De manier waarop u net bent behandeld is buitenproportioneel, en ik zal ervoor zorgen dat de personen in kwestie een officiële reprimande krijgen voor hun gebrek aan professionaliteit.'

Harry negeerde zijn uitgestoken hand. 'Sinds wanneer schuift de president van een bank aan bij vergaderingen over routineklussen van IT?'

Ashford liet zijn hand zakken. 'Goed punt. Goed dan, ik kan maar beter bekennen: ik was nieuwsgierig naar u.'

De bel van de lift klonk en de deuren schoven open. Harry stapte erin en drukte nijdig op het knopje voor de begane grond.

'Ik ken uw vader al meer dan dertig jaar,' zei Ashford. 'Salvador is een vriend van me en hij is een geweldige kerel.'

De liftdeuren schoven dicht. Harry keek naar hem door de smaller wordende kier.

'Ik ken mijn vader al mijn hele leven,' zei ze. 'En ik kan u verzekeren dat ik beslist niet op hem lijk.'

5

CAMERON WIST DAT HIJ NIET ongezien in zijn omgeving kon opgaan. Dat kwam door de kleur van zijn haar. Hij was nog net geen albino, had een meisje hem ooit verteld toen hij zich in haar uitgemergelde lichaam ramde. Toen hij klaar was had hij zijn handen om haar keel gelegd en geknepen tot ze ophield met spartelen.

Hij trok de wollen muts dieper over zijn wenkbrauwen en keek op zijn horloge. Hij kon maar beter maken dat hij wegkwam voordat iemand hem in de gaten zou krijgen, maar hij had de instructie gekregen om nog een uur te wachten.

Dit was zijn eerste keer in het Financial Services Centre. Voor hem was dit niet meer of minder dan een plek waar rijkelui naartoe kwamen om nog rijker te worden. Hij kon zich dit gedeelte van de stad nog herinneren van voor de renovatie, toen het nog bij het havengebied van het Custom House hoorde. Hij vond het indertijd veel leuker: grote anonieme opslagloodsen her en der verspreid over het sombere, uitgestrekte terrein. Nu was het een stedelijk silhouet binnen een stad en tevens gastheer voor allerlei banken uit de hele wereld.

Cameron staarde omhoog naar de kantoorgebouwen met de vele verdiepingen, alle opgetrokken uit hetzelfde soort groene glas dat in het zonlicht fonkelde. Het leek verdomme de Smaragdstad van Oz wel.

Hij leunde tegen de stalen reling vlak bij de rand van George's Dock. Vroeger was dit een echte haven geweest, waar het naar teer en dode vis had geroken. Nu hadden ze er een compleet siermeer van gemaakt. Dikke waterstralen klaterden vanuit vijf sproeiende fonteinen op het wateroppervlak. Het maakte een oorverdovend kabaal, maar het was wel de ideale plek om het gebouw aan de overkant in de gaten te kunnen houden.

Hij ging rechtop staan toen een jonge vrouw door de draaideuren naar buiten kwam. Hij keek of ze aan de beschrijving van het meisje Martinez beantwoordde. Ongeveer één meter zestig, slank, zwarte krullen. Een hartvormig gezicht. Ze klemde een zwarte schoudertas met een of ander zilveren logo tegen haar zij. Dat was ze dus. Ze deed hem denken aan die ene Spaanse serveerster in Madrid vorig jaar met wie hij naar bed was geweest. Hij voelde dat hij een stijve kreeg.

Cameron liep achter haar aan. Het was vrijdag eind van de middag, en de stad zat tjokvol mensen. Hij hield haar in zijn vizier zonder ook maar één keer met zijn ogen te knipperen.

Zijn darmen waren in een knoop gekronkeld toen hij zijn instructies per telefoon had ontvangen: de stem was hem inmiddels bekend. Die stem had hem al veel vaker opdrachten gegeven. Hij zei tegen zichzelf dat hij het voor het geld deed, maar hij wist dat er meer achter stak. Het bloed was als een razende door zijn lichaam gestroomd toen hij naar die stem aan de andere kant van de lijn luisterde en zijn klopjacht voorbereidde.

De jonge vrouw bewoog zich als een botsautootje door de menigte en scheen niet eens te merken dat ze tegen andere voetgangers aan liep. Ze verliet het IFSC-gebied en begaf zich naar het centrum van de stad. Het werd steeds drukker en hij moest zich een weg door de menigte banen om de afstand tussen hen tweeën te overbruggen.

'Hetzelfde als de laatste keer?' had hij aan de telefoon gevraagd. Hij genoot nog steeds van die laatste keer: de gierende remmen, de geur van geschroeid rubber, het misselijkmakende gekraak van metaal en verbrijzelde botten. Maar de stem had zijn herinnering onderbroken.

'Nog niet. Ik wil alleen dat ze doodsangsten uitstaat, maar ik wil haar levend.' Alsof hij Camerons teleurstelling kon ruiken, had hij eraan toegevoegd: 'Maar maak je geen zorgen. De volgende keer mag je haar omleggen.'

De volgende keer. Cameron slikte toen hij het zwartharige meisje steeds dichter naderde. Waarom moest hij altijd anderen gehoorzamen? Hij nam enorme risico's door andermans instructies op te volgen. Hij wilde bevrediging, en wel meteen.

Het meisje ging sneller lopen en hij nam grotere stappen om haar bij te kunnen houden. Hij zou zijn eerste kans krijgen als ze bij dat ene drukke kruispunt aankwamen met het standbeeld van de Eeuwige Vlam; daar scheurden de auto's op topsnelheid langs het Custom House zonder zich veel van voetgangers aan te trekken. Het was nog geen twintig meter verderop en ze liep er recht op af.

Opeens stond ze stil en draaide zich om. Ze keek hem in de ogen en keerde op haar schreden terug, recht op hem af. Wat spookte die trut uit? Het was onmogelijk dat ze hem had gezien. Hij bleef doorlopen.

Nu stond ze recht tegenover hem. Ze streek met haar borsten langs zijn arm en hij voelde hun warmte.

'Pardon,' zei ze zonder op te kijken en ze liep snel langs hem heen.

Hij liet zijn tong over zijn onderlip glijden terwijl hij haar nakeek. Pas toen er zo'n tien meter tussen hen in was, zette hij de achtervolging weer in. Ze liep terug in de richting van de rivier en sloeg links af over de hobbelige straatkeien. Hij rook de geur van verrot zeewier dat als een pruik met vet haar over de kade van de rivier hing.

Het meisje liep een steeg in met aan weerszijden vervallen huisjes en smerige appartementenblokken. Cameron zocht naar een beschutte plek. Er waren hier minder mensen, dus zou hij meer in het oog springen. Hij bleef op veilige afstand totdat hij het bekende geluid van voortjakkerend verkeer opving. Ze waren bij het kruispunt van Pearse Street aanbeland, waar de auto's het stadscentrum in en uit raasden.

Het meisje voegde zich bij de mensenkluwen op het trottoir en hij zorgde dat hij dicht bij haar in de buurt bleef.

Een oudere vrouw in een regenjas schoof zijn gezichtsveld in. Ze had een tas vol oude tennisschoenen bij zich en stonk als een urinoir. Hij porde haar met zijn elleboog aan de kant zodat hij zijn positie achter het meisje kon innemen. Het logo op haar tas was nu duidelijker te lezen. Het woord DefCon was er in zilver gegraveerd; in het rondje van de 'O' zat een zwarte schedel met kruisbotten eronder.

Het zei hem niets en het kon hem ook niets schelen.

Hij wierp een blik op de verkeerslichten en toen weer naar het voortrazende verkeer. Auto's en motoren scheurden door Pearse Street. Het licht sprong van groen op oranje. Een rode truck denderde door. Vlak achter hem trok een BMW nog even snel op om door te kunnen rijden.

Cameron voelde zijn hoofdhuid prikken. Hij deed zijn hand omhoog.

Nu.

Iemand stootte met zijn elleboog tegen zijn arm waardoor hij uit zijn evenwicht raakte.

'Moet je eens kijken hoe hard die rijdt. Ze zouden hem achter de tralies moeten zetten.' De oude vrouw bracht haar gezicht dicht bij het zijne. Ze had een kegel van zure wijn.

De BMW schoot voorbij. Het voetgangerslicht maakte tikkende geluiden toen de mensenmenigte over het zebrapad uitzwermde.

Cameron gluurde naar de walmende zwerfster die hem van zijn moment suprême had beroofd. De oude vrouw sperde haar waterige ogen open en deed een stap terug. Hij draaide zich met een ruk om, stak de straat over en speurde de mensenmassa af.

Er was nergens meer een spoor van het donkerharige meisje te bekennen.

Hij baande zich een pad door de menigte terwijl hij zich inspande om een glimp van het meisje op te vangen. Toen bleef hij staan, boorde zijn nagels in zijn handpalmen, en zonder acht te slaan op de verpletterende werking van de forenzenvloed zocht hij naar patronen. Ze renden als ratten langs hem heen en kwamen uit alle richtingen. Maar ze kwamen als één man samen bij de enorme opening links van hem.

Cameron glimlachte en liet zijn vingers ontspannen. Natuurlijk: Pearse Station.

Hoe kon het nog beter?

Hij beukte door de rij mensen die de ingang blokkeerden en gaf zijn ogen de kost. Ze moest hier ergens zijn. Boven hem ratelden de treinen en de lucht was een mengeling van stof en zweet. En toen zag hij haar. Ze bevond zich aan de andere kant van de toegangspoortjes en wilde net de lift in stappen naar het perron van de zuidlijn.

Hij keek naar de rij voor de ticketcontrole. Er stond een man of tien en zo te zien schoot het niet op. Als hij over het draaihekje sprong zou hij de aandacht trekken. Hij moest haar zien te bereiken voordat ze de eerstvolgende metro kon nemen.

Hij kneep zijn ogen tot spleetjes en inspecteerde de controlepoortjes nauwkeuriger. Ze waren allemaal voorzien van automatische draaihekjes, op eentje na aan de zijkant. Reizigers liepen langs een man van middelbare leeftijd in een sjofel blauw uniform, die maar één op de twee mensen met een snelle blik controleerde.

Het was Camerons enige kans. Opnieuw speurde hij de mensenmenigte af naar een beschutte plek. Er liepen twee Japanse studenten langs hem heen in de richting van de doorgang in de hoek. De langste van de twee had een grote plattegrond van Dublin in zijn handen, en hield zijn arm uitgestrekt voor zich alsof hij de krant las. Cameron volgde hem op de hielen. Ze bleven voor de kaartjescontroleur stilstaan en worstelden met de vouwen in de plattegrond om hun tickets te zoeken. Cameron glipte onopgemerkt achterlangs door het geopende poortje.

Hij sprintte naar het perron van de zuidlijn en stormde met twee treden tegelijk de trap op. Hijgend kwam hij boven aan.

Het was een enorm station, zo groot als een hangar. Aan beide zijden van de spoorlijnen stonden mensen in rijen opgesteld en staarden in de open mond van het daglicht in de verte.

Het meisje stond dicht bij de rand van het perron, zo'n twintig meter bij hem vandaan. Hij ademde diep uit en voelde hoe de bekende warme gloed over zijn lichaam likte. Dat was nog eens genot.

Hij sloop in haar richting en wierp een blik op het display waarop de aankomsttijd van de eerstvolgende metro werd afgeteld.

Nog twee minuten.

Met zijwaartse stappen manoeuvreerde hij zich achter haar. De forenzen namen naast hem hun plekje op het perron in. Hij bewoog zich naar voren zodat niemand tussen hen tweeën in kon komen staan.

Nu was hij heel dichtbij. Hij kon haar aanraken als hij wilde en rook haar bloemige parfum. Hij haalde diep adem en was zich bewust van zijn eigen muffe, zurige lucht die zich vermengde met haar fijne geur. Wat wilde hij haar graag tegen zich aandrukken. Hij vroeg zich af wat hij haar zou toefluisteren vlak voordat ze over de rand zou vallen.

Er kwam beweging in de lucht. De rails klikten. Boven hun hoofden ritselde iets.

Hij keek weer omhoog naar het display. Nog een minuut. Zijn hand kwam langzaam omhoog.

Het kon nu elke seconde gebeuren.

6

Blijf achter de streep. Normaliter trok Harry zich nooit zoveel van regelgeving aan, maar dit was er een die ze respecteerde. Ze zette zich schrap tegen de mensen die achter haar samendromden en haar steeds verder naar voren duwden.

Een duif krulde zijn pootjes over de rand van het perron en boog zijn kopje ver voorover om een blik op de bielzen te kunnen werpen, een meter lager. Haar eigen tenen krulden ook bij alleen al de aanblik van die duif. Ze keek weer op het display: Dun Laoghaire, nog een minuut.

Haar gedachten dreven af naar de vergadering bij KWC, en ze trok een grimas. De pot op met Dillon en zijn huis-tuin-en-keukenpsychologie.

'Misschien was het wel heilzaam voor je om daarheen te gaan,' had hij aan de telefoon tegen haar gezegd terwijl ze het korstmos uit de muur van de gracht had staan pulken. 'Je weet wel, met het oog op confrontatie en zo.'

'Als je nou ook nog catharsis roept, ga ik gillen,' zei ze.

'Ach kom, je hebt het nooit over je vader. Je hebt hem niet meer gezien sinds hij in de gevangenis zit. Dat is toch al vijf jaar geleden?'

'Zes, om precies te zijn.'

'Dat bedoel ik maar. Snap je? Je hebt een catharsis nodig.'

Ze schoot in de lach. 'Lief van je, die bezorgdheid. Maar ik ga er liever op mijn eigen manier mee om.'

'Hetgeen inhoudt: deksel erop en levend begraven.'

'Misschien.' Ze gooide een klein stukje fluweelzacht mos op de kade. 'Maar mijn vader komt en gaat nu eenmaal in mijn leven, en nu is hij weer afwezig. Meer stelt het niet voor.'

'Ik laat iemand anders die inbreekproef wel doen.'

'Welnee. Je kunt het best aan me overlaten, Dillon. Je overviel me er alleen een beetje mee, dat is alles. Verder gaat alles goed, echt waar.'

Maar zo goed ging het niet. Ze was lichtgeraakt geweest en, erger nog, te mondig. Niet dat dit in haar geval geen gebruikelijke combinatie was, dat zou ze zelf als eerste toegeven, maar ze vond het verschrikkelijk dat ze zich zo had laten gaan. Ze had het met een wandeling van zich af willen zetten en besloot in plaats van naar het metrostation bij IFSC langs de rivier de Liffey te lopen. Na tien minuten had ze er de brui aan gegeven. Stilettohakken waren niet geschikt voor louterende wandelingen.

Harry keek nogmaals naar het display. De minuut was voorbij. Er streek een tochtstroom langs haar wang en de duif fladderde omhoog alsof hij net een kat had gezien. Om haar heen begonnen de mensen te dringen. Iemand duwde over de hele lengte van haar lichaam, waardoor ze een stap dichter bij de rand kwam te staan.

'Hé zeg!' Ze wilde zich omdraaien, maar werd nog verder naar voren geduwd, zodat ze nu op het randje van het perron balanceerde. Pal onder haar zag ze donkere rails liggen en ze kneep haar ogen stijf dicht. Ze zette zich af met haar hakken, boog zover mogelijk achterover en plantte haar ellebogen in de menigte.

Achter haar werd geschreeuwd: 'Niet zo duwen!'

Iemands hete adem in haar oor. Een harde vuist stompte tegen haar onderrug en ze viel voorover, gewichtloos, haar ogen wijdopen in doodsangst. Het staal van de rails kwam vliegensvlug dichtbij. Ze stak haar handen naar voren om haar val te breken.

Met een smak kwam ze op de grond terecht. Scherpe kiezeltjes prikten in haar handpalmen en haar knie smakte tegen de betonnen dwarsbalk van de spoorlijn. Er klonk een schreeuw.

Harry richtte haar hoofd op en keek met open mond naar de kronkelige spoorlijnen in de verte. Haar ledematen waren als verlamd. De rails maakten een klikkend geluid.

Wegwezen!

Ze greep de metalen bielzen vast en probeerde overeind te komen. Een vlammende pijnscheut schoot door haar knie toen hij doorboog onder haar gewicht. Ze stortte weer op de rails en bleef languit liggen.

Het metaal trilde in haar handen. Er klonk een schel treinsignaal. Ze tilde haar hoofd met een ruk omhoog. De trein kwam brullend de bocht om het station binnengereden, met verblindende koplampen. Het zweet brak haar aan alle kanten uit.

Harry drukte zich plat tegen de grond en rolde opzij. Haar schouders ramden ijzer en steen. Iets hield haar tegen. Ze keek over haar schouder.

Haar tas bleef achter een bout op de rails haken. De metro kwam in volle vaart op haar afgedenderd. Ze liet de beugel van haar schouder glijden en duwde zich van de rails af.

Ze lag met haar gezicht naar beneden, ademde de lucht van stof en metaal in en klemde zich stevig vast aan de rails van de noordlijn. Haar hele lichaam beefde. De eerste wagon scheurde langs haar heen. Mensen schreeuwden iets naar haar, maar ze kon zich niet bewegen. Nog niet.

En toen hoorde ze een ander geluid. Tiktak, tiktak. Onder haar vingers begonnen de rails te gonzen. Terwijl haar hart in haar borstkas hamerde dwong ze zichzelf haar ogen te openen. Aan de andere kant van het station kwam ook een trein aandaveren en ze lag precies op zijn route.

De schreeuw bleef in haar keel steken. Geen tijd voor. Ze wierp een gejaagde blik op het perron van de noordlijn. Dat zou ze nooit halen. En achter haar stoof de zuidlijn nog steeds in volle vaart voorbij.

Ze zat als een rat in de val.

Ze schatte de ruimte in tussen beide spoorlijnen. Er was maar enkele decimeters speling, maar ze had geen andere keus. Ze liet zich op de tegels vallen die de rails van de noord- en zuidlijn van elkaar scheidden. Ze wist dat ze zo plat mogelijk op de grond moest blijven. Eén fout en ze zou door de treinstellen in tweeën worden gereten.

Harry drukte haar ene wang plat tegen de grond, staarde naar de zwarte tegels en wachtte. Haar ademhaling was nu vrijwel nihil.

De twee treinen brulden langs elkaar heen en hielden haar gevangen in een spervuur dat elk sprankje licht blokkeerde. Windvlagen trokken aan haar gezicht. Het overdonderende geraas van de machines vulde haar hele lichaam; ze wilde in elkaar krimpen en haar oren bedekken, maar ze moest doodstil blijven liggen.

Naast haar klakten de voegen in de rails toen de kolossale wielen ze omlaag drukten. Ze concentreerde zich op de onderkant van de wagons: een wirwar van ijzeren blokken en geribbelde buizen die op enkele centimeters van haar gezicht voorbij schoten.

De remschijven knarsten op de bielzen en de wagons sisten totdat de treinen eindelijk krijsend tot stilstand kwamen. Harry bleef bevend liggen. Naast haar hoorde ze de machines rammelen als twee oude vrachtwagens. Haar mond was droog en ze proefde metaal en steenkolen op haar tong.

Deuren gingen luidruchtig open. Mensen schreeuwden. Knarsende voetstappen kwamen over het grind dichterbij.

'Jezus! Mevrouw? Gaat het?'

Harry sloot haar ogen. Slecht plan. Ze deed ze prompt weer open. De achterkant van haar nek voelde klam en de hele wereld dreunde tegen haar trommelvliezen.

O nee, niet flauwvallen nu.

Ze werd door sterke armen overeind geholpen en zowat over de rails gedragen. Er werden nog meer hulpvaardige handen naar haar uitgestoken die haar het perron op trokken.

'Achteruit! Geef haar de ruimte!'

'Bel een ambulance!'

Langzaam kwam Harry op handen en knieën overeind. Ze bleef zo even zitten, als een viervoeter, wankelend, terwijl het bloed langzaam naar haar hoofd terugkeerde. Naast haar op de grond lag de verfomfaaide schoudertas. Iemand moest hem van de rails hebben opgeraapt. Ze stak haar hand ernaar uit, en beroerde het DefCon-logo met haar vingers.

Iemand legde een hand op haar arm. 'Gaat het een beetje? Bent u... Bent u soms per ongeluk gevallen?'

Harry slikte en dacht weer aan die vuist in haar onderrug en de woorden die iemand haar toefluisterde voordat ze viel.

Het geld van Sorohan... Het kartel...

Ze huiverde en keek naar die zee van onbekende gezichten om haar heen. Het was niet het moment om antwoorden te geven. Niet nu.

'Ja,' zei ze. 'Het was een ongeluk.'

7

'ZEI HIJ DAT? WEET JE dat zeker?'
Harry huiverde en schudde haar hoofd. 'Op dit moment ben ik nergens zeker van.'

Ze sloot haar ogen en liet zich dieper in de stoel van Dillons auto wegzakken, in de hoop geen vlekken op de bekleding te maken. Haar mantelpakje zat vol vlekken en zwart gruis, alsof ze het uit een vuilniscontainer had getrokken, en haar gezicht zou er niet veel beter aan toe zijn. Haar hele lichaam deed pijn en haar rechterknie was opgezwollen tot de grootte van een grapefruit.

Ze wierp een zijdelingse blik op Dillons profiel. Zijn neus deed haar altijd denken aan die van Julius Caesar: sterk en recht en met een hoge, aristocratische neusbrug. Hij had donker haar, bijna net zo donker als dat van haar, en hij paste met zijn ruim één meter tachtig makkelijk in de bestuurdersstoel van zijn Lexus.

'Kom op, vertel het nog eens,' zei hij. 'Wat zei die kerel precies?'

'Het was eerder fluisteren. Heel schor en als schuurpapier.'

Dillon draaide zijn gezicht naar haar toe. Hij had de gewoonte om zijn lippen tot een rechte streep te persen, met één mondhoek licht omhoog gekruld alsof hij probeerde niet te lachen. 'Goed dan. En wat fluisterde hij?'

'Heel zeker weet ik het niet, maar het klonk als: "Het geld van Sorohan, geef het terug aan het kartel."'

'Wat moet dat in vredesnaam betekenen?'

Harry trok haar schouders op en inspecteerde haar handpalmen. Het schrijnde nog flink waar de kiezelstenen van de spoorlijn hard in haar vlees waren gedrukt.

'En verder niets?' vroeg Dillon.

'Daar was geen tijd voor. Ik was bezig met vallen, weet je wel?'

'Ik kan het gewoon niet geloven dat iemand jou onder zo'n rottrein heeft proberen te duwen.'

'Het valt ook niet mee om dit te verwerken. Volgens mij geloofde de politie me ook niet.'

Een lange, jonge politieagent met een adamsappel als een jojo was naar het station gekomen om haar te ondervragen. Iemand had een afgedankte deken om haar schouders gelegd en tussen slokjes hete, zoete thee door had ze het hele verhaal verteld, behalve die woorden die haar vlak voor haar val waren toegefluisterd. Dat moest maar even wachten. Toen Dillon haar had gebeld en erop had gestaan om haar te komen halen, was ze voor de verandering eens een keer blij dat iemand anders de teugels in handen nam.

Dillon liet de auto zwenken om een fietser te ontwijken, en Harry voelde haar maag even opspelen totdat hij weer synchroon liep met de rest van haar ingewanden. Tot dusver was het een tamelijk schokkerig ritje geweest. Dillon wisselde woest geruk aan de versnellingspook af met abrupt getrap op de rem, zonder een kalm moment daartussen. Ze mocht blij zijn als ze er zonder whiplash van af kwam.

Op dit moment was ze nog geen jaar bij Dillon in dienst. Hij had haar de zomer ervoor benaderd toen ze nog bij een ander softwarebedrijf werkte en haar belaagd met dezelfde rusteloze energie waarmee hij alles scheen aan te pakken. Het was de tweede keer in zestien jaar dat zij elkaars pad kruisten. De eerste keer was ze nog maar dertien.

Wat leek dat nu lang geleden. Ze leunde tegen de hoofdsteun, sloot haar ogen en riep het beeld van zichzelf op als dertienjarig meisje: gebalde vuisten, verwilderde haarlokken, en beland in een soort van dubbelleven. Nu ze erbij stilstond, was ze niet eens zo heel veel veranderd.

Al op heel jonge leeftijd had ze al begrepen dat ze een ontsnappingsmethode nodig had wilde ze het thuis overleven. Haar oplossing was om twee verschillende levens te leiden: het ene als het meisje dat ze Harry de Huissloof noemde, wier moeder haar post opende en haar dagboeken las, en met een vader die nooit lang genoeg in de buurt was om een verbond mee aan te gaan. In het andere leven was ze Pirata, iemand die aan slapeloosheid leed en in het duister haar weg zocht op een elektronisch ondergronds systeem – een plek waar ze zowel aanzien als respect genoot.

Dat was eind jaren tachtig, voordat internet groot werd. Het kostte Pirata veel tijd om via trage modems contact te krijgen met prikbordsystemen: elektronische berichtencentra waar mensen ideeën uitwisselden en hackermateriaal konden downloaden. Tegen de tijd dat ze elf was, wist ze zich tot ongeveer elk systeem toegang te verschaffen. Al kwam ze overal makkelijk binnen, ze stal nooit iets en richtte verder ook geen schade aan. Maar toen ze dertien werd, was ze klaar om een stapje hoger te gaan.

Harry kon zich die ene dag nog precies herinneren. Het was donker geweest in haar kamer, afgezien van de groene gloed van haar beeldscherm. Het was twee uur 's nachts en ze was bezig met het zogeheten *war dialling*: ze had haar computer zo geprogrammeerd dat hij bleef bellen tot hij een nummer had gevonden waarmee een verbinding tot stand kon worden gebracht. Ze zat met opgetrokken benen in haar stoel, haar armen om de knieën geslagen om een beetje warm te blijven, en ze luisterde naar het ijle, snerpende geluid van de modem die steeds belde en werd afgebroken. Ze maakte zich geen zorgen dat haar ouders eventueel wakker zouden worden en haar kamer zouden binnenkomen. Die hadden het veel te druk met hun eigen sores om enige aandacht aan haar te besteden.

Opeens had ze beet. Het kattengejank van de praatgrage modems liet niets te raden over. Een computer elders had geantwoord. Ze ging rechtop zitten, typte een opdracht in en drukte op Enter. Bijna onmiddellijk spuwde de andere computer een bericht terug die haar een hand voor de mond deed slaan.

WAARSCHUWING! U hebt toegang gezocht tot een computersysteem van de Dublin Stock Exchange. Dat is verboden voor onbevoegden en u kunt hiervoor strafrechtelijk worden vervolgd.

Harry trok haar benen onder haar lichaam en beet op haar nagels. Haar meest prestigieuze doorbraak tot nu toe was het netwerk van de Universiteit van Dublin. Hun beveiliging was halfbakken, omdat daar niet echt vertrouwelijke gegevens lagen opgeslagen. Bij de Stock Exchange daarentegen wemelde het van de gevoelige informatie. Ze wist dat ze de verbinding zou moeten verbreken. Maar in plaats daarvan trok ze haar stoel dichter bij het toetsenbord.

Vanwege de typische opdrachtregel 'Gebruikersnaam:' wist ze meteen dat het OS een Virtual Memory Systeem was. Dat was zowel goed als slecht nieuws. Enerzijds waren er veel mogelijkheden om de VMS-beveiliging te omzeilen als ze eenmaal was ingelogd. Anderzijds was het niet makkelijk in te loggen zonder een gebruikersnaam en een wachtwoord. En om de zaken nog lastiger te maken, zou de verbinding na drie mislukte pogingen automatisch worden verbroken.

Haar vingers zweefden boven de toetsen terwijl ze bedacht welke namen en wachtwoorden aannemelijk waren. Ze kon maar beter het meest voor de hand liggende nemen. Ze typte 'systeem' in en op de opdrachtregel voor 'Wachtwoord:' manager. Daarna Enter. Meteen verscheen 'Gebruikersnaam:' weer op het scherm en daagde haar uit nog een poging te wagen.

Eerste poging.

Daarna probeerde ze 'systeem' en 'operator'.

Tweede poging.

Ze had nog één pijl op haar boog. Ze strekte haar vingers en nam in gedachten de wachtwoorden door die haar in het verleden uit de brand hadden geholpen: 'syslib', 'sysmaint', 'operator'. Goed om mee te gokken, maar geen enkele garantie op succes. Zelfs de gebruikersnaam 'systeem' kon verkeerd zijn.

Opeens dacht ze aan nog een andere mogelijkheid: ze schudde haar hoofd – kansloos. Maar het was zo absurd dat ze besloot een gokje te wagen. Ze typte de gebruikersnaam 'gast' in en bij wachtwoord niets, maar drukte wel op Enter. Op het scherm verscheen een bericht:

Welkom bij de Dublin Stock Exchange VAX server.

En op de volgende regel zat daar heel braaf de begeerde VMS $-opdrachtregel op instructies te wachten. Ze was ingelogd.

Ze leunde naar achteren en grinnikte. Netwerkbeheerders creëerden soms een onbeveiligde gastaccount voor nieuwe of onregelmatige gebruikers, maar de toepassing was over het algemeen buitengewoon gevoelig. Het begon haar te dagen dat luie netwerkbeheerders de zwakke schakel in elk systeem vormden.

Ze stroopte de mouwen van haar pyjamajasje op en begon te typen. Door veiligheidsblokkades te omzeilen wist ze steeds verder in het systeem door te dringen. Telkens als ze de andere computer te slim af was met haar commando's, wipte ze op en neer in haar stoel.

Op het moment dat ze ontdekte dat ze in de server van een database zat, stak ze haar duim op naar het scherm. Lieve help. Je kon altijd erg interessante informatie vinden in zo'n database. Ze keek de ene file na de andere in. Zo te zien gingen ze over financiële transacties of iets dergelijks, maar uit de specifieke gegevens kon ze weinig opmaken. Toen stuitte ze op een lijst acroniemen die haar vaag bekend voorkwamen: NLD, CHF, DEM, HKD. Pas toen ze ESP op de lijst tegenkwam, herkende ze het symbool voor de Spaanse peseta en begreep ze waar ze naar zat te kijken. Symbolen voor buitenlandse valuta. Blijkbaar was ze tegen de gegevens van buitenlandse beurstransacties aan gelopen.

Harry liep de data af en knipperde met haar ogen toen ze zag welke sommen geld ermee gemoeid waren. Wat veel nullen! Ze popelde om een teken achter te laten zodat ze wisten dat ze hier was geweest. Dat kon toch geen kwaad? Met enkele vingerbewegingen zette ze een paar nullen achter een van de kleinere transacties.

Daarna keerde ze weer op haar schreden terug om het systeem te verlaten, schakelde haar modemverbinding uit en kroop in bed. Maar ze kon de slaap niet vatten. Ze was nog dieper de wereld van de zwarte hoeden in gedoken en ze vroeg zich af wat ze had aangericht.

Het duurde niet lang voordat ze erachter kwam. Op de Stock Exchange werd het lek al snel ontdekt en er werd een onafhankelijk bureau ingehuurd om de oorsprong te traceren. De expert die ze inhuurden was een eenentwintigjarige student die uitblonk in softwarebeveiliging. Het kostte hem nog geen week om haar op te sporen.

Zijn naam was Dillon Fitzroy.

8

'VERTEL EENS IETS OVER KWC.'

Harry rukte haar blik los van het verkeer en zag dat Dillon naar haar zat te kijken. KWC. Was dat echt nog maar vandaag gebeurd?

Ze ging verzitten en trok een gezicht. 'Ik heb het verknald.'

Dillon fronste zijn wenkbrauwen. 'Wat is er gebeurd dan?'

'Ik kan ter verdediging aanvoeren dat het echt een stel etterbakken waren.' Toen dacht ze aan Jude Tiernan, en iets gaf een venijnig rukje aan haar geweten. Misschien had ze hem onnodig hard aangepakt. 'Een van hen maakte een opmerking over mijn vader. Daarvan werd ik lichtelijk – hoe zal ik het zeggen...'

'Laat me raden. Je zette een grote mond op?'

'Sorry.'

'Verdorie, Harry, dit had een belangrijke klant kunnen worden. Voor het opzetten van die vergadering alleen al heb ik de nodige mensen moeten benaderen die me nog een gunst verschuldigd waren.'

'Luister eens, jij was degene die de therapie met de catharsis voorschreef, weet je nog?'

Hij zuchtte. 'Maak je geen zorgen. Ik bel ze wel op om te kijken wat ik nog kan herstellen.'

Harry gaf geen antwoord. Ze legde haar hoofd tegen de hoofdsteun en deed haar ogen weer dicht. Haar nek begon nu pijn te doen en waarschijnlijk zat haar hele lichaam onder de blauwe plekken. Daar zou ze morgenochtend flink last van gaan krijgen.

'Je zou eigenlijk niet alleen moet zijn vanavond,' zei Dillon. 'Je bent nog steeds in shock.'

Ze hield haar ogen gesloten. 'Ik voel me prima.'

'Kom naar mij toe. Ik heb cognac, lekker eten en schone kleren – precies in die volgorde.'

Harry wierp hem een snelle blik toe. Ze was nog nooit bij hem thuis geweest, maar volgens Imogens bronnen woonde hij in een elegant landhuis op het platteland van Enniskerry. Diezelfde bron had ook met stelligheid beweerd dat hij overtuigd vrijgezel was, dus Harry vroeg zich af waar die schone dameskleren dan vandaan kwamen.

Onder andere omstandigheden had ze misschien nog wel toegegeven aan haar nieuwsgierigheid, maar het enige waar ze nu zin in had was om de deur van haar appartement achter zich dicht te trekken en na te denken.

'Ik ben geen goed gezelschap vanavond, maar toch bedankt,' zei ze. 'Ik wil vooral slapen.'

Ze voelde zijn zoekende ogen op haar gezicht.

'Je weet wat hij bedoelde, niet dan?' vroeg hij.

'Waar heb je het over?'

'Die vent op het perron, dat geld van Sorohan, dat soort dingen.' Hij keek beurtelings naar haar en naar de weg. 'Jij weet wat het betekent.'

Ze schudde haar hoofd en trok nadrukkelijk haar schouders op. 'Het was gewoon een of andere gek.'

Hij bleef nog even naar haar kijken en richtte toen al zijn aandacht weer op het verkeer. 'Wat je wilt.'

De uitdrukking op zijn gezicht wierp een muur op. Godver. Maar ze kon daar nu even niets aan veranderen. Over bepaalde aspecten uit haar leven wilde ze nu eenmaal geen mededelingen doen. Althans, niet voordat ze het zelf verder had uitgedokterd.

Dillon sloeg rechts af Raglan Road in. Harry voelde de spanning van haar afglijden toen ze de bekende laan met bomen in reden. De victoriaanse huizen van dieprode baksteen stonden statig aan weerszijden van de weg; enkele waren verbouwd tot gracieuze gezinswoningen, maar de meeste waren opgesplitst in appartementen. Aan de afbladderende verf op de raamkozijnen kon je precies zien welke de huurwoningen waren.

Dillon tuurde naar de huizen. 'Waar woon jij?'

Harry wees op een hoekwoning met een kanariegele deur. Ze had hem zelf de week ervoor nog opgefleurd met een verfje. Binnenkort zou ze het van de eigenaar kopen. Ze had een goedbetaalde baan en ondanks de gehypete vastgoedmarkt had ze inmiddels genoeg gespaard om over een hypotheek te kunnen nadenken.

Dillon remde plotseling af en schampte het trottoir. Harry hees zich uit de auto en liep alvast naar de voordeur.

Het gebouw bestond uit een kelder en drie woonlagen, en Harry's appartement bevond zich op de begane grond. Vroeger was het een chique salon geweest waar butlers thee serveerden. Nu at Harry hier haar ontbijt op bed wanneer ze daar zin in had.

Ze liep de gang door en was zich bewust van Dillons aanwezigheid, die als een stalker achter haar aan liep. Toen ze bij haar appartement aankwamen bevroor Harry ter plekke. Haar deur stond open.

Ze liep aarzelend naar de drempel. Dillon, vlak achter haar, keek over haar schouder.

'O mijn god,' flapte hij eruit.

Haar appartement zag eruit alsof er tien dagen een roedel wilde honden in opgesloten had gezeten. Haar sofa was opengesneden en het zwarte leer was uit elkaar getrokken zodat de gele vulling eruit hing. Al haar boeken waren van de planken getrokken en lagen in wankele stapeltjes op de vloer.

Harry haalde diep adem. Ze stapte naar binnen en liep voorzichtig door het slagveld dat haar kamer was. Het was alsof ze tussen de lijken van oude vrienden door wandelde. De spiegel die boven de schouw had gehangen was op de vloer gegooid, en het glas lag aan gruzelementen. Haar enige schilderij, een speelse afbeelding van pokerende honden, was van de muur gerukt; waar de spijker had gezeten was het stucwerk afgebrokkeld. Het schilderij zelf was rechtop tegen de vernielde sofa gezet, en het bruine beschermende papier aan de achterkant hing aan flarden. Harry staarde ernaar, met haar armen over elkaar geslagen.

Vanuit de keuken hoorde ze Dillon roepen: 'Moet je dit eens zien.'

Met tegenzin liep ze naar hem toe. Haar schoenen maakten een knarsend geluid op de tegelvloer: suiker die uit een zak was gekieperd, tezamen met de rest van haar keukenkastjes.

Harry stond met open mond te kijken. De complete inhoud van haar keukentje – blikjes, steelpannen, glazen potten, voedsel uit de ijskast – lag op een hoop midden op de vloer. De besteklade was omgekeerd over de hoop leeggegooid. De keukenkastjes stonden wijd open en lieten lege planken zien. Het was als een maniakale voorjaarsschoonmaak.

Harry zocht steun bij de deurpost. Wie doet er in vredesnaam zoiets? Dillon liep hoofdschuddend in een kringetje om de berg troep. Ze slaakte een zucht en liep de gang weer in om haar slaapkamer te inspecteren. Het was er net zo'n puinhoop als in de rest van het huis: laden ondersteboven gehaald, kleren door elkaar gesmeten. Ze zou hier geen enkel kledingstuk meer van willen dragen.

Het rode lampje van de telefoon naast haar bed knipperde. Een zwijgende smeekbede om aandacht. Ze zag dat een haar bekend, beduimeld boek met het omslag naar boven op haar bed terecht was gekomen. Het was zo wijd opengeslagen dat de rug was gebroken, en het lag erbij als een halfdood vogeltje. Toen ze het oppakte fladderden er een paar bladzijden uit. Het was een cadeau van haar vader voor haar twaalfde verjaardag: *Hoe speel ik poker om te winnen*. Op de binnenpagina, zowel voor als achter, stond een serie aantekeningen in blauwe viltstift. Het waren verslagen van een paar spelletjes poker die ze met hem had gespeeld. Ze had die gewoonte van hem overgenomen. Bij elke hand had hij zorgvuldig aantekeningen gemaakt en opgeschreven met welke kaarten er al gespeeld was. Hij vergat nooit een hand en hij werd nooit voor een tweede keer op dezelfde manier afgebluft.

Ze was nog maar een jaar of zes, zeven oud geweest toen haar vader haar meenam naar zijn pokeravondjes, waarbij hij vaak tot drie of vier uur in de ochtend bleef zitten. Haar beste collectie scheldwoorden had ze in die tijd opgepikt. Meestal viel ze op de bank in slaap, met brandende ogen van de sigarettenrook. Toen ze tiener was nam hij haar mee naar Londen voor de casino's in Soho en Picadilly. Het had toen allemaal zo volwassen en opwindend geleken, maar bij nader inzien was hij eigenlijk gewoon een belabberde vader.

Ze sloeg het schutblad van het pokerboek om. De inscriptie stond er nog steeds in, zoals ze al wist.

A mi queridísima Harry,

Wees nooit voorspelbaar. Speel gewoon het spelletje mee en laat ze maar raden, maar leg nooit je kaarten neer bij een 7-2 offsuit.
Un abrazo muy fuerte,

Papa

Ze streek met haar duim over het handschrift met de grote letters. Toen klapte ze het boek dicht en hield het met beide handen vast zodat het niet in tweeën zou vallen.

Dillon stak zijn hoofd om de hoek van de deur. 'Zowel je werkkamer als je badkamer zijn overhoop gehaald.'

Harry vloekte. Ze had genoeg gezien. Ze legde het boek met een klap op het nachtkastje en liep terug naar de huiskamer zonder op haar pijnlijk kloppende knie te letten.

Dillon kwam achter haar aan. 'Ik bel de politie.'

'Nee laat maar, dat doe ik zelf wel.'

Dillon ijsbeerde door de kamer terwijl zij het wijkbureau van de politie belde. Ze gaf de gegevens door aan de sympathieke dienstdoende agent, die beloofde iemand langs te sturen. Daarna verbrak ze met een nijdig gebaar de verbinding en graaide onder een stapel boeken op de vloer totdat ze de Gouden Gids had gevonden.

Dillon hield op met ijsberen. 'Wat ga je nou weer doen?'

'Slotenmaker.' Ze klapte haar mobiel open en voerde op zakelijke toon een gesprek met de slotenmaker, die haar verzekerde dat er binnen tien minuten iemand voor de deur zou staan. Harry voelde haar energie weer opflakkeren. Absurd hoe een plotse opleving van activiteit je de illusie kon verschaffen dat je de zaken onder controle had.

Ze leunde tegen de sofa en masseerde haar nek en schouders. Ze voelden stijf en beurs, alsof er een flinke griep aan zat te komen. Opeens herinnerde ze zich het knipperende lampje in haar slaapkamer weer, en ze ging ernaartoe om haar berichten af te luisteren. Het was er maar eentje. Ze herkende direct de schorre stem van haar moeder, laag en hees na vele jaren van kettingroken.

'Harry, met Miriam.'

Er viel even een stilte waarin ze haar moeder een trek van haar sigaret hoorde nemen. Harry had haar moeder bij haar voornaam aangesproken sinds ze van school af was gegaan. Alsof hun moeder-dochterdynamiek door een stilzwijgende overeenkomst was verdwenen zodra ze achttien was geworden.

'Ik probeer je al de hele dag te bellen en ik krijg alleen maar dit stomme apparaat te pakken,' vervolgde Miriam. 'Kun je alsjeblieft een minuutje vrijmaken om me te bellen?'

Harry sloot haar ogen en kneep haar lippen tot een smalle streep. Met een snelle druk op de knop wiste ze het bericht en liep terug naar de huiskamer, waar Dillon nog steeds wachtliep.

Ze keek op haar horloge. 'Het wordt al laat, hoor. Je kunt maar beter richting huis gaan, je hoeft echt niet hier te blijven.'

Dillon maakte een handgebaar in haar richting. 'Ik blijf hier.'

Er kneep iets samen in haar borstkas en ze besefte dat ze eigenlijk heel blij was dat hij er was. Ze wierp nog een blik op de vernielingen overal om haar heen en stond zichzelf toe een grens over te steken.

'Staat je aanbod nog van die cognac?' Haar stem klonk iets luider dan ze had bedoeld.

Dillon draaide zich om en wierp haar een blik toe met die half opgetrokken mondhoek. 'Natuurlijk. Zullen we er maar een dubbele van maken? Het was me het dagje wel.'

Opeens bleef hij stilstaan naast het beschadigde schilderij, en boog diep voorover om het goed te kunnen bekijken. Hij stak zijn hand in het gat aan de achterzijde. 'Waarom doet iemand zoiets?'

Harry haalde haar schouders op en schudde haar hoofd.

Dillon keek de kamer rond. 'Deze boel hier – het is net alsof ze naar iets op zoek waren.'

Harry keek hem scherp aan. 'Zo komt het wel over, hè?

'Vind jij van niet dan?'

Ze zuchtte en wreef in haar ogen. Het was alsof er zand in zat. 'Jawel, alleen hoopte ik dat ik ernaast zat.'

Ze gleed van de leuning van de bank en liep naar de keuken, waarbij ze zo weinig mogelijk gewicht op haar pijnlijke knie zette. Leunend tegen de deurpost staarde ze naar de ongeordende hoop op de vloer.

Waar zaten ze in hemelsnaam achteraan?

Toen moest ze aan die man in het metrostation denken, die zijn hete adem tegen haar oor had geblazen, en ze huiverde.

9

'EN, WAT HEB JE GEVONDEN?' vroeg Leon.

Hij slikte en liet zijn vinger langs de binnenkant van zijn kraag glijden. Hij leunde tegen de achterdeur van de pub O'Dowd's, en stond over zijn mobiel gekromd alsof hij kramp in zijn maag had.

'Geen ruk,' luidde het antwoord. 'Ik had je al gezegd dat het tijdverspilling was.'

Vanuit de bar aan de andere kant van de steeg klonk het gebulder van stemmen. Ondanks het feit dat het buiten op straat flink tochtte, stond Leon peentjes te zweten.

'Weet je het zeker?' vroeg hij.

'Natuurlijk, eikel. Ik heb dat hele huis binnenstebuiten gekeerd om het op een inbraak te laten lijken, maar er was niets te vinden.' Er viel even een stilte. 'En wanneer krijg ik mijn geld?'

'Maak jij je nou maar geen zorgen over geld, oké? Je krijgt je centen heus wel.'

Iemand deed de deur van het nabijgelegen herentoilet open, en Leon ving een vleug desinfecteermiddelen en oude urine op. Hij draaide zijn gezicht naar de muur en ging zachter praten.

'Blijf bij haar in de buurt. Ik wil haar hele handel en wandel weten. Maar kom niet te dichtbij: zodra je wordt ontdekt, is onze deal van de baan.'

Hij verbrak de verbinding en liep naar de deur waar PRIVÉTOEGANG op stond. Voor de deur bleef hij stilstaan en veegde zijn handen af aan zijn broekspijpen. Toen deed hij open en ging naar binnen.

De kamer was zo groot als een cel en net zo smaakvol ingericht. Onder het licht van een kaal peertje aan het plafond waren de muren vaal en was het tapijt ontdaan van elke kleurnuance. Achter hem viel de deur met een klik in het slot en elk geluid van buiten klonk nu gedempt, alsof hij een vacuüm in was gezogen. Hij deed enkele stappen in de richting van een met groen vilt beklede tafel waar vier mensen aan zaten.

'Wat doe je, Leon, speel je mee of niet?' De dealer fronste naar hem; zijn zongelooide gezicht was een en al rimpel. Hij heette Mattie, en Leon had gehoord dat hij het grootste gedeelte van zijn leven besteedde aan met andermans jachten over de Middellandse Zee varen. De rest van de tijd zat hij aan de pokertafel.

Leon knikte en nam zijn plaats naast Mattie weer in. Hij zakte onderuit op zijn stoel, sloot zijn ogen en masseerde zijn neusbrug. Het enige geluid was het *snipsnip* van de kaarten die werden gedeeld.

Hij had niet verwacht dat er helemaal niets in haar appartement te vinden was. Er moest ergens een aanwijzing zijn naar dat geld. Waar had die trut het verstopt?

Mattie legde de stapel kaarten met een klap op tafel. Leon kwam overeind en probeerde zich op het pokeren te concentreren. Je kon maar beter niet te verstrooid zijn bij een spel met zulke hoge inzetten.

Ze speelden Texas Hold 'Em. Elke speler kreeg twee kaarten met het gezicht naar beneden, die hij moest combineren met vijf kaarten van de stapel om een pokerhand te krijgen. Normaal was dit Leons favoriet, omdat je bij elke ronde wel een of andere loser geld uit zijn zak kon kloppen. Maar deze avond voelde hij zich zelf de loser. Als hij de volgende ronde niet zou winnen, zat hij flink in de penarie.

Hij trok de twee kaarten naar zich toe en legde ze precies boven op elkaar. Hij wierp een blik op de onderste kaart. Schoppen heer. Hij keek naar de mensen om de tafel, maar niemand besteedde enige aandacht aan hem. Nu liet hij de bovenste kaart een stukje van de onderste afglijden, net genoeg om een hoekje te kunnen zien. Nog een heer. Zijn hartslag deed een dansje en hij spande zich in om niets te laten merken.

De speler naast hem wierp een handvol fiches op het midden van de tafel. 'Ik verhoog met duizend.'

Leon wierp hem een scherpe blik toe. Die kerel had de bouw van een beroepsworstelaar, met naar achteren gekamd grijs haar in een paardenstaart die tot halverwege zijn rug hing. Van zijn gezicht viel niets af te lezen.

Leon zat opzichtig met zijn fiches te spelen, maar niet al te lang. Met zijn twee onzichtbare heren was hij van plan een paar rake klappen uit te gaan delen. 'Die, plus nog een duizendje erbij.'

Mattie schudde zijn hoofd en smeet zijn kaarten op tafel. De oude kale man links van hem inspecteerde zijn twee kaarten en gooide ze bij de troep van Mattie. Daarna was de beurt aan Adele, de enige vrouw aan tafel. Leon had al eerder met haar gepokerd. Ze was blond en begin veertig, altijd gekleed in fraaie mantelpakjes en ze speelde nooit veel handen. Ze bestudeerde kort Leons gezicht en ging mee.

Leon wachtte af of de Worstelaar besloot mee te spelen of te passen. Wat had hij in zijn hand zitten, verdorie. Maar Leon was niet in de stemming om het helemaal uit te dokteren. Sal Martinez had het in een oogwenk kunnen berekenen, maar Leo kreeg hoofdpijn van dat cijfergedoe. Het enige wat hij wist was dat er meer dan achtduizend euro in de pot zat en dat het van vitaal belang was dat hij dat geld ging winnen.

Dat hij met het geld van een klant zat te gokken, was ook niet je van het. Hij had bij diverse bedrijven de boekhouding doorgenomen, en zij hadden hem cheques voor de inkomstenbelasting gestuurd. Leon had die moeten doorgeven aan de belastingdienst. Op de een of andere manier had dat geld een onverwachte stop gemaakt in zijn eigen binnenzak. Voor een paar daagjes maar.

De fiches van de Worstelaar kletterden op tafel. 'Ik ga mee.'

Leon haalde diep adem en liet zijn schouders ontspannen. Hij hoorde de wervels in zijn nek kraken. Mattie legde de eerste drie *flop cards* open op tafel, en de eerste van de vijf *communal* kaarten. Een heer, een drie en een vijf, elk van een andere kleur. Leon voelde een siddering door zijn aderen schieten. Nu had hij drie heren.

Adele keek naar haar kaarten en leek niet al te blij. Nu was de Worstelaar aan de beurt. Met zijn handen maat baseballhandschoen greep hij weer een vuist vol fiches en verhoogde de inzet met tweeduizend euro.

Leon inspecteerde het gezicht van de andere man. Zijn gelaatstrekken verraadden niets, behalve een klein kloppend adertje op één ooglid dat op en neer wipte als een zandvlo. Meer had Leon niet nodig. Hij wist dat die kerel een drie en een vijf in zijn handen had, waarmee hij twee paar zou hebben. Daarmee kwam hij niet boven zijn drie heren uit.

Hij had nog twee kaarten tegoed. Moest hij het er nu op wagen of toch nog maar een keer de inzet verhogen? 'Speel met de spelers, niet met de kaarten,' zou Martinez hebben gezegd. Maar Martinez was op de keper beschouwd een speler met caprices. Leon had hem een half miljoen zien winnen, om die een paar minuten later weer te verliezen door te bluffen met een paar drieën.

Krijg 't lazarus, met zelfvertrouwen had je de helft al gewonnen. Leon verhoogde de inzet met drieduizend.

Adele liet haar kaarten op tafel vallen en zou de rest van het pokerspel als toeschouwer uitzitten. De Worstelaar nam er de tijd voor. Hij sorteerde zijn fiches, stapelde ze op tot hoge torens en maaide die dan weer ondersteboven met één tikje van zijn kolossale vingers.

'Ik ga mee,' zei hij uiteindelijk, en hij wierp Leon een lange, uitdagende blik toe. 'Het is nu tussen jou en mij.'

Zijn zelfingenomen houding beviel Leon voor geen meter. Er zat nu twintigduizend euro in de pot, en achtduizend daarvan was van hem. Of beter gezegd: van zijn klanten.

Leon voelde een knoop in zijn maag komen. Christus. Hij was afgegleden tot het niveau waarop hij de winst van een paar armzalige ondernemers inpikte. Hoe had hij zo diep kunnen zinken? Negen jaar geleden verdiende hij miljoenen met de winstgevende handel in voorkennis. Samen met de rest van het kartel streken ze in één jaar vijfentwintig miljoen euro op. Stuk voor stuk lucratieve deals. Tot de Sohoran-deal, natuurlijk. Die klootzak van een Martinez.

Hij haalde diep adem en probeerde zijn aandacht bij het pokerspel te houden. Hij had zich nog steeds niet geschoren en rook zijn eigen zure lichaamsgeur. Het was tijd om de vierde *communal card* om te draaien. Mattie legde hem omgekeerd op tafel. Alweer een vijf. Leon bleef doodstil zitten. Er lagen nu een heer, een drie en twee vijven op tafel. Daarmee had hij een full house van heren en vijven.

De Worstelaar schoof een stapel fiches naar de pot. 'Vijfduizend.'

Leon zag de gespannen trek om de mond van de andere man, en hij wist dat hij nog steeds in het voordeel was. De Worstelaar kon misschien drie vijven in zijn hand hebben of een full house met de drieën maken, maar meer ook niet. Hij ging mee.

Nu was de *river card* aan de beurt, de vijfde en laatste kaart. Leon keek toe hoe Mattie een vijf tevoorschijn haalde.

Shit. Nu lagen er drie vijven op tafel. Hij keek de Worstelaar onderzoekend aan en probeerde zijn gezicht te lezen. Zou hij die andere vijf in zijn hand kunnen hebben?

Het voorhoofd van de Worstelaar glansde in het licht van de lamp die boven de tafel hing. Hij leek wel een wassen beeld dat langzaam aan het smelten was. Nu schoof hij de hoogste toren met fiches naar voren. Zesduizend euro. Het midden van de tafel begon eruit te zien als een maquette voor een stad van wolkenkrabbers.

Leon staarde naar de pot. Er zat nu meer dan vijfendertigduizend in. Hij begon bijna luidkeels te jammeren. Die dertienduizend die hij erin had gestopt, waren niet meer van hem. Ze zaten in de pot en om er nog meer van zijn eigen geld tegenaan te gooien, zou ronduit stompzinnig zijn. Een verstandig man zou het opgeven en weglopen.

Leon pakte zijn laatste fiches en legde die boven op de pot. 'Ik ga mee.'

Zijn ogen boorden zich in die van de Worstelaar. Het moment was aangebroken om al hun kaarten op tafel te leggen. De Worstelaar ging als eerste. Bijna als in slow motion draaide hij de bovenste kaart om. Klaver drie. Tot dusver zou hem dat alleen maar een full house met vijven en drieën opleveren. Het zweet gutste Leon langs de rug. Hij staarde compleet gebiologeerd naar de tweede kaart. De Worstelaar keerde 'm om: ruiten vijf. De enige kaart in de hele stapel die hem de loef kon afsteken.

Leon zonk terug in zijn stoel. Tering. Vier onverslaanbare vijven. De misselijkheid kronkelde als een paling door zijn maag. Zijn hoofd begon te bonzen en zijn gezichtsveld begon aan de randen te vervagen. Die klootzak van een Martinez – het was zijn schuld dat hij hier zat. Hij had alles kapotgemaakt. Leon knarste met zijn tanden en slikte een woedende schreeuw in. Die dochter van hem verdiende wat hij voor haar in petto had. Dubbel en dwars.

10

'We zijn er met een kwartiertje,' zei Dillon.

Door de manier waarop hij zijn motor opjoeg geloofde ze hem graag. Hij scheurde naar de buitenste rijstrook en ze klemde zich met twee handen aan het autoportier vast. Mocht het hem al opvallen dat ze zich schrap zette voor de naderende klap, dan liet hij dat niet merken.

De Lexus zoefde over de vrije rijbaan, en al snel voelde ze haar ledematen ontspannen. Het was lekker warm in de auto en het gemurmel van de motor werkte hypnotiserend. Harry sloot haar ogen.

Thuis was ze meer dan een uur bezig geweest met de politie. Er waren twee agenten langsgekomen. De ene politieman was dezelfde als die van Pearse Station, en de andere was een rechercheur in burger die niet aan haar werd voorgesteld. De jongere had het woord gevoerd. De ander had haar alleen maar bekeken met zijn bedaarde grijze ogen, terwijl ze antwoord gaf op de vragen over de inbraak en uitlegde hoe ze voor die trein was gevallen.

Harry ging verzitten. Ze voelde haar benen zwaar worden en begon een beetje weg te dommelen. Tegen de tijd dat ze haar ogen weer opende, was het al pikkedonker en de snelweg had plaatsgemaakt voor een provinciaal landweggetje met heggen aan weerszijden.

Dillon nam gas terug en zwenkte tussen een paar gietijzeren hekken door. 'We zijn er.'

Harry tuurde door het raam. Van de poort tot aan de voordeur was de oprijlaan elektrisch verlicht: als toneellampen beschenen de lichtbundels van onderaf de bomen en de struiken.

Dillon parkeerde de auto en Harry kroop eruit, zich vergapend aan het huis dat de hoofdrol opeiste. Het was in de vorm van een gigantische L gebouwd, met een spits toelopend dak en dakkapelramen die als twee ogen op haar neerkeken. Ze rook het geurige cederaroma van de coniferen, die als wachtposten naast de voordeur stonden.

'Bevalt 't?' vroeg Dillon.

Harry draaide zich naar hem om. Hij stond haar met een vergenoegd lachje om zijn lippen aan te kijken, duidelijk ingenomen met haar reactie op zijn magnifieke onderkomen.

Ze trok haar wenkbrauwen op. 'Ben je aan het pronken?'

'Misschien,' antwoordde hij schouderophalend. 'Wat kan ik zeggen? Rijk zijn heeft weinig zin als je niet weet hoe je je geld moet uitgeven.' Hij legde zijn handpalm lichtjes op haar rug en leidde haar naar de voordeur. 'Kom, we gaan dat beloofde glaasje cognac voor je inschenken.'

De entreehal alleen al was net zo groot als haar appartement. Dillon nam haar mee naar een kamer aan de achterkant van het huis. Harry aarzelde. Opeens was ze zich erg bewust van haar uiterlijk.

'Moet ik niet eerst even douchen? Ik voel me nogal smerig.'

Dillons mobiel ging voordat hij antwoord kon geven. Hij keek op het display.

'Ashford, van KWC. Daar kun je maar beter bij blijven.' Hij nam het telefoontje aan. 'Met Dillon Fitzroy.'

Terwijl hij naar de stem aan de andere kant van de lijn luisterde, hield hij zijn ogen op de vloer gericht. Harry probeerde zijn gelaatsuitdrukking te peilen, en toen ze zich afvroeg wat Ashford te vertellen kon hebben begon iets in haar binnenste zich te roeren. Maar opeens herinnerde ze zich die kwaadaardige Felix weer, en ze stak haar kin in de lucht.

'Hartelijk dank voor uw begrip.' Dillon wierp haar een wrange blik toe. 'Helaas is Harry betrokken geraakt bij een soort ongeval, maar ik zal maandagochtend direct een andere medewerker inzetten.' Zijn gezicht vertrok even bij het antwoord aan de andere kant van de lijn. Harry maakte protesterende handgebaren. Ze kon die klus echt wel zelf afmaken, verdorie. Maar Dillon negeerde haar.

'O nee, alles in orde met haar, het was niets ernstigs.' Hij wierp een raadselachtige blik in haar richting. 'Ja, echt. Nee, ze is niet opgenomen. Maandag kan ze de zaken prima overdragen aan Imogen Brady.' Na enkele afrondende zinnen verbrak hij de verbinding en staarde haar aan.

Harry hield haar kin omhoog. 'Ik kan die inbraaktest echt wel doen.'

'Laten we de zaken niet op de spits drijven, goed?'

'Wat zei hij verder?'

'Hij putte zich uit in verontschuldigingen over wat er vandaag is gebeurd en zei dat het beslist niet jouw fout was.' Hij sloeg zijn armen over elkaar en monsterde haar van onder tot boven. 'Hij maakte zich nogal bezorgd om je gezondheid, en hij was warempel geschokt dat je bij een ongeluk betrokken was geraakt. Kennen jullie elkaar soms?'

Harry fronste haar wenkbrauwen en schudde haar hoofd. Toen verdween de rimpel weer uit haar voorhoofd. 'Hij kende mijn vader. Blijkbaar waren ze vroeger goede maatjes.'

'Aha.' Dillon keek op zijn horloge. 'Ik moet nog even wat mensen bellen. Neem jij maar een bad, als je wilt. De trap op, tweede deur links. In de kast vind je genoeg kleren.' Hij liep een kamer achter hem in en was verdwenen.

Harry ging de trap op en bekeek zichzelf in de wandspiegels. Haar haar zat alsof ze net uit bed kwam, ze had zwarte strepen op haar gezicht en haar kleren waren gekreukt. Ze had in vijfsterrenhotels gelogeerd die niet half zo chic waren als dit huis. Ze smeet haar schoudertas op het enorme tweepersoonsbed en wilde er net languit op gaan liggen toen haar mobiel ging.

'Hallo?'

'Goedendag, u spreekt met Sandra Nagle van de klantenservice van de Sheridan Bank. Spreek ik met mevrouw Martinez?'

Harry trok de telefoon van haar oor alsof het apparaat haar huid had geschroeid. Shit. Het was die helpdesksupervisor met wie ze die middag nog in de clinch had gelegen. Had ze haar soms opgespoord en wilde ze haar nu een fikse veeg uit de pan geven? Toen herinnerde Harry zich dat de vrouw haar niet kon zien en drukte de telefoon weer tegen haar oor.

'Mevrouw Martinez?'

'Pardon, ja, daar spreekt u mee.' Harry ging op de rand van het bed zitten.

'Volgens onze administratie hebt u een ongewone mutatie op uw lopende rekening. Kan ik de details even met u doornemen?'

Harry knipperde met haar ogen. 'Ongewone mutatie?'

'Ik wil slechts het bedrag verifiëren van de storting die u vandaag hebt gedaan.'

'Welke storting?'

Er viel even een stilte. 'Volgens onze administratie is er vanmiddag twaalf miljoen euro op uw bankrekening gestort.'

Harry sperde haar ogen wijd open. 'Is dit een grap?'

'Klopt dat bedrag?'

Was dat mens niet goed snik of zo? 'Natuurlijk klopt dat niet. Ik heb niets gestort.'

'Misschien heeft iemand anders dat gedaan?'

Iemand anders. Er kroop iets kouds Harry's maag in. 'Ik weet niets van dat geld af. Er staat vast wel ergens bij u in de boeken waar dit geld vandaan komt.'

Sandra schraapte haar keel. 'Nou, ik vrees dat dat nu juist zo ongewoon is aan deze transactie.'

'Hoe bedoelt u?'

'Het schijnt dat onze gegevens niet helemaal volledig zijn. Ik kan uw recente transacties hier op het beeldscherm voor me zien, en de storting staat er ook bij, maar er staat verder helemaal geen informatie bij. Normaal kunnen we zien of zoiets per cheque is gegaan of per internetbankieren, enzovoorts, maar hier is dat veld open.'

'Staat er helemaal niets bij? Geen nummer van een filiaal? Een naam?'

'Nee, helemaal niets. Alleen dat bedrag. Twaalf miljoen.'

Harry wipte op en neer op bed. Wat was hier in vredesnaam aan de hand?

'Die twaalf miljoen euro zijn niet van mij,' zei ze. 'En ik wil dat geld ook niet op mijn rekening hebben.'

Ze kon bijna horen hoe de vrouw aan de andere kant van de lijn zich schrap zette.

'Daar kan ik helaas niets aan doen,' zei Sandra. 'Het geld is naar uw rekening overgemaakt.'

'Wat belachelijk.' Harry sloot haar ogen en kneep in haar neusbrug. 'Mensen maken niet zomaar twaalf miljoen over zonder ergens een spoortje na te laten. Voeren jullie geen limietcontrole uit van wat er bij jullie binnenkomt en weer naar buiten gaat? Zet niemand vraagtekens bij dit soort bedragen?'

'In de regel wel, daarom bel ik u nu ook.' Sandra praatte alsof ze haar kiezen op elkaar had geklemd. 'Het is duidelijk dat deze transactiegegevens niet kloppen en ik zal meteen de afdeling Systeemcontrole erop zetten. Maar in de tussentijd moet het geld op uw rekening blijven staan.'

'Kunt u misschien een afschrift mailen? Ik zou hier graag een bewijs van willen zien.'

'Vanzelfsprekend.' Wat een servicegerichte tante.

Harry verbrak de verbinding. Ze greep haar schoudertas, haalde haar laptop eruit en stak de stekker in de wanddoos van de telefoonaansluiting. Binnen enkele minuten was ze online en ze logde in op haar Sheridan-account. Ze klikte op 'saldo opvragen' en staarde naar het scherm. Toen vernieuwde ze het scherm voor nog een check. Zelfde antwoord.

€ 12.000.120,42

Harry liet zich op het fluweelzachte bed terugzakken. Dit moest een fout zijn, een misser in de papierwinkel van de bank. Zulke dingen kwamen toch wel eens voor?

Ze bestudeerde haar handpalmen. De wondjes van de kiezelstenen leken op de beet van een rij tanden. Ze zuchtte en ging weer rechtop zitten. Wie nam ze nou in de maling? Misschien wilde ze er niet aan, maar alles wat haar vandaag was overkomen had met elkaar te maken. En haar gevoel zei dat het met haar vader te maken had. Als ze eerlijk tegen zichzelf was, had ze dat al geweten vanaf het moment dat die griezel bij de trein haar iets in het oor had gefluisterd. Sinds de arrestatie van haar vader had de naam Sohoran een bepaalde betekenis.

Ze herinnerde zich de krantenkoppen: INSIDERKARTEL BETROKKEN BIJ SOHORAN-FRAUDE; KWC KARTELVOORMAN AANGEKLAAGD DOOR STOCK EXCHANGE. Ze voelde een harde, brandende knoop in haar borstkas. Dat was nu bijna acht jaar geleden: op 7 juni 2001, om precies te zijn. Het was de dag waarop de luiken tussen haar en haar vader voorgoed werden dichtgeslagen.

Maar welke ellendeling had twaalf miljoen euro op haar rekening gestort? Haar vader zeker niet. Hij zat achter slot en grendel in Arbour Hill, en ze betwijfelde of de gevangenen daar het voorrecht van internetbankieren genoten. Ze klapte haar laptop dicht. Niet alleen had iemand een smak geld naar haar rekening overgemaakt, diegene had het ook nog eens gepresteerd om geen spoor achter te laten. Dit sloeg nergens op.

Ze hees zich van het bed af en liep naar de belendende badkamer. De ingewikkeld uitziende jacuzzi was nu te vermoeiend en ze liep regelrecht naar het ingebouwde hoekbad en draaide de kranen wijd open.

Harry trok haar kleren uit en bekeek zichzelf in de lange spiegel. Haar benen waren bezaaid met blauwe plekken, als verkleurende bananen. In haar beroete gezicht stonden haar ogen hol en gejaagd, en er liepen lange krassen over haar wangen. Ze leek wel op zo'n verschoppeling die ze vroeger altijd de schoorsteen in lieten klimmen.

Ze liet zich centimeter voor centimeter in het dampende water zakken. Daarna sloot ze haar ogen en liet haar gedachten de vrije loop. Ze dacht niet aan haar vader en ook niet aan de twaalf miljoen euro, maar aan Dillon. En dan niet de Dillon die op dit moment deals zat te beklinken aan de telefoon, maar aan de eenentwintigjarige jongen die ooit bij haar in de slaapkamer had gezeten en haar hand had vastgehouden.

11

‘WAAROM WIL JE HACKER WORDEN?’

De dertienjarige Harry zocht verwoed naar een antwoord waarmee ze indruk kon maken op deze donkerharige, aantrekkelijke jongen met die halve grijns. Ze kon er niet zo snel een verzinnen, dus vertelde ze de waarheid maar.

‘Omdat ik het kan.’

Ze wachtte op een reactie, maar kreeg er geen. In plaats daarvan leek hij in beslag te zijn genomen door de verzameling soldeerbouten en schroevendraaiers waarmee de planken in haar slaapkamer waren bezaaid. Hij was van top tot teen in het zwart gekleed, als een jonge priester, en zijn pony viel zwaar over zijn dikke wenkbrauwen. Had ze maar niet dat schooluniform aan, met die lelijke veterschoenen.

Haar moeder had hem naar haar kamer gebracht en ze gedroeg zich alsof de FBI bij hen op de drempel was verschenen. Nadat hij zich had voorgesteld als Dillon Fitzroy en had verteld dat hij onderzoeken uitvoerde in opdracht van de Dublin Stock Exchange, had Harry een kriebelende angst langs haar ruggengraat voelen gaan.

Ze keek toe hoe hij een van de schroevendraaiers oppakte en met het uiteinde tegen zijn andere hand had getikt.

‘Hoe kom je op de naam Pirata?’ vroeg hij, refererend aan haar hackerpseudoniem.

‘Pi-rrata,’ corrigeerde Harry, en liet de ‘r’ rollen als een geweersalvo. ‘Dat is Spaans voor piraat.’

Opeens klonk dat heel erg kinderachtig, maar hij knikte alsof ze een weloverwogen keuze had gemaakt. Hij hield haar blik vast en om zijn mond speelde een leuk lachje. ‘Mag ik je deze vragen stellen?’

Ze knikte en voelde haar wangen branden. Ze ging op haar bed zitten en terwijl ze naar die stomme schoenen aan haar voeten staarde probeerde ze met pure wilskracht die rode kleur van haar konen te jagen. Ze was zich pijnlijk bewust van haar moeder die aan de andere kant van de deur hun gesprek woord voor woord stond af te luisteren.

Dillons blik gleed door het vertrek. Hij bestudeerde de chaos van gesloopte computers en gedemonteerde radio's. 'Ben je iets aan het knutselen?'

Ze probeerde zo achteloos mogelijk haar schouders op te halen. 'Sluit me op in een kamer met een doos waar een paar kabels uithangen, en ik trek 'm uit elkaar.' Meteen had ze spijt van haar spraakzaamheid en ze beet op haar onderlip. Er hing haar iets boven het hoofd en dat besefte ze maar al te goed.

Dillon trok de stoel onder het bureau vandaan. Op de zitting lag een groot, rood pakket. Harry graaide het snel weg voor hij het zou pakken en hield het stevig op haar schoot geklemd. Hij ging met zijn armen over elkaar tegenover haar zitten.

'Je hebt geen idee wat ik hier doe, of wel?' vroeg hij.

Nou begon het. Ze bleef naar de vloer staren. 'Jawel.'

'Mag ik een kijkje nemen?' Hij maakte een handgebaar in de richting van haar pc.

Ze schudde haar hoofd, maar hij had zich al omgedraaid en keek naar het scherm. Zijn vingers vlogen razendsnel over het toetsenbord. Harry schoof steeds verder naar voren op bed, totdat ze kon zien wat hij daar uitvoerde. Op het scherm verschenen allerlei gegevens, terwijl hij door de harde schijf wroette en haar hackermateriaal inspecteerde.

'Jullie wonen hier leuk,' zei hij zonder haar aan te kijken.

Harry trok haar wenkbrauwen op. 'Best wel. We zitten hier nog maar een jaar.' Ze keek naar de gordijnen van witte tule en het beddengoed met kant. Het was de kamer van een prinsesje. Het was van de zotte dat ze die krappe zolder miste die ze samen met Amaranta had gedeeld, met die smalle slaapbankjes en het springtouw dat haar zusje over de vloer had gespannen om ieders territorium af te bakenen. Maar haar vader had die nieuwe baan gekregen. Haar moeder had voortdurend vinnig commentaar geleverd op de manier waarop zijn loopbaan bij Schrodinger was beëindigd, maar haar vader had gezegd dat het deze keer allemaal anders zou zijn. Daar had hij in elk geval gelijk in gekregen.

Ze wendde zich weer naar Dillon en zag dat hij naar haar keek. Hij liet zijn blik over haar schooluniform glijden en bleef steken bij die schoenen waarin het net leek alsof ze horrelvoeten had. Vol afschuw sloot ze haar ogen.

'Ben je ook van school veranderd?' vroeg hij, en hij verlegde zijn aandacht weer naar het beeldscherm.

Zodra ze aan haar school dacht, begon er iets in haar binnenste te knagen. Ze haalde haar schouders op en zette het soort gezicht op dat het allemaal niets voorstelde.

'Dat wel, maar ik heb daar geen problemen mee. Het enige is dat ze het daar altijd over skivakanties en merkkleding hebben.' Ze ging zachter praten en knikte in de richting van de deur. 'Mama vindt dat ik meer met vriendinnetjes moet optrekken.'

'Moeders zijn niet snel tevreden.'

Ze wierp hem een snelle blik toe, maar ze bespeurde geen greintje spot in zijn donkere ogen.

Hij wees op het pakje op haar schoot. 'Kerstcadeautje?'

Ze legde het opzij. 'Dat is voor papa. Ik moet het hem nog geven.'

'Is hij weg?'

'Hij ging pokeren op kerstavond. Met een dag of twee is hij wel weer terug.'

Dillons handen bleven in de lucht steken. 'Hij was er niet met kerst?'

'Hij is er bijna nooit met Kerstmis,' zei Harry en ze haalde haar schouders op.

Dillon zei niets. Ze schoof het pakje over het bed zodat de inhoud rammelde. Ze had een complete pokerset voor haar vader gekocht: zeshonderd plastic fiches, twee stokken kaarten en een dikke handleiding, alles verpakt in een glanzend zwarte, speciale pokerdoos. Ze had er maanden voor moeten sparen.

Dillon keek weer naar het beeldscherm. Hij kneep zijn ogen samen terwijl hij door een van haar bestanden ging, en Harry keek mee op het scherm om te zien wat zijn aandacht had getrokken. Het was de code voor een van de hackerinstrumenten die ze zelf had ontworpen.

Met een staccatoaanslag op de toetsen sloot Dillon het bestand en opende een ander. Hij ging er eerst snel doorheen, en liep daarna de inhoud regel voor regel door. Hij floot zachtjes en zijn blik was aan het scherm vastgekleefd.

Hij wees op een regel in het programma. 'Wat doet dat hier?'

Harry las het door en begon toen haar ontwerp uiteen te zetten; ze struikelde over haar woorden in haar haast om al haar ideeën te kunnen overbrengen. Ze moest over hem heen buigen om bij haar toetsenbord te komen en ze werd zich bewust van de warmte van zijn lichaam en de licht kruidige zeep die hij gebruikte.

Toen ze klaar was keek hij haar een tijd aan en speurde haar gezicht af. 'En dit heb je helemaal in je eentje bedacht?'

'Ja.' Harry haalde diep adem. 'Mag ik jou nu een vraag stellen?'

'Ga je gang.' Zijn ogen lieten haar niet los.

'Hoe heb je me gevonden?'

'Dat was niet zo moeilijk. Je had op het prikbord te veel van je wapenfeiten prijsgegeven. De jongens van de beveiliging controleren die dingen voortdurend. Als je te lang online blijft, kunnen we je ook vinden.'

Harry voelde zich betrapt. Zo simpel was het dus. Ze was niet voorzichtig geweest. Aan de andere kant was ze het ook niet gewend om dingen te moeten verbergen.

Dillon typte nog wat in en sloot daarna de bestanden. Toen draaide hij zijn stoel zodat hij haar recht aankeek. Hij pakte de schroevendraaier weer op en liet hem over het bureaublad draaien.

'Je hebt lopen sjoemelen met gegevens die eigendom zijn van de Dublin Stock Exchange,' zei hij. 'Weet je wat er is gebeurd toen ze het lek ontdekten?'

'Nee.'

'De netwerkbeheerder is bijna zijn baan kwijtgeraakt.' Dillon boog zich met een strenge blik naar voren. 'Hij is nog maar vierentwintig jaar en zijn vrouw is zwanger.'

Harry liet haar hoofd hangen. Haar huid prikte alsof ze een of andere nare uitslag had. 'Ik heb er niet bij nagedacht. Het leek zo'n onbenullige handeling.'

Dillon schudde zijn hoofd. 'Je loopt niet zomaar te knoeien met computers, je bent andermans leven aan het verknoeien.'

Ze durfde hem niet aan te kijken. 'Het spijt me,' zei ze.

'Wat voor systemen heb je nog meer kapotgemaakt?'

Haar hoofd schoot met een ruk overeind. 'Ik heb nog nooit eerder zoiets gedaan. Ik maak niks kapot, ik neem alleen maar een kijkje.'

Hij keek haar even aan. Ze kon niet zeggen of hij haar woorden geloofde. Toen gooide hij de schroevendraaier met een kletterend geluid op haar bureau en sloeg zijn armen over elkaar alsof hij iets had besloten.

'Prima. Nu ik heb gezien hoe je als hacker te werk gaat, wil ik ook weten waarom je dat doet,' zei hij.

'Maar dat heb ik je al verteld.'

'Nietwaar. Je hebt een uitvlucht verzonnen. Ik vraag het je nog een keer: waarom wil jij zo graag hacken?'

Harry kon zo gauw geen antwoord verzinnen. Wat wilde hij nou precies weten? Het was net alsof ze in de schoolbanken zat en de leraar een reeks vragen op haar afvuurde die haar naar een bepaald antwoord moesten leiden. Maar welk?

Ze probeerde haar gevoel te analyseren als ze aan zo'n hack begon. 'Nou, misschien vind ik het leuk om me toegang tot verboden plaatsen te verschaffen.'

'Dus je houdt wel van een gokje. Waarom? Voel je je dan machtiger?'

Harry dacht aan hoe haar nekhaartjes overeind gingen staan zodra ze besefte dat ze op het punt stond een systeem binnen te dringen. Ze dacht aan de opwinding die als een drug door haar aderen stroomde als ze de poort naar iemands netwerk had ontsloten. Dillon had gelijk. Hacken gaf haar een gevoel van macht, op een manier die geen enkel ander aspect van haar leven haar kon verschaffen. Maar er was nog iets.

Ze schudde haar hoofd. 'Ik denk dat het meetelt. Maar meestal geloof ik mensen gewoon niet als ze me vertellen dat hun systeem potdicht is. Dat het in de handleiding staat, wil nog niet zeggen dat het waar is.' Ze wreef over haar neus alsof ze daarmee haar gedachten kon ordenen. 'Ik weet gewoon dat er altijd wel een weg naar binnen te vinden is als ik het maar lang genoeg blijf proberen.'

'Dus het gaat jou om de technologie? Je wilt ontdekken wat je ermee kunt doen?'

'Hmmm... in zekere zin. Het is alsof... Ik weet niet...' Ze keek hem aan. 'Het is alsof je de waarheid vindt.'

Dillons ogen gloeiden en hij bleef een poos stil zitten. 'Dat is precies waar hacken om draait. Het is een zoektocht naar de waarheid.'

Hij boog zich naar voren, legde zijn ellebogen op zijn knieën en drukte zijn handpalmen tegen elkaar. Zijn gezicht was maar een paar centimeter van het hare verwijderd.

'Mensen denken dat hacken met vernietiging te maken heeft, maar niets is minder waar. Het gaat om het onderzoeken van technologie, het ontdekken van zijn grenzen en het delen van informatie. Een echte hacker weet met zijn manier van denken de regeltjes uit de boeken te overstijgen, of datgene wat ze hem hebben aangeleerd. Hij vindt een manier om dingen te bewerkstelligen waar het conventionele denken tekortschiet.' Dillon hield haar blik vast. 'Hacken is een goed ding. Het zijn de mensen die slecht zijn.'

Hij nam haar handen in de zijne. Ze voelde een hete golf door haar lichaam trekken en in haar borstkas fladderde iets rond.

'Je moet hacken beschouwen als een lifestyle,' zei hij. 'We hacken niet zomaar computers, wij hacken met ons hele wezen.' Hij gaf haar handen een kneepje om zijn woorden te benadrukken, en zijn ogen brandden in de hare. 'Laat je nooit beperken door wat anderen je opdragen. Accepteer nooit zomaar hun versie van hoe de dingen moeten gaan.'

Harry luisterde geboeid. 'Beperken'. Dat omschreef precies hoe ze zich elke minuut van de dag voelde. Onder de plak bij een moeder die ze voortdurend teleur leek te stellen; gestigmatiseerd op een school waar ze niet mee kon komen. Ze zag opeens in dat hij haar vertelde hoe ze met haar leven kon omgaan.

Opeens liet Dillon haar handen weer los en leunde naar achteren, alsof hij verlegen werd van zijn eigen geestdrift. 'Einde lezing. Bedankt voor het praatje.' Hij sprong overeind en liep naar de deur. 'Ik kom er wel uit.'

Harry stond op, verward door deze plotse verandering. 'Wacht even – wat gaat er nu gebeuren?'

Dillon trok zijn schouders op. 'Niets, waarschijnlijk. Ik moet je ouders op de hoogte brengen van wat je hebt uitgespookt, maar niemand zal een aanklacht tegen een meisje van dertien indienen. Maar als je het nog een keer doet, heb je een probleem.'

Hij had zijn hand op de deurklink en bekeek haar van onder tot boven, met ietwat koortsige ogen. 'Op een dag heb ik mijn eigen zaak, met de beste technici ter wereld.' Zijn lippen krulden en hij gaf haar een knipoogje. 'Als je lang genoeg uit de bajes weet te blijven, neem ik je misschien wel in dienst.'

12

Cameron stond voor de gietijzeren poort. Het meisje was in dat huis en ze verbleef er al minstens een uur. Hij drukte zich tegen de ijzeren spijlen aan. Wat hij was begonnen, moest hij dringend afmaken.

Hij boorde zijn nagels in zijn handpalmen. Wat een klotemisser was dat geweest op het treinstation. Ze bleek zo licht als een veertje te zijn. Maar zodra hij haar had losgelaten, was die forenzenmeute voor zijn neus komen staan en had zijn uitzicht geblokkeerd. Hij had het gekrijs van de treinen gehoord en gezien hoe ze voorbij waren gescheurd. Maar door die mensenmassa had hij haar angst niet kunnen waarnemen.

En daarom was het nog niet af.

Hij tuurde door de poort. Die oprit leek verdomme wel een landingsbaan, met al die lampen ernaast. Hij kon de omtrek van het huis zien, met de twee verlichte ramen die in het donker opgloeiden. Hij liet zijn gezicht tegen het koude metaal rusten en dacht aan het meisje dat zich in een van die kamers ophield. Hitte sloeg door zijn lendenen.

Maar ze hadden hem opgedragen om zich gedeisd te houden.

Hij rammelde aan de ijzeren tralies om te kijken hoe sterk ze waren. Ze staken bijna vier meter de lucht in en waren aan beide zijden vastgesoldeerd aan een betonnen muur die bij de schaduw van de bocht uit het zicht verdween. Boven hem zag hij een roterende camera op een paal, die nu zoekend vanaf de oprijlaan naar de poort draaide. Cameron sprong opzij om buiten beeld te blijven. Dit soort huizen waren altijd hetzelfde. Gevangenismuren, hekken met sensoren, infraroodcamera's. Maximum bescherming tot aan de rand van het domein. Dat was de bedoeling althans. Er was namelijk altijd een weg naar binnen.

Hij liep langs de omheining en liet zijn hand langs de klimop glijden die zich aan de stenen had gehecht. Hij rook de vochtige houtgeur van het bos om hem heen. Er ritselde iets in de struiken; een of ander klein diertje maakte zich uit de voeten. Cameron bereikte een zijpoort en staarde weer naar het L-vormige huis. Als het in vlammen zou opgaan, zou dat een spektakel van jewelste opleveren.

Maar hij mocht pertinent geen brand stichten. Nog niet.

Er waren maar weinig mensen die net als Cameron begrepen wat vuur inhield. De meeste mensen waren er bang voor. Maar Cameron had er de tijd voor genomen om dicht in de buurt van de vlammen te komen, zo dichtbij dat hij bijna hun flakkerende kleuren en slingerende tongen kon aanraken.

Hij liep verder langs de muur en streelde de bladeren van de klimop. Iemand opsluiten in een brand gaf zoveel meer bevrediging dan ze voor een vrachtwagen duwen. Je kon je in de schaduwen ophouden en het effect aanschouwen van wat jij had aangericht. Dat leek in niets op een auto-ongeluk, waarbij het allemaal met één schreeuw voorbij was. Met brand ging het opbouwen van de euforie in fasen en het eindigde in een tranceachtige staat dat zijn lust verzadigde om dingen te zien branden.

Hij had gehoord dat veel seriemoordenaars in hun jeugd pyromaan waren geweest. Son of Sam, om maar een voorbeeld te noemen. Die had duizenden branden gesticht. Cameron glimlachte. Hij behoorde nog niet tot die klasse. Op een goede dag misschien wel.

Hij probeerde de grendel van de zijpoort. Hij zat op slot, maar de metalen tralies voelden korrelig aan en de verf bladderde af onder zijn handen. Hij bekeek de poort van dichterbij. Hij was ouder en roestiger dan de andere en de soldering was ook niet zo zorgvuldig afgewerkt. Hij begon te hijgen.

Ze mochten hem dan ingewreven hebben om zich koest te houden, maar dat betekende nog niet dat hij niet heel dicht bij haar in de buurt kon komen.

13

De garderobe bleek een inloopkledingkast te zijn die groter was dan Harry's slaapkamer thuis.

Ze trippelde naar de stang die over de hele lengte van de wand liep, en keek naar wat er zoal op de hangertjes hing. Zo te zien was het kleding in diverse maten, maar ze kwamen allemaal van dezelfde designer en hadden de stijl 'avondglamour'. Harry zuchtte diep. Met haar beurse gezicht en afgetrapte schoenen zou ze er niet al te best uit zien.

Ze doorzocht de kastplanken achter haar en vond een herenspijkerbroek, een wijde ceintuur en enkele kraakheldere witte T-shirts die nog in cellofaan waren verpakt. Een paar minuten later was ze aangekleed, met het shirt in haar broek gestopt en de riem strak om de wijde spijkerbroek getrokken. Ze liep naar beneden en vroeg zich ondertussen af wat voor soort vrouwen hun kleding ergens achterliet.

Harry vond de kamer terug aan de achterkant van het huis waar ze Dillon had achtergelaten en duwde de deur open. Hij was nergens te zien.

Ze keek de kamer rond en nam aan dat hij hier de meeste tijd doorbracht. Het was een combinatie van een kantoor en een vrijgezellenkamer, en het rook er naar leer en gesmolten kaas. Voor de televisie stond een grote leunstoel compleet met voetsteun en bierhouder. Harry kon zich nauwelijks voorstellen dat Dillon met zijn voeten omhoog tv zat te kijken.

Eén wand werd compleet gedomineerd door een zwart-witfoto, van misschien wel één bij anderhalve meter. Het was een recente foto van Dillon die van bovenaf was genomen. Hij zat met gekruiste benen op een verlaten strand en overal om hem heen waren lijnen en spiralen in het zand getrokken. Het leek op een Keltisch patroon en vormde een decoratieve tekening die de helft van het strand in beslag nam.

'Dat is een simpel verbindingslabyrint.'

Harry draaide zich om en zag dat Dillon in de deuropening naar haar stond te kijken. Hij droeg een kakibroek en een blauw rugbyshirt, en hij had een zilveren dienblad in zijn handen. Hij maakte met zijn kin een gebaar naar de foto terwijl hij door de kamer liep.

'Vroeger maakte ik ze overal, waar ik ook naartoe ging. In het gras, in de sneeuw. Ik heb er ooit zelfs een van spiegels gebouwd.'

Harry keek weer naar de foto. Het verwarrende gekronkel liep hier uit op een doorgang, daar op een doodlopende weg, en ze herkende er de puzzels in die ze zelf als kind had gedaan.

'Wat bedoel je met simpele verbinding?'

'Welk pad je ook kiest, het leidt altijd naar een ander pad of naar een dode hoek.' Het dienblad rinkelde toen hij het neerzette op de koffietafel. 'Je kunt niet via het ene op het andere pad komen, dus het is het doolhof met de simpelste oplossing.'

Harry keek met samengeknepen ogen naar het labyrint en probeerde een van de paden met haar ogen te volgen, maar ze ging er al snel scheel van kijken en gaf het op.

'Ik wist niet dat jij zo dol was op labyrinten,' zei ze.

'Heb je je nooit afgevraagd hoe ik aan mijn bedrijfsnaam kwam?'

Ze keek hem vragend aan.

'Lúbra is Iers voor labyrint,' zei hij.

Harry glimlachte. 'Leuk gevonden.'

Ze wierp een blik op het dienblad. Hij had een fles cognac meegenomen, met twee kristallen buikglazen en een schaal met een torenhoge stapel sandwiches. Haar maag knorde. Ze had de hele dag nog niet gegeten.

Ze pakte een sandwich en liet zich in een van de stoelen vallen. Dillon gaf haar een glas cognac. Hij keek met opgetrokken wenkbrauwen naar de spijkerbroek en het shirt, maar hij zei er niets over.

Harry nam een flinke teug cognac. 'Hoor eens, het spijt me van al dat gedoe met Ashford.' Ze haalde diep adem. 'En ook voor wat er eerder is voorgevallen. Toen ik weigerde om iets tegen je te zeggen. Dat overkomt me wel vaker.'

Dillon hield zijn aandacht op zijn sandwich gericht. 'Geeft niet, je hoeft niet meer te zeggen dan je kwijt wilt.'

Harry zuchtte. Ze kon het net zo goed maar meteen vertellen. 'Het komt door mijn vader. Volgens mij heeft hij hier iets mee te maken.'

Dillon fronste. 'Waarmee? Met de inbraak?'

'Met alles.'

'Ook met die vent op het station? Maar dat is van de zotte. Waarom?'

'Om wat die vent zei. De Sohoran-deal, het kartel – dat wijst regelrecht naar mijn vader.'

'Ik begrijp er niets van.'

Ze bleef hem aankijken. 'Het was de Sohoran-deal waar mijn vader over struikelde en die tot zijn arrestatie heeft geleid.'

De frons verdween. 'Ah, helder. Maar wat...'

Ze schudde haar hoofd. 'Vraag niet verder, want ik ben er zelf ook nog niet achter. Het punt is dat je weet hoe ik reageer als het mijn vader betreft.'

Dillon rolde met zijn ogen. 'Zeker. Aangebrand.'

Ze glimlachte en haalde haar schouders op. 'Ach ja.'

'Heb je iets tegen de politie gezegd?'

Harry dacht aan de zwijgende agent die eerder die avond bij haar thuis was geweest en schudde haar hoofd. 'Kan ik niet doen. Misschien beginnen ze dan wel een nieuw onderzoek naar zijn handel en wandel.'

'Ja, en? Hij zit toch al in de gevangenis. Wat kunnen ze hem verder maken?'

Harry legde haar sandwich neer. Haar trek was opeens verdwenen. 'Hij komt vrij.'

'Ik dacht dat hij acht jaar had gekregen.'

'Vervroegde vrijlating.' Haar keel zat dichtgeknepen. 'Hij kan elk moment worden vrijgelaten.'

Dillon dacht even na. 'Dus als er een onderzoek naar hem wordt gestart, gaat zijn vrijlating voorlopig niet door?'

'Of wordt helemaal afgewezen.'

Er viel even een stilte. Ze voelde Dillons blik.

'Volgens mij moet je met je vader gaan praten,' zei hij. 'Dat heb ik maanden geleden al tegen je gezegd.'

Ze schudde haar hoofd en staarde in haar glas. Ze legde haar vingers eromheen en liet de gouden vloeistof ronddraaien. 'Toen ik nog klein was vond ik hem geweldig. Hij beloofde de mooiste dingen en wat hij waarmaakte was magisch.' Ze ging met haar nagel door een groef in het diamantgeslepen glas. 'Het was bijna de teleurstelling waard van alle beloften die hij niet nakwam.'

'Zo te horen hadden jullie een sterke band.'

Ze glimlachte. 'Daar heeft mijn zusje Aramante de hand in gehad. Toen ik vijf jaar oud was, vertelde ze me dat onze ouders mij als baby op straat hadden gevonden. Ze zei dat ze me een poosje zouden houden, maar dat ze me later aan de buren gingen verkopen.'

Dillon schoot in de lach. 'Echt zo'n streek van een oudere zus.'

'Het probleem was dat ik haar nog geloofde ook. Maandenlang heb ik me in mijn eigen huis een buitenstaander gevoeld. Mijn moeder hield me sowieso al op een afstand, om redenen die alleen zijzelf begreep, dus dat hielp ook niet mee. Uiteindelijk heb ik alles bij mijn vader eruit geflapt en die nam het voor me op. Het kan best dat ik hem sindsdien als bondgenoot ben gaan beschouwen.'

Dillon nipte van zijn cognac. 'En daar kwam verandering in toen hij werd gearresteerd?'

Ze schudde haar hoofd. 'Al lang daarvoor had ik het met hem gehad. Dat krijg je als iemand je zo vaak teleurstelt. Dat hij werd veroordeeld, deed min of meer de deur dicht.' Ze haalde haar schouders op en glimlachte. 'Je ouders zoek je niet uit, hè?'

'Nee. Alhoewel je kunt stellen dat mijn ouders mij hebben uitgekozen.'

Harry keek hem vragend aan.

'Ik ben geadopteerd,' zei hij. 'Mijn ouders konden geen kinderen krijgen en ze adopteerden mij toen ik nog een baby was. Maar tegen de tijd dat ik twee was, raakte mijn moeder wonder boven wonder in verwachting.'

'Laat me raden. Jij kreeg minder aandacht dan het biologische kind en je hield er een staalkaart aan complexen aan over.'

Dillon zweeg even. 'Misschien voor een bepaalde periode. Ik weet in elk geval wel hoe het is om je een buitenstaander in je eigen huis te voelen.' Hij haalde zijn schouders op. 'Maar toen probeerden ze het goed te maken en uiteindelijk zijn ze daarin doorgeslagen. Ik kreeg alle aandacht en het was mijn broer die daar complexen van kreeg. Uiteindelijk is hij eraan onderdoor gegaan. Drugs, bajes – de hele santenkraam.'

Ze wist niet wat ze moest zeggen en nam nog een slok cognac. 'Dus we komen allebei uit een gezin met de nodige sores.'

'Daar lijkt het wel op.'

Harry maakte een armzwaai naar de kamer. 'Je hebt er in elk geval weinig schade aan overgehouden. Moet je dit huis eens zien. Het is waanzinnig.' Haar oren begonnen te gonzen en ze vroeg zich af of ze misschien een beetje dronken werd.

'Het is wel aardig.' Dillon had een vergenoegde grijns op zijn gezicht.

Harry liet haar ogen door het vertrek gaan. 'Zeg, volgens mij zit je het meest van de tijd hier.'

Dillons grijns werd iets minder breed. 'Niet als ik bezoek heb, en dat heb ik bijna altijd. En zo niet, dan kan ik me hier van de buitenwereld afsluiten. Hoge muren, elektrisch vergrendelde poort – als er iets is wat je met geld kunt kopen, dan is het wel privacy.'

'Of afzondering,' zei Harry, en ze wenste meteen dat ze haar woorden kon inslikken. Dillon stond fronsend op.

'Kom, je ziet er moe uit. Volgens mij kun je beter gaan slapen.'

Hij pakte haar hand en hielp haar overeind. Ze stond een kort moment vlak voor hem, op enkele centimeters bij hem vandaan zodat de warmte van hun lichamen zich vermengde. Toen draaide hij zich om en liep naar de openslaande tuindeuren aan de andere kant van de kamer, en wenkte haar. 'Maar eerst moet ik je nog wat laten zien.'

14

HET EERSTE WAT HARRY OPVIEL toen ze naar buiten stapte, was een prikkelende geur die haar aan kerstbomen deed denken. Hij hing als eucalyptus in de lucht en meteen werd haar hoofd weer helder.

Ze tuurde de donkere nacht in en wachtte tot haar ogen aan de duisternis waren gewend. En toen zag ze het. Vanaf het midden van het gazon doemde een gigantische muur van heggen op, inktzwart, bijna vier meter hoog en zo breed als een voetbalveld.

'Lieve help,' liet Harry zich ontvallen. 'Is dat een labyrint?'

Net toen ze die woorden uitsprak scheen het maanlicht tussen de wolken door en bescheen een dichte groenstruik die in de vorm van een enorme gesloten rechthoek was aangeplant, en die blijkbaar net zover naar achteren doorliep. Daar moest minstens een halve hectare aan heggen staan.

'Indrukwekkend, hè?' vroeg Dillon. 'De vorige eigenaars hebben dit ongeveer twintig jaar geleden laten aanleggen. Daarom móést ik dit huis gewoon hebben. Kom, ik neem je mee naar binnen.'

Hij liep het gazon over. Zijn gymschoenen maakten knisperende geluidjes op het droge gras. Harry volgde hem en bleef even stilstaan bij een rode driehoekige vlag die de ingang van het labyrint markeerde. Haar hersens veranderde meteen in slappe pudding; iets waar ze altijd last van had zodra ze met navigatieperikelen werd geconfronteerd.

'Ik heb het gevoel alsof ik een zes moet gooien voor ik mag beginnen,' zei ze.

Dillon schoot in de lach. 'Kom gauw, voordat de maan weer weg is. Ik moet je laten zien wat ik in het midden heb laten bouwen.'

Ze liep achter hem aan naar binnen. De kruidige dennengeur was nog sterker nu ze zich in het labyrint bevond. Aan alle kanten werd ze omgeven door hoge, gebogen heggen. Het ruwe kleipad was maar heel smal, zodat ze gedwongen achter elkaar moesten lopen.

Dillon maakte een scherpe bocht naar links en Harry moest er stevig de sokken inzetten om hem bij te kunnen houden. Het pad kwam uit op een boogvormige, smalle doorgang en opeens was Dillon uit het oog verdwenen. Het maanlicht verflauwde en Harry voelde haar huid prikken. Ze versnelde haar pas.

'Wat gebeurt er als hier iemand verdwaalt?' riep ze.

'Dan loodsen we ze via het balkon verder.' Hij klonk van heel dichtbij, hooguit een paar meter bij haar vandaan. 'Vanaf daar heb je een compleet uitzicht op dit bouwsel. Maar als je echt verdwaalt, hanteer dan het linkerhandprincipe.'

'Het wat?' Ze bleef angstvallig op het hoofdpad, en weigerde zich te laten verleiden om links of rechts af te slaan.

'Leg je linkerhand tegen de heg, hou 'm daar en blijf gewoon doorlopen. Dan kom je er vanzelf wel weer uit.'

Het maanlicht was inmiddels helemaal verdwenen, waardoor de heggen nu op zwarte muren leken. Harry stak haar handen naar voren en zocht zich als een blinde op de tast een weg over het zwenkende pad.

'Maak je niet druk, het lijkt erger dan het eruitziet,' zei Dillon. 'Het merendeel is optisch bedrog.'

Harry struikelde bijna. Optisch bedrog. Die zinsnede tikte tegen een stroomdraadje in haar hoofd en opeens zag ze het beeld weer voor zich van haar bankrekening met die twaalf miljoen erop.

'Wat bedoel je precies?'

'De paden zijn zo ontworpen dat mensen de verkeerde kant op lopen. Het is een psychologische instinker.' Het klonk alsof hij zich nu zo'n drie tot vier meter bij haar vandaan bevond, maar ze kon niet zeggen of dat links of rechts van haar was. 'Om een voorbeeld te geven, mensen schijnen paden te vermijden die suggereren dat ze weer op hun schreden terugkeren. Van die dingen.'

Harry probeerde uit te vogelen wat dit met haar bankrekening te maken kon hebben. Was dat misschien ook een trucje? Ze schudde haar hoofd. Iets in haar hoofd had een link gelegd en ze had geen idee waarom of hoe.

Achter haar hoorde ze voetstappen in de klei. Was Dillon in een cirkel om haar heen gelopen? Ze keek over haar schouder, maar kon niets anders zien dan de dichte heg. Er liep een rilling langs haar ruggengraat en ze haastte zich voort.

'Heb je ooit het verhaal gehoord van koning Minos en zijn Labyrint?' Dillons stem klonk steeds verder weg.

'Welke koning?'

'Het is een oude Griekse mythe. Koning Minos van Kreta liet een enorm doolhof bouwen dat hij zijn Labyrint noemde. Hij gebruikte het om de Minotaurus in gevangen te houden.'

Achter haar hoorde ze raspend gehijg in de duisternis. Ze wierp een snelle blik om zich heen en liep tegen een heg aan. Waar was die eikel van een Dillon?

'Wat is een Minotaurus?' riep ze. Ze werd niet blij van de paniekerige klank in haar stem.

'Een monster dat mensen opvrat: half man, half stier.'

Ze liep nu op een drafje over het smalle pad. De zwoegende ademhaling achter haar werd steeds luider en dwingender, alsof het lopen veel inspanning vergde. Harry keek weer achterom en staarde in de duisternis van het lege pad.

'Ben jij dat, Dillon?'

Stilte. Boven haar hoorde ze een koerende duif. Ze hoorde geen voetstappen meer. Had ze het zich maar ingebeeld?

'Harry?'

Ze sprong op bij het geluid van Dillons stem en spande zich in om hem te kunnen lokaliseren. Hij bevond zich ergens links van haar, maar wel heel ver weg.

'Blijf daar staan!' Snel ging ze weer een bocht om. 'En blijf praten zodat ik je kan vinden.'

'Gaat het wel?'

'Praat nou maar gewoon door!' Ze begon te rennen, met bonkend hart. 'Vertel verder over die Minotaurus.'

'Oké. Nou, die koning had de Minotaurus dus in het midden van het labyrint opgesloten, en elk jaar stuurde hij zeven jongens en zeven meisjes bij wijze van offer dat labyrint in.' Ze kon hem nu veel beter horen. Hij moest vlakbij zijn. 'Ze raakten de weg kwijt, en werden uiteindelijk door de Minotaurus opgegeten.'

Op het pad achter haar hoorde ze dreunende voetstappen. Harry snakte naar adem. Ze rende weer een hoek om, maar was zo gedesoriënteerd dat ze duizelig werd. Die gierende ademhaling bleef haar in het duister op de hielen zitten. Het pad slingerde heel erg en de bochten waren zo scherp dat ze slechts één stap vooruit kon kijken. Iets warms en klefs greep haar van achteren bij de schouder. Harry schreeuwde, schudde het van zich af en sprintte nog dieper het labyrint in.

'Harry! Wat gebeurt er?' Ergens voor haar kon ze Dillon horen. 'Blijf waar je bent, ik kom eraan!'

Harry stormde het kronkelpad af en kwam uit op een kruispunt. Linksaf of rechtsaf? Het gepuf achter haar leek wel op dat van een beest. Een menseneter; half man, half stier. Ze probeerde het beeld van zich af te schudden en sloeg als een kip zonder kop links af. Nu trakteerde het labyrint haar op alweer een nieuw netwerk van kriskras lopende paden.

Ze ploeterde door en zocht bij de heg naar houvast. Stekelige takken sneden in haar handpalmen. De takken braken en ze zwikte door haar toch al zo slappe knie. Achter haar klauwde iemand zich grommend een weg door de heggen. Ze hees zich weer overeind, licht in het hoofd.

Ze richtte al haar aandacht op de heg en lette niet meer op het pad onder haar voeten. Graaiend naar houvast baande ze zich een weg door de kronkelende bochten totdat ze opeens op een breder stuk pad uitkwam. Hier kon ze vaart maken, en ze vloog als een pijl uit een boog naar de volgende bocht. Ze knalde vol tegen iemand aan en schreeuwde het uit.

'Harry!' Dillon greep haar bij de schouders.

Haar hart hamerde tegen haar ribbenkast. Ze klampte zich aan hem vast. 'Er is daar iemand. Hij rent achter me aan.'

Hij keek naar het pad achter haar. Het gehijg en geluid van krakende takken was dichterbij dan ooit. Opeens ebde het geluid weg.

'Wat is godverju –' Dillon trok haar achter zich en deed een stap in de richting van het geluid.

Harry trok aan zijn arm. 'Niet doen!'

God weet wat daar achter die bosjes schuilging!

Hij keek eerst naar haar en toen weer naar het labyrint. Hij twijfelde. Toen pakte hij haar bij de hand. 'Kom mee.'

Hij sleepte haar langs een smal paadje en maakte lukraak willekeurige bochten – althans, zo kwam het op Harry over. Ze racete achter hem aan, terwijl hij door het labyrint zigzagde. Zijn navigatiekennis faalde geen moment. De takken maakten krassen op haar armen en haar gezicht als ze tegen de heggen opbotste. Toen werd het pad eindelijk weer recht en ontwaarde ze voor hen een open plek. Ze stormden eropaf en kwamen aan de buitenkant van het labyrint uit.

Dillon sleurde haar mee over het gazon. Ze waagde nog een snelle blik over haar schouder naar de kolossale rij heggen, die als een duister fort boven haar uittorende. Toen rende ze als de bliksem achter Dillon aan naar de zijkant van zijn huis waar hij zijn Lexus had geparkeerd.

15

LEON DRAAIDE DE ENVELOP PEINZEND om en om in zijn hand. Hij was langwerpig en wit, en boven het adres stond het woord PERSOONLIJK in printletters. Het was het soort envelop dat hij in de regel met de rest van zijn onbetaalde rekeningen in de hoek gooide, ware het niet dat deze van een heel ander kaliber was. Hij was geadresseerd aan Harry Martinez.

Hij liet zich op zijn versleten sofa zakken en tikte met de brief op zijn hand. De gordijnen van zijn zit-slaapkamer waren gesloten, al was het al bijna middag; het rook naar muf beddengoed en patat in een bruine papieren zak.

Hoe was het mogelijk dat zijn adres op een brief voor Harry Martinez stond?

Leon krabde door zijn shirt over zijn borst. Hij moest nodig onder de douche, maar bij de gedachte aan die smerige badkamer aan de overkant van de hal speelde zijn maag op. Hij was alleen maar opgestaan zodat hij zijn vrouw kon bellen, en daarna wilde hij weer in bed kruipen. Maar toen werd deze brief bezorgd.

Leon sloot zijn ogen. Vanaf het moment dat hij zijn ogen had geopend, had het debacle van het pokerspel van de vorige avond als een ton nat zand op zijn schouders gedrukt. Toen hij O'Dowd's was uitgelopen, was zijn portemonnee meer dan achtduizend euro lichter. Als je daar de rest van zijn pokerschulden bij optelde, begon zijn rekening al tegen de kwart miljoen aan te schuren. En het ergste van alles was dat hij die avond weer in O'Dowd's zou zitten. Dat wist hij nu al.

Hij tuurde met samengeknepen ogen naar de envelop. Hij stak zijn hand uit naar de verschoten gordijnen en schoof ze enkele centimeters open; de gordijnringen rammelden als kettingen. De lichtstreep stak in zijn ogen en hij hield de envelop omhoog in de zon. Het enige wat hij zag waren golvende blauwe en witte lijnen; de inhoud van de brief was volledig onzichtbaar.

De Profeet zat hierachter, daar bestond geen twijfel over. Dit was zijn modus operandi. Onverklaarbare brieven, anonieme mailtjes. Leon draaide de envelop weer om. Hij moest maar gewoon de koe bij de horens vatten en die envelop openmaken. Hij had niets te verliezen.

Hij legde de brief op de salontafel en bleef ernaar kijken. Hij vond het niks dat de Profeet wist waar hij woonde.

De eerste keer dat de Profeet contact met hem zocht was ook via de post geweest. Dat was in 1999, tien jaar geleden. Hij had een dikke bruine envelop op de deurmat van zijn huis in Killiney gevonden, waarna Maura de brief naar zijn studeerkamer had gebracht, samen met een glas champagne.

'Je mag je smoking wel eens aan gaan trekken,' had ze gezegd, terwijl ze het glas naast zijn elleboog neerzette. Ze waren uitgenodigd door de directeur van Merrion & Bernstein, de onderneming van investeringsbankiers waar Leon voor werkte.

'Ja, ik kom zo.' Hij pakte de bruine envelop van haar aan en scheurde hem open. Er zat een officieel uitziend document in met een kattenbelletje erop.

'Hoe zie ik eruit?' Maura's stem was zo zwoel als honing en de zilveren lagen van haar avondjurk fladderden om haar gebruinde benen. Leon sloeg geen acht op haar; hij las het briefje en fronste zijn wenkbrauwen.

Maura begon onrustig te schuifelen. 'Leon?'

'Ga maar vast naar beneden,' zei hij zonder op te kijken. 'Ik kom zo.'

Ze zuchtte. 'Richard vroeg of je nog welterusten kwam zeggen.'

Leon schudde zijn hoofd. 'Zeg maar dat ik geen tijd heb.'

Maura bleef nog even staan. Toen draaide ze zich om en liep de kamer uit. Leon las het briefje nogmaals. Het was kort en bondig.

Koop Serbio-aandelen. Het bod van TelTech is geaccepteerd en zal volgende week bekendgemaakt worden. Het was ondertekend met *De Profeet.*

Leon bladerde het document snel door, maar hij hoefde alleen maar de eerste paar paragrafen vluchtig door te lezen om te begrijpen wat hij in handen had. Het was een buitengewoon vertrouwelijk document met het bod voor een vijandelijke overname. Hij voelde een steekvlam van heimelijke fascinatie door zijn lendenen schieten, als een tiener die net zijn eerste pornoblaadje in handen had gekregen.

Hij bladerde de pagina's met de details door. De overname werd geïnitieerd door een bedrijf dat TelTech Internet Solutions heette. Leon trok zijn wenkbrauwen op. Hij had van hen gehoord. Wie niet? Het softwarebedrijf uit Dublin had een paar maanden geleden furore gemaakt op de NASDAQ en de oprichters hadden binnen enkele uren goud geld verdiend.

Het doelwit voor de overname was een Amerikaans bedrijf, Serbio Software; een goedlopende handel met als enige smetje dat ze op hetzelfde e-commerceterrein opereerden als TelTech. Leon nam de specificaties van de financiële deal door en floot zachtjes tussen zijn tanden. Die gasten van TelTech waren nog rijker dan God zelf. Jezus, welke magie zat er in dat woord 'internet' dat het zulke idiote bedragen rechtvaardigde? Hij kon zich de tijd nog herinneren dat softwarebedrijven werden opgericht door pientere IT-jochies die nodig in bad moesten. Nu werden er multimiljonairs gekweekt. Het feit dat er nog nooit één winst had gemaakt, scheen er niet toe te doen.

Leon legde de paperassen op zijn bureau alsof ze in zijn gezicht konden ontploffen. Wie mocht die Profeet dan wel zijn en hoe kon die kerel de hand leggen op zulk vertrouwelijk materiaal? En waarom had hij het naar hem gestuurd?

Hij zocht op welke investeringsbank de bieding zou begeleiden en deed een schietgebedje dat het niet zijn eigen bank zou zijn. Als hij in bezit zou zijn van informatie die vanuit Merrion & Bernstein was gelekt, zat hij diep in de shit. Maar hij hoefde zich geen zorgen te maken. Het document was opgesteld door JX Warner. Hij had een paar jaar terug voor dat bedrijf gewerkt, totdat ze gingen zaniken over zijn gevoel voor ethiek en hem na drie maanden ontsloegen.

Leon ging achter zijn pc zitten en keek wat de koers was van de Serbio-aandelen op de NASDAQ. Net iets onder de acht dollar per aandeel, laag genoeg om ze kwetsbaar te maken voor een overname. Hij las het kattenbelletje nog een keer. Wie die Profeet dan ook was, hij ging er duidelijk van uit dat de prijs zou gaan stijgen zodra het nieuws over de overnamedeal bekend werd gemaakt. Áls het nieuws bekend werd gemaakt.

Hij trommelde met zijn vingers op het bureaublad. Iedereen die nu Serbio-aandelen zou kopen voordat de prijs straks door het plafond ging, zou een megaklapper kunnen maken. Het idee prikkelde hem door al zijn eenvoud. Hij pakte de papieren weer op en liep de cijfers nog eens door. Toen gooide hij ze weer op zijn bureau. Het risico was te groot. Zijn persoonlijke beursactiviteiten werden nauwlettend gevolgd door de afdeling

Compliance van Merrion & Bernstein. Investeringsbanken deden er alles aan om het beroepsrisico van handel met voorkennis te voorkomen.

Knarsetandend stopte hij het document achter slot en grendel. Hij probeerde het van zich af te zetten, maar de hele daaropvolgende week speurde hij alle financiële dagbladen af om te kijken of er iets over die overname te vinden was. Niets. Na twee weken concludeerde hij dat het een zorgvuldig voorbereide grap was, en hij werd overweldigd door een vreemde mengeling van opluchting en teleurstelling.

En toen, bijna drie weken nadat de bruine envelop bij hem was bezorgd, zag Leon bij het zakelijke nieuws een krantenkop waarbij hij zijn haar uit zijn hoofd trok.

NASDAQ-FAVORIET TELTECH DOET BOD OP SERBIO

Hij sloot zich op in zijn werkkamer en keek op zijn computer wat de koers van de Serbio-aandelen deed. Tien dollar, en hij bleef stijgen. Hij schonk zich een flinke bel whisky in, maakte zijn stropdas los en ging ervoor zitten. Dit zou nog wel even gaan duren. De daaropvolgende uren zat hij aan zijn scherm gekluisterd naar de koersen op de voorbijglijdende NASDAQ-balk te kijken. Tegen het eind van de New Yorkse beursdag, om halfnegen 's avonds, sloot het aandeel Serbio op bijna vijfentwintig dollar. Leon maakte het sommetje en keek nijdig naar die cijfers voor zijn neus. Als hij voor dertigduizend dollar aandelen had gekocht, had hij daar meer dan een half miljoen netto aan overgehouden.

Twee weken later kreeg hij weer een bruine envelop met de post. Hij was afkomstig van de Profeet en dit keer aarzelde Leon niet. Hij opende een zakelijke rekening zonder die op te geven bij Merrion & Bernstein, en kon daarna zevenhonderdduizend dollar in zijn zak steken. Bij de derde envelop liet de Profeet hem weten dat hij een deel van de winst wilde en gaf instructies hoe hij uitbetaald wilde worden. En zo was het sindsdien steeds gegaan.

Iemand had overgegeven in de gemeenschappelijke badkamer aan de overkant van de hal, en Leon wilde – niet voor het eerst trouwens – het liefst zijn kamer tot op de grond toe afbranden. Hij stak zijn hand uit om de witte envelop te pakken, maar greep op het laatste moment toch naar de telefoon. Misschien zou het dit keer beter gaan als hij met Maura kon praten. Misschien kon hij een manier vinden om weer terug te komen. Zonder die witte envelop.

Hij veegde zijn handpalm af aan zijn shirt en belde het nummer van zijn voormalige thuis. Hij zag Maura in gedachten naar de telefoon rennen, met tikkende hakken op de zwart met witte plavuizen in de hal die als een schaakbord waren neergelegd. Toen hoorde hij haar stem.

'Hallo?'

Leon rechtte zijn rug en concentreerde zich op de armetierige open haard aan de andere kant van het vertrek. 'Met mij.'

Er volgde een korte stilte. 'Leon. Ik sta op het punt om weg te gaan.'

'Sorry. Ik moest je heel even spreken.'

'Ik heb echt heel weinig tijd nu.'

Hij hees zich overeind en begon te ijsberen in de krappe ruimte tussen de open haard en de sofa, als een demente gorilla in de dierentuin. 'Ik dacht, ik bel gewoon even. Kan ik Richard even zien straks?'

'Wat, nu meteen? Ik heb een lunchafspraak.'

'Nee, natuurlijk niet nu meteen, ik weet dat je het druk hebt. Misschien later op de middag?'

'Richard heeft rugbytraining.'

'Nou, aan het begin van de avond dan?' vroeg hij. 'Ik kan langskomen voor een kopje thee.'

Ze zweeg even. 'Je bedoelt dat ik thee voor jou moet zetten?'

Hij bleef voor de open haard staan en kneep zijn ogen dicht, zijn vingers stijf om de schouw geklemd. 'Nee, nee, zo bedoelde ik het niet. Na de thee dan. Ik kom wel na theetijd.'

'Dat gaat ook niet, want hij moet huiswerk maken. Hij moet dit jaar eindexamen doen, mocht dat je zijn ontschoten.'

Leon deed zijn ogen weer open en staarde naar het lege haardrooster. Het was koud en zwart. 'Natuurlijk niet.' Shit, waarom was hij dat vergeten? 'Ik blijf maar heel even, gewoon voor een praatje.'

'Luister, ik wil echt niet dat hij van streek raakt.'

Leon sjokte naar zijn onopgemaakte bed en plofte neer. 'Kom op, doe niet zo onredelijk. Ik heb hem al maanden niet gezien.'

'Het is zelfs langer geleden, Leon.'

Hij keek naar de kitchenette aan de andere kant van de kamer, met stapels vuile borden en lege bakjes van de afhaalchinees. 'Tja, het was hier een beetje hectisch.'

'Dat geloof ik graag.' Haar stem was vlak, zonder een spoortje sarcasme.

'Vraagt hij wel eens naar me?' Leon klemde een hand om zijn knie.

'Niet vaak.'

Zijn keel kneep dicht, en een minuut lang kon hij geen woord uitbrengen.

'Ik moedig het ook niet aan, om je de waarheid te vertellen,' zei Maura. 'Wat moet ik hem zeggen? "Het gaat geweldig met je pa, behalve dan die witteboordencriminaliteit en zijn gokprobleempjes"? Je bent geen neutraal gespreksonderwerp.'

Shit. Alles glipte hem door de vingers en het liep helemaal uit de hand, als altijd. Hij haalde zijn vingers door zijn dunnende haar. 'Maar dat wordt allemaal anders, Maura, ik beloof het je.' Hij wierp een blik op de envelop op de tafel. 'Ik ben heel goed bezig. Nog even en ik ben weer helemaal terug waar ik was. Rijke Leon.'

'Ik moet nu echt weg.'

'Maar ik meen het. Alles komt weer goed.'

'Kan dit een andere keer?'

Leon haalde een paar keer diep adem. 'Natuurlijk. Sorry, ik wilde je niet ophouden. Ik bel je later deze week wel.'

'Doe maar na de examens.'

'O.' Jezus, dat waren nog twee volle maanden. 'Goed. Nou, als jij denkt dat dat het beste is. Doe Richard de groeten van me.'

Maar ze had al opgehangen.

Leon leunde met zijn ellebogen op zijn knieën en liet zijn hoofd diep hangen. Hete tranen prikten in zijn ogen en hij schudde zijn hoofd. Het was iedere keer hetzelfde verhaal als hij haar belde. Geen wonder dat hij gokte, dat kwam door haar. Het was beter om de roes van het gokken te voelen dan de pijn dat hij zijn zoon zo teleurgesteld had. Hij tilde zijn hoofd op en bekeek het armetierige bed, en het interieur dat hij uit een vuilniscontainer had getrokken. Hij zou Richard hier nooit kunnen uitnodigen.

Zijn blik bleef steken bij de witte envelop. Met zijn handen tot vuisten gebald liep hij weer terug naar de sofa. Hij drukte zijn duim en wijsvinger tegen zijn mondhoeken alsof hij ergens diep over nadacht, maar hij wist dat hij zijn beslissing al had genomen. Hij pakte de envelop op en ritste hem open.

Er zaten twee velletjes lichtblauw papier in. Leon staarde er even naar totdat het tot hem doordrong. Dit was het bewijs van de Profeet. Hij voelde de adrenaline door hem heen stromen alsof er een lont werd aangestoken. Dus die meid had het geld wél. Nou, ze zou het niet lang houden. Wacht maar totdat hij Ralphie-Boy hierover had ingelicht.

Maar eerst moest hij nog een ander belletje plegen. Hij pakte opnieuw de telefoon en koos een nummer dat hem ondertussen welbekend was.

Na twee keer overgaan werd er opgenomen. 'Meneer Ritch. Ik wilde u net bellen.'

'Wat gebeurt er? Waar is het meisje nu?' Er was iets aan deze klootzak dat Leon op de zenuwen werkte, maar op dit moment was hij de enige beschikbare optie.

'Weer thuis in haar appartement.'

'Hoor 'es, we moeten iets ondernemen. Er is hier iets gebeurd.'

'O ja? Nou, er is hier ook wat gebeurd.'

'Wat bedoel je?'

'Ik bedoel dat wat je ook gaat ondernemen, maak er een beetje haast mee.' Hij zweeg even. 'Wij zijn niet de enigen die haar op de hielen zitten.'

16

Harry zat over een kop thee gebogen en dacht aan optisch bedrog. Kastje open, kastje dicht.

Haar hoofd werd bestormd door beelden van een labyrint. Ze kreeg het er benauwd van. Ze schoof haar thee opzij en rende naar de hal om haar voordeur te controleren. Nog steeds op slot. Ze liep ook de rest van de kamers door, keek of de ramen goed dicht zaten en spitste haar oren of ze iets ongewoons hoorde. Het was al haar vierde patrouilleronde deze ochtend.

Dillon had haar de vorige avond afgezet bij haar eigen appartement en was bij haar gebleven tot ze op de bank in slaap was gevallen. Toen ze wakker was geworden, had ze gemerkt dat er een quiltdeken over haar heen was gelegd en zag ze dat hij zelf op de grond had geslapen. Hij was toen al wakker en ging richting kantoor. Hij had op zijn knieën naast haar gezeten en even over haar hoofd geaaid. Ze moest maar wat dagen vrij nemen, had hij gezegd.

Ze liet haar blik door haar lege appartement gaan en huiverde. De afgelopen paar uur was ze bezig geweest met het schoonboenen van haar woning, maar ze voelde zich nog steeds niet thuis.

Dillon had de politie gebeld vanuit de auto zodra ze het labyrint uit waren gevlucht, maar tegen de tijd dat ze arriveerden was de inbreker al met de noorderzon vertrokken. Het enige spoor dat de politie had kunnen vinden, was een roestig hek dat scheef in zijn scharnieren hing.

Harry stak haar hand uit om het sluitmechanisme op de schuiframen in haar woonkamer te controleren, maar balde op het laatste moment haar hand tot een vuist. Was het goddomme nou eens afgelopen met dat neurotische gedoe? Ze liep naar de keuken en zette koffie die sterk genoeg was om haar hoofd een oppepper te geven. Terwijl ze haar koffie met grote slokken opdronk, ijsbeerde ze door de keuken. Haar gezwollen knie voelde al een stuk beter en haar lichaam was al veel minder gevoelig.

De behoefte om actie te ondernemen schoot als elektriciteit door haar ledematen.

Waar ze echt om zat te springen was de juiste informatie. Wat was er gebeurd met die Sohoran-deal? Wie had er nog meer in dat kartel gezeten? Welke modus operandi had haar vader gevolgd? Als ze wist hoe het radarwerk van de inside-job van haar vader in elkaar stak, kon ze misschien achterhalen waar die twaalf miljoen euro vandaan was gekomen. En wie er verdomme op zat te azen.

Wat het optisch bedrog betrof was zij iemand van wetenschap en techniek, en niet van afleidingsmanoeuvres. Die twaalf miljoen was geen illusie. Ze had het met haar eigen ogen op haar beeldscherm gezien, en het was bevestigd door de bank. Niks Houdini-trucjes.

Of iemand moest gesjoemeld hebben met haar bankgegevens.

Harry ging behoedzamer lopen. Hoe kon iemand zoiets doen? En waarom? Prutsen met de database van een bank om een schijnstorting op te roepen maakte nog niet dat het geld daar echter van werd. Het zou bij tijd en wijle wel opduiken op haar afschriften, maar als de bank de gegevens controleerde zou de fout al gauw boven komen drijven. Niemand zou ooit bij dat geld kunnen komen, niet bij zo'n hoog bedrag. Harry schudde haar hoofd. Het sloeg nergens op. Het geld moest echt zijn. De vraag was: wie had het gestort?

Ze pakte haar schoudertas, legde deze op tafel en keek erin. Dillon had gezegd dat ze met haar vader moest gaan praten. Hij had gelijk. Ze moest tekst en uitleg hebben, en het was het beste om bij hem te beginnen. Maar ze kon het nog niet aan, nu nog niet. Er moest een andere manier zijn.

Ze greep een handvol visitekaartjes uit haar tas en bekeek ze stuk voor stuk totdat ze degene had gevonden die ze zocht. Nadenkend keek ze naar het kaartje en beet op haar onderlip. Ze had al een confrontatie met dit heerschap gehad en ze vroeg hem liever niet om een gunst. Maar ze had geen andere keus. Op haar vader na was hij de enige investeringsbankier die ze kende.

Ze draaide het telefoonnummer dat op het kaartje stond en wachtte. Geheid dat hij aanwezig was, ook op zaterdag. Investeringsbankiers hadden niet zoveel met weekenden.

'Goedemiddag, met Jude Tiernan.' Zijn stem was welluidend als een windklok.

Te laat besefte Harry dat ze geen inleidend praatje had voorbereid. Ze moest met de deur in huis vallen. 'O, ja, dag, met Harry Martinez.'

Het bleef iets te lang stil aan de andere kant van de lijn. Ze drong aan. 'We hebben elkaar gisteren ontmoet.'

'Geen zorgen, ik herinner me jou maar al te goed,' zei hij. 'Ik kan niet geloven dat ik jou aan de telefoon heb.'

Harry sloot haar ogen. Misschien had ze dit wel verdiend. Ze besloot om het zo eerlijk mogelijk te spelen. 'Ik vind dat ik je mijn excuus moet aanbieden. Ik ben compleet buiten mijn boekje gegaan gisteren.'

'Je ging meer dan buiten je boekje. Het was gewoon vuilspuiterij.'

Harry sperde haar ogen wagenwijd open. 'Niet om het een of ander, maar ik werd wel even geprovoceerd, hè? Die collega van jou legde zijn woorden niet bepaald op een goudschaaltje.'

'Felix Roche is een eikel, dat ben ik met je eens. Maar voor zover ik het me herinner heb je iedereen in die kamer op de korrel genomen.'

Harry plofte op een stoel en zuchtte. 'Luister, kunnen we geen nieuwe start maken? Ik zou heel erg graag iets anders met je willen bespreken.' Ze wriemelde aan het hoekje van zijn visitekaartje. 'Het gaat over mijn vader.'

Even bleef het stil. Toen zei hij: 'Ga door.'

'Ik zou je graag een paar vragen willen stellen over wat hij heeft gedaan.'

'Waarom vraag je het hem zelf niet?'

Harry trok een gezicht. 'Dat ligt niet zo eenvoudig. Misschien kunnen we een afspraak maken deze middag, dan kan ik het uitleggen.'

'Dat zit er niet in. Ik ben de hele dag bezig en daarna moet ik naar het vliegveld. Dus als dit alles –'

'Gisteren heeft iemand geprobeerd me onder de metro te duwen.' Verdorie, dat had ze er niet zomaar uit willen flappen. Ze had het zakelijker willen brengen. 'Degene die me die duw gaf, zei iets over het Sohorangeld.'

Alweer een stilte. 'Die overnamedeal waar je vader voor werd gearresteerd?'

'Ja, die.'

'Dat begrijp ik niet. En ik begrijp al helemaal niet wat je van mij wilt. Heb je al contact opgenomen met de politie?'

'Ja, natuurlijk.' Dat was een leugen en ze kruiste snel haar vingers. 'Maar als ik je alleen maar enkele vragen zou mogen stellen, zou je me al flink uit de brand helpen. Ik zal heel weinig beslag op je tijd leggen, dat beloof ik je.'

Hij aarzelde, en ze besefte dat ze nog één laatste kans had om hem over te halen. Hij was een investeringsbankier. Hij mocht dan weinig om haar persoontje geven, hij zou zeker interesse hebben voor de pecunia. Ze haalde diep adem.

'Ik gok erop dat het bedrag dat met Sohoran gemoeid was twaalf miljoen euro was, en ik weet precies waar het zich bevindt.'

Alweer stilte aan de andere kant van de lijn. Toen zei hij: 'Je kunt met me meerijden als ik naar het vliegveld ga. Ik pik je om zes uur op bij de parkeerplaats van IFSC. Meer kan ik op dit moment niet voor je doen.'

Ze leunde naar achteren. 'Dank je, dat stel ik zeer op prijs.'

'O, ik doe dit niet voor jou – maak je maar geen illusies. Ik doe het voor je vader.' Er kwam een uitdagende klank in zijn stem. 'Ik mocht die man graag.'

17

Het archief van Irish Times. Typ uw zoekwoord in.

Harry keek de opslagkamer rond die zij als kantoor gebruikte, en liet haar handen boven het toetsenbord zweven. Ze klemde haar kiezen op elkaar en begon op de toetsen te rammelen. *Salvador Martinez, Sohoran, handel met voorkennis.* Ze greep snel naar de muis en klikte op 'zoeken' voordat ze van gedachten kon veranderen.

Er rolde een hele lijst artikelen het scherm over die aan haar vader waren gewijd. De eerste was van 7 juni 2001. Senior investeringsbankier bij KWC gearresteerd vanwege handel met voorkennis. Een bekende pijn nestelde zich in haar keel toen ze de rest van de krantenkoppen doorliep: bankier martinez ontkent beschuldigingen. kartel ontmaskerd. grote investeringsbanken genoemd; martinez verdiende miljoenen aan handel met voorkennis. Harry liep de lijst af en volgde het spoor naar haar vaders ondergang totdat ze bij de laatste melding belandde. Die was van 14 april 2003. Het was een sobere headline, zonder een ziertje sensatie zoals bij de voorgaande artikelen.

Salvador martinez veroordeeld.

De dag waarop ze hoorde dat haar vader de gevangenis in zou gaan, had ze bij haar moeder in de keuken gezeten. Miriam en Amaranta kwamen net uit de rechtszaal waar ze het vonnis hadden aangehoord. Harry was niet met hen meegegaan. In de laatste paar maanden was ze opgehouden om het proces bij te wonen of zelfs maar de kranten te lezen waarin over de rechtszaak werd geschreven. Ze kon niet langer geloven in haar vaders onschuld en ze kon het ook niet aan om de implicatie van zijn schuld onder ogen te zien.

Harry had op de drempel gestaan, met haar armen over haar borst geslagen alsof ze in een dwangbuis zat. Miriam had rechtop aan de keukentafel gezeten en verfrommelde een theedoek. Haar blonde haar was opgestoken in een knotje waar haar huid strak van was komen te staan, zodat haar gezicht bijna Slavische trekken had. Harry bleef stug naar de theedoek staren omdat ze haar moeder niet in de ogen durfde te kijken. De doek had rood met witte strepen en deed haar denken aan het kostuum van een schaapherder uit de eerste toneeluitvoering op haar school. Ze had een van die engelen willen spelen, met vleugels en een halo, maar volgens haar moeder moest je daar blond voor zijn.

'Je vader is veroordeeld tot acht jaar cel in Arbour Hill,' zei Miriam. Ze keek haar brandschone keuken rond. 'Daar zitten voornamelijk moordenaars en verkrachters.'

Harry huiverde toen ze weer aan dat moment dacht en ze probeerde zich te concentreren op het beeldscherm voor haar neus. Ze scrolde terug tot boven aan de lijst en ging nog een keer de koppen langs. Dit keer bestudeerde ze ook de bijbehorende artikelen. Stukje bij beetje wist ze het verhaal aaneen te smeden, en sommige aspecten waren nieuw voor haar.

Het begon allemaal met de Sohoran-deal. In 1998 was Sohoran Software gewoon nog een van de vele startende bedrijven, met kolossale steun van investeerders en zonder noemenswaardige winstcijfers. Dat gebrek aan inkomsten werd echter ruimschoots gecompenseerd door hun gewiekste marketing, en toen het bedrijf in 1999 naar de beurs ging, brachten de aandelen vanaf de eerste dag een monsterbedrag op. Bijna een jaar lang tartte het Sohoran-aandeel de zwaartekracht.

In april 2000 kreeg het bedrijf echter een klap te incasseren door het domino-effect van dot.com. Door het wereldwijd dumpen van technologieaandelen zakte de Sohoran-koers, en de investeerders verloren hun interesse.

Tot een maand of zes later de aandelen plotseling van eigenaar verwisselden via een trits dermate ongebruikelijke handelstransacties dat de Stock Exchange er lucht van kreeg. Eerst werd er alleen een routineonderzoek ingesteld. Maar twee weken later meldde de pers dat Sohoran zou worden overgenomen door de softwaregigant Aventus, en de aandelen Sohoran schoten de stratosfeer in. De beurs lichtte nog wat meer deksels op en besloot hun juridische team erop te zetten. Dat team pikte de geur op van lekkende informatiestromen en begon een onderzoek naar frauduleuze praktijken. Ze ondervroegen de bankmanagers van verdachte handelsaccounts. Ze voelden sleutelfiguren in de overname Aventus-Sohoran aan de tand. En uiteindelijk leidde hun speurtocht naar iemand die Leon Ritch heette.

In een van de kranten stond een foto van deze Ritch en Harry bestudeerde hem aandachtig. Hij hield zijn blik van de camera afgewend en hij had zijn mondhoeken neergetrokken, als een grauwende buldog die aan het journaille probeert te ontsnappen. Hij was eind veertig, klein en gedrongen, en ongeveer tien kilo te zwaar.

Leon was investeringsbankier bij Merrion & Bernstein, het bedrijf dat was ingehuurd om Aventus' overname van Sohoran te begeleiden. Toen de Exchange zijn handelsverleden naploos, werd ontdekt dat hij niet alleen enorme aantallen Sohoran-aandelen voorafgaand aan de overname had gekocht, maar dat al zijn eerdere handel volgens een soortgelijk verdacht patroon was verlopen. De zaak werd voorgeleid aan het Openbaar Ministerie en kort daarop werd Leon gearresteerd.

Maar Leon was geenszins van plan in zijn eentje ten onder te gaan. Hij beweerde deel uit de maken van een handelskartel van insiders, en hij verklaarde zich bereid om collega's aan te geven in ruil voor een mildere straf. Hij claimde dat het kartel zich tot over drie vooraanstaande investeringsbanken uitstrekte: KWC, Merrion & Bernstein en JX Warner. Dit netwerk van investeringsbankiers wisselde vertrouwelijke informatie uit en gebruikte die om gigantische winsten mee te boeken. Fusies en overnames in de technologische branche waren hun specialisatie. Ze maakten daarbij handig gebruik van de makkelijk op te stuwen koers van IT-aandelen en internetbedrijven die zwommen in contant geld, en die er bovendien bijzonder happig op waren om andere bedrijven koste wat kost op te kopen. Volgens Leon was het kartel gedurende twee jaar operationeel geweest en had het meer dan tachtig miljoen aan inkomsten opgestreken.

Leon had zichzelf goed ingedekt. Hij had een lijst namen opgesteld, tezamen met belastende documenten, e-mails en getapete gesprekken, en hij overhandigde het allemaal aan de autoriteiten. De lijst met namen werd nooit gepubliceerd, maar volgens de geruchten stonden er enkele van de meest vooraanstaande bankiers in het land op. En een van die mensen was Salvador Martinez.

Harry knipperde met haar ogen. Zonder waarschuwing verscheen opeens het gezicht van haar vader op het beeldscherm. Hij stond met zijn rug naar het gerechtsgebouw en glimlachte als een beroemdheid naar de camera. Zijn grijzende haar en baard waren keurig getrimd. Daarmee vormden zijn wenkbrauwen een scherp contrast; ze waren zo donker dat ze wel met zwarte inkt getekend leken. Hij glimlachte ontspannen en de warmte werd weerspiegeld in de bruine ogen waar altijd zo'n trouwhartige blik in lag.

Harry drukte een vinger tegen haar lippen en staarde naar het scherm. Het was voor het eerst in zes jaar dat zij haar vaders gezicht had gezien. Ze legde haar handen om haar taille en nam even een minuutje om weer tot zichzelf te komen. Toen scrolde ze naar beneden zodat de pagina met zijn beeltenis verdween.

Ze las het artikel door. De journalist had haar vader beschreven als 'innemend en hoffelijk, maar met de houding van iemand die zichzelf boven de wet verheven acht'. Harry trok haar wenkbrauwen op en keek wie dit had geschreven. Ruth Woods. Ze kwam die naam vaker tegen bij deze artikelen. Harry vroeg zich af of mevrouw Woods haar vader ooit ontmoet had. Ze had in elk geval precies door hoe hij in elkaar stak.

Harry haalde diep adem en klikte op het laatste artikel. Het was kort en bondig, een opsomming van de naakte feiten waarmee het verhaal werd afgerond. Althans, wat de pers betrof. Na een uitvoerige rechtszaak, die bijna twee jaar had geduurd, werden zowel Harry's vader als Leon Ritch schuldig bevonden in twaalf gevallen van handel met voorkennis. Ze moesten allebei een dwangsom van veertig miljoen euro betalen voor verbeurdverklaringen en boetes, en ze werden veroordeeld tot acht jaar gevangenisstraf. Omdat Leon met de politie had samengewerkt, werd zijn straf verminderd tot één jaar cel. Verder werd er niemand gearresteerd.

Harry bestudeerde de foto bij het artikel. Er stond een man op van haar eigen leeftijd; hij verliet de rechtszaal en keek in de camera. Ze fronste terwijl ze naar dat donkere haar keek, die fijne beenderstructuur en die oplettende grijze ogen.

Ze verstijfde. Hij zag er hier jonger uit, maar het was dezelfde man. Dit was de rechercheur die de vorige dag bij haar thuis was geweest. Haar ogen flitsten naar het fotobijschrift: RECHERCHEUR LYNNE, GARDA BUREAU FRAUDEZAKEN.

Fraude. Dus hij had negen jaar geleden op de zaak van haar vader gezeten. Maar wat deed een rechercheur van Afdeling Fraudezaken bij een routinebezoek voor die inbraak bij haar thuis? Ze dacht weer aan het geld dat nu op haar rekening stond, het geld dat misschien gelinkt was aan de Sohoran-deal. Werkte die Lynne soms nog altijd aan haar vaders zaak?

Ze zuchtte en masseerde haar ooghoeken. Toen leunde ze naar achteren en legde haar voeten op haar bureau, terwijl ze naar het gezoem van haar laptop luisterde en alle informatie liet bezinken. Haar gesnuffel in die krantenberichten mocht dan enkele hiaten hebben opgevuld, het had ook meer vragen dan antwoorden opgeleverd. Wie waren die andere namen op de lijst van Leon geweest? Wat was er gebeurd met het Sohoran-geld? En specifieker: hoe kon er nog kapitaal over zijn na al die verbeurdverklaringen en geldboetes?

Ze dacht aan Leons lijst en aan de journalisten die wel eens heel dicht op het politieonderzoek gezeten konden hebben om hun verhaal te krijgen. Ze zwaaide haar voeten van het bureaublad af en zocht bij de *Irish Times* naar een telefoonnummer. Daarna belde ze de redactie en vroeg naar Ruth Woods.

Terwijl ze in de wacht stond, vroeg Harry zich af hoe ze deze journalist het best kon benaderen. Ze wilde niet expliciet vertellen wie ze was, want dan liep ze het risico dat ze aandacht van de nationale pers zou trekken. Ze moest Catalina maar weer eens uit de kast trekken.

Catalina Diego was haar denkbeeldig maatje geweest toen Harry vijf jaar oud was. Ze kreeg altijd de schuld van Harry's ondeugden en had alles wat Harry niet had: ze was blond en heel mooi, ze was populair op school en haar ouders waren dol op haar. En ze had een prachtige naam. Naarmate Harry ouder werd liet ze Catalina schieten ten faveure van Pirata, maar herontdekte de oude naam toen ze begon met hacken. Tegen de tijd dat Harry veertien was, had Catalina haar eigen mailadres, een rijbewijs en zelfs een creditcard.

'Woods.' Het woord klonk aan de andere kant van de lijn als een pistoolschot.

Harry schoof dichter naar haar bureau en pakte een pen. Ze kon altijd beter liegen als ze een pen en kladblok voor haar neus had liggen.

'Dag Ruth, je spreekt met Catalina Diego. Ik ben journalist bij de *Daily Express* en ik vroeg me af of je me kon helpen. Ik ben bezig met een vervolgartikel over Sal Martinez, je weet wel, die ene kerel die –'

'Ja, dat weet ik nog wel. Veroordeeld wegens handel met voorkennis. En?'

Harry stelde zich voor hoe de vrouw aan de andere kant van de lijn 'voor de draad ermee'-gebaren zat te maken en ze besloot meteen ter zake te komen. 'Juist, die ja. Ik moet nog enkele gegevens bevestigen en ik weet dat jij indertijd boven op het onderzoek zat. Ik vroeg me af of we misschien wat informatie konden uitwisselen.'

Er viel een stilte. Harry had gehoopt haar voorstel als een stoomwals te presenteren zodat Ruth geen tijd had om haar flauwekul te doorgronden, maar deze dame liet zich duidelijk niet opjagen. Harry tekende een driedimensionaal dollarteken op haar kladblokje terwijl ze het antwoord van de journalist afwachtte.

'De *Daily Express*,' zei Ruth uiteindelijk. 'Ik dacht dat ik iedereen daar wel kende.'

Verdomme. Al betrapt bij de eerste zet. 'Nou ja, ik ben dus nieuw en ik hoopte hiermee een flinke slag te slaan. Maar wat dacht je van die uitwisseling?'

'Wat voor uitwisseling bedoel je?'

'Ik heb een nieuwe invalshoek voor het verhaal. Kakelvers bewijsmateriaal.'

'En dat ga je aan mij doorgeven?'

Harry schoot in de lach. 'Ik mag dan net zijn begonnen, ik ben niet achterlijk. Maar ik zou een tipje van de sluier kunnen oplichten in ruil voor informatie.'

Ruth scheen het in overweging te nemen. Toen zei ze: 'Wat voor informatie dan?'

Harry klemde de pen stevig vast en maakte de buitenste lijntjes van het dollarteken dikker. 'Heb je ooit de lijst met namen gezien die Leon Ritch heeft overgedragen?'

Lange stilte. 'Nee, nooit.'

'Maar je moet geruchten hebben gehoord.'

'En wat dan nog? Er was een heleboel om die rechtszaak te doen, maar we hebben nog niet de helft kunnen publiceren.'

Harry fronste. 'Waarom niet?'

'De autoriteiten zeiden "mondje dicht", omdat we het onderzoek wel eens in gevaar konden brengen.' Ruth vervolgde op droge toon: 'En mijn uitgever zei precies hetzelfde: we mochten eens worden aangeklaagd wegens smaad.'

'Over wat voor geruchten heb je het?'

Ruth was niet gek. 'Vertel eerst maar iets over jouw nieuwe bewijsmateriaal.'

Harry hoorde dat er blaadjes werden omgeslagen en ze stelde zich voor hoe de journaliste paraat stond om aantekeningen te maken. Ze gaf de informatie door die ze tot nu toe had verzameld, in de hoop de journaliste iets te kunnen bieden zonder al te veel van haar eigen bevindingen prijs te geven. Ondertussen trok ze schaduwlijntjes rondom de 'S' van het dollarteken. 'En als ik je nu eens vertelde dat iemand die dicht bij Martinez stond gisteren bijna is vermoord?'

'Ja, en? Mensen gaan nu eenmaal dood. Wat is je punt?'

'Mijn punt is dat het erop lijkt dat het kartel daar de hand in heeft gehad.'

Het bleef stil aan de andere kant van de lijn en Harry dacht even dat de verbinding was verbroken. Toen schraapte Ruth haar keel en zei weinig overtuigend: 'Maar dat kan helemaal niet.'

Harry schoot met een ruk overeind. Als ze een antenne had gehad, had die nu getrild door alle binnenkomende signalen. 'Kom op, jij weet iets. Geef me één naam dan.'

'Laat die stomme lijst nou maar zitten. Je kunt niets publiceren zonder bewijs.'

'Oké, ik roep een naam en dan zeg jij gewoon ja of nee.'

'Gekkenwerk. Je hebt niets om over te onderhandelen.'

'Probeer deze dan eens ...' Harry dacht aan haar vergadering bij KWC, en tekende een cirkel met een grote 'F' erin. 'Felix Roche.'

Alweer viel het stil aan de andere kant van de lijn. Het was een veelzeggende stilte, daar was Harry zeker van.

Toen zei Ruth: 'Nou, ik zit hier mijn tijd te verdoen. Maar weet je wat? Ik heb deze middag toch niets beters te doen, dus ik speel het spelletje mee. Ken je de Palace Bar in Fleet Street?'

Harry hield op met haar geknutsel op het kladblok. 'Die ken ik.'

'Ik ben er over twintig minuten.'

18

HARRY BETAALDE DE TAXICHAUFFEUR EN keek naar de ingang van de Palace Bar aan de overkant. Zou ze die journaliste wel herkennen?

Ze verplaatste het gewicht van haar schoudertas naar haar linkerhand en stak de straat over. Haar laptop had ze meegenomen: ze had niets van waarde in haar appartement willen achterlaten. Ze wierp een blik over haar schouder naar de mensenmenigte en kreeg kippenvel op haar armen. Dit was de eerste keer dat ze weer alleen naar buiten ging sinds het voorval op het metrostation.

Ze duwde de deur open en liep de Palace Bar binnen. Na het zonlicht buiten was het daarbinnen een duistere, merkwaardig stille bedoening, en het duurde een paar seconden voordat ze doorhad welke geluiden ze miste. Geen harde muziek, geen brallende meute. Het enige wat ze hoorde was de kassa die met een klap werd dichtgeslagen en wat geroezemoes bij het handjevol stamgasten aan de toog. Harry speurde hun gezichten af en besefte dat ze de enige vrouw in de hele bar was. Ze keek op haar horloge. Toch een paar minuten te laat. Was Ruth Woods misschien al weggegaan?

'Ik heb het nog even nagetrokken bij de *Daily Express*,' klonk een stem achter haar. 'Ze hebben nog nooit van Catalina Diego gehoord.'

Harry draaide zich met een ruk om. Een tengere, donkere vrouw van begin veertig stond op haar neer te kijken, met haar kin vooruitgestoken als een vogel die een worm inspecteert.

'Jij bent Ruth Woods?'

'Ja.' De vrouw kneep haar ogen tot spleetjes. Ze droeg een zwartgerande bril met ronde glazen, en haar haar was in een boblijn op kaaklengte geknipt met een korte, rechte pony tot op haar wenkbrauwen. Het was alsof ze een keurig zwarte integraalhelm ophad met bijbehorende bril.

Haar armbanden rinkelden toen ze met haar vinger naar Harry wees. 'Jij bent zijn dochter, of heb ik het mis?'

Shit. Die had Harry moeten zien aankomen. Ze hoorde haar hele leven al hoeveel ze op haar vader leek. Ze kon het nota bene zelf zien. Dezelfde donkere ogen en wenkbrauwen, dezelfde rechte neus. En, volgens haar moeder, hetzelfde dedain jegens wetten en regels.

Ze trok haar schouders op en knikte. 'Nou vooruit, ik ben Harry Martinez. Maakt dat enig verschil?'

'Het maakt het in elk geval een stuk interessanter. Laten we een tafeltje zoeken.' Zonder haar antwoord af te wachten draaide Ruth zich om en ging naar de bar.

Harry keek het vertrek rond. Het zou niet bepaald een gevecht worden om een tafeltje te bemachtigen. Ze liep naar haar favoriete plekje in de pub, de kleine vierkante ruimte aan de achterzijde met de houten vloer vol krassen en het hoge plafond met bogen. In het midden zat een vlekkerige, glazen koepel waar een piramide van zonlicht doorheen scheen die de kamer liet oplichten als een lantaarn. Er was verder niemand.

Harry nam een tafeltje in de hoek. Aan de muur hing het portret van Brendan Behan die op haar neerkeek, en die haar met zijn Romeinse neus en donkere voorkomen zomaar aan Dillon deed denken. Ze voelde opeens een doffe pijn en merkte dat ze hem graag bij haar had willen hebben. Toen vermande ze zichzelf. Die afhankelijkheid was niet haar stijl.

Ruth zette twee koppen koffie op tafel. Ze ging zitten en staarde haar aan. Harry staarde van de weeromstuit terug.

Ten slotte zei Ruth: 'En waarom komt de dochter van Sal Martinez naar me toe voor informatie?'

Ga zelfverzekerd je weddenschappen aan, had Harry's vader altijd gezegd. Vooral als je zit te bluffen. Ze pakte een zakje suiker en gaf er een tikje tegenaan voordat ze het openscheurde. 'Omdat ik wil weten wat er echt is gebeurd; de dingen die nooit zijn gepubliceerd. Jij zat boven op het onderzoek, dus je zult wel het een en ander hebben opgevangen.'

'Natuurlijk heb ik wat opgevangen, maar maakt dat wat uit? Je vader is veroordeeld en nu zit hij in de bajes, waar hij thuishoort.'

'Maar de rest van het kartel loopt nog steeds vrij rond.'

'Ja, en? Denk je dat het rechtssysteem alle schurken oppakt totdat de straten veilig zijn?' Ruth schudde haar hoofd. 'Ze rekenen een paar hoge pieten in en dat was het dan. Einde oefening.'

'Het gaat niet echt om een oefening als dat kartel mensen probeert om te leggen.'

Ruth liet haar blik over Harry's gezicht glijden en ze zag de schaafwonden op haar wangen. 'Ah, we komen ter zake. Op wie hadden ze het gemunt? Op jou soms?'

Harry beet op haar lippen. Het laatste waar ze op zat te wachten was dat ze voorpaginanieuws werd. 'Misschien.'

Ruth wuifde die uitvlucht weg. 'Waarom ga je niet naar de politie?'

'Misschien doet ik dat nog wel. Ik wil eerst iets meer te weten komen over Felix Roche.'

Ruth nam kleine slokjes van haar koffie en gaf niet direct antwoord. 'Als ik je alles vertel wat ik weet, wil ik het hele verhaal exclusief.'

'Als er überhaupt een verhaal in zit is het voor jou. Dat beloof ik. Vertel dan nu maar over Felix Roche: stond hij ook op de lijst die Leon Ritch aan de politie heeft gegeven?'

'Nee, de politie heeft hem zelf opgespoord. Maar ze konden niets bewijzen.'

'Maar welke positie neemt hij in het geheel in?'

'Indertijd was hij maar een simpel netwerkbeheerdertje bij KWC, maar hij had wel een passe-partout tot e-mail, allerlei bestanden; tot alles, eigenlijk. Waande zich God. Naar verluidt onderschepte hij een paar e-mails en stuitte heel toevallig op het kartel.'

'Dus toen ging hij met ze meedoen?'

'Nee, het kartel wist niet eens van zijn bestaan af. Hij zei niets en hield zich in het kielzog van hun acties. Telkens als hij ergens informatie over opving verhandelde hij die. Hij streek er een aardige duit mee op, althans, dat zijn de geruchten.'

De ineenstorting van het kartel had dus een einde gemaakt aan de zeer lucratieve klaploperij van Felix. Geen wonder dat hij zich zo kribbig naar Harry had opgesteld. Ze had veel dichter bij de waarheid gezeten dat ze dacht.

'Waarom heeft KWC hem in dienst gehouden?'

Ruth haalde haar schouders op. 'Ze konden hem niet ontslaan; er was nooit enig bewijsmateriaal tegen hem. Bovendien zaten ze niet op de publiciteit te wachten. Eén foute medewerker was al erg genoeg, maar bij twee kwam het over alsof de corruptie compleet uit de klauwen was gelopen. Voor zover ik het weet is hij naar een zijspoor gemanoeuvreerd, ergens buiten bereik van gevoelige informatie.'

'Hij is dus Hoofd Inkoop IT geworden.'

Ruth gnuifde. 'Hij kwam vast niet meer bij.'

'Maar als hij niet op Leons lijst voorkwam, wie dan wel?'

'Ik heb die lijst eigenlijk nooit gezien, maar voor zover ik weet stonden er maar drie namen op. Jouw vader was er een van. De tweede was een anonieme bron die ze de Profeet noemden. Hij was degene die met de informatie aankwam voor de grootste deals die ze hebben gesloten.'

'Die naam hoor ik voor het eerst. Hoe komt het dat hij nergens in krantenberichten is opgedoken?'

'De politie heeft dat luik dichtgedaan. Ze wilden hem opsporen zonder hun bronnen prijs te geven. Ze hebben geprobeerd om hem via zijn e-mails en brieven te achterhalen, maar dat is nooit gelukt.'

'Ze hebben geen idee wie hij kan zijn?'

'Zijn insidetips waren altijd gelieerd aan JX Warner-deals, dus het vermoeden was dat hij daar investeringsbankier was.'

Harry herinnerde zich het nieuwsbericht waarin stond dat er drie investeringsbanken bij waren betrokken. Ze telde af op haar vingers. 'Dus Leon werkte vanuit Merrion & Bernstein, mijn vader was de contactpersoon bij KWC, en de Profeet zat bij JX Warner?'

'Dat klopt. Er gingen geruchten dat er nog een andere investeringsbankier bij betrokken was, iemand die hoog op de ladder stond en die alleen bekend was bij Leon, maar ik heb geen namen horen noemen. Wie het dan ook was, hij stond niet op Leons lijst en Leon zelf ontkende diens bestaan.'

'Waarom zou hij over dit figuur zwijgen terwijl hij over alle anderen zoveel vertelde?'

'Misschien dat hij hem achter de hand wilde houden voor het geval hij ooit nog eens een beroep op iemand moest doen als de grond hem te heet onder de voeten zou worden. Voor zover ik heb kunnen zien zijn Leons overlevingstactieken behoorlijk sterk ontwikkeld. Hij wist zijn sporen beter uit te wissen dan jouw vader, zoveel is zeker.'

Harry keek Ruth nu niet meer aan en ging met een ander suikerzakje spelen.

'Heb je mijn vader ooit ontmoet?' zei ze zonder op te kijken.

'Dat heb ik wel geprobeerd. Ik heb hem een paar keer gebeld. Hij was heel beleefd, maar stelde geen prijs op een persoonlijk onderhoud. De helft van de tijd sprak hij tegen me in het Spaans, en dat vond ik nogal pretentieus.'

Dat wilde Harry graag geloven. Haar vader had altijd hoog opgegeven van zijn Spaanse voorouders. Hij wist dat dat exotische aspect hem aantrekkelijker maakte, vooral bij de vrouwen.

'Toen hij een keer de rechtszaal verliet, kon ik 'm eindelijk aan zijn jasje trekken,' vervolgde Ruth. 'Hij was erg elegant en gesoigneerd, echt heel hoffelijk.' Ze trok een mondhoek op. 'Hij zei dat ik op Cleopatra leek.'

'Het klinkt alsof je hem bewondert.'

'Ik veracht hem en alles wat hij heeft gedaan. Dat neemt niet weg dat ik zijn charmes wel degelijk erken.'

Harry gooide het suikerzakje weer op tafel. 'Goed, dus mijn vader was een charmante vent. Laten we teruggaan naar Leons lijst. Je zei dat er drie namen op stonden. Mijn vader, die Profeet, en wie nog meer?'

'Een of andere Jonathan Spencer, die samen met jouw vader voor KWC heeft gewerkt. De politie heeft ook onderzoek naar hem gedaan, maar ze konden hem niet aanklagen.'

'Waarom niet?'

'Omdat hij dood was.'

Harry knipperde met haar ogen. 'Hoe dat zo?'

Ruth nam nog een slokje koffie, zonder haar blik ook maar een seconde van Harry's gezicht af te wenden. 'Zeg eens, toen je me vertelde dat het kartel je probeerde te vermoorden – hoe hebben ze dat gedaan?'

Harry meende dat het geen kwaad kon om haar over deze kwestie de waarheid te vertellen. 'Ik ben door iemand voor de metro geduwd.'

Ruth zweeg een poosje, en knikte toen. 'Die ene kerel, die Spencer, is voor een vrachtwagen geduwd, een paar maanden voordat je vader werd gearresteerd. Hij dook opeens uit het niets de weg op, tijdens de spits. *Splet.* Hij had geen schijn van kans.'

Een fractie van een seconde waande Harry zich weer op die spoorlijn, met haar gezicht tegen dat koude metaal gedrukt en haar hele lichaam in gespannen afwachting van de gierende, aankomende trein. Ze onderdrukte een huivering. 'Waar was dat?'

'Net buiten het IFSC, bij het monument van de Eeuwige Vlam. Hij was op weg naar huis en liep in de richting van Connolly Station. De politie heeft het indertijd gerapporteerd als een ongeluk. Totdat zijn naam op Leons lijst opdook.'

Even leek Harry's hart een aantal slagen over te slaan. Ze dacht aan hoe zij zelf naar huis was gewandeld nadat ze bij KWC was weggegaan. Ook zij was op weg geweest naar dat razende verkeer rondom de Eeuwige Vlam, maar ze had een ommetje gemaakt om haar gedachten op orde te krijgen en was naar Pearse Station gelopen.

Ruth was nog steeds aan het woord. 'Ik heb zijn doopceel gelicht. Hij was in de twintig, getrouwd en had jonge kinderen, geen strafblad. Het was waarschijnlijk voor het eerst dat hij de wet overtrad en god mag weten waarom hij dat überhaupt had gedaan. Misschien had hij schulden. Hoe dan ook: hij werd het kartel binnengezogen, maar kreeg het na een paar maanden toch op zijn heupen. Hij wilde eruit stappen, en klopte bij jouw vader aan voor hulp.'

'Wanneer speelde dit zich af?'

'In oktober 2000. Rond dezelfde tijd dat de Profeet informatie begon te lekken over de Sohoran-overname. Die deal zou de grootste coup van het kartel worden, en opeens werd Spencer een ongeleid projectiel. Hij had alles voor de anderen kunnen verpesten.'

Onder aan Harry's ruggengraat begon iets kouds te prikken. 'Dus werd hij vermoord.'

'De politie heeft het nooit kunnen bewijzen.' Ruth hield haar blik vast. 'Het enige wat ik weet is dat hij is vermoord op de dag waarop hij met jouw vader ging praten.'

19

Harry stond naast de Eeuwige Vlam en verzamelde al haar moed om de straat over te steken naar het IFSC. Auto's beschreven gierend een halve cirkel rondom het Custom House, met mensen achter het stuur die niets anders wilden dan op die rijstrook zien te komen. Harry trok een gezicht en dacht aan de man die haar voor de metro had geduwd. Had hij haar in eerste instantie op deze racebaan willen gooien?

Ze ging huiverend achter de andere voetgangers staan en raapte zichzelf bij elkaar, terwijl ze ondertussen deed alsof ze het herdenkingsteken bestudeerde. Ze voelde de warmte van de fakkel die in de gigantische gietijzeren bol flakkerde. Ze keek naar de mensen om haar heen. Enkele mannen in pak van middelbare leeftijd, een jongere man met een wollen muts op, vrouwen met buggies. Ze zagen er geen van allen uit alsof ze haar wilden vermoorden.

Het verkeer kwam grommend tot stilstand en prompt kwamen de voetgangers in beweging. Harry volgde ze met bonkend hart op een afstandje. Tegen de tijd dat ze het trottoir aan de overkant had bereikt, beefde ze over haar hele lichaam. Ze bleef bij de stoeprand vandaan en voelde haar mond droog worden. Lieve help, ging ze dit elke keer beleven als ze een straat moest oversteken?

Ze keek op haar horloge. Het was nog vroeg, dus ze zette haar schoudertas op de grond tussen haar voeten en wachtte op Jude Tiernan.

Voordat ze de Palace Bar verliet, had ze Ruth nog ondervraagd over het geldspoor van haar vaders handel, maar de journaliste had slechts haar schouders opgehaald. Volgens haar bronnen liep dat spoor dood. Harry's vader en Leon Ritch waren failliet gegaan door de geldboetes die het gerechtshof hun had opgelegd, en alle winst die de rest van het kartel had opgestreken was inmiddels spoorloos verdwenen.

Harry dacht aan de twaalf miljoen euro die anoniem op haar bankrekening was gestort. Misschien had Jude een beter inzicht in de financiële praktijken van het kartel. Dat geld moest ergens naartoe leiden.

Pal voor haar kwam een zilveren Jaguar snorrend tot stilstand. Het raam aan de passagierskant ging omlaag. Harry liep eropaf en boog voorover om de chauffeur te kunnen zien. Hij had grijs piekhaar dat alle kanten uitstond op zijn ronde hoofd. Het was Ashford, de algemeen directeur van KWC.

'Heb je even?' vroeg hij.

Harry twijfelde. Ze kreeg alweer rode oren als ze aan hun laatste ontmoeting dacht. Toen schudde ze haar hoofd en trok een 'zou-graag-willen-maar-kan-niet'-gezicht.

'Het spijt me, maar ik heb al een afspraak,' zei ze.

'Ik had je maar heel even nodig.'

Harry wierp een snelle blik op het verkeer maar zag nergens een uitvlucht, dus ze liet zich op de passagiersstoel zakken. Ze liet het portier open en hield een voet op de stoep, om duidelijk te maken dat ze vooral niet lang in de auto zou blijven.

Ze merkte dat hij haar gezicht met de blauwe plekken bestudeerde.

'Volgens mij heb je een ongeluk gehad,' zei hij. 'Wat is er gebeurd?'

'Niets bijzonders, het gaat wel.'

'Maar wat is er gebeurd? Heeft iemand –'

'Niemand heeft iets gedaan.' Ze haalde diep adem. 'Zeg, ik ben je wel een excuus verschuldigd.'

Hij schudde zijn hoofd. 'Ik heb met je CEO gesproken en gezegd dat KWC alle verantwoordelijkheid op zich neemt voor wat er is gebeurd.'

'Dat heb ik gehoord, ja.' Ze herinnerde zich haar onbehouwen manier van doen toen ze met Ashford voor de deur van de vergaderkamer had gestaan en ze durfde hem niet in de ogen te kijken. 'Dat is erg aardig.'

Hij wuifde haar woorden weg. 'Ik ken je vader al heel lang. Het was het minste wat ik kon doen.'

Zodra hij haar vader ter sprake bracht ging ze verzitten. Haar linkerbovenbeen deed pijn en ze had nu al spijt dat ze haar voet op de stoep had geplant. Ze merkte dat hij nog steeds naar haar keek.

'Ik zou je graag iets over je vader willen vertellen, als je dat goed vindt,' zei hij na een poosje.

Harry keek omlaag naar haar handen en voelde de behoefte opkomen om haar oren af te sluiten.

'Hij deed altijd al alles op zijn eigen manier, weet je wel,' zei Ashford. 'Heldhaftig of onbezonnen, al naargelang je perspectief. Maar hoe dan ook, hij was briljant. Toen ik hem voor het eerst ontmoette werkte hij voor Schrodinger. Toen was jij nog niet geboren.'

Harry fronste. Schrodinger. De naam kwam haar bekend voor, maar ze wist niet in welke context.

Ashford keek uit het raam naar het voortrazende verkeer. 'Hij heeft ooit mijn carrière gered, moet je weten.'

Harry klemde haar handen om haar tas. 'Luister, ik moet nu echt –'

'Het water stond me tot aan de lippen.' Ashford praatte door. 'Ik heb veel geld betaald voor aandelen die ik dacht goed te kunnen verkopen, alleen om te ontdekken dat niemand ze wilde. Dat was Chevron.' Hij schudde zijn hoofd. 'Ik had nog nooit zo veel risico genomen met een aandeel. Toen de koers daalde hing mijn loopbaan aan een zijden draadje. En toen kwam je vader.'

Harry voelde haar kaak verstrakken. 'Laat me raden. Hij bood aan om de handel van je over te nemen en verkocht ze later met een megawinst?'

'Nee, hij zei dat ik ze gewoon moest bewaren en de kranten in de gaten moest houden.'

Harry wierp hem een verbaasde blik toe. Ashford vervolgde: 'Twee dagen later werd er ergens in een klein artikeltje gesuggereerd dat KSA wel eens Chevron zou kunnen overnemen. Het vermoeden bleek ongegrond, maar het had wel tot gevolg dat er een run op de aandelen kwam; genoeg om de koers gedurende enkele dagen te laten stijgen. Zo kon ik mijn aandelen verkopen voordat de koers weer daalde.'

Ze dacht even na. 'Dus mijn vader heeft onjuiste informatie naar de pers gelekt?'

Hij knikte. 'Hij wist ik gebaat zou zijn met het speculeren met Chevron. Heel ethisch was het niet, maar het heeft wel mijn carrière gered. En het had hem zijn eigen carrière kunnen kosten.'

'Nou, wat een mooi verhaal.' Harry greep haar tas en maakte aanstalten om de auto weer uit te stappen. 'Maar geloof mij maar: het is voor mijn vader nooit een punt geweest om de ethiek aan zijn laars lappen.'

Ashford legde een hand op haar arm en ze draaide zich naar hem om. Hij keek haar met grote, treurige ogen aan.

'Misschien was hij niet de beste vader van de wereld, en de hemel weet dat Miriam wel een betere echtgenoot had verdiend.'

Harry fronste. 'Ken je mijn moeder ook al?'

Hij zweeg even, en gedurende een ogenblik leek hij langs haar heen te kijken. 'Ik ken haar zelfs heel erg goed. En ik weet wat ze al die jaren heeft moeten doorstaan.' Hij keek weer naar haar. 'Maar weet je? Sal was een goede vriend voor me. En wat je ook zegt, je lijkt echt heel veel op hem.'

Harry schudde haar hoofd. 'Dat vindt mijn moeder ook. Daarom mag ze me niet zo.'

Ze negeerde zijn verbaasde blik en wendde zich van hem af om te vertrekken. Iets hield haar tegen: ze dacht opeens weer aan Schrodinger.

'Hij is toch uiteindelijk bij Schrodinger ontslagen?' vroeg ze.

Ashford zuchtte en zijn grote hoofd knikte bevestigend. 'Zo'n zes maanden daarna. Wegens een niet-gerelateerde gebeurtenis.'

Een niet-gerelateerde gebeurtenis. Haar moeder had op bittere toon over die niet-gerelateerde gebeurtenis gesproken, en Harry begreep maar al te goed waarom. Haar vader was betrapt op het verduisteren van geld van cliënten en de bank had hem onherroepelijk de laan uitgestuurd. Hij had geen inkomen en geen huis meer; alles wat hij had was een verpletterende schuld omdat hij op veel te grote voet had geleefd. Zijn idee van een oplossing voor het dochtertje in de wieg en een hoogzwangere echtgenote was om de benen te nemen en een paar jaar lang het gokcircuit af te struinen. Hij was er niet bij toen Harry werd geboren en had alles aan zijn vrouw overgelaten. Geen wonder dat haar moeder geen romantische Spaanse namen meer wilde bedenken.

Harry fronste. 'Heb jij hem indertijd geholpen om hem weer terug te laten keren in het bankwezen, na alles wat er was gebeurd?'

Hij knikte. 'Jaren later. Onze paden kruisten zich weer en deze keer bevond ik me in de positie om hem te kunnen helpen. Ik stond bij hem in het krijt, dus ik heb hem een kans gegeven.'

Ze zuchtte. Dat was nou net het probleem. Er was altijd wel iemand die bereid was om haar vader een nieuwe kans te bieden.

Dat had ze zelf ook gedaan.

20

Cameron brak een nieuw pakje Marlboro aan en haalde er twee sigaretten uit. Eentje was voor hemzelf, om te roken wanneer hij gereed was. Met behulp van de andere zou hij iemand gaan vermoorden.

Hij gooide het pakje op de keukentafel en legde beide sigaretten in de asbak. Midden op tafel stond een glazen fruitschaal. Hij trok hem naar zich toe. Er zat een hele verzameling luciferdoosjes in. Hij roerde met zijn vinger door de stapel dubbelgevouwen kartonnetjes en luisterde hoe ze met schrapende geluidjes door de schaal bewogen. Hij had er nu bijna vijfentwintig en ze vormden stuk voor stuk een specifiek aandenken.

Hij pakte een willekeurig pakje lucifers en bestudeerde de bovenkant: een braaf uitziend vogeltje tegen een groene achtergrond. Hij keerde het om en knikte. Nu wist hij het weer. De Dove Bar & Grill in Galway. Vier jaar geleden. Een jong barmeisje met blond stekeltjeshaar. 'n Bijdehandje. Camerons rechterbeen begon op en neer te wippen, balancerend op de bal van zijn voet. Dat was een taaie klus geweest, dat meisje. Veel te veel bloed.

Hij viste een ander luciferdoosje uit de schaal. Op deze stond een grijnzende matador in een blauw pak afgebeeld, met een dom kijkende stier achter hem. Cameron glimlachte. El Torero. Hij streelde het karton met zijn duim en dacht terug aan die serveerster in Madrid, met dat donkere haar. Het was al de tweede keer in twee dagen dat hij aan haar moest denken. Hij huiverde onwillekeurig. Bij haar had hij zijn blote handen om haar hals gelegd. Hij drukte zijn hand tegen zijn knie en kneep erin totdat het gewiebel ophield. Toen liet hij het Spaanse luciferdoosje weer in de schaal vallen. Het zou jammer zijn om die te verspillen. Voor nu zou de duif moeten volstaan.

Cameron trok een lege, metalen afvalemmer naar zich toe en plaatste die tussen zijn voeten. Hij leunde eroverheen, met zijn ellebogen op de knieën, klapte het groene luciferdoosje open en boog het helemaal naar achteren zodat het een recht stukje karton werd. Er zaten twee rijtjes lucifers in, dicht op elkaar. Hij peuterde de bovenste een voor een los totdat hij de twee rijen volledig uit elkaar had gehaald. Daarna scheurde hij één lucifer af, stak eerst de ene sigaret aan en daarna de andere, en nam toen van allebei een flinke trek. Even sloot hij zijn ogen om te genieten van de duizelingwekkende nicotinestoot.

Hij legde de eerste sigaret terug in de asbak; de tweede legde hij overdwars tussen de beide luciferlaagjes, en klemde toen de sigaret over de hele lengte tussen de rijen met roze luciferpuntjes – alleen het gloeiende uiteinde stak er enkele centimeters uit. Hij legde het pakje lucifers plat op de bodem van de prullenbak en keek op zijn horloge. 18:35.

Cameron leunde naar achteren en rookte de andere sigaret op. Uit de prullenbak stegen kringetjes rook op.

Aan het begin van de middag was hij gebeld. Hij was even in de verleiding gekomen om op te hangen en in foetushouding weg te kruipen in een stoel. Maar hij had te lang bevelen opgevolgd om zomaar nee te kunnen zeggen. En toen hij hoorde wat er precies van hem verwacht werd, had hij al geen nee meer willen zeggen.

Cameron tikte de as af op de grond en liet zijn blik door de benauwde keuken dwalen. Zijn hele woning was op pygmeeschaal gebouwd. Fijn als je een ondervoede dwerg was, maar voor zijn lange postuur was het puur klote. Door het lilliputterraampje had hij uitzicht op Deansgrange, een kerkhof met treurige aartsengelen en gezichtsloze grafzerken. Niet dat hij zelf huur betaalde voor dit onderkomen: dat was voor hem geregeld. Niettemin werd het tijd om hier weer te vertrekken. Misschien moest hij daar bij het volgende telefoontje een balletje over opgooien. Hij drukte zijn sigaret in de asbak uit tot een zigzaggend muizentrapje. Zijn benen begonnen weer op en neer te wippen. Er viel niet aan te ontkomen. Altijd zou er wel iemand bellen.

Cameron boog zich voorover naar de sigaret in de prullenbak. De witgrijze askegel was nu bijna drie centimeter lang. Hij zag dat het brandende uiteinde het papier van de sigaret verslond en steeds dichter in de buurt van de stompe luciferpuntjes kwam.

Als instrument om tijd te rekken was deze methode vrij basaal, maar dat was ook meteen de aantrekkingskracht. Zodra je iets te gecompliceerd maakte, liep je de kans dat het misging. Hij had ooit iemand gekend die geprobeerd had om zijn pakhuis in vlammen op te laten gaan door een ballon met paraffine te vullen, en die vanaf het plafond heen en weer te laten zwaaien boven een brandende kaars. Zijn theorie was dat die ballon een keer ophield met schommelen en dan recht boven die kaars stil zou komen te hangen zodat de vlam er een gat in zou branden: dan zou de paraffine eruit druppelen en vlam vatten. Tegen de tijd dat dit gebeurde kon die gast al mijlenver weg zijn en had dan een pracht van een alibi.

Natuurlijk was het in de soep gelopen. Die stomme eikel had zo veel paraffine gebruikt dat het hele zooitje als de Niagara Falls was neergestort en de kaarsvlam had gedoofd.

Eenvoud was beslist de beste oplossing. Cameron had de lucifermethode één keer eerder gebruikt, maar toen had hij de tijd verkeerd ingeschat om zichzelf nog in veiligheid te brengen. Hij had er te lang over gedaan: de vlammen hadden hem ingehaald en zijn vluchtweg geblokkeerd. De flakkerende vuurtongen hadden met hem gebokst terwijl hij zich een weg naar buiten probeerde te banen en ze hadden naar hem uitgehaald toen hij te dicht in de buurt kwam. Hij herinnerde zich de geur van zijn geschroeide vlees nog maar al te goed. Hij keek naar zijn onderarm en masseerde het rimpelige vel waar de vlammen zijn rechterarm hadden verbrand. Het was puur geluk geweest dat hij er nog levend uit was gekomen. Dit keer zou hij niet meer van die risico's nemen.

Cameron inspecteerde de sigaret nogmaals. De askegel was nu al zo'n vijf centimeter lang. Het deed hem denken aan de manier waarop oudere mensen roken, met de sigaret vastgelijmd aan hun onderlip, die ze dan daar lieten hangen totdat de askegel zo lang was als hun vingers. Zijn moeder had dat altijd gedaan. Ze sjokte rond met behulp van haar rollator en wierp hem met samengeknepen ogen afkeurende blikken toe door de kringelende rookwolken van de sigaret die altijd tussen haar lippen hing; de askegel bereikte kritische lengtes maar viel nooit op de vloer. Het was net alsof ze altijd al oud was geweest. En uiteindelijk werd ze zo oud dat het haar negentien minuten kostte om uit haar stoel te komen. Hij wist dat doordat hij een keer achter haar had gestaan om de tijd op te nemen.

Hij boog zich nogmaals over de prullenbak. Het brandende uiteinde was er bijna. De roze luciferkoppen wachtten af, als rijpe bessen die op het punt van barsten stonden. Hij ging een stukje uit de buurt zitten, voor het geval dat. De gloeiende punt raakte het eerste roze zwavelkopje. De lucifer siste en vlamde op. De tweede werd aangestoken, toen de derde en daarna de vierde, totdat alle lucifers in brand stonden. Een vlammend koord danste enkele centimeters boven het karton en er kwam een zwavelgeur in de lucht te hangen.

Cameron keek op zijn horloge. 18:44. Negen minuten. Hij knikte. Negen minuten om de rest van de brandstof in gereedheid te brengen en het appartement te verlaten voordat het tot de grond zou afbranden. Hij sloot zijn ogen en glimlachte. Het moest op een ongeluk lijken, hadden ze gezegd. Hij werd overspoeld door een gelukzalige golf. Geen probleem.

Ongelukken waren immers zijn specialiteit.

21

Harry keek vanaf de stoep toe terwijl de Jaguar van Ashford soepel wegreed. Het was niet voor het eerst dat ze zich afvroeg waarom mensen van die contrasterende meningen over haar vader hadden. Loyale vriend versus afvallige vader; financieel genie versus failliete fraudeur. Aan de andere kant had ze er zelf ook wel moeite mee om het onderscheid te kunnen maken.

'Stap in, vlug.'

Een gestroomlijnde rode Saab was sereen voor haar tot stilstand gekomen en Harry herkende Judes vierkante schouders achter het stuur. Ze ging naast hem zitten en legde haar schoudertas op haar schoot. Ze wierp een blik op Jude, maar hij had zijn gezicht van haar afgewend om het verkeer achter hem in de gaten te kunnen houden. Zijn postuur als van een vleugelverdediger leek te groot voor deze auto. Toen hij met zijn linkerhand de versnellingspook vastgreep, kwam er een gespierde onderarm met een robuust polshorloge uit zijn omhooggeschoven hemdsmouw tevoorschijn. Geen trouwring.

Harry luisterde naar het getik van de richtingaanwijzer en vroeg zich af hoe lang hij van plan was haar te negeren. Eindelijk had Jude de auto op de buitenste rijstrook weten te manoeuvreren, en bedankte de automobilist achter hem met een handgebaar. Ze reden een poosje in stilte.

Hoe kon ze informatie lospeuteren uit deze stijfkop?

Toen knikte Jude naar de tas op haar schoot en vroeg: 'Wat is dat?'

'Mijn laptop.'

'Nee, ik bedoel het logo.'

'O, dat.' Harry liet haar vingers over het zilveren embleem van DefCon op haar tas glijden. Vroeger waren de in de letter 'O' geëtste schedel en de kruisbotten inktzwart geweest, maar inmiddels waren ze afgesleten tot een vaalgrijze tint.

'DefCon,' zei ze. 'Dat is een hackerbijeenkomst die elk jaar in Las Vegas wordt gehouden. Op mijn dertiende werd daar een keer een wedstrijd georganiseerd, en toen heb ik deze schoudertas gewonnen. Mijn vader had me daar mee naartoe genomen.'

Jude wierp haar een ongelovige blik toe. 'Nam je vader je mee naar hackerbijeenkomsten?'

Ze knikte. 'Nou ja, hij wist dat ik toch vastbesloten was om te gaan. Ik had allerlei ingenieuze listen verzonnen om midden in de nacht het land uit te glippen. Daags ervoor kreeg ik keelontsteking, maar zelfs dat had me nog niet tegengehouden. Uiteindelijk heeft mijn zusje me verlinkt, maar in plaats van dat hij me verbood om te gaan heeft hij me gewoon meegenomen.'

Ze moest glimlachen bij de herinnering. DefCon was een van 's werelds meest roemruchte bijeenkomsten en het idee om daar met je vader aan te komen zetten had haar verlamd. Maar tegen de tijd dat ze bij het Alexis Hotel was gearriveerd om zich in te schrijven, was haar weerstand gesmolten als sneeuw voor de zon. Daar stond ze dan, als dertienjarig hittepetitje, midden op die straat in Las Vegas waar neonlampen de hele nacht flikkerden en je bijna niet kon ademen door de hitte. In de hotellobby wemelde het van de jeugdige hackers en ze was enorm opgewonden dat zij van dit alles deel uitmaakte.

Ze had om zich heen gekeken en elk detail gretig in zich opgenomen. Indertijd werd de hackerwereld nog gedomineerd door mannen. Het was een mix van getatoeëerde types in leren jassen en knulletjes die erbij liepen alsof hun moeder ze had aangekleed. Sommigen zaten in de hoek te praten over de recentste hackermaterialen, terwijl anderen om twee uur 's middags al straalbezopen waren.

Er waren twee rijen om je te registreren: een rij voor de witte hoeden en een rij voor de zwarte. Harry ging met haar vader in de respectabele wittehoedenrij staan, maar ze kon het niet laten om gefascineerde blikken op die schobbejakken in de andere rij te werpen. Ze luisterde stiekem naar hun opschepperij en herkende een paar van de meest notoire hackers van die tijd.

Ze porde haar vader in zijn zij. 'Zie je die ene knul daar?' vroeg ze. 'Die in het zwart gekleed? Hij heet Tomahawk. Hij is het netwerk AT&T binnengedrongen en heeft een heleboel stennis getrapt.' Ze trok hem weer aan zijn mouw. 'En die maffe gozer naast hem? Dat is Apollo. Het schijnt dat hij de FBI heeft geïnfiltreerd.' Ze moest zich inspannen om niet al te eerbiedig te klinken en hoopte dat haar keelontsteking die eerbied nog enigszins verbloemde.

Haar vader had haar een moment bestudeerd. Toen greep hij haar bij de elleboog en trok haar mee naar de zwartehoedenrij. 'Kom, laten we eens wild doen, wat denk je?'

Ergens voor hen werd er hevig getoeterd, en Harry concentreerde zich op de weg. Judes rijstijl was evenwichtig en ze waren al een eind opgeschoten. Het vliegveld was niet ver meer.

Op de rijbaan voor hen ontstond enige ruimte en Jude nam gas terug zodat een minibusje kon invoegen. Harry keek naar zijn profiel en zag blonde plukjes in zijn bruine haar. Ze durfde er een eed op te doen dat hij altijd zo reed: als een heer in het verkeer en zonder blaaskakerij, maar met de pit van een schildpad.

'Gebruik jij je versnellingspook wel eens?' vroeg ze.

'Niet met dit soort verkeer. Dat heeft weinig zin. Hard rijden is sowieso gevaarlijk.'

Harry rolde met haar ogen.

'Wat voor wedstrijd was dat?' vroeg Jude.

'Welke?'

'De tas. Hoe heb je die gewonnen?'

'O, die. Het was een kwestie van sociale techniek.' Ze zag zijn niet-begrijpende blik. 'Sociale techniek is als hackers vertrouwelijke informatie van mensen los weten te krijgen. Het is alsof je mensen hackt in plaats van computers.'

Jude trok een wenkbrauw op. 'Dat klinkt niet erg ethisch.'

'Maar dat is het wel. Het is al de helft van de pret.' Ze treiterde hem expres een beetje.

Hij hield zijn blik strak op de weg gericht. 'En wat moest je dan precies doen?'

'We kregen allemaal een naam en telefoonnummer, en de eerste die erin slaagde om iemands bankgegevens en pincode te bemachtigen had gewonnen.'

'Het klinkt als een trainingskamp voor oplichters.'

'Op de een of andere manier was dat ook zo.' Harry keek naar een laaghangend vliegtuig dat de landingsbaan naderde. Het vliegveld kon niet ver meer zijn.

'En?' vroeg Jude. 'Ga je me nog vertellen hoe je dat hebt gedaan?'

'Zo moeilijk was het niet. Ik belde die man op en zei dat ik bij het fraudepreventieteam van zijn bank werkte. Dankzij die keelontsteking klonk mijn stem alsof ik een paar jaartjes ouder was en het kostte me weinig moeite om hem te overtuigen. Ik vertelde dat zijn pincard die week ervoor midden in de nacht was gebruikt om meer dan drieduizend dollar op te nemen, en ik zei dat ik wilde nagaan of dat klopte. De arme stumper viel bijna flauw.'

'Dat kan ik me levendig voorstellen.'

'O, ik was heel begripvol en zo, maar ik legde hem uit dat hij nog altijd aansprakelijk was voor die geldopname. Toen zei ik dat ik voor deze ene keer de regels wel kon overtreden om hem van zijn probleempje af te helpen. Ik deed het voorkomen alsof ik hem een geweldige dienst bewees. Het enige wat hij hoefde te doen was zijn bankgegevens en pincode aan mij door te geven en dan zou ik direct de geldopname wegpoetsen. Hij wist niet hoe snel hij met alle cijfers op de proppen moest komen.'

Jude schudde zijn hoofd en Harry zou zweren dat ze hem 'tuurlijk' hoorde zeggen.

'En, heb je gewonnen?' vroeg hij.

'Ik werd eigenlijk tweede. Uiteindelijk bleef ik veel te lang aan de telefoon om die man ervan te overtuigen dat het allemaal maar gespeeld was en dat ik alleen maar een of andere preventieve fraudeoefening had uitgevoerd. Ik werd zelfs een beetje nijdig op hem dat hij zo onvoorzichtig was geweest.' Nu schudde Harry haar hoofd en zei 'tuurlijk'. 'Mensen moeten nooit hun bankgegevens aan de telefoon doorgeven. Hij zal het in elk geval nooit meer doen, zoveel is zeker.'

Ze voelde dat hij naar haar keek en keerde haar gezicht naar hem toe. 'Eigenlijk had ik het helemaal niet over dit soort dingen willen hebben, maar nu zijn we al bijna op het vliegveld.'

Hij hield haar blik even vast, alsof hij haar monsterde. Toen zei hij: 'Maak je geen zorgen, we hebben tijd genoeg.'

'Ik dacht dat je een vliegtuig moest halen.'

'Wie had het over een vliegtuig?'

22

HARRY WAS NOOIT EERDER OP dit gedeelte van het vliegveld geweest en te oordelen naar de verwaarloosde staat waarin het verkeerde was ze niet de enige.

Ze hadden met het overige verkeer de reguliere route gevolgd richting DEPARTURES, maar op het laatste moment had Jude een smalle zijweg genomen zodat ze bij de algemene vertrekhal vandaan reden. Zonder iets te zeggen bleef hij die weg enkele kilometers volgen, en nu reden ze hotsend en botsend over een hobbelige weg waar nergens een andere auto te bespeuren viel.

Harry keek om zich heen. 'Waar gaan we naartoe?'

De gebouwen van het vliegveld lagen ver achter hen en wat zich voor haar uitstrekte was een woestenij met verwilderd gras en een wirwar van grijze landingsbanen die zo te zien nooit werden gebruikt. Hier trof je geen vakantiegangers met bij elkaar passende koffersets aan.

'Dat zul je wel zien,' zei Jude.

Hij verliet de zandweg en reed het ongelijke terrein op, in de richting van een bouwwerk van stalen golfplaten dat nog het meest op een verlaten hangar leek. Jude reed naar de zijkant, bracht de auto tot stilstand en zette de motor af.

Op een platform van asfalt stond een hemelsblauwe helikopter, met de motor uit en met omlaaghangende propellerschoepen over de cockpit.

'Kom,' zei Jude en hij sprong uit de auto.

Harry volgde hem aarzelend en zag een man in een groene overall onder de helikopter vandaan rollen. Hij zwaaide toen hij hen zag en stak zijn duim op naar Jude voordat hij richting hangar verdween. Jude beantwoordde zijn groet en liep naar de helikopter. Zonder achterom te kijken trok hij de deur open en stapte in.

Harry aarzelde even, liep toen ook over het asfalt en klom achter hem aan de cockpit in. Hij zat voorovergebogen in de pilotenstoel en inspecteerde het dashboard met instrumenten alsof hij precies wist waar hij mee bezig was. Harry maakte aanstalten om een stoel achterin te nemen, maar Jude wenkte haar naar voren.

'Ga maar voorin zitten,' zei hij. 'Dan heb je beter zicht.'

Harry trok een gezicht. Ze was met hoogtes net zo goed als met navigatie en ze had nu al een paar keer flink naar adem moeten happen. Ze manoeuvreerde zich langs Jude en nam de stoel naast hem, vanwaar ze een uitzicht van honderdtachtig graden op het ongelijke, heuvelachtige landschap en de verlaten landingsbanen had. Het leek wel alsof ze zich aan het eind van de wereld bevond.

'Goed, dus iemand heeft je voor de metro geduwd,' zei Jude. Hij inspecteerde nog steeds al die schermen en knopjes. 'Hoe zit dat precies?'

'Ze probeerden me af te schrikken.' Ze onderwierp de cockpit aan een onderzoek. Het leek eerder op de stuurhut van een intergalactisch ruimteschip dan op iets waarin een stijve bankier, die in een auto niet eens de versnellingspook wilde gebruiken, voor piloot ging spelen.

Ze leunde naar zijn kant en hield haar handen stijf gevouwen op haar schoot. 'Ga je echt met dit ding vliegen?'

'Een van ons tweeën zal het moeten doen.' Hij grinnikte naar haar. 'Maak je niet te sappel, we gaan niet ver. Ik hoef haar alleen maar uit te testen.'

Hij gaf haar een enorme koptelefoon met een microfoontje en gek genoeg moest ze meteen aan de meisjes van het Sheridan Bank-callcenter denken. Ze stelde de koptelefoon af totdat hij op haar hoofd paste en hield ondertussen haar ogen strak op Jude gericht, die schakelaars omzette en op knoppen drukte. Hij had zijn kraag en stropdas losser gemaakt en zijn hemdsmouwen waren nu nog verder opgestroopt. Ze ving een glimp op van fraai ontwikkelde biceps onder het witte katoen van zijn overhemd. De motor sloeg aan en de trillingen dreunden door haar hele lichaam.

'Waarom zou iemand jou de stuipen op het lijf willen jagen?' Via de radiogolven klonk het geluid van zijn stem blikkerig en van ver weg.

'Ze denken dat ik hun geld in mijn bezit heb. Twaalf miljoen euro, om precies te zijn.'

'Heb je het dan?'

'Misschien.'

De propeller begon te draaien. De schoepen kwamen omhoog totdat ze in horizontale stand het zonlicht doorkliefden en schaduwen wierpen.

'En wat verwacht je precies van mij?' vroeg Jude.

De steeds sneller draaiende propellerbladen stampten over het gebrul van de motor heen. Harry moest zich inspannen om niet in elkaar te krimpen. Zelfs met die koptelefoon was het kabaal nog bijna ondraaglijk.

'Jij bent investeringsbankier,' zei ze en ze probeerde niet te schreeuwen. 'Jij begrijpt hoe deze markt werkt en langs welke lijnen de geldstroom verloopt.' Haar lichaam beefde door de vibrerende vliegkist en ze greep de armleuningen stevig vast om haar handen stil te kunnen houden. 'Volgens de kerel die me op de rails duwde is dat geld van het insiderskartel, waar mijn vader ook bij zat.'

De helikopter steeg in een rechte lijn op en Harry's maag zonk tot onder in haar buikholte. Jude wierp haar een blik toe.

'Heb je al eens eerder in zo'n ding gevlogen?' vroeg hij.

Harry schudde haar hoofd; ze vertrouwde haar eigen stem niet. Even bleven ze midden in de lucht hangen, toen zwenkten ze met een scherpe bocht naar links. Harry slikte. De grond scheen naar boven te komen en gedurende een kort moment bekeek ze de wereld op zijn kant.

Toen de helikopter weer recht hing wierp ze Jude een blik toe. Hij liet het toestel in een rechte lijn vliegen en beroerde het controlepaneel met zijn vingertoppen. Hij speurde voorovergebogen de horizon af, compleet in balans met de helikopter; zijn ogen stonden alert en hij kwam buitengewoon kundig over.

Waar was die saaie schildpad gebleven die haar naar het vliegveld had gereden?

'Hoe is dat kartel aan die twaalf miljoen euro gekomen?' vroeg hij.

'Ik denk dat het volgende is gebeurd,' antwoordde ze. 'Het kartel heeft informatie van binnenuit gekregen dat Aventus op het punt stond om Sohoran over te nemen. Ze kochten aandelen Sohoran toen de koers laag stond, omdat ze wisten dat de prijzen door het plafond zouden gaan zodra het nieuws over die overname uitlekte. Toen de overname werd aangekondigd, steeg de koers en streken ze een fortuin op met de verkoop van hun aandelen.' Ze fronste. Bij wat er hierna kwam zat veel giswerk, maar ze wist zeker dat ze gelijk had. 'Mijn vader is er op de een of andere manier in geslaagd om die winst in zijn geheel of een deel ervan weg te moffelen. En het kartel wil nu dat geld hebben.'

'Bedoel je dat jouw vader hen heeft bedrogen?'

'Dat zou me niets verbazen. Mijn vader heeft wel vaker mensen bedrogen.'

Jude keek haar een poos aan. 'Mij anders niet. Hij was een van de getalenteerdste investeringsbankiers die ik ooit heb gekend en eigenlijk achtte ik hem te slim voor dit soort praktijken.'

Ze staarde terug. 'Maar blijkbaar niet slim genoeg. Vergeet niet dat ze hem hebben gepakt.' Ze sloeg haar ogen weer neer. 'In elk geval, zijn schuldvraag staat hier verder niet ter discussie.'

De helikopter maakte opeens een scherpe bocht naar rechts. Harry zag de grond met hoge snelheid op haar af komen en ze verstrakte. Op het laatste moment trok Jude op met een duizelingwekkende verticale klim en de horizon verdween als bij toverslag uit haar blikveld.

Harry's ledematen waren stijf. 'Vind je het erg om dat machogedoe achterwege te laten en gewoon in een rechte lijn te vliegen?'

Jude keek haar verbijsterd aan. Hij herstelde het evenwicht van de helikopter en liet de wereld weer om haar eigen as draaien. 'Zo beter?'

'Ja, dank je.' Ze ontspande zich en haalde een paar keer diep adem. Er viel een stilte en Harry bedacht dat het onmogelijk was om met deze kerel een gesprek te voeren zonder chagrijnig te worden.

Jude schraapte zijn keel. 'Dus als je vader het geld in zijn bezit heeft, is hij misschien wel degene die het op je rekening heeft gestort.'

Ze schoof heen en weer op haar stoel. Die optie had ze zelf ook al in overweging genomen. Het was best mogelijk dat haar vader op een of andere manier vanuit de gevangenis bij zijn eigendommen kon komen. Per slot van rekening was geld nou precies dat ene ding waar hij alles vanaf wist. Misschien moest hij het ergens anders onderbrengen en verstoppen, om te voorkomen dat het ontdekt werd. Het was een mogelijkheid. Het was zelfs vrij logisch. Het betekende ook dat haar vader bereid was om haar leven ervoor in de waagschaal te stellen.

'Misschien,' zei ze.

'Het klinkt voor de hand liggend, maar waarom vraag je het hem niet op de man af?'

Vraag het hem op de man af. Het klonk zo simpel en zo verleidelijk om gewoon naar hem toe te gaan, alles te vertellen wat er was gebeurd en dan zijn sterke armen op te zoeken voor een knuffel, net alsof ze weer vijf jaar oud was.

Harry wilde haar benen over elkaar slaan. Toch maar niet. Wie hield ze nou eigenlijk voor de gek? Zij zou aan de ene kant van de tafel zitten, haar vader aan de andere. 'Maar ik weet van niets, Harry, echt niet,' zou hij zeggen. En dan zou hij zijn schouders ophalen, met die naar boven gedraaide handpalmen als om te bewijzen hoe weinig hij te verbergen had.

Harry schonk Jude een wrang glimlachje. 'Geloof mij maar: het is geen optie om het hem rechtstreeks te vragen.'

Jude zuchtte. 'Wat verwacht je eigenlijk van mij?'

'Wat ik wil begrijpen is hoe mijn vader en de rest van dat kartel hun handel met voorkennis bedreven. Hoe kwam het geld binnen en hoe ging het er weer uit?'

'Je doet net alsof ik precies zou moeten weten hoe zoiets werkt.'

'Luister, ik vraag je alleen maar om je verbeelding te gebruiken. Doe alsof je geen vooraanstaande investeringsbankier bent die nooit de regels overschrijdt. Denk als een oplichter, een schavuit.' Harry keek strak voor zich uit. 'Beeld je in dat je mijn vader bent.'

Hij zweeg even. Toen zei hij: 'Oké. Stel dat ik een investeringsbankier ben die in het bezit is van koersgevoelige informatie waar voordeel mee te behalen is. Het probleem is dan dat ik geen van mijn gebruikelijke *trading accounts* kan gebruiken.'

'Waarom niet?'

'Omdat die allemaal in de gaten worden gehouden. Investeringsbanken houden een oogje op de *trading accounts* van hun employees. Bij de eerste de beste verdachte deal gaan er meteen alarmbellen rinkelen.'

'Dus wat zou je dan doen?'

Jude haalde zijn schouders op. 'In mijn geval zou ik een geheime rekening openen, hoogstwaarschijnlijk een Zwitserse, en die gebruiken voor mijn transacties.'

'Een Zwitserse bankrekening?' Harry trok een wenkbrauw op. 'Dat is toch meer iets voor spionnen en witwassers?'

'Niet per se. Je hoeft geen crimineel te zijn om een bankrekening in

Zwitserland te kunnen openen. Iedereen die zijn financiën privé wil houden kan dat doen.'

'Dus zoiets is compleet anoniem?'

Jude schudde zijn hoofd. 'Nee, dat is een mythe. Er bestaat niet zoiets als een compleet anonieme bankrekening. Alle Zwitserse banken kennen de identiteit van hun rekeninghouders.'

'Maar hoe zit het dan met genummerde rekeningen? Volgens mij zijn die speciaal om je naam overal buiten te kunnen houden.'

'Klopt. Maar banken hebben nog altijd ergens een dossier in hun archief waar jouw naam en adres op staat. Dat archief is slechts toegankelijk voor enkele senior managers, maar het bestaat wel degelijk.'

'Maar het is wel zeer vertrouwelijke informatie, of niet?'

'Zeker weten.' Nu hij eenmaal op gang was werd Jude erg openhartig over dit onderwerp. 'In Zwitserland is het zelfs strafbaar om klantgegevens aan derden door te spelen. Bankmedewerkers moeten een contract ondertekenen waarin een speciale clausule over die geheimhoudingsplicht is opgenomen. Als je daar alleen al het bestaan van een bepaalde rekening erkent, hangt je een gevangenisstraf boven het hoofd.'

Harry concludeerde dat een dreigende celstraf een adequate maatregel was om iemand tot zwijgen te brengen. 'Stel dat een buitenlandse regering contact opneemt met een Zwitserse bank omdat ze bewijsmateriaal hebben van criminele activiteiten op een van hun rekeningen. Wat gebeurt er dan?'

'De Zwitsers houden er hun eigen ideeën op na over wat crimineel is en wat niet. Van belastingontduiking en scheidingsperikelen raken ze niet echt onder de indruk. Maar als je bijvoorbeeld aankomt met misdaden als drugssmokkel en handel met voorkennis, zul je waarschijnlijk op meer medewerking kunnen rekenen.'

'En wat moet je doen om zo'n rekening te kunnen openen?' Ze tuurde uit het raam. Onder hen lag nu een ander soort gebied. Het schrale, onontgonnen landschap had plaatsgemaakt voor glooiende heuvels en pal voor hen lag het bergachtige terrein van de Sugarloaf. Ze vlogen zuidwaarts, in de richting van de Dublin Mountains.

Jude haalde zijn schouders op. 'Het gaat min of meer hetzelfde als bij andere banken. Je vult een paar formulieren in en overhandigt een geldig legitimatiebewijs – in de regel is dat je paspoort. Bij een heleboel Zwitserse banken moet je persoonlijk langskomen. Maar behalve al dat gedoe met die geheimhouding gaat het er verder hetzelfde aan toe als bij andere bankrekeningen. Je kunt creditcards aanvragen, pasjes voor de geldautomaat en internetbankieren.'

'Dus stel dat mijn vader ook zo'n rekening had, is hij dan daarvoor naar Zwitserland geweest?'

'Of naar de Caribische Eilanden. De Bahama's, Bermuda, de Caymaneilanden. De Zwitserse banken hebben daar filialen die onder dezelfde wetgeving van geheimhoudingsplicht vallen.'

Harry dacht aan alle trans-Atlantische reizen die haar vader door de jaren heen had gemaakt en bedacht dat het Caribische gebied meer voor de hand lag dan Europa. 'Maar hoe beheerde hij zijn account vanaf hier? Hoe kon hij die op afstand gebruiken voor zijn zaken?'

Mocht Jude al hebben opgemerkt dat haar hypothetische 'stel dat' plaats had gemaakt voor directe vragen over haar vaders handelwijze, dan liet hij dat niet merken.

'Als we ervan uitgaan dat hij een genummerde rekening had, dan was die waarschijnlijk toegewezen aan een persoonlijke klantmanager,' antwoordde hij. 'Relatiemanagers noemen ze die. Het ziet ernaar uit dat jouw vader hoogstwaarschijnlijk per telefoon handelsinstructies heeft doorgegeven aan zijn relatiemanager.'

'Dat klinkt niet heel veilig. Iedereen kan bellen en zich voordoen als mijn vader.'

'Niet echt. Hij moet dan niet alleen zijn rekeningnummer doorgeven, maar ook een geheime code om zich te identificeren.'

'Een geheime code?' Nu waren ze weer terug bij spionnen en geheime agenten. 'Geef eens een voorbeeld.'

'Dat kan van alles zijn. Hij kan bijvoorbeeld afgesproken hebben dat in elke instructie een bepaalde zin zit verborgen, zoals... Weet ik veel...' Jude haalde zijn schouders op. 'Mickey Mouse of Abracadabra. Alles is mogelijk, zolang het maar exclusief bekend is bij hem en de relatiemanager.'

Harry kneep haar ogen tot spleetjes. 'Dat begint wel erg veel op James Bond te lijken.'

'Maar zo blijft het wel vertrouwelijk.'

Welke geheime code zou haar vader hebben gebruikt? Iets gelikts, iets wat makkelijk te onthouden was. Iets wat gerelateerd was aan een belangrijke periode in zijn leven. Anderzijds leidde hij wel weer een erg gevarieerd leven: als investeringsbankier, crimineel, pokerspeler, vader. Niet noodzakelijk in die volgorde natuurlijk. Eerlijk gezegd was hij waarschijnlijk beter in poker dan in het bedrijven van criminele activiteiten.

Ze staarde naar de weilanden beneden. Haar blik viel op een gigantisch L-vormig gebouw en pas toen ze het Keltische patroon van de kronkelende rijen heggen herkende, besefte ze dat het Dillons huis was.

Het labyrint leek wel op haar af te komen. Haar adem stokte en haar hartslag schoot omhoog.

'Alles goed?' Jude keek haar aan.

Ze knikte en probeerde haar ogen van het labyrint los te trekken, maar het was alsof haar hoofd in een klem zat. De helikopter kwam steeds dichter bij de kolossale heggen en ze betrapte zich erop dat ze probeerde te kijken wat zich in het midden zou bevinden. Maar ze kon alleen maar iets groots en donkers onderscheiden dat af en toe het zonlicht weerkaatste.

Jude volgde haar blik. 'Dat is toch het huis van Dillon Fitzroy?'

'Ja.' Ze herinnerde zich dat Felix had gezegd dat Jude en Dillon oude bekenden waren. 'Waar kennen jullie elkaar van?'

'We hebben samen op school gezeten.' Zijn ogen waren nog steeds op het huis gericht. 'Hij zei altijd al dat hij ooit een landhuis op het platteland zou bezitten. Je kunt dat huis ook "Krijg Het Lazarus" noemen.'

Harry's wenkbrauwen schoten omhoog. Die schuttingtaal paste op de een of andere manier niet bij Jude.

'Waarom zeg je dat zo?' vroeg ze.

Jude trok zijn schouders op. 'Hij is geadopteerd, heeft hij je dat ooit verteld?'

'Ja, en?'

'Volgens mij heeft dat feit hem het gevoel gegeven dat hij iets moest bewijzen. Maar vraag me niet wát.'

'Je mag hem niet zo, begrijp ik dat goed?'

Hij wierp haar een zijdelingse blik toe en liet de helikopter een scherpe bocht maken. 'We moesten maar weer eens teruggaan.'

Dillons huis verdween uit het zicht. Harry leunde naar achteren en haalde diep adem: ze wachtte totdat haar hartslag weer normaal was.

'Zeg, je hebt me nog helemaal niet gevraagd wie de anderen in dat kartel waren,' zei ze na een poosje. 'Wil je dat niet weten?'

'Als je van plan bent om me dat te vertellen, kom je vanzelf wel over de brug,' zei hij luchtig. 'Zo niet, dan heeft het ook geen enkele zin om ernaar te vragen.'

Harry bestudeerde hem een tijdje; ze wist niet zeker of ze deze man wel kon vertrouwen. Hij zat tenslotte in de beleggingswereld, net als de rest. Maar ze had nog iets anders van hem nodig.

'Een paar van hen ken je,' zei ze uiteindelijk.

'O ja?'

'Felix Roche, om mee te beginnen. Jouw mannetje bij Inkoop.'

De helikopter zwenkte naar links. 'Wat? Zat Roche bij het beleggingskartel?'

'Niet helemaal.' Harry hield hem scherp in de gaten. 'Het kartel wist niets van hem af. Hij gluurde stiekem in hun e-mails en snoepte bij tijd en wijle van hun interne informatie-uitwisseling.'

Jude fronste zijn voorhoofd en bewoog de stuurknuppel om de helikopter weer in evenwicht te krijgen. 'Waar heb je dat vandaan? En als het waar is, hoe komt het dan dat hij nooit is gearresteerd?'

'Er was niet voldoende bewijs. Waarschijnlijk achtte de politie hem niet belangrijk genoeg. Maar ik wel.' Ze leunde naar voren. 'Ik wil zijn dossiers inkijken. Zijn e-mail, zijn archief.'

'Waarom?'

'Omdat hij weliswaar een profiteur was, maar hij had wel toegang tot de e-mails van het kartel. Hij wist wie ze waren. En als hij dat niet wist, dan heeft hij nog altijd informatie waarmee ik die gegevens zelf zou kunnen achterhalen.'

'Maar je mag zijn e-mail niet inzien. Die is vertrouwelijk.'

Ze zuchtte. Daar was die schildpad weer. 'Dat weet ik ook wel. Daarom heb ik jouw hulp nodig.'

'Maak je een geintje? Hoe kom je erbij dat ik jou zou helpen met zo'n stunt?'

Harry draaide zich om om de schaduw van de helikopter te bekijken die hen als een spoor op de zonovergoten heuvels achtervolgde. 'Heb je ooit gehoord van een belegger bij KWC die Spencer heette?'

'Jonathan Spencer? Wat heeft hij hiermee te maken?'

'Kende je hem?'

'Jazeker. We sloegen een paar keer per maand een balletje op de squashbaan. Goeie kerel. Hij is een paar jaar geleden omgekomen bij een auto-ongeluk.'

'Niet dus.'

Jude keek haar aan met een blik alsof ze haar verstand had verloren, maar ze keek hem recht in de ogen.

'Hij is voor de wielen van een voortrazende truck gegooid voordat hij de Sohoran-deal kon saboteren.'

Jude trok de koptelefoon van zijn hoofd en legde hem in zijn nek. Hij wierp haar een blik toe en zette hem toen weer over zijn oren.

'Dat is waanzin,' zei hij. 'Wie is jouw inlichtingenbron? Ik geloof er geen woord van.'

'Als ik onder een sneltrein beland en de pijp uitga, geloof je me dan?'

Jude staarde recht voor zich uit; zijn mond vormde een grimmige streep.

'Ik moet die dossiers inzien,' zei Harry zachtjes. 'Ik heb je hulp nodig om me KWC binnen te kunnen hacken.'

23

HET GELUK WAS MET DE hacker.

De hackers hadden immers tijd. Harry was af en toe dagen of hele weken kwijt om een plan van aanpak op te stellen. Ze kamde het hele internet uit om informatie over haar doelwit te verzamelen. De buitenkant van het netwerk werd eerst van onder tot boven besnuffeld, er werd op deuren geklopt en overal gezocht naar gaatjes. Daarna kwam ze dichterbij om aan deurklinken te rammelen en in sloten te peuteren. Uiteindelijk gaf er altijd wel iets mee en kon ze naar binnen glippen.

Goede hackers konden zo ongeveer overal inbreken, mits ze voldoende tijd hadden. Maar tijd was nu net datgene waarover Harry niet beschikte, had ze geconcludeerd.

Jude had zijn handen stevig om het stuur van zijn Saab geklemd. Hij hield zijn mond stijf dicht, alsof zijn lippen aan elkaar waren geniet. Sinds ze het vliegveld achter zich hadden gelaten had hij stommetje gespeeld.

'Nou zeg, ik heb je toch niet gevraagd om de bank te beroven?' vroeg ze. 'Het enige wat je hoeft te doen is mij langs de beveiliging te loodsen, en vanaf daar neem ik het over.'

'Denk maar niet dat ik jou het KWC-gebouw in ga smokkelen,' zei Jude en hij zette zijn woorden kracht bij met een paar karateslagen op zijn stuur. 'God mag weten wat jij voor rotzooi gaat uithalen.'

'Rotzooi? Jezus, ik hoef alleen maar een blik op Felix' oude e-mails te werpen. Ze zitten waarschijnlijk in een of ander archief. Het zal al met al vijf minuten in beslag nemen.'

'Sorry. Ik ga dat risico niet lopen.'

Harry zakte terug in haar stoel en sloeg haar armen over elkaar. Ze keek door het raam. Om negen uur 's avonds was de duisternis al intens, en de kroegen aan Townsend Street werden verlicht door een zachte gloed. Ze zou dit doorzetten, met of zonder hem. Maar het had geen zin om op deze manier verder aan te dringen.

Ze reden langs de Long Stone, een bar met een warmrode gevel en Keltische belettering, en langs de White's Bar met zijn brulteksten over hun cocktails en wifi-aansluiting.

Harry greep Jude bij de arm. 'Stop hier.'

'Waarom? Je mag hier niet parkeren.'

'Doe nou maar.'

Hij stuurde de auto naar de zijkant en vond een parkeerplekje. Harry had het portier al open voor hij goed en wel de motor had uitgezet.

'Kom,' zei ze. 'Ik kan wel een borrel gebruiken.'

Ze liep voor hem uit naar de White's Bar, waar ze nog maar één keer eerder was geweest. Maar ze kon zich nog herinneren dat het plafond er laag en donker was, en dat alles doordrenkt was met de geur van vochtige, duffelse jassen. Het was alsof ze toen in een berenhol had zitten drinken.

Ze keek over haar schouder en ging wat sneller lopen. Ze was voor het eerst sinds een paar uur weer buiten op straat, waar ze volledig was blootgesteld aan wie of wat dan ook en bij de gedachte alleen al wilde ze gaan jammeren. Ze speurde de donkere weg af, maar er was niets ongebruikelijks te zien. Achter haar hoorde ze Jude in zijn mobiele telefoon praten, en het geluid van zijn stem was op een vreemde manier geruststellend.

Ze duwde de deur van White's open en het eerste wat ze rook was de geur van nieuwe verf. Vanaf de drempel nam ze het interieur in zich op. Die lage, donkere balken waren weg, en het plafond was nu zo wit als albast. Er stonden spotjes op crèmekleurige leren stoelen gericht, en op de tafels stonden kaarsjes te flakkeren alsof er zo meteen een kerkdienst zou worden gehouden. Harry liep naar binnen. Waar bestelden de beren nu hun drankjes?

Het was er rustig voor een zaterdagavond. Ze liep naar een tafeltje in de hoek, met Jude op haar hielen die nog steeds in zijn mobiel praatte. Snel nam Harry plaats op een leren fauteuil en zorgde ervoor dat ze met haar rug naar de muur zat. Ze schoof de kaars opzij en legde haar schoudertas op tafel.

'We moeten dit vóór morgen afgerond hebben,' zei Jude. Harry bekeek hem van opzij. Zijn haar was in een piekfijne lijn achter zijn oren geknipt.

Ze haalde haar laptop tevoorschijn en terwijl ze wachtte tot hij opstartte overwoog ze haar opties. Er waren honderd verschillende manieren om dit aan te pakken, maar de meeste waren tijdrovend. Ze wilde nu direct het KWC-netwerk op. Het e-mailverkeer van dat kartel was een belangrijke schakel om hun identiteit te achterhalen. Ze was al op de hoogte van Leon Ritch en Jonathan Spencer. De persoon die haar het meest intrigeerde was die ene schimmige figuur, de Profeet.

'Kijk je mail maar na, Frank,' zei Jude in de telefoon. 'StarCom heeft ons de agendapunten voor deze middag al doorgestuurd. Bel me nog even voor je naar huis gaat.'

Harry keek naar hem en ergens in haar hoofd ging een knop om. Ze hield haar ogen strak op de mobiel die hij op tafel legde.

'Ik bestel wel even,' zei hij. 'Wat wil je drinken?'

Ze knipperde met haar ogen en wierp hem een afwezige blik toe. 'O, witte wijn. Dank je.'

Ze keek hem na terwijl hij naar de bar liep. Hij leek meer op de uitsmijter van een nachtclub dan op een investeringsbankier. Pas toen ze zeker wist dat hij niet meer zou omkijken griste ze vlug zijn mobiel van tafel. Onder het tafelblad ging ze met de nagel van haar duim over de toetsen, op zoek naar de naam van de laatste beller. Ze wierp een snelle blik op de bar. Jude was al aan het afrekenen. Ze keek weer op het display. Daar had je 'm. Frank Buckley. Tegen de tijd dat Jude terug was met hun drankjes lag zijn mobiel al weer op tafel.

Harry stak haar hand uit. 'Geef me nog eens een visitekaartje, alsjeblieft.'

'Waarom?'

'Doe nou maar.'

Hij trok een kaartje uit zijn portemonnee. 'Ik neem aan dat er niets vertrouwelijks op staat.'

'Zeg dat niet te snel.' Ze bestudeerde de gegevens op het kaartje en gaf het toen weer aan hem terug. Ze begon op haar toetsenbord te rammelen. 'Kijk er eens naar en vertel me wat erop staat.'

Hij liet zijn ogen over het kaartje glijden, haalde zijn schouders op en nam de stoel tegenover haar. 'Mijn naam, telefoonnummer, e-mailadres. Contactgegevens voor KWC.'

'Oké. En nu zal ik je vertellen waar een hacker naar kijkt.' Harry pakte het kaartje weer van hem af en wees op de telefoonnummers. 'Kijk, het centrale nummer is 2411200. En jouw directe nummer is 2411802. Zo krijgt een hacker een idee hoeveel nummers er op de centrale zijn aangesloten. In het geval van KWC dus honderden.'

'Ja, en?'

'En met zo veel medewerkers bestaat er een gerede kans dat een van hun computers via een modem direct op het telefoonnetwerk is aangesloten. Die modem is hoogstwaarschijnlijk niet geautoriseerd en hoogstwaarschijnlijk niet beveiligd.'

'Waarom zou iemand zoiets willen?'

'Omdat ze bijvoorbeeld op het internet willen surfen zonder dat de baas kan zien wat ze uitspoken. Misschien om porno te downloaden, zulke dingen. Het enige wat een hacker hoeft te doen is de centrale te blijven bellen totdat hij die modem te pakken heeft. Hopla, dan heeft-ie de pc beet en jullie netwerk ligt voor hem open.'

'Jezus. Is dat wat je gaat doen?'

Harry schudde haar hoofd. 'Niet vandaag.'

Ze begon te typen en stelde een e-mail op met als onderwerp: 'Spoed, aangepaste agenda voor vergadering met StarCom'. Als bijlage stuurde ze een nepdocument mee.

Jude ging onrustig verzitten. 'Wat ben je precies van plan?'

'Ik stuur gewoon een mailtje.' Dat was ook al zo handig aan visitekaartjes: je kon zien hoe een bedrijf zijn mailadressen samenstelde. Als Judes mailadres jude.tiernan@kwc.com was, dan zat het er dik in dat die van Frank Buckleys hetzelfde patroon had. Ze zond de memo naar frank.buckley@kwc.com en klikte op VERSTUREN.

'Heb je geen snoeren nodig?' Jude wees onder tafel.

Harry knikte naar de wifi-borden op de muur. Draadloos. Ze hield haar hoofd schuin. 'Je weet niet veel van computers, hè?'

'Net zoveel als jij van bedrijfseconomie.'

Ze liet haar hoofd hangen. 'Touché.'

'Ga je me nog vertellen wat je daar aan het doen bent?'

Harry bestudeerde zijn gezicht en besloot dat ze net zo goed open kaart kon spelen. Hij kon haar toch niet meer tegenhouden. 'Iemand krijgt nu een virus van me. Een RAT.'

Jude verstijfde. Zijn biertje bleef halverwege de weg naar zijn mond steken. 'Een rat?'

'R-A-T – Remote Access Trojan.' Hij keek zo verbijsterd dat ze in de lach schoot. 'Vernoemd naar dat houten paard van Troje. Het is een kwaadaardig programma dat langs beschermingsmuren weet te komen doordat het is vermomd als iets onschuldigs. Het komt erop neer dat je met dit programma de vijand in je vesting toelaat.'

Hij knipperde met zijn ogen en nam een flinke slok Guinness. Hij scheen hierover na te denken en veegde zijn mond af. 'En die van jou zit verstopt in een e-mail?'

Ze knikte. 'Voor de buitenwacht ziet het eruit als een onschadelijk bestand in Word. Maar zodra die knakker het opent geeft hij het startschot voor de RAT.'

Jude begreep er niet veel van. 'Maar wat gaat die rat van jou dan voor toeren uithalen?'

'Eerst zoekt hij als de wiedeweerga een donker hoekje om zich te verstoppen. Daarna doet hij een deurtje open aan de achterkant van de computer van die vent om mij binnen te laten.' Ze boog zich naar voren en glimlachte. 'En zodra ik binnen ben is die computer van mij. Het is alsof ik heb ingebroken in het kantoor van KWC en ter plekke achter dat toetsenbord zit.'

Jude woelde met zijn hand door zijn haar totdat het in plukjes overeind stond. 'Ik weet niet zeker of ik hier wel naar moet luisteren.' Hij nam nog een teug van zijn biertje. 'Zijn er geen virusscanners of zoiets die zulk spul tegenhouden?'

'Jazeker. Ze herkennen de bekende Trojanen en schoppen ze meteen weg.' Ze glimlachte weer. 'Maar degene die ze nog niet eerder hebben gezien, herkennen ze niet. Dit ratje is een nulnummer, kakelvers uit de onderwereld van de hackers. Er zijn nog maar heel weinig mensen die hem kennen. Normaal laat ik zoiets achter bij wijze van visitekaartje als ik in een systeem ben doorgedrongen. Je weet maar nooit wanneer je weer naar binnen moet.'

Ze keek naar haar laptop, maar de RAT had zich nog niet gemeld. Kom op, Frank Buckley, lees je mail 'es.

Jude zat te frommelen met een papieren onderzetter en vouwde hem steeds verder op totdat hij nog maar zo groot was als een postzegel. 'Denk je echt dat Felix stom genoeg is om zich aan handel met voorkennis te wagen? Ik bedoel: wat nou als je ernaast zit?'

'Heb jij je nooit afgevraagd waarom Felix is afgevoerd naar Inkoop?' Harry hield zijn gezicht in de gaten terwijl ze van haar wijn nipte. 'Toen hij tijdens onze vergadering bij KWC zo stomvervelend ging doen, schreef je iets voor hem op een briefje. Wat stond erop?'

Hij dacht even na en grijnsde toen spottend. 'Dat hij zich niet als een eikel moest gedragen. Je hebt gelijk. Hij is er stom genoeg voor.'

Ze lachte terug en keek toen weer op haar scherm. Nog altijd niets.

'Hoe zit dat eigenlijk met die helikopter van je?' vroeg ze. 'Is dat het nieuwste speeltje voor investeringsbankiers?'

Hij schudde zijn hoofd. 'Ik wilde nooit de beleggingswereld in. Al vanaf dat ik klein was wilde ik helikopterpiloot worden.'

'Waarom ben je van gedachten veranderd?'

'Bankieren was traditie bij ons in de familie, dus er werd nogal wat druk op me uitgeoefend.'

'En jij gaf zomaar toe?'

'Nee.' Hij staarde haar aan. 'Ik heb het met mijn vader op een akkoordje gegooid. Ik beloofde hem om het een jaar te doen, en dan zou ik ermee ophouden om mijn vliegbrevet te gaan halen.'

'Wat ging er mis?'

'Ik wilde er niet mee ophouden, zo bleek. Ik was goed in beleggen en stiekem vond ik het toch wel leuk. Dus ik ging ermee door.'

'Maar je hebt ook je brevet gehaald.'

Hij knikte. 'Vroeger vloog ik heel veel.'

'Vroeger?'

Er viel even een stilte. 'Een paar jaar geleden heb ik een akelig ongeluk gehad, toen het een keer heel mistig was.' Hij staarde enkele ogenblikken in zijn glas en zijn gedachten leken zich naar binnen te keren. Hij keek weer op. 'Wil je de waarheid weten? Ik ben doodsbang voor die heli's.'

'Wat zeg je nou?' Harry dacht aan de kundige manier waarop hij het toestel had gevlogen. 'Zo kwam het niet op me over. Maar waarom doe je het dan?'

Hij haalde zijn schouders op. 'Als investeringsbankier loop je geen risico. Soms moet je dingen doen die je angst aanjagen.'

Haar nekhaar ging ervan overeind staan. Ze moest aan haar hackersactiviteiten denken, die opwinding bij het nemen van risico's. Haar blik gleed over zijn gespierde lichaam. Ze dacht aan zijn behoedzame rijstijl en de luchtcapriolen die hij haar had laten doorstaan. Schildpad of stuntman? Ze bestudeerde zijn gezicht. Welke van de twee?

Opeens piepte haar laptop en haar blik vloog weer naar het scherm. Haar RAT had een e-mail gestuurd. Nadat ze het had gelezen blies ze haar adem uit. Het bericht bevatte gedetailleerde instructies om via het internet Frank Buckleys computer te lokaliseren.

De achterdeur stond open en haar RAT stond ernaast, klaar om haar binnen te laten.

24

BRANDSTOF, ZUURSTOF, TEMPERATUUR: de verbrandingsdriehoek. Het vuur dooft als je een van deze ingrediënten weghaalt.

Cameron likte langs zijn lippen en greep naar de rugzak op de passagiersstoel. Hij klemde zijn vingers om het canvas als om zich te verzekeren dat het er nog steeds was. Alles wat hij nodig zou hebben zat erin.

Hij liet zich onderuit zakken en staarde naar het appartement op de begane grond aan de overkant. Er scheen geen licht door de kamer en de gordijnen waren open. Er was niemand thuis. Hij keek op zijn horloge. Bijna tien uur. Zijn rechterknie begon op en neer te wippen en hij ramde ermee tegen het stuur om de bevingen te stoppen.

Hij had de auto onder een boom geparkeerd om zich aan de straatverlichting te onttrekken. Het was stil op straat, maar hij hield zijn wollen muts diep over zijn hoofd getrokken. Zonder die muts zou zijn haar oplichten als een bleke maan.

Hij trok de rugzak naar zich toe en controleerde nogmaals de inhoud. Een plamuurmes, twee luciferdoosjes, een exemplaar van de *Irish Times* van gisteren, een paar chirurgenhandschoenen, twee rubberen zuignapjes en een klein plastic flesje met paraffine. Dit zat allemaal in een rieten prullenbak, het soort dat meteen vlam zou vatten en kraakte als een bos droge twijgjes.

Cameron haalde het flesje met paraffine eruit en schroefde de dop eraf. Hij sloot zijn ogen, zoog de bedwelmende dampen diep in zijn longen en liet ze door zijn hersens gaan. Daarna deed hij de dop er weer op en draaide hem vast. Het flesje was niet eens halfvol. Amateurbrandstichters gebruiken altijd te veel vlamversnellers, maar Cameron wist dat je maar een klein beetje nodig had. Als je te veel gebruikte zou het tussen vloerdelen en in tapijten kunnen sijpelen en buiten bereik van de vlammen blijven, zodat je sporen achterliet voor de onderzoeksteams. Cameron stopte het flesje terug in de rugzak en haalde de plastic handschoenen eruit. Bij dit ongeluk zou er geen forensisch bewijsmateriaal achterblijven.

De regen kletterde op de voorruit en Cameron draaide zijn raampje naar beneden om het appartement beter te kunnen zien. Koele nachtlucht dreef de auto in en verfriste het bedompte interieur. In de verte hoorde hij autobanden over het natte asfalt rijden, maar vanaf het moment dat hij hier parkeerde was er nog geen verkeer voorbijgekomen. Hij tuurde naar het gebouw aan de overkant van de straat. De schuiframen zagen er oud uit en de stopverf was gebarsten. Het zou een eitje zijn om binnen te komen.

Achter hem klonk het getik van hakken op het trottoir en hij keek in zijn achteruitkijkspiegeltje. Een jonge, donkerharige vrouw in een spijkerbroek en een blauw jasje stak de straat over en liep in de richting van het appartementenblok. Cameron zakte nog verder onderuit en bedekte zijn gezicht met zijn hand. Hij gluurde tussen zijn vingers door naar het meisje dat de trappen naar de voordeur beklom. Zijn blik bleef op haar frêle gestalte hangen; hij streelde haar taille en afgetrainde bovenbenen met zijn ogen. Hij slikte en ging sneller ademen. Het meisje maakte de voordeur open en ging naar binnen.

Cameron hield zijn blik op de ramen van de begane grond gericht en wachtte af. Zijn rechterknie trilde tegen het stuur en hij klemde zijn hand eromheen. Zijn ademhaling was nu zo licht dat hij bijna was gestopt. Opeens gingen de lichten op de bovenste etage aan en hij zag hoe het meisje zich uitrekte om haar gordijnen dicht te doen. Hij ging weer rechtop zitten en stompte met zijn vuist tegen zijn knie. Op de begane grond was nog steeds niemand te bekennen.

Cameron haalde diep adem en wreef zijn handpalmen af aan zijn spijkerbroek. Toen trok hij de handschoenen aan. Hij strekte zijn vingers, trok het dunne, strakke latex over zijn knokkels en liet het tegen zijn polsen petsen. Onder dat lichte materiaal leken zijn handen op de een of andere manier niet-menselijk. Ze zagen er bloedeloos en wasachtig uit, net zoals de handen van zijn moeder toen ze al enkele uren dood was.

Zij was zijn eerste ongeluk geweest. In gedachten zag hij haar verbrijzelde lichaam onder aan de trap liggen, met haar benen in een onnatuurlijke hoek en met de rollator boven op haar, alsof ze onder een kooi lag. Hij kon zich nog die bevreemdende mengeling van fascinatie en angst herinneren die van top tot teen bezit van hem had genomen. Het was voor het eerst dat hij iemand had vermoord.

De zenuwtrekking in zijn knie was nu onbeheersbaar, en Cameron wipte met zijn been op en neer als een kind dat nodig naar het toilet moest. Hij tuurde weer naar het appartement en probeerde zich voor te stellen hoe het eruit zou zien als het vuur er vrij spel had: oranje en saffraankleurige vlammen die tien meter hoog zouden opflakkeren, ramen die zwarte rook uitbraakten, de geur van brandend hout en het donderend geraas van vernietiging.

Zuchtend zonk hij terug in zijn stoel en strekte zijn benen languit. Eindelijk lag zijn knie stil. Het appartement op de begane grond was nog steeds donker, maar hij wist dat hij kon wachten. Er zou snel iemand thuiskomen, daar was hij zeker van.

25

De rat had prima werk verricht. Harry typte de gegevens in en de achterdeur naar de computer van Frank Buckley zwaaide wagenwijd open. Ze glipte naar binnen en sloot met enkele aanslagen op het toetsenbord de deur weer achter zich. Het was net zo gemakkelijk gegaan als een inbreker die een huissleutel in zijn zak had.

Ze keek op naar Jude. Hij liet het laatste bodempje bier ronddraaien in zijn glas en bestudeerde het alsof het theeblaadjes waren. In de bijna lege bar hoorde ze het gerinkel en gerammel van de glazen die werden opgewreven en achter de toog gezet.

Ze richtte haar aandacht weer op het toetsenbord en trippelde voorzichtig rondom Buckleys bestanden, sloeg de privéspullen over en ging direct op de netwerkverbindingen af. Van daaruit dook ze in de centrale computers van KWC en zette een zoekopdracht uit voor de e-mailarchieven van de bank. Omdat ze toch bezig was lanceerde ze ook meteen een parallelle zoektocht naar de wachtwoorden van het systeem. Ze geloofde niet dat ze toegang tot de boekhouding nodig had, maar het kon nooit kwaad dat alvast te regelen.

'Wat zoek je precies?' vroeg Jude. Hij zat nog steeds naar de bodem van zijn glas te staren.

'De naam van de kerel die me dood wil.'

Hij hield zijn glas stil en staarde haar aan. Toen sprong hij overeind en liep om het tafeltje heen. Hij keek over haar schouder mee op het scherm. Er was iets heel mannelijks aan zijn gemengde geur van kruidige aftershave en warm bier.

Haar zoektocht door het archief had haar honderden bestandsnamen opgeleverd, gerubriceerd op alfabetische volgorde. Ze waren stuk voor stuk vernoemd naar de betreffende personen en gingen terug tot 1999.

'Kijk nou, een lijst met medewerkers van KWC,' zei Jude en hij boog zich nog verder naar voren.

‘Nou, eigenlijk is dit het e-mailarchief.’ Ze straalde. ‘Zelfs de jouwe zit erbij.’

Jude plofte naast haar neer en keek argwanend naar het beeldscherm. Ze wierp hem een zijdelingse blik toe. Vanuit een bepaalde hoek deed zijn bovenlichaam haar aan de torso van een stripheld denken.

‘Ik neem aan dat je toch wel een wachtwoord nodig hebt om hierbij te kunnen.’ Zijn stem galmde door de lege bar, als bij iemand die te luid praat in een kerk.

‘Dat zou je denken.’ Harry scrolde terug naar de lijst en vond een reeks bestanden van Felix Roche. Het waren er acht in totaal, een voor elk jaar vanaf 1999 tot 2007. ‘Mensen zijn zo paranoïde over hun e-mail dat ze die beschermen met gebruikersnamen en wachtwoorden. Maar zodra de back-up is gemaakt, wordt die in een file opgeslagen waar iedereen in kan.’

Ze ging met haar muis op het archief van het jaar 2000 staan. Het jaar van de Sohoran-deal. Haar hand op de muis verstijfde. Het leek wel alsof haar hele lichaam verkrampte en ze vocht tegen de aandrang om spoorslags naar huis te rennen en zich te verstoppen. Maar toen dacht ze aan de donkere straten en de overschaduwde lanen tussen haar en haar appartement. Met een muisklik opende ze het bestand.

Volgens Ruth Woods had Felix via hun e-mail stiekem kunnen rondneuzen in de handel en wandel van het kartel. Harry durfde er een eed op te doen dat hij die e-mails had gekopieerd en direct had opgeslagen in zijn eigen mailbox. Ze zocht in het archief naar mailtjes met afzender Leon Ritch. Het waren er tientallen en geen enkele had Felix als beoogde ontvanger. Ze had het bij het rechte eind.

Harry opende het eerste mailtje. Het was van 17 januari 2000 en was geadresseerd aan haar vader, salvador.martinez@kwc.com. Iets in haar binnenste kromp in elkaar toen ze haar vaders naam zag.

Sal,

Mercury Corp heeft vandaag ja gezegd op de KeyWare-deal. Nog geen publieke bekendmaking! Ga achter die KeyWare aan. Laten we nog zo’n slag slaan.

Leon

Naast haar begon Jude op zijn stoel heen en weer te schuiven. 'Ik kan nauwelijks geloven dat Felix dit op file houdt: zo maakt hij zich echt verdacht.'

Harry haalde haar schouders op. 'Misschien had hij bedacht dat ze wel eens van pas konden komen als verzekeringspolis.'

Ze opende nog een mailtje. Dit was van 28 april.

Sal,

Ik vernam van mijn bron dat Dynamix Software hun overname niet door JX Wagner wilde laten begeleiden. Hun eerste doelwit wordt Zephyr of Sage Solutions. Hou die ruimte in de gaten!

Leon

Jude ging recht overeind zitten.

Harry keek hem even aan en lette toen weer op het scherm. 'Wat is er?'

'Dynamix. Ik heb al hun deals afgehandeld. Er is niets openbaar gemaakt tot minstens juli of augustus. Hoe komt het dat die hufter al in april op de hoogte was?'

Harry ging een licht op. 'Heb jij voor JX Warner gewerkt?'

Hij knikte, met zijn blik vastgekleefd aan het scherm. 'Een paar jaar. Na die deal met Dynamix ben ik naar KWC gegaan.'

Haar maag ging tekeer alsof ze uitgleed op een trap. Ze dacht na over wat Ruth Woods had gezegd en probeerde haar gezicht in de plooi te houden. Volgens de journaliste was de inside-informatie van de Profeet altijd gelieerd geweest aan JX Warner-deals, en de politie had hem aangemerkt als een investeringsbankier die daar zou werken. Laat de man bij wie ze om hulp had gevraagd nou precies aan dat profiel beantwoorden.

Maar wat dan nog? JX Warner moest indertijd tientallen investeringsbankiers in dienst hebben gehad. Toch voelde ze zich ongemakkelijk bij dit toeval. Ze keek naar Jude, die naar de e-mail zat te loeren.

'Valt je nog iets op aan deze mail?' vroeg ze.

'Zoals?'

Ze tikte met haar nagel op het beeldscherm en wees op de lijst met ontvangers. De mail was geadresseerd aan haar vader, maar er was ook een kopie naar Jonathan Spencer gegaan. Zijn betrokkenheid kon niet in twijfel worden getrokken.

Judes gezicht betrok alsof ze hem had verteld dat zijn lievelingshond was overleden. 'O, shit.'

Ze probeerde zijn lichaamstaal te begrijpen. Haar vader had haar de finesses van het blufpoker bijgebracht en door de bank genomen kon ze wel doorzien of iemand zat te liegen of niet. Maar ze kon hier geen valse tonen ontdekken en zijn wroeging leek oprecht. Toch zat die link met JX Warner haar dwars en ze bracht hem zolang onder op een plekje om hem later aan een nader onderzoek te onderwerpen.

De daaropvolgende drie kwartier gingen ze door de rest van Leons e-mail. De activiteiten van het kartel waren grenzeloos geweest. Deal na deal, verkoop na verkoop, transactie na transactie. Leon, Jonathan en haar vader hadden gevoelige informatie gelekt en geëxploiteerd, en ondertussen miljoenen in hun zak gestoken. Tegen de tijd dat Harry de cursor op de laatste mail zette voelde ze zich uitgewrongen. En ze was tot dusver ook niets wijzer geworden omtrent de identiteit van de Profeet.

'Ik kan het bijna niet geloven.' Jude wreef met zijn handen over zijn gezicht. Het leek wel alsof hij een klap met een slaghout had gekregen. 'Dat volkomen gebrek aan ethiek, het is gewoon bij de wilde beesten af.'

Harry leunde naar achteren. 'Geloof mij maar, ethiek kwam bij mijn vader nooit op de eerste plaats.'

'Mensen denken dat handel met voorkennis een misdaad is waarbij geen slachtoffers vallen, maar dat is dus niet zo.' Hij maakte een gebaar naar het scherm. 'Als je op die manier de koersen manipuleert vernietig je al het vertrouwen in de markt. De integriteit is gewoon verdwenen.' Hij wierp haar een verslagen blik toe. 'Dit waren drie senior investeringsbankiers en ze genoten veel aanzien. Waar waren ze in godsnaam mee bezig?'

Drie senior investeringsbankiers. Met de Profeet erbij waren het er vier. Harry's blik gleed weer naar het scherm. Ze was zo gretig bezig geweest om die Profeet op te sporen, dat het vermeende vijfde kartellid compleet aan haar aandacht was ontsnapt; degene wiens identiteit door Leon werd bewaakt ingeval hij nog eens iemand nodig mocht hebben om hem een dienst te bewijzen. Niet dat het er veel toe deed. Ook in Leons e-mail was verder geen vermelding van die vijfde.

'Nou, vooruit dan maar,' zei Jude. 'We kunnen die laatste ook net zo goed doorlezen.'

Harry klikte met haar muis. Leons laatste bericht was van 8 augustus 2000 en het was net als vrijwel alle andere gericht aan haar vader en Jonathan Spencer.

Waarom nemen jullie je telefoon niet op?? De deal tussen Dynamix en Zephyr is van de baan! Dump zsm Zephyr of we zijn allemaal de klos!

Leon

Er was een aan dit memo nog een andere e-mail toegevoegd, en die was alleen geadresseerd aan Leon:

Leon,

Dynamix heeft moeite financiën te regelen voor aankoop Zephyr. Onderhandelingen stopgezet. Persbericht in de maak. Advies om je positie tav Zephyr onmiddellijk te keren.

De Profeet

Harry las het adres van de afzender: 2877bp9@alias.cyber.net.

'De Profeet?' vroeg Jude. 'Wie is dat nou weer?'

Harry aarzelde, maar vertelde hem toch alles wat ze wist, inclusief de geruchten over die vijfde ongeïdentificeerde bankier. Het kwam natuurlijk wel bij haar op dat ze hem daarmee niets nieuws vertelde, maar die gedachte schoof ze vooralsnog even terzijde.

'Is die Profeetfiguur soms degene die achter je aan zit?' vroeg hij.

Ze haalde haar schouders op. 'Misschien. Het kan ieder van hen zijn, of misschien wel allemaal samen.'

Jude knikte naar het scherm. 'Wat een raar e-mailadres is dat.'

'Hij heeft hem via een re-mailer verzonden.' Voordat hij haar weer een van zijn niet-begrijpende blikken had kunnen toewerpen, legde ze uit:

'Met een re-mailer worden je naam en adres uit je eigen e-mail verwijderd alvorens het bericht door te sturen, zodat de afzender nergens meer terug te vinden is.'

'Maar jij kunt het toch nog wel traceren?'

Harry schudde haar hoofd. 'Het is linke soep. Re-mailers staan in de regel met elkaar in verbinding, dus je mail springt van de ene re-mailer naar de andere totdat hij zijn bestemming heeft bereikt. Elke sprong kan naar een ander land zijn waar ze weer hun eigen juridische stelsel en privacywetgeving hebben. Probeer je maar eens een weg te banen door die gerechtelijke nachtmerrie.'

'Dus het is anoniem?'

Haar antwoord was wrang. 'Zo anoniem als je Zwitserse bankrekening. Bij de minder veilige re-mailers is er altijd wel ergens een database met je naam erin. Je kunt ze hacken of een medewerker omkopen om informatie door te spelen.' Ze wees op het scherm. 'Maar deze ken ik. Hij is nu afgesloten, maar het was een lastige. Hij hopte door twaalf verschillende landen en het cryptografisch ontwerp was erg geavanceerd. Het verbaast me niets dat de politie problemen ondervond bij het traceren van de Profeet.'

'Dus wat doen we nu?'

Harry zuchtte en keek op het klokje onder aan het beeldscherm. Het was al bijna elf uur. Ze masseerde haar ooghoeken, die droog en branderig aanvoelden; haar hele lichaam deed pijn. Ze verlangde naar een verlossende nachtrust waarbij haar onderbewustzijn de zaken even mocht uitvogelen. Maar ze was nog niet klaar.

Ze begon weer te typen en doorzocht nogmaals Felix' archief; dit keer was ze op zoek naar e-mail van Jonathan Spencer. Niet één te vinden. Het was duidelijk dat deze man erg behoedzaam te werk was gegaan. Toen herinnerde ze zich dat ze naar de wachtwoorden voor het systeem had gezocht en ze inspecteerde het resultaat van haar speurtocht. Niets.

Er stond haar nog één ding te doen. Nu ze besefte dat ze het niet langer voor zich uit kon schuiven, strekte ze eerst haar vingers en liet ze daarna neerdalen op het toetsenbord. Ze typte de opdracht in om naar e-mails van haar vader te zoeken.

Ze vond er eentje, gedateerd op 5 oktober 2000.

Leon,

De koers voor Sohoran heeft de bodem bereikt. Dit is de tijd om te kopen, voordat Aventus de pers gaat inlichten. Op deze troefkaart hebben we zitten wachten. Laten we dit keer de inzet verhogen.

Sal

Harry voelde een doffe pijn in haar borst, alsof ze in een oude beurse plek had zitten knijpen. Goeie ouwe pa. Ze zag hem in gedachten zitten, met zijn ontspannen grijns en gebruinde gezicht, de linkerwenkbrauw altijd in een zwierig opgetrokken boog alsof hij wilde zeggen: 'Wie, ik?'

Ze keek naar Jude. Hij zat met samengeknepen ogen naar het scherm te staren en herlas de e-mail alsof hij hem de eerste keer niet goed had begrepen. Ze kende dat gevoel.

'Dit wil er bij mij niet in,' zei hij. 'Ik dacht echt dat ik hem kende. Hij was mijn mentor bij KWC. Ik adoreerde die man, goddomme.' Hij richtte zich weer tot haar. 'Waarom heeft hij dit gedaan?'

Harry was in gedachten verzonken. Hoe kon je het gedrag uitleggen van een man als haar vader? Zakenman; ritselaar; een man die verslaafd is aan gokken en risico's nemen; een man die zich niets aantrekt van de consequenties die zijn handelen voor derden kan hebben.

'Omdat hij de mogelijkheid had,' zei ze.

Jude schudde zijn hoofd. Er zat een diepe rimpel in zijn voorhoofd. 'Maar er stond zoveel voor hem op het spel.'

'Dat maakte het alleen maar leuker. Hoe groter de gok, hoe beter.' Ze liet haar vinger langs de steel van haar glas glijden. 'Hij heeft een keer ons huis als onderpand gebruikt voor een spelletje poker. Hij verloor. Het was geen spectaculair huis – het stond in een nogal onherbergzaam gebied – maar het was nog altijd ons huis.'

Jude keek verbijsterd. 'Wat hebben jullie toen gedaan?'

'We moesten eruit. Mijn moeder heeft mij en mijn zusje meegenomen en we hebben drie maanden in een pension gezeten.'

Negen jaar was ze toen geweest. Dat vervallen onderkomen in Gardiner Street stond haar nog helder voor de geest, net als de geur van doorgekookte kool en uien die op elke etage hing. In gedachten zag ze zichzelf en haar zusje Amaranta in het gammele bed dat ze samen deelden en hoe die dikke, kortademige man elke vrijdag bij haar moeder zijn geld kwam ophalen.

'Waar was je vader toen?' vroeg Jude.

'Hij zat in een suite in het Jury's Hotel te pokeren.'

Jude staarde haar een poos aan en maakte toen een gebaar naar het beeldscherm. 'Ik heb niet echt veel voor je kunnen betekenen bij dit hele gebeuren, hè?'

Harry glimlachte. 'Niet echt, nee.' Ze dacht opeens aan het verborgen wachtwoordenbestand en beet op haar onderlip. 'Je zou nog iets kunnen doen.'

'O ja?'

Ze knikte naar de laptop. 'Ik weet wat zich negen jaar geleden heeft afgespeeld. Maar wat is er nu aan de hand? Wat is er in de afgelopen dagen gebeurd dat deze zaak na negen jaar weer wordt opgerakeld?'

Ze boog zich naar voren tot haar gezicht dicht bij dat van Jude was. 'Ik moet inzage hebben in Felix' actuele mailverkeer. Ik moet weten of hij recentelijk iets heeft onderschept dat betrekking op het kartel kan hebben.'

'Maar hij werkt niet meer voor IT-beveiliging. Hoe zou hij nu nog iets kunnen onderscheppen?'

'Denk je dan heus dat hij zomaar al die kennis en macht achter zich heeft gelaten zonder een achterdeurtje voor zichzelf open te laten waarlangs hij weer naar binnen kon? Ik durf te wedden dat hij een paar mogelijkheden heeft gecreëerd voordat hij bij Beveiliging wegging.'

'Maar die nieuwe jongens van Beveiliging zouden zoiets toch wel moeten zien?'

'Dat hoeft niet. Vergeet niet dat hij zelf die systemen heeft gebouwd. Geloof mij maar, hij heeft nog steeds toegang. Waarschijnlijk heeft hij zich daarom met handen en voeten tegen mijn komst verzet – ik zou gaan rondsnuffelen.' Ze wachtte even zijn reactie af en vervolgde toen: 'En hier kom jij in het spel. Ik moet per se Felix' huidige mails lezen. En daarvoor heb ik zijn wachtwoord nodig.'

'Maar dat heb ik helemaal niet.'

'Dat niet, maar je zou het wel kunnen krijgen.' Ze leunde naar achteren en keek hem uitdagend aan. 'Dit zou wel eens jouw kans kunnen zijn voor een staaltje sociale techniek.'

26

'KIJK 'S AAN. DUS MIJN ouwe maatje Jude vraagt om een gunst.' Felix' stem klonk luid en slissend door de speaker van Judes telefoon. Harry schoof een stukje dichterbij. Ze zaten aan het bureau in haar werkkamer. Het vertrek leek meteen heel klein door die spierkolos van een Jude naast haar. Ze had hem voorgesteld om het werk bij haar thuis voort te zetten, want in deze fase van hun zwendel was privacy absoluut geboden.

'Zo vaak bewijzen we elkaar geen dienst, toch?' drong Felix aan.

Op de achtergrond was een zacht gezoem te horen, alsof Felix in een reusachtige bijenkorf zat. Jude gluurde naar de telefoon die tussen hen in op het bureaublad stond. In zijn onderkaak stond een spier strak gespannen.

Ze pakte haar pen en krabbelde snel iets op een papiertje. *Blijf aardig.* Per slot van rekening was een wit voetje halen bij het doelwit onderdeel van sociale techniek.

Jude zag haar blik en knikte.

'Ik heb maar vijf minuten van je tijd nodig, Felix,' zei hij. 'Een klein probleempje waar je me vast mee kan helpen.'

'Zo laat nog? En sinds wanneer heb ik ook weekenddienst bij KWC?'

'Ik weet dat het al laat is –'

'Laat? Het is al praktisch ochtend.' Felix lachte. Het begon als een langgerekte bronchitiskuch en eindigde in een gierende hoestbui die Harry deed vermoeden dat de man aan tbc leed. Onwillekeurig schoof ze bij de telefoon vandaan.

Nog steeds hoestend vroeg Felix: 'Zeg, Judy, had ik je al verteld dat ik vandaag jarig ben?'

Jude keek Harry vragend aan. 'Nee, niet dat ik weet.'

'Die etterbakken op kantoor ook. Ik had gezegd dat het mijn verjaardag was, maar er kwam niemand opdagen.'

Hij struikelde over de medeklinkers en op de achtergrond hoorde Harry het aanzwellende gegons van stemmen. In welke kroeg Felix zich ook bevond, er werden daar goede zaken gedaan.

'Goed, over welke gunst had je het?' Harry kon uit zijn toon opmaken dat Felix plezier ging beleven aan zijn 'nee', om welke gunst Jude dan ook zou vragen.

'Ik ben stom geweest,' zei Jude. 'Ik ben nu op kantoor en ben mijn wachtwoord voor het netwerk vergeten. Het is me totaal ontschoten.'

'Waarom val je mij daarmee lastig? Bel een van die sukkels van de afdeling Beveiliging, die knulletjes die nog maar pas uit hun korte broek zijn gegroeid.'

'Dat heb ik geprobeerd, geloof me. Ik krijg alleen maar hun voicemail.'

'Nou, ik zou je dolgraag uit de brand helpen, echt, maar ik ben maar een armzalige inkoper tegenwoordig.'

'Ach kom, Felix. Jij weet meer over het netwerk van KWC dan alle mensen van IT-beveiliging bij elkaar.'

Het bleef even stil aan de andere kant van de lijn. 'Je zit te slijmen, Judy. Je zit er echt om te springen, hè?'

'Toe, help me nou – ik kan geen kant op zonder dat wachtwoord.'

'Ga dan naar huis. Morgen weet je het vast wel weer.'

'Morgen is uitgesloten. Ik moet vanavond een deadline halen en heb stante pede een document nodig uit het netwerk. Kun je mijn wachtwoord niet opnieuw instellen of zoiets?'

'Niet zonder laptop. En neem van mij aan dat ik voorlopig in deze ouwe kroeg blijf zitten.'

Jude wierp Harry een vragende blik toe en ze knikte. Hij boog zich over de telefoon. 'En als je me nou eens een andere inlogidentiteit geeft? Een waarmee ik toegang kan krijgen tot de privébestanden op het netwerk?'

Plotseling klonk er een schorre bulderlach door de luidspreker, gevolgd door het kabaal van mannen die elkaar aanmoedigden. Harry trok een gezicht en moest zich inspannen om Felix door de herrie te kunnen horen.

Jude bracht zijn mond vlak bij de telefoon. 'Felix? Ben je er nog?'

'Zekers, Judy. Zou je nooit in de steek laten. Hé, raad eens hoe oud ik ben geworden vandaag? Kom, doe eens een gooi.'

Jude rolde zuchtend met zijn ogen. Harry zat hevig te gebaren dat hij het spelletje mee moest spelen. Hij mocht hen nu niet ontglippen.

'Vooruit dan,' zei Jude. 'Veertig.'

'Ik ben vijfenveertig geworden vandaag. Vijfenveertig jaar. Weet je hoe lang ik al bij KWC zit?'

'Tien, elf jaar?' vroeg Jude schouderophalend.

'Veel te veel snertjaren. Zo lang werk ik er al. Maar raad eens? Dat duurt niet lang meer.'

'Ga je KWC verlaten?'

'In stijl. Ik heb plannen, weet je.'

Jude haalde diep adem. 'Felix, kun je me niet gewoon het wachtwoord van de beheerder geven? Daarmee zou ik uit de voeten kunnen.'

'Ben je belazerd? En jou carte blanche geven voor het hele netwerk? Hou jij je nou maar bij je fusies en je overnames, dan doe ik de techniek wel.'

'Kom op, Felix, ik ben erin en eruit in vijf minuten.'

Felix liet een boer in de telefoon, lang en luid als een blaffende zeeleeuw. 'Judy, ik word erg moe van dit gesprek. Je bent ernstig mijn zuipavondje aan het verstoren.'

Jude keek wanhopig naar Harry. Ze sloot even haar ogen en schreef toen één woord op het kladblok, en onderstreepte dat twee keer: CEO.

Hier hadden ze het over gehad. Als Felix niet zou zwichten voor de gebruikelijke overredingstactiek, zouden ze hun troefkaart op tafel gooien: schermen met gezag.

Jude trok zijn stropdas los. 'Luister 'es, als ik dit geval niet rondkrijg vanavond, moet ik morgen aan de CEO uitleggen waarom. En je wilt Ashford echt niet op je nek hebben, geloof me.'

'Ashford? Denk je dat ik bang voor hem ben? Het is niet eens mijn taak om jou te helpen. Bovendien kan hij me niks maken. Niet meer.'

Jude hield zijn hoofd schuin en keek met samengeknepen ogen naar de telefoon. Hij draaide zich weer naar Harry en schudde zijn hoofd; zijn gezicht was één groot vraagteken.

Harry gooide haar pen op het bureaublad en zonk weg in haar stoel. Dat was het dan. Ze hadden hun laatste joker uitgespeeld. Ze sloot haar ogen en masseerde haar nek: een dof, kloppend gevoel kroop langs haar ruggengraat omhoog en begon tegen haar schedeldak te bonzen. Ze opende haar ogen en zag dat Jude naar haar keek. Ze schudde haar hoofd en probeerde te glimlachen. Toen maakte ze met haar vinger een gebaar langs haar keel dat hij het af moest kappen. Als Felix informatie had waarmee ze geholpen zou zijn, moest ze een andere manier vinden om die te verkrijgen.

Ze wilde net haar laptop sluiten toen Jude zich weer over de telefoon boog.

'Ik heb je wel wat te bieden,' zei hij.

Harry verstrakte. Ze zag dat hij zijn mond had samengeknepen en de spier op zijn kaak was weer gaan trekken. Wat was hij in vredesnaam van plan? Dit hadden ze niet afgesproken.

'O ja?' vroeg Felix. 'Hoe dan?'

'Gelijk oversteken. Jij zorgt ervoor dat ik kan inloggen en ik geef jou informatie.'

'Wat voor soort informatie?'

'Vertrouwelijke informatie. Die niemand anders heeft.'

Felix zweeg even. 'Ga door.'

Harry hield haar adem in. Ze hield haar ogen strak op Jude gericht.

'Ik zit midden in onderhandelingen,' zei hij. 'Met Nectel. Ze gaan een ander bedrijf overnemen.'

'Iedereen weet dat ze op BridgeCom zitten te azen. Het heeft in alle kranten gestaan.'

'Nee, niet meer. Ze hebben nu een ander op het oog. Dat heb ik net bevestigd gekregen door de CEO van Nectel. BridgeCom is dan van de baan, en daarna richten ze hun pijlen op een ander doel.'

Harry hoorde Felix' raspende ademhaling via de speaker. Waar was Jude nou mee bezig? Was hij echt interne informatie aan het doorspelen? Haar handpalmen werden klam. Ze wist dat ze hem moest tegenhouden, maar ze bleef als bevroren zitten. Ook schoot de gedachte door haar hoofd dat hij dit niet voor het eerst deed.

Jude sprak met zijn gezicht vlak bij de telefoon, zijn mond zat er zowat bovenop. 'De komende maand zal er nog geen enkele mededeling over worden gedaan. Dat is een hele maand respijt voor iemand die een flinke slag wil slaan en nergens met deze informatie in één adem genoemd zal worden.' Hij zag Harry kijken. 'Ik heb inloggegevens nodig, Felix.'

'Je moet het wel heel erg nodig hebben,' zei Felix na enkele ogenblikken.

Jude gaf geen antwoord. Zijn gezicht was als uit steen gehouwen. Harry kon haar ogen niet van hem afhouden.

Toen schoot Felix in de lach. 'Goed dan, gelijk oversteken. Best wel leuk, dit. Jij geeft mij de naam van het beoogde bedrijf en ik geef jou inloggegevens. Enne, Judy... ?'

'Ja?'

'Geen klotegeintjes, oké?'

'Erewoord van een bankier.'

Er kwam een gnuivend geluid uit de speaker. 'Ja hoor. Nou, wat heb je?'

'De betreffende onderneming heet Aslan Technology.'

'Aslan. Kijk eens aan. Oké, dat is wel een gebruikersnaam en wachtwoord waard. Maar niet die van netwerkbeheer.'

Godver. Harry sloot haar ogen. Ze had die toegangscode nodig. Behalve Felix' eigen wachtwoord was het de enige manier waarmee ze zijn huidige mailverkeer kon bekijken.

'Ik vertrouw jou niet,' zei Felix. 'Je bent in staat om het hele bedrijf onderuit te halen.' Hij schraapte met veel herrie zijn keel. 'Je kunt mijn account gebruiken. Je hebt er minder aan dan die van netwerkbeheer, maar je kunt er je bestanden mee lezen.'

Harry sperde haar ogen wijd open en voelde hoe het bloed weer terugstroomde naar haar wangen. Ze stak haar beide duimen op naar Jude en hij grijnsde terug.

'Hartstikke goed, Felix,' zei hij, terwijl hij haar bleef aankijken. 'Bedankt.'

'Gebruikersnaam is froche.' Felix spelde het. 'Het wachtwoord is rasputin45. En nou opgesodemieterd. Ik zet nu mijn telefoon uit, dus probeer me niet meer te bellen. Ik ga zo een wijf scoren.'

De verbinding werd verbroken. Harry had de accountgegevens opgeschreven en grinnikte naar Jude. Hij was enigszins rood aangelopen, maar hij keek vergenoegd.

'Goed gedaan,' zei ze. 'Je zou als hacker geen slecht figuur slaan.' Iets knaagde er vanbinnen. 'Maar hoe zit het met die normen en waarden waar je het daarstraks over had? Of is die informatie over Aslan soms niet waar?'

'O, die is zeker waar.' Hij leunde naar achteren en vouwde zijn handen achter zijn hoofd. 'Nectel heeft BridgeCom daadwerkelijk laten vallen en ze gaan achter Aslan aan. Maar ze gaan het niet redden. Feit is dat Nectel financieel gezien in een penibele situatie zit en er is weinig hoop dat ze voldoende geld bij elkaar weten te harken voor een overname.'

'Dus Felix heeft niets aan deze informatie?'

'Geen moer. Maar tegen de tijd dat hij erachter komt, is het al te laat.'

Harry keek Jude even aan. Als hij zich ethisch gezien goed voelde met deze handeling, dan gold dat ook voor haar. Maar ze wist dat hij bij deze ruil flink had moeten inleveren.

'Dank je,' zei ze, en ze zat alweer over haar laptop gebogen voordat hij kon antwoorden.

Ze activeerde opnieuw haar RAT-verbinding met Frank Buckleys computer. Haar handen vlogen over het toetsenbord, en al gauw was ze uitgelogd van zijn account om zich weer opnieuw te melden als Felix Roche. Binnen enkele seconden stond Felix' huidige mailverkeer op haar scherm.

Ze speurde zijn berichten af en keek naar adressen die eventueel relevant konden zijn. Als Felix nog steeds mail onderschepte, was er een kans dat hij iets had opgevangen waarmee ze geholpen zou zijn.

Ze vond het bijna onmiddellijk. Het was een bericht van Leon, van de dag ervoor.

Ralphie,

Weet jij hier iets van?

Leon

Er zat een tweede memo aan vast:

Leon,

Het geld van Sohoran is aan de wandel. Dochter Harry heeft het in haar bezit. Ik stuur je bewijsmateriaal. Dat geld behoort ons toe, vind je ook niet?

De Profeet

Harry huiverde toen ze haar eigen naam op het scherm zag staan. Ze wilde haar armen om zich heen slaan om zich te beschermen tegen dat onheilspellende gevoel van naderend gevaar.

'De Profeet heeft deze keer een ander adres,' zei Jude.

Hij had gelijk. Het bericht van de Profeet aan Leon was vanuit an7623398@anon.obfusc.com verzonden en niet via het adres van alias.cyber.com dat hij eerder had gebruikt.

Ze masseerde haar voorhoofd. 'Hij heeft een nieuwe re-mailer. Hij moest wel, want die andere is ongeveer twee jaar geleden opgeheven; ze waren met diverse landen in een grootscheepse juridische kermis verzeild geraakt.'

Ze las Leons mailtje nogmaals. Wie was die Ralphie in godsnaam? Ze keek naar de ontvanger. ww483554@realXremail.com. Alweer zo'n onneembare vesting als alias. Zou Ralphie soms het vijfde kartellid kunnen zijn?

Een stekende pijnscheut schoot door haar hoofd. Ze moest nodig onder de wol kruipen en de boel overlaten aan de vergetelheid van de slaap.

Jude legde zijn hand op haar schouder en toen hij haar toesprak klonk zijn stem warm. 'Je valt zo meteen nog om. Rust een beetje uit.'

Harry had geen puf om tegen te stribbelen en stak een hand uit om haar laptop dicht te doen. Ze bleef als bevroren zitten. Nu pas merkte ze het systeembericht op dat automatisch op het scherm werd weergegeven:

U hebt dit bericht beantwoord op 10/04/2009. Klik hier voor de overige berichten.

Felix had hierop geantwoord? Wat mankeerde die eikel dat hij zelf het kartel ging mailen?

Harry klikte op de gele informatiebalk en zat opeens te kijken naar een mailtje dat de vorige middag door Felix Roche was verstuurd. Het was aan het anonieme adres van de Profeet gericht, an7623398@anon.obfusc.com.

Kijk eens aan, meneer de Profeet, spreek ik je eindelijk 'es. Laat me allereerst zeggen dat ik weet wie je bent. Ik heb vriendjes bij anon.obfusc.

Ze zouden wat zorgvuldiger moeten zijn met hun beveiliging. Jammer, meneer de Profeet.
Ik mis de dagen van weleer. Kopen tegen lage koersen, verkopen als ze waren gestegen. Jullie waren helden. Jullie zouden nog een keer moeten toeslaan. Voordat men ontdekt wie jullie zijn.
Je hoort nog van me.

Felix.

Opeens kreeg ze het erg warm. Ze pakte snel een pen en noteerde het remaileradres. Daarna greep ze Judes telefoon en belde het laatstgekozen nummer. Geen antwoord. Verdorie. Felix had zijn mobiel uitgeschakeld.

De adrenaline schoot in golven door haar lichaam en verjoeg alle pijntjes, voor het moment althans. Dus Felix wist die deze Profeet was.

Morgen zou hij haar die naam geven.

27

Cameron bewoog zich uiterst behoedzaam in de richting van de slaapkamer. De deur stond op een kier en hij boog zich naar voren om beter te kunnen luisteren. De ademhaling klonk zwaar en regelmatig, met het comateuze, trage ritme van iemand die al een poos in diepe slaap was verzonken.

Hij had tot middernacht gewacht totdat de lampen in het appartement op de begane grond aan gingen. Daarna had hij nog een uur gewacht totdat het licht weer uit werd gedaan en er geen teken van leven meer viel te ontdekken. Pas toen had hij toegeslagen.

Cameron verwijderde zich van de slaapkamerdeur en verschoof zijn rugzak zodat die hoger op zijn schouder kwam te liggen. Hij kroop door de kleine hal en tastte zich een weg door het duister, langs de deur naar de keuken en naar de badkamer, totdat hij in de huiskamer stond.

Hij zag geen hand voor ogen, het was om het benauwd van te krijgen. Hij had berekend dat hij bij het raam zou uitkomen als hij gewoon rechtdoor zou lopen, maar vanaf de straat kwam er geen streepje licht naar binnen om hem op weg te helpen. Cameron sloot zijn ogen en gaf zich over aan zijn zintuigen. Hij kwam centimeter voor centimeter vooruit, met zijn handen voor zich uitgestrekt. Zijn vingers schampten langs een glad en koud oppervlak: leren bekleding. Hij liep door.

Nu raakte hij iets met een groot, licht frame dat heen en weer wiebelde en bijna omviel. Hij deed een stap naar rechts en ging weer verder. Buiten kwam een auto voorbijrijden; de wielen glibberden op het natte asfalt. Nu raakten zijn handen dikke, gevlochten koorden en hij opende zijn ogen. Hij was bij het raam. Hij trok aan het gordijn tot er een smalle streep licht door de duisternis viel en in zijn ogen stak. Nu kon hij de kamer aan een nader onderzoek onderwerpen.

Brandstof, zuurstof, temperatuur: de verbrandingsdriehoek. De woorden zoemden hypnotiserend en verleidelijk als een mantra door zijn hoofd. Hij liet zijn ogen aan de duisternis wennen en zocht naar een plek waar hij brand kon stichten. Het was van cruciaal belang om op het juiste punt te beginnen. Cameron wist dat zowel de hitte als het vuur naar boven ging. Maar de vlammen moesten gevoed worden. Ze moesten een constante toevoer van nieuwe brandstof hebben om te kunnen overleven.

Hij keek omhoog naar het victoriaanse plafond. Het vuur zou zich hieronder sneller verspreiden dan waar ook in de kamer, maar de vlammen moesten eerst zo hoog zien te komen. Hij nam de gordijnen tussen zijn vingers om te voelen hoe dik ze waren. Ze reikten van de vloer tot aan het plafond. Cameron glimlachte. Het waren de perfecte geleiders.

Hij stak zijn hand uit en voelde aan het koude oppervlak van de muur. Lastig. Harde buitenmuren hadden qua brandstof nooit veel te bieden. Als het behang en de verf eenmaal waren verteerd, ging het vuur hier meestal uit tenzij het elders houvast kreeg. Hij testte de muur ernaast, en knikte langzaam. Er zaten brede houten panelen tegenaan en die vormden een pad van perfect brandhout dat direct naar de voordeur van het appartement leidde. Zijn vluchtroute was alvast geregeld.

De donkere schaduwen in de kamer waren inmiddels herkenbare contouren geworden, en Cameron zag dat het frame waar hij tegenaan was gebotst een opklapbaar droogrek was, waaraan een paar handdoeken hingen. De leren bekleding hoorde bij een sofa en twee leunstoelen, volgens een modern en gestroomlijnd ontwerp. Dat was goed nieuws. Het paardenhaar waar oude bankstellen mee waren gevuld brandde altijd heel erg moeizaam, maar de schuimvulling in dit soort nieuwe meubels brandde nog beter dan sprokkelhout.

Cameron ging met zijn tong langs zijn lippen.

Brandstof, zuurstof, temperatuur.

Hij liep naar het droogrekje en sjouwde het naar het raam. Toen pakte hij de dichtstbijzijnde stoel en gaf er een ruk aan. De zwenkwieltjes piepten luid toen ze over het tapijt rolden. Cameron verstrakte. Hij hield zijn adem in om naar de geluiden uit de slaapkamer te luisteren. In de hal zoemde de koelkast en ergens achter hem maakte de radiator tikkende geluidjes. Hij telde tot dertig. Niets. Hij liet langzaam zijn adem ontsnappen en veegde zijn handen aan het zitvlak van zijn spijkerbroek af. Daarna trok en rukte hij aan de stoel totdat hij tegen het droogrek aan stond.

Cameron haalde de rugzak met een zwaai van zijn schouder en knielde op de grond. Hij haalde er de rieten prullenbak uit, de krant van gisteren, sigaretten, luciferdoosje en paraffine. De lege prullenbak zette hij tussen het gordijn en het droogrek. Hij scheurde repen papier van de krant, frommelde ze op tot een prop en gooide ze in de prullenbak. Een van de handdoeken liet hij tot enkele centimeters boven het papier hangen en een tweede legde hij over de zitting van de stoel, luchtig om het kussen geslagen. Toen tilde hij een punt van het gordijn op en drapeerde die over het droogrek.

Hij ging op zijn hurken zitten om zijn creatie te bewonderen. Het gordijn, het droogrek en de stoel waren vervlochten tot een dodelijke, ontvlambare keten, met aan de voet een prullenbak die alleen nog maar aangestoken hoefde te worden. Een golf van vreugde sloeg door hem heen.

Hij schroefde het paraffineflesje open en goot een klein beetje van het vocht in de dop. Een scherpe, metaalachtige geur drong in zijn neusgaten terwijl hij het over het papier, het achterste gordijn en de handdoeken druppelde. Op veilige afstand stak hij de sigaret aan en klemde die vast in het kartonnetje met lucifers. Hij legde de ontsteker in de prullenbak en schoof de propjes papier opzij zodat die niet met de brandende sigaret in aanraking zouden komen.

Hij stond op en keek op zijn horloge: 01:41 uur. Hij had negen minuten de tijd om te maken dat hij wegkwam.

Uit zijn zak haalde hij de batterijen die hij eerder uit de rookmelder in het appartement had verwijderd en stopte ze in zijn rugzak. Daarna verzamelde hij de resterende spullen en zwaaide de rugzak over zijn schouder. Hij liep naar het raam en zette het een klein stukje open, genoeg om wat lucht binnen te laten.

Brandstof, zuurstof, temperatuur.

Hij liep door de kamer naar de hal. In de donkere schaduw kon hij de deur naar een kleine werkkamer onderscheiden waar hij het appartement was binnengedrongen. Als hij langs dezelfde weg naar buiten wilde moest hij weer langs de slaapkamer. Langzaam schuifelde hij langs de muur en hield zijn voeten plat op de grond om zijn gewicht zo gelijk mogelijk te verdelen.

De stilte werd plotseling verscheurd door het schrille gerinkel van een telefoon en hij sprong zowat tegen het plafond. Het gerinkel bleef aanhouden en was luid genoeg om het hele gebouw wakker te maken. Het telefoontoestel moest vlakbij zijn, ergens in de gang. Hij dwong zijn ledematen in beweging te komen en maakte zich zo klein mogelijk tegen de muur. Wie belde er godverdomme om deze tijd nog?

Zijn hart bonkte tegen zijn ribbenkast. Hij wachtte op de onvermijdelijke geluiden uit de slaapkamer en een felle lamp die de hal zou verlichten. Hij telde. De telefoon ging acht keer over. Negen. Tien. Zijn lichaamswarmte steeg uit zijn jasje omhoog, scherp en zuur als de stank van gekookte uien. Na twaalf keer rinkelen zweeg de telefoon.

Cameron stond als verlamd. Hij telde tot zestig en keek toen op zijn horloge. Nog drie minuten. Hij bewoog zich centimeter voor centimeter met stijve ledematen door de hal, en wist dat hij zich snel uit de voeten moest maken. Toen hij bij de slaapkamerdeur was aarzelde hij even; hij spande zich in om een ademhaling te horen. Nog steeds hetzelfde. Inademen, uitademen, steun, puf, alsof iemand met een klein blaasbalgje in de weer was.

Cameron glipte de werkkamer in. Hij klom door het lege raam en landde met een krakend geluid beneden op het grindpad. De glasplaat stond op de plaats waar hij hem had achtergelaten, met de zuignappen en het plamuurmes. Hij plaatste het glas weer terug in het raam en stopte de zuignappen en het mes in zijn rugzak. Het raam zat niet stevig vast, maar dat deed er nu niet toe. Elk bewijs van inbraak zou spoedig in vlammen opgaan.

Hij rende op een drafje naar de overkant van de straat en dook zijn auto in. Zijn rugzak legde hij op de stoel naast hem. Hij zonk diep weg in zijn stoel en sloot zijn ogen. Hij stuiterde van de adrenaline en zijn ademhaling ging snel en raspend. In gedachten zag hij het tafereel zoals hij dat had achtergelaten voor zich. Ondertussen zouden de luciferkoppen vlam hebben gevat en staken die het papier aan. De rieten prullenbak zou verteerd worden als een suikerspin in de regen. Hij zag voor zich hoe de agressieve vuurtongen zich hoog oprichtten en aan het gordijn likten, om te proeven, en er dan razendsnel langs trokken om de rest van de kamer op te vreten.

Cameron opende zijn ogen en staarde naar het appartement. Er flikkerde een roodachtige gloed in de opening tussen de gordijnen. Hij draaide zijn raam omlaag. Het was opgehouden met regenen en in het natte asfalt werd het oranje schijnsel van het vuur al weerspiegeld. Hij keek hoe de vlammen steeds feller werden totdat het een woest geheel werd dat tegen de ramen sloeg en langs de gordijnen omhoog klom. Cameron begon zachtjes te hijgen en een weerzinwekkend blij gevoel nam bezit van hem. Dat ging hij nu koesteren. De zelfhaat kwam later wel.

Hij bleef zo lang hij durfde naar het vuur kijken. De ramen sprongen uit de sponningen en braakten dikke wolken zwarte rook uit in de nachtelijke hemel. De vuurzee siste en kraakte en fonteinen van vonken spatten op. Hij kon de hitte op zijn gezicht voelen en rook de zoetige rooklucht van geschroeid hout. Toen hoorde hij een aanzwellend gebrul, als een vloot overvliegende Boeings, op het moment dat een deel van het plafond instortte. Vlammen sloegen uit het raam en flakkerden metershoog de lucht in; hun spits toelopende punten torenden hoog boven hem uit.

Hij probeerde zich voor te stellen hoe het appartement vanbinnen werd verteerd door de verzengende hitte: het hoesten, het stikken, de giftige dampen. En de verlammende angst om levend te verbranden. Cameron sloot zijn ogen en glimlachte.

Niemand zou deze vuurzee overleven.

28

'Felix Roche is dood.'
Harry schoot rechtovereind in bed en zwaaide haar blote benen op de vloer. 'Wat?'

'Zijn appartement is gisteravond afgefakkeld, met hem erin.' Jude praatte heel zacht aan de andere kant van de lijn, alsof hij niet wilde dat iemand hem kon horen. 'De politie is hier geweest. Ik heb jouw naam nog niet genoemd, maar dat was niet eenvoudig. Die verdomde rechercheur lijkt wel een kat. Hij zit maar te loeren en wacht tot je wat zegt, zodat hij je kan grijpen.'

Lynne. Ze voelde zich misselijk worden en slikte. 'Was het een ongeluk?'

'Tot nu toe heeft nog niemand iets anders beweerd. Maar ze hebben wel een heleboel vragen gesteld.'

Shit, shit, shit. Harry kneep haar ogen dicht en sloeg een arm om haar buik. Hoe was het mogelijk dat Roche dood was? Ze hadden hem nog maar een paar uur geleden aan de telefoon gehad.

'Harry? Ben je er nog?'

'Hmm.'

Ze liet haar schouders hangen en wiegde heen en weer alsof ze kramp had. Gisteren had Felix Roche aan de Profeet verteld dat hij hem kende. Vandaag was hij dood.

Ze hield op met wiegen toen ze zich opeens iets herinnerde. 'Ik heb hem gisteravond gebeld.'

Het viel even stil aan de andere kant. 'Wat?'

'Het was laat. Rond twee uur 's nachts. Ik kon niet slapen.' Ze herinnerde zich hoe ze op de rand van haar bed had gezeten en de telefoon door had laten rinkelen omdat ze per se wilde dat Felix zou opnemen.

'Wat is er gebeurd?' vroeg Jude.

'Niets. Hij nam niet op.' Haar benen beefden en haar T-shirt voelde klam en koud aan. Het misselijkmakende gekronkel in haar buik nam toe. 'Denk je dat hij op dat moment al dood was?'

'Joost mag het weten. Gelukkig heb je hem niet te pakken gekregen.'

'Jammer, juist. Hij wist wie de Profeet was.'

'Ik vermoed dat hoe meer je over deze Profeet weet, des te gevaarlijker je situatie is.' Jude klonk nu streng. 'Als ik jou was zou ik maar bij hem uit de buurt blijven.'

Harry fronste bij zijn toon. Maakte hij zich zorgen om haar, of was dat een dreigement? Ze schudde haar hoofd en ademde door haar neusgaten. Jude had haar gisteravond nog geholpen, godbetert. Hij had een behoorlijk risico genomen door Felix' die geheime informatie toe te spelen. Hij had die andere man macht in handen gelegd. Ze staarde naar haar tenen.

Tenzij hij natuurlijk al had geweten dat Felix binnen een paar uur dood zou zijn.

'Ga je nog naar de politie?' vroeg Jude. Zijn stem klonk neutraal en ze kon er niets uit opmaken.

'Niet als het over mijn vader gaat. Dat lukt me niet.' Het spreken viel haar opeens zwaar. Haar mond was zo droog geworden dat haar woorden er als een reeks klikjes uitkwam.

'Ben je niet wat laat om je nog zorgen om hem te maken? Trouwens, wat maakt jou het uit? Ik dacht dat je een pesthekel aan hem had.'

'Geen pesthekel.' Was dat wel waar? 'Hij is toch mijn vader.'

'Ook al is hij betrokken bij een moordzaak?'

Harry stond te zwaaien op haar benen en even dacht ze dat ze flauw zou vallen. Ze liet de telefoon vallen en haalde nog net op tijd de badkamer. Ze gaf over in de wasbak totdat haar keel er pijn van deed. Ze beefde over haar hele lichaam terwijl ze zich vastklampte aan de koude emaillen bak. Daarna spetterde ze water over haar gezicht, strompelde terug naar haar bed en trok de dekens over zich heen. Ze pakte te laat de telefoon weer op, want Jude had al opgehangen.

En nu? Ze had geen enkel aanknopingspunt meer. De enige die de Profeet had kunnen identificeren was dood. En ze had een flauw vermoeden dat zij wel eens het volgende doelwit kon zijn.

Ze ging in foetushouding op bed liggen en blies in haar handen om ze warm te krijgen. Haar ledematen waren zwaar van slaapgebrek. Nadat ze Felix die nacht had gebeld, had ze weer plaatsgenomen achter haar laptop en in de verdedigingsmuur van anon.obfusc zitten porren, de anonieme re-mailer die de Profeet had gebruikt. Uur na uur na uur had ze geprikt en gestoken, gescand en geëxperimenteerd, maar de omheining bleek onwankelbaar. Aan haar sociale technieken had ze dit keer niets gehad. Die lui van re-mailers waren doorgewinterde experts op het gebied van softwarebeveiliging en zouden elke nepbenadering herkennen. Tegen halfzes in de ochtend was ze tot de slotsom gekomen dat Felix een persoonlijke relatie had met iemand in het bedrijf, iemand die informatie naar hem had gelekt. Dat inzicht deprimeerde haar. De re-mailer opereerde vanuit verschillende landen: het identificeren en kraken van Felix' mol zou zo goed als onmogelijk zijn.

Harry kroop nog verder onder de dekens. Daglicht scheen tussen een kiertje in de gordijnen door. Ze sloot haar ogen tegen het licht. Waarom kon dat verdomde kartel niet gewoon die centen in hun zak steken en haar met rust laten? Ze zou het geld in mum van tijd aan hen overhandigen als ze daarmee haar leven weer terug zou krijgen.

Haar ogen vlogen open: ze had een idee. Geef ze het geld terug. Waarom niet? Als de Profeet zijn geld had, zou hij haar met rust laten, toch? Per slot van rekening had ze geen idee wie hij was en daarom zou ze geen enkele bedreiging voor hem vormen.

Ze kwam met een ruk overeind. Haar maag voelde al iets beter en haar huid was niet meer zo klam. Ze liet de dekens op de vloer vallen en racete de kleine hal door naar haar werkkamer. Haar laptop stond nog steeds aan en ze ging ervoor zitten. Ze strekte haar vingers.

De toonzetting van dit mailtje zou van cruciaal belang zijn. Het moest overkomen alsof zij alle touwtjes in handen had en precies wist waar ze mee bezig was. Met bonkend hart stelde ze een conceptmail samen. Na verscheidene pogingen was ze nog steeds niet helemaal tevreden met het resultaat, maar het moest maar zo. Ze las het nog één keer door.

Ik heb je twaalf miljoen. Zeg me maar waar ik het naartoe moet sturen, dan heb je je geld terug. Op één voorwaarde: roep je bloedhonden terug en blijf bij me uit de buurt. Ik vorm geen enkele bedreiging voor jou – het is niet bepaald in mijn vaders belang als ik naar de politie stap, en het is niet in jouw belang als ik in het lijkenhuis beland.

Harry Martinez

Ze had wel wat sterker uit de hoek willen komen, maar de waarheid was dat haar onderhandelingspositie niet al te stevig was. Op het moment dat ze het geld uit handen gaf had ze verder niets meer.

Ze typte het mailadres van de Profeet in en aarzelde toen heel even. Toen klikte ze op VERZENDEN.

Ze leunde naar achteren en haalde diep adem. Voor het eerst in dagen voelde ze dat ze weer controle had over de situatie.

Haar telefoon ging en ze nam snel op. 'Hallo?'

'Hoi.' Het was Dillon. Ze sloeg haar arm om haar middel.

'Ja, hoi.'

'Alles goed met je?'

'Ja hoor, prima.' Ze kon zelf horen hoe ongeloofwaardig dat klonk. In de regel kon ze mensen zonder al te veel moeite om de tuin leiden. Maar nu...?

'Je klinkt anders niet zo prima.'

'Maak je geen zorgen.' Ze checkte haar mail. 'Maar als je het goed vindt, zou ik graag een dag of twee vrij nemen.'

'Dat hoef je niet eens te vragen, Harry, dat weet je toch?' Hij klonk aardig. 'Laat maar zitten, dat werk. Imogen heeft het Sheridan-rapport al opgestuurd. Ze zijn blij, er komt geen vervolgopdracht, dus neem alle tijd die je nodig hebt.'

Harry fronste haar wenkbrauwen. Geen vervolgopdracht. Iets liep met een slakkengangetje door haar hoofd en weigerde naar buiten te komen. Iets wat ze nog had moeten doen. Het bewoog als een vlieg in de stroop. Ze schudde haar hoofd en zette het van zich af.

'Bedankt,' zei ze.

Dillon zweeg even. 'Zou je het kunnen opbrengen om vanavond bij mij thuis te komen eten? Ik kook voor je.'

Harry aarzelde even en sloot haar ogen. Opeens was ze weer terug in de duisternis, in dat labyrint waarin ze maar rondjes bleef rennen. Haar mond werd droog.

'Sorry, dat was niet handig van me,' zei Dillon in de stilte. 'Dat is wel de laatste plek waar je wilt zijn. Nou ja... Ik wil gewoon niet dat je bij mij thuis altijd bang zult zijn, begrijp je? Mocht je ooit nog eens langs willen komen, bedoel ik.'

Harry's hart deed een polkadansje dat ze probeerde te negeren. 'Ik ben niet bang: ik kom graag nog een keer terug. Ik wist trouwens niet dat je kon koken.'

'Ik kan eten opwarmen. Mijn huishoudster kan goed koken.' Er klonk een lach door in zijn stem, en in gedachten zag ze die om zijn mondhoeken spelen. 'Ik haal je om zeven uur op, oké?'

Harry herinnerde zich hoe hij twee dagen terug plankgas had gegeven in zijn auto, en trok een gezicht. 'Waarschijnlijk is het een beter idee als ik zelf naar je toe kom. Ik heb hier nog een en ander te doen. Is halfacht bij jou goed?'

'Prima. Is het niet handig als ik je vertel hoe je moet rijden? De vorige keer lag je in de auto te slapen, weet je nog?'

Hij legde uit hoe ze moest rijden en Harry tekende het ruwweg uit op de achterkant van een envelop. Nadat ze had opgehangen, zat ze op de rand van haar bed en vroeg zich tot haar eigen verbazing af wat ze aan moest trekken. Het kostte inspanning om in gedachten niet alvast een voorproefje te nemen op het verloop van die avond en te anticiperen op het staartstuk van het diner. Zoals de zaken er nu voorstonden was ze waarschijnlijk beter af zonder de complicaties van een romance met haar baas.

De zomer daarvoor was de laatste keer dat ze zich druk had gemaakt over wat ze voor een ontmoeting met Dillon moest aantrekken. Hij had haar zomaar gebeld om haar een baan aan te bieden, en dat was vijftien jaar nadat hij in haar kamer had gezeten om haar de ethiek van het hacken te leren. Ze hadden elkaar ontmoet in de foyer van het Shelbourne Hotel, waar ze koffie met sandwiches hadden besteld en elkaar hadden bekeken.

Harry kon zich nog herinneren hoe het had gebruist in haar borstkas, alsof er champagne in was gegoten. Die hartstochtelijke, aantrekkelijke jongen was een mooie, zelfverzekerde man geworden die niet slechts een heel klein beetje tevreden leek te zijn met zichzelf. Hij hield zich goed op dat vlak, maar af en toe had ze het in zijn ogen zien glinsteren. En toen ze met die zelfverzekerde houding werd geconfronteerd, voelde Harry zich weer dertien; bang om in een sandwich te happen omdat er misschien iets groens op haar tanden zou blijven plakken.

Haar laptop piepte en ze checkte nogmaals haar e-mail. Haar ruggengraat gonsde. Nieuw bericht.

Je bent een verstandig meisje, Harry. Je pappie zou niet blij zijn als je de politie erbij betrok. Er kleven nog een heleboel vragen aan de Sohorandeal waar hij liever geen antwoord op zou geven.
We zullen het op jouw manier doen. Ik krijg mijn geld terug, jij je leven. Maar stel me niet teleur, Harry. Je vader heeft me belazerd. Ik zou niet graag zien dat jij hetzelfde deed. Wees verstandig. Anders ben niet alleen jij in gevaar maar ook iedereen om wie je geeft.
Je ontvangt te zijner tijd instructies over het geld.

De Profeet

Harry's handpalmen waren klam en ze ademde oppervlakkig. Was haar plan gelukt? Met trage, lome bewegingen logde ze in op haar bankrekening en keek naar haar saldo.

Ze bestudeerde de cijfers en knipperde met haar ogen. Toen vernieuwde ze de pagina en keek nogmaals. Er was niets veranderd. Haar ingewanden raakten in een vrije val en ze hield bijna op met ademhalen.

Zo ben ik er, zo ben ik er niet.

Het geld was verdwenen.

29

'HOE BEDOELT U, HET GELD staat er niet op?' vroeg Harry. Ze ijsbeerde door de kamer met haar mobiel stevig tegen haar oor geklemd.

'Het moet erop staan,' hield ze vol. 'Ik heb het met eigen ogen gezien.'

'Ik vrees dat u een fout in onze software hebt gezien.' Sandra Nagle sprak op overdreven beleefde toon. 'Ik heb het zo-even bevestigd gekregen van onze technische afdeling. Naar verluidt lieten al onze internetsystemen gedurende enkele dagen een verkeerd saldo op uw rekening zien.'

'Een verkeerd saldo?' Het was alsof haar ingewanden wegzonken. 'Maar iemand heeft vrijdag twaalf miljoen op mijn rekening gestort. U hebt zelf het bewijs van die overboeking gezien.'

'Dat wel, maar ik ben bang dat die ongeldig was.'

'Wat houdt dat in?' Maar Harry wist het antwoord al.

'Het betekent dat de transactie nooit heeft plaatsgevonden.' Sandra's stem werd nu dun en afgemeten, alsof ze een heleboel spelden tussen haar lippen geknepen hield. 'Het wordt zonder enige twijfel door onze administratie bevestigd. Er is nooit daadwerkelijk een dergelijk bedrag naar uw rekening overgemaakt.'

Harry hield op met ijsberen. Haar spieren voelden stijf. 'Dus u beweert nu dat die twaalf miljoen niets anders was dan een softwarefoutje? Het was geen echt geld?'

'Exact.' Sandra leek in haar nopjes dat Harry het zo snel begreep. 'En mag ik u namens Sheridan Bank onze excuses aanbieden voor deze vergissing? Uw rekening is aangepast en het zal niet wederom gebeuren, daar kunt u van op aan.'

Harry zakte neer op de leuning van de bank. Het geld bestond niet. Het leek wel alsof er een spin langs haar ruggengraat omhoogkroop. Ze had net een deal gesloten met de Profeet dat ze hem twaalf miljoen euro zou geven. Wat zou hij doen als ze haar belofte niet na zou komen?

Haar hart bonsde. Dit was waanzin. Iemand die op het Sohoran-geld uit was had haar onder de trein geduwd, en op dezelfde dag vertoonde het systeemnetwerk van de bank een foutje waardoor zij zogenaamd twaalf miljoen euro had? Kletskoek. Het geld was er wel degelijk. Maar waar was het, verdorie?

Harry stak haar kin in de lucht. 'Het spijt me, maar ik kan met deze verklaring geen genoegen nemen. Zou ik iemand van de technische afdeling kunnen spreken?'

Het viel even stil aan de andere kant van de lijn. 'Helaas mogen de medewerkers van die afdeling geen details over ons banksysteem aan derden vrijgeven. Dat is om veiligheidsredenen. Ik neem aan dat u hier begrip voor zult hebben.'

Harry sloot haar ogen en piekerde zich suf hoe ze deze geconstipeerde tante kon omzeilen. Toen besloot ze om het er maar bij te laten. Ze was het zat om met deze vrouw in discussie te gaan. En bovendien had ze net een betere manier bedacht om te kijken wat er met haar rekening was gebeurd.

Ze wilde net ophangen toen ze zich nog iets anders herinnerde. Harry wist dat het een beetje zielig was, maar ze kon het niet opbrengen om Sandra Nagle als overwinnaar uit dit gesprek te laten komen.

'Nog één ding,' zei ze. 'Ik heb enkele dagen geleden gevraagd of de bank me een afschrift kon opsturen. Ik heb dat nooit ontvangen.'

De vrouw snoof en Harry hoorde dat ze iets intypte op haar toetsenbord.

'Ja, ik heb zelf dat verzoek verwerkt,' zei Sandra. 'Sterker nog, volgens onze administratie hebt u eerder die dag om dat afschrift gevraagd en is het diezelfde middag nog verstuurd. U had het gisteren al moeten ontvangen.'

'Nou, ik heb niets gekregen. En ik heb het zeker niet tweemaal aangevraagd.'

'Ik zal het adres nogmaals verifiëren.'

Harry hees zich overeind en sjokte naar het raam, haar mobiel stijf tegen haar oor geklemd. Het was donker geworden buiten en dikke regendruppels tikten tegen het raam. Ze legde haar voorhoofd tegen de koele ruit. Waarom had ze in vredesnaam zelf contact opgenomen met die Profeet?

'Flat 4, St. Mary's Road nummer 13, South Circular Road, Dublin 8.'

Harry's hoofd schoot met een ruk omhoog. 'Wat zegt u? Dat is mijn adres helemaal niet.'

'Nou, toch is dit het adres dat wij in ons systeem hebben staan. Daar is uw afschrift afgelopen vrijdag naartoe gestuurd.'

Harry greep een pen en kladblok van de boekenplank en noteerde het adres. 'Kunt u nagaan of iemand dit adres onlangs heeft gewijzigd?'

Alweer een korte stilte. 'Nee, er staat hier nergens vermeld dat er een mutatie van uw persoonlijke gegevens heeft plaatsgevonden; althans, niet sinds u zich vijf jaar geleden heeft aangemeld.'

Harry scheurde het blaadje uit het kladblok. 'Dat slaat nergens op. Ik woon in Ballsbridge. De afgelopen vijf jaar zijn al mijn afschriften op dit adres bezorgd. Iemand moet het veranderd hebben.'

De vrouw bood aan om het uit te zoeken, maar Harry had ondertussen weinig fiducie meer in haar. Ze bedankte, verbrak de verbinding en staarde naar het adres in haar hand: St. Mary's Road nummer 13. Het zou een systeemfout kunnen zijn, maar inmiddels was ze eerder geneigd om te denken dat dit iets anders betekende.

Ze liep de keuken in en rommelde in de besteklade. Nadat ze lucifers, kaarsen en een doos oude kerstkaarten opzij had geschoven, vond ze eindelijk de plattegrond van Dublin. Ze raadpleegde het straatnamenregister. St. Joseph's, St. Lawrence's, St. Martin's. Daar was-ie: St. Mary's. Ze zocht op de plattegrond totdat ze de bewuste regio had gevonden. Toen pakte ze haar zwarte leren jasje en stapte de voordeur uit.

Het vinnige koude weer van die middag sneed door haar kleren en de regen maakte ronde stippen op haar gele shirt. Ze huiverde in haar jasje en liep de poort door. Ondertussen belde ze met de snelkeuzetoets het nummer van Ian Doyle, de systeembeheerder van Sheridan Bank met wie ze had gesproken nadat ze haar inbraaktest had afgerond.

'Ian? Hoi, met Harry Martinez weer, van Lúbra Security.'

'Ha, Harry. Ik zat net aan je te denken.'

'Hoe dat zo?' Haar auto stond bij de stoep geparkeerd: een hippe blauwe Mini Cooper met een wit dak en witte sierstrippen aan de zijkant. Ze kroop achter het stuur en legde haar tas op de stoel naast haar.

'Ik heb je rapport gisteren gelezen,' zei hij. 'Ik krijg het bijna m'n mond niet uit, maar het is een fraai staaltje werk.'

'Dank je. Ik heb hopelijk niet je dag verpest?'

'Nou, ze hebben me niet bepaald een medaille gegeven, nee.'

'Ik had je nog gewaarschuwd.'

'Zeker, en dat kon ik zeer waarderen,' zei Ian. 'Zo had ik nog even de tijd om enkele sporen uit te wissen. Kan ik je een drankje aanbieden om je te bedanken? Wat dacht je van vanavond?'

'Sorry, Ian, maar ik zit tot aan mijn nek in het werk. Maar je zou iets anders voor me kunnen doen.'

'Zeg het maar. Ik heb geen ruk te doen. Zo maak je mijn dag weer goed.'

Ze bracht hem op de hoogte van het geld dat van haar rekening was verdwenen en de raadselachtige adreswijziging.

'Met die draak van Klantenservice kom ik nergens,' besloot ze. 'Zou jij misschien een kijkje kunnen nemen om uit te zoeken wat hier precies is gebeurd?'

'Natuurlijk. Geef me een uur, dan bel ik je terug.'

Harry legde haar mobiel op de stoel naast haar neer, maar die ging bijna onmiddellijk weer. Ze keek wie er belde: Jude Tiernan. Ze staarde naar zijn naam op het display en haar hart begon te bonzen. Misschien belde hij alleen maar om te vragen hoe het met haar ging. Of om te kijken wat ze inmiddels al had ontdekt. Het mobieltje trilde in haar vingers. Ze haalde diep adem en stopte het onder in haar tas weg.

Ze keek nog een keer op de kaart. Toen startte ze de motor en liet de plattegrond opengevouwen naast haar liggen om af en toe te kunnen raadplegen. De route verliep langs een vrijwel ononderbroken rechte lijn, maar zodra het om coördinaten ging moest ze alle zeilen bijzetten. In haar ervaring waren routeaanwijzingen net zoiets als staartdelingen: onmogelijk om uit je hoofd te doen zonder naar een black-out te verlangen.

Ze keek in haar achteruitkijkspiegel. Ze stond ingeklemd tussen twee Volvo-gezinswagens. Met elke andere auto had dat problemen opgeleverd, maar met een Mini kon je zelfs nog op een badkamertegeltje keren. Ze gaf het stuur een ferme ruk naar links en voegde zich in de verkeersstroom.

Dillon had haar diverse malen gevraagd waarom ze zichzelf geen echte auto gunde, maar daar had ze geen enkele behoefte aan. Voor hem was een luxeauto een manier om te laten zien hoeveel hij had bereikt, maar Harry kon het niet schelen wat anderen van haar dachten. De Mini was een perfect wagentje om mee door de stad te scheuren zolang je geen passagiers mee hoefde te nemen of meubilair moest verhuizen. En bovendien toverde de aanblik van de Mini alleen al een glimlach om haar lippen. Ze keek naar de ronde, ouderwetse meters en de tuimelschakelaar als in een vliegkist en even werd ze weer herinnerd aan haar recente helikoptervluchtje. Ze gaf een klopje op het dashboard. Echte auto's waren voor volwassenen. Met dit schatje kon zij het prima redden.

Ze wurmde de Mini Leeson Street in en concentreerde zich op de route. Twintig minuten later was ze zonder omzwervingen op South Circular Road aangekomen. Ze minderde vaart en keek naar de straatnaambordjes totdat ze St. Mary's Road had gevonden. Het was een smalle, doodlopende steeg waar het een aflopende zaak leek. Veel huizen waren dichtgespijkerd en de plaatselijke graffitiartiesten hadden de houten panelen volgekliederd met hun airbrushhandschrift.

Nummer 13 hoorde bij een etagewoning van rode baksteen; het souterrain was zichtbaar door de afbladderende tralies van het hek aan de straatkant. De blauwe voordeur kon ook wel een likje verf gebruiken en de collectie bellen ernaast wees erop dat het huis in diverse woonunits was opgedeeld.

Harry keek of er ergens een parkeerplek was waar ze het hele huis in de gaten kon houden. Zo dicht bij het centrum was parkeren lastig, en alle plaatsen waren bezet. Maar eentje was slechts half bezet. Tegen de stoeprand stond een zwarte motorfiets, en de eigenaar propte net zijn helm in zijn bagagebox. Harry wachtte tot hij klaar was en de straat uit was gelopen. Met een keurige beweging manoeuvreerde ze de auto naast de motor. Alweer een voordeel van haar kittige wagentje. Ze zou het nog in een keukenkastje kunnen parkeren indien nodig.

Diep in haar tas klonk het schrille geluid van haar mobiel en ze haalde hem tevoorschijn. Het was Ian.

'Ik heb hier en daar wat lopen graven, Harry, en ik vind het niet leuk om het te moeten zeggen, maar mevrouw Draak had wel gelijk.'

'Hoe dat zo?'

'Er heeft nooit twaalf miljoen op je rekening gestaan.'

'Je maakt een geintje.'

'Ben bang van niet. Ik heb die jongens van Techniek gesproken en ik heb zelfs het hele controletraject nog een keer nagelopen. Alles wijst erop dat onze centrale database compleet op hol was geslagen afgelopen vrijdag en jouw rekening heeft daar een tik van gekregen.'

'Tik? Wat voor tik?'

'Nou, daar laten ze zich niet echt over uit. Maar ze weten zeker dat er nooit geld op je rekening heeft gestaan. Er wordt namelijk elke avond een controle uitgevoerd die alle *checks & balances* van de geldstromen van die dag naast elkaar legt, en in jouw geval gingen er vrijdag overal alarmbellen af. Blijkbaar waren er geen cijfers te vinden die overeenkwamen met het bedrag op jouw rekening in de database.'

'Was het alleen mijn rekening of waren er elders ook van die missers?'

Ian zweeg even. 'Nee, eigenlijk alleen de jouwe.'

'Dan is die vergissing niet echt toeval meer, toch?' Harry beet op de binnenkant van haar wang. 'Doe me een lol, Ian: zo dom ben je niet. Je hebt het hele controletraject nagelopen. Wat kan er gebeurd zijn, denk je?'

Alweer een korte stilte. 'Volgens mij is er een nieuwe mutatie op jouw rekening ingevoerd, maar dan wel op een illegale manier.'

'Illegaal? Je bedoelt dat iemand met de database heeft lopen sjoemelen?'

'Daar lijkt het wel op. Het lijkt me sterk dat zoiets per ongeluk kan gebeuren.'

'Kun je zien wanneer dat heeft plaatsgevonden?'

'Gebaseerd op de bestanden die ik vandaag heb gezien, zou ik zeggen dat het vrijdagnacht rond 01:30 uur heeft plaatsgevonden,' zei Ian. 'En daar komt nog bij dat die mutatie vandaag ook weer illegaal uit het systeem is verwijderd.'

'Hè? Ik neem aan dat jullie het zelf hebben gecorrigeerd bij het opschonen van mijn account?'

'Niet dus. Iemand is ons te vlug af geweest. Vrijdag is hij ingevoerd, vandaag is hij verwijderd. En diegene die dat heeft gedaan, heeft ook een afschrift voor jouw account aangevraagd.'

Harry staarde naar de blauwe deur aan de overkant van de straat. 'En mijn adres dan? Hoe is dat gewijzigd?'

'Zelfde manier, zelfde tijd.' Toen schoot Ian in de lach. 'Zeg, Harry, weet je zeker dat je niet zelf hebt lopen rotzooien? Per slot van rekening heb je in ons systeem behoorlijk vrij spel gehad afgelopen vrijdag. Ik zou ook een paar nullen aan mijn saldo toevoegen als ik dacht zoiets ongestraft te kunnen doen.'

'Leuk bedacht, maar ik heb hier niets mee te maken.'

Ian zuchtte. 'Goed dan. Als het geen ongelukje was en jij was het ook niet, dan weet je waarmee we hier te maken hebben, niet dan?'

Harry bleef strak naar nummer 13 kijken en knikte langzaam, terwijl ze Ian liet uitpraten.

'We hebben een hacker aan onze broek hangen.'

30

HARRY RAMDE MET HAAR VUIST op het stuur. *Zo ben ik er, zo ben ik weg.* In haar onderbewustzijn had ze dit al uitgeknobbeld, lang voordat het echt tot haar was doorgedrongen.

De eerste keer dat ze Klantenservice belde had ze te horen gekregen dat er verder geen gegevens bij het gestorte bedrag te vinden waren; geen datum, geen tijdstip, geen aanwijzing waar het bedrag vandaan kwam. Het manipuleren van databases was bepaald niet nieuw voor haar. Ergens in haar achterhoofd had ze de symptomen herkend en beseft dat dit niet echt kon zijn.

Was Felix de hacker geweest? Jude soms? Hij had dan wel beweerd niets van computers af te weten, maar hij kon net zo makkelijk liegen. Ian had haar beloofd de bestanden door te neuzen om te zien of er ergens aanknopingspunten voor de identiteit van de hacker waren, maar Harry had er een hard hoofd in dat hij iets zou vinden.

Ze keek naar de blauwe deur aan de overkant van de straat. Wie woonde daar in godsnaam? Ze trommelde met haar vingers op het stuur en overwoog haar opties. Misschien kon ze stiekem om het huis heen lopen en kijken of er aan de achterkant ergens een manier was om binnen te komen. Ze beet op haar lip; dat idee stond haar niet echt aan. Ze kon ook wachten totdat er een bewoner aan zou komen en dan met diegene naar binnen glippen. Ze keek links en rechts de straat in. Niemand. Haar blik gleed omhoog naar het achteruitkijkspiegeltje en bleef op het spiegelbeeld van de motorfiets rusten.

Kon ze niet gewoon bij de voordeur aanbellen?

Voordat ze van gedachten kon veranderen, draaide ze zich om naar de achterbank. Ze graaide onder een stapel tijdschriften en vond een goudkleurige A4-envelop met bubbeltjespapier. Ooit zaten er cd's met software in die ze bij Amazon had besteld, nu stopte ze er vier oude nummers van *Security Technology & Design* in en vouwde de flap dicht. Ze inspecteerde het eindresultaat: het pakketje leek zwaar genoeg om iets belangrijks te kunnen bevatten. Tevreden zocht ze in haar dashboardkastje naar een schroevendraaier, pakte haar tas, zette haar mobiel op de trilstand voor het geval dat, en stapte uit de auto.

Boven haar waren de wolken loodgrijs en dik van de regen, en daardoor leek de namiddag nog donkerder dan normaal. Ze hoorde in de verte de bussen brommend optrekken op South Circular Road om zich in het verkeer te mengen: daarmee vergeleken was het in St. Mary's Road uitgestorven. Het enige wat nog ontbrak was een bosje tumbleweed dat over de straat waaide.

Harry knoopte haar jas van onder tot boven dicht en liep stilletjes naar de motor, terwijl ze ondertussen behoedzaam om zich heen keek. Ze stak de schroevendraaier onder het deksel van de bagageruimte en zette kracht. Het plastic was maar heel fragiel en met een paar ferme rukken had ze het ding al open. Terwijl ze zich in gedachten verontschuldigde bij de motorrijder haalde ze de helm eruit. Er lag een paar stijve motorhandschoenen onder die naar olie en leer roken, en toen ze ze aantrok kwamen ze bijna tot aan haar ellebogen. Met de helm onder haar arm geklemd stak ze de straat over en beklom de trap naar nummer 13.

De bellen waren genummerd van een tot vier en hadden geen naambordjes. Ze bekeek de gevel van het huis. Stadsvuil en ouderdom hadden de rode victoriaanse stenen afgesleten tot een uitgebluste, oudroze kleur en de regenpijp was aan het verpulveren. Ze haalde diep adem en zette de helm op. Hij rook muf en bedompt als een oude theedoek en haar hoofdhuid ging ervan jeuken. Ze drukte op de bel voor Flat 1, die waarschijnlijk in het souterrain zou zitten. Iemand zou er de smoor in hebben dat ze hem al die trappen op liet lopen.

Ze stond enkele ogenblikken te luisteren naar het geluid van haar eigen ademhaling in de helm. Toen ging de deur open en een oudere man gluurde om het hoekje. Hij keek als iemand die bijziend was – een Mr. Magoo zonder bril.

'Wat wil je?' vroeg hij.

Harry rook krachtige bierwalmen en kreeg de neiging om haar vizier dicht te klappen. Maar ze hield de envelop omhoog.

'Koerier voor Flat nummer 4.' Haar stem klonk haar luid in de oren.

De oude man kneep zijn ogen tot spleetjes en haalde gierend adem door zijn neusgaten. Harry wilde haar woorden nog een keer herhalen, maar hij had zich al omgedraaid en stapte opzij. Na een korte aarzeling liep ze achter hem aan.

De hal was krap en spaarzaam verlicht. In het zwakke schijnsel had alles een smerige, nicotinegele kleur. Ze deed de deur achter zich dicht en hoorde een gedempt, tikkend geluid dat haar bekend voorkwam, maar ze kon het niet meteen thuisbrengen.

De oude man sjokte de gang door. Ze maakte aanstalten om hem te volgen, maar hij wuifde haar weg.

'Boven,' zei hij zonder achterom te kijken. Hij verdween door een deur aan het einde van de gang.

Harry haalde haar schouders op. Ze bleef aan de voet van de trap staan en staarde met haar hoofd in haar nek naar het donkere trapgat daarboven. Zo te zien was het twee trappen op naar de eerste etage. Zodra ze haar voet op de onderste trede zette gingen de lichten uit.

Ze verstijfde. De duisternis was ondoordringbaar en compleet, net als de stilte. Zelfs het tikken was opgehouden. Ze drukte haar rug tegen de muur. Haar snelle ademhaling condenseerde onder de helm en ze zette hem af. Ze luisterde. Niets.

Ze tastte over de muur achter haar en voelde een plastic rond dingetje, als een ouderwetse deurbel. Toen ze erop drukte sprong het zwakke, gelige licht weer aan. Tegelijkertijd begon het regelmatige getik weer, en ze keek naar de schakelaar. Hij was zo groot als een schoensmeerdoosje en het rondje in het midden kwam langzaam naar buiten, waarbij het zachte tikkende geluidjes maakte. Harry liet haar hoofd tegen muur leunen en blies haar adem uit. Het licht werkte met een tijdschakelaar.

Ze gaf zichzelf een standje dat ze niet zo schrikachtig moest doen en nadat ze nog een keer op de schakelaar had gedrukt om zichzelf wat meer tijd te geven ging ze de trap op. Ze telde af terwijl ze naar boven liep en vroeg zich af wanneer het duister weer zou toeslaan. Wat een vrek, die huiseigenaar.

Nu was ze op het kleine tussenplatform en ze passeerde een openstaande deur. Aan de scherpe geur van urine te oordelen was dit het toilet. Ze telde nog steeds toen ze aan de volgende trap begon en toen stond ze voor de deur naar Flat 4.

En nu? Ze had zich naar binnen kunnen kletsen, maar haar improvisatietalent reikte niet verder dan dat. Ze trok de handschoenen uit en stopte die in de helm. Heel zacht liep ze op de deur af en drukte haar oor ertegenaan. Binnen klonk het geluid van gedempte stemmen. Mannenstemmen. Ze kon niet precies uitmaken hoeveel het er waren. Ze keek om zich heen. Er waren verder geen deuren op de overloop en de enige kant die je op kon was naar beneden.

Opeens stond ze weer in het pikkedonker. Jezus. Je kreeg hier niet meer dan dertig seconden licht. Geen wonder dat die ouwe kerel beneden haar zo snel had achtergelaten. Die had geen zin om in de duisternis te stranden.

Achter de deur zwol het geluid van de stemmen aan. Harry deed een stap naar achteren. Er werd aan de deurklink gerammeld en ze schrok zich kapot. Ze vloog als een haas de trap af en verstopte zich in het stinkende toilet. Toen de deur van Flat 4 werd geopend, maakte ze zich zo klein mogelijk tegen de muur.

'Ik betaal je om resultaten te boeken en tot dusver heb je nog niks gepresteerd.'

'Huur dan iemand anders in als je denkt dat je daar wat mee opschiet. Neem van mij aan dat er gewoon niks te vinden is.'

Harry sloeg een hand over haar mond. Ze schoof iets dichter naar de deur en gluurde door het kiertje. De overloop werd nu verlicht door het rechthoekige, felle lichtschijnsel uit de deuropening. Boven aan de trap stond een man in een donkere jas, half met zijn rug naar haar toe, en zijn schedel, die zo glad en kaal was als een ei, glom in het licht.

'Zorg dat ik wat krijg, Quinney, iets waarmee ik wat kan beginnen,' zei de andere man. Harry probeerde te ontdekken wie hij was, maar de kale stond in de weg.

'Dat gaat wel enige tijd in beslag nemen.'

'Alles duurt lang bij jou.'

'Je wilt toch dat het goed gebeurt?'

'Ik wil dat het snel gebeurt.'

De man die Quinney werd genoemd, haalde zijn schouders op en liep de trap af naar beneden in de richting van Harry. Ze trok snel haar hoofd terug en drukte zich nog harder tegen de muur. Haar keel kneep dicht doordat ze probeerde de stank van de wc niet in te ademen.

'Bezorg me iets wat haar in een slecht daglicht plaatst en dan zal ik je belonen.'

Quinneys voetstappen hielden pal voor de deur stil. Harry kon zijn ademhaling horen. Ze hield nog steeds haar vingers tegen haar mond gedrukt zodat ze geen onverhoedse angstgeluidjes zou produceren. Het leed geen enkele twijfel dat die twee het over haar hadden.

'Er schijnt een vriendje te zijn,' zei hij uiteindelijk. Harry trok haar wenkbrauwen op. Dat was nieuw.

'Kunnen we daar wat mee?'

'Misschien,' zei Quinney.

Harry trok haar hoofd terug in de schaduw en daarbij viel haar blik op iets rechthoekigs op het tapijt, naast Quinneys schoenen. Ze staarde er met open mond naar. Het was de bubbeltjesenvelop. Ze ging vlug na wat ze bij zich had: schoudertas, helm, handschoenen. Geen envelop. Godver!

Ze ging op haar hurken zitten en tastte de koude tegels om haar heen af; ze huiverde toen haar vingers kleffe haardotten en toiletpapier aanraakten. Ze had die handschoenen aan moeten houden. Ze sloot haar ogen en voelde zich een beetje duizelig worden. Die envelop was zeker gevallen toen ze de trap af rende.

'Wie is dat vriendje dan?'

'Een of andere hoge pief. Ik trek hem wel na.'

Harry's blik gleed naar het pakketje op de grond. Het lag maar een klein stukje bij haar vandaan, maar het was onmogelijk om het ongezien te grijpen. Misschien was het ook niet zo erg. Het was per slot van rekening maar een envelop.

Toen sperde ze haar ogen wijd open en haar hart sloeg een slag over. Op het pakje zat open en bloot een adressticker met haar naam erop.

'Goed, doe maar,' zei de andere man. 'Haal alles wat je kunt vinden naar boven. Over haar vriendje, haar familie, haar vrienden – iedereen met wie ze is gezien. En zorg ervoor dat ik wat in handen krijg dat ik kan gebruiken.'

'Eerst betalen, anders doe ik niets.'

'Ik betaal je als je je werk hebt afgemaakt, geen dag eerder.'

Even viel het stil. 'Misschien is mijn prijs zo-even omhooggegaan.'

Ze hoorde hoe de andere man de trap af kwam stampen, naar Quinney toe. De rechthoek van licht op de overloop werd kleiner naarmate de deur achter hem langzaam dichtviel. Harry boog zich naar voren. Nog heel even en het was donker genoeg om die envelop weg te grissen. Maar de man was haar te slim af. Hij moest op de schakelaar hebben gedrukt, want de overloop baadde plotseling weer in het licht.

Ze hield haar adem in en begon onwillekeurig te tellen, terwijl die twee ondertussen door ruzieden. Ze voelde zich op een merkwaardige manier ver van deze situatie afstaan. Het was absurd om daar in elkaar gedoken op de vloer te zitten en luistervinkje te spelen terwijl twee vreemde mannen stonden te bakkeleien hoeveel het waard was om haar leven ondersteboven te halen.

Negen, tien, elf. Ze wierp weer een snelle blik door de deur. Quinney keek neer op de man die tegenover hem stond, maar zijn lengte scheen hem weinig voordeel te bezorgen: qua argumenten was de ander hem de baas. Ze kon die andere man nog steeds niet goed zien.

Zestien, zeventien, achttien. Ze strekte haar vingers en bleef doortellen. De twee schenen eindelijk tot een soort van overeenkomst te zijn gekomen en breiden er een einde aan.

Eenentwintig, tweeëntwintig, drieëntwintig. Harry slikte. Met haar ene hand zocht ze steun bij de natte tegels op de vloer, de andere stak ze langzaam uit in de richting van de smalle deuropening, zo laag mogelijk bij de grond.

Achtentwintig, negenentwintig, dertig.

De duisternis sloeg weer toe op de overloop en de mannen vloekten. Op hetzelfde moment stak Harry bliksemsnel haar hand door de kier en greep de envelop. Ze klemde hem tegen haar borst en drukte zich weer plat tegen de muur. De mannen stonden even als aan de grond genageld door de duisternis, maar enkele seconden later had de ene alweer het lichtknopje gevonden. Harry's voelde haar hart in haar oren kloppen en moest zich tot het uiterste inspannen om niet hardop te hijgen.

De mannen liepen de trap af naar beneden en namen afscheid. Quinney ging de voordeur uit, de andere man kwam weer de trap op naar boven. Toen hij langs het toilet liep ving Harry een glimp van zijn gezicht op.

Ze kende hem. Natuurlijk kende ze hem. Ze was zijn foto tegengekomen in de krantenarchieven. Hij was een paar kilo aangekomen en had zijn maatkostuum verruild voor een groezelig T-shirt, maar het was onmiskenbaar dezelfde man.

Leon Ritch.

31

Harry reed de South Circular Road af met een hoofd vol vragen.

Wat moest Leon Ritch in vredesnaam met een afschrift van haar bankrekening? Was Quinney degene die haar appartement overhoop had gehaald? Was hij misschien degene die haar voor de metro had geduwd? Ze had zijn stem niet herkend, maar dat was ook lastig te zeggen.

Eén ding was in elk geval duidelijk: Leon had haar vervalste banksaldo gezien en was ervan overtuigd dat zij het geld in haar bezit had. En nu zocht hij naar een manier om het te pakken te krijgen.

Harry huiverde. De spanning van daarnet zakte een beetje, maar ze voelde zich nog koud en rillerig. Quinney was van plan om compromitterend materiaal over haar vriendje te zoeken en ze vroeg zich af wie hij op het oog had. Ze had de afgelopen dagen met zowel Jude als Dillon tijd doorgebracht, dus een buitenstaander zou kunnen denken dat ze iets had met een van die twee. Ze rolde met haar ogen bij die gedachte. Behalve natuurlijk dat Dillon de nacht bij haar had doorgebracht. Dat maakte hem waarschijnlijk de favoriet.

Terwijl ze zich een weg baande door het verkeer bedacht ze opeens dat ze die Quinney had moeten volgen. Maar eerlijk gezegd was ze te bang geweest om een vin te verroeren. Hij was in elk geval een stuk beter in surveilleren dan zij: het was duidelijk dat hij haar al dagen achtervolgde.

Misschien ook wel op dit moment.

Haar blik vloog naar het achteruitkijkspiegeltje. Pal achter haar zat een zwarte Fiesta en daarachter een zilveren Jaguar. Harry fronste. Reed Ashford ook niet in een Jaguar? Haar vingers spanden zich om het stuur. De stad zat tjokvol prestigewagens; dit hoefde niet per se iets te betekenen. Ze experimenteerde wat met het wisselen van rijstroken, maar geen van de auto's hapte toe. Toen ze rechts afsloeg naar Harcourt Street reed de Fiesta gewoon door en de Jaguar verdween achter een vrachtwagen.

Harry probeerde haar aandacht bij het verkeer te houden, maar de vragen en 'stel dat'-scenario's schoten kriskras door haar hoofd totdat ze er scheel van zag. Ze had iemand nodig die ze kon vertrouwen, iemand tegen wie ze vrijuit kon praten. Iemand die haar niet zou vertellen dat ze haar vader moest gaan opzoeken.

Ze dacht even aan Amaranta, maar ze wist nu al dat ze alleen maar een lijst dwingende instructies van haar zou krijgen. Praten met haar moeder was uitgesloten. Miriam stond niet open voor vertrouwelijkheden. Althans, niet die van Harry.

Ze trommelde met haar vingers op het stuur en voegde zich in een verkeersstroom die haar in zuidelijke richting zou meevoeren, terug naar haar appartement. Ze nam een besluit. Ze veranderde tweemaal van rijbaan en reed toen weer in noordelijke richting terug naar de stad. Het was zondag, dus ze schoot lekker op. Binnen tien minuten stond ze voor de rode voordeur in de stijl van George V van het kantoor van Lúbra Security.

Ze stak de straat over en dacht eraan om haar mobiel weer aan te zetten. Het piepje vertelde dat ze drie oproepen van Jude had gemist. Wat moest die kerel toch van haar? Ze stopte de telefoon weer in haar tas. Het laatste waar ze op zat te wachten was een gesprekje met een bankier die voldeed aan het profiel van de Profeet.

Ze haalde haar kantoorsleutels tevoorschijn en maakte de deur open. De receptieruimte was verlaten. Ze liep door de glazen deuren die naar het grootste kantoor leidden. Ze kon over de hele lengte van de ruimte uitkijken.

Het bedrijf van Dillon nam de complete begane grond van het gerenoveerde pand in beslag. Overal klonk het lichte gezoem van de computers, ook op de bureaus die nu leeg waren. De met stof beklede scheidingswanden deden Harry opeens aan het callcenter bij de Sheridan Bank denken.

Ze fronste. Daar had je het weer, dat ongedefinieerde zeurstemmetje in haar achterhoofd dat haar vertelde dat ze nog iets moest doen. Ze prentte zich in dat ze het Sheridan-rapport zelf nog moest nakijken.

Harry liep in de richting van Dillons kantoor, een afgesloten glazen kamer in de hoek van de ruimte. Er was niemand te bekennen, behalve aan het grote bureau naast Dillons kantoor.

'Ik dacht al dat je hier zou zijn,' zei Harry.

Imogen keek op. Haar ogen werden groot van verrassing in haar guitige snoetje: twee paardenstaarten stonden aan de zijkant van haar hoofd af als gespreide hondenoortjes, waardoor ze nog meer op een chihuahua leek.

'Harry! Ik hoorde je helemaal niet binnenkomen!' Ze wilde lachen maar keek toen goed naar Harry's gezicht. 'Wat is er aan de hand?'

Ze sprong van haar stoel, stormde op Harry af en drukte haar meteen op een stoel. Ze bleef voor haar staan, met de handen in de zij en keek naar de schrammen op Harry's wangen. Harry voelde zich altijd net een houthakker naast Imogens frêle gestalte, ook nu ze zelf zat.

'Wat zie jij eruit, zeg,' zei Imogen.

Harry lachte om dat moederkloektoontje. 'Het is minder erg dan het eruitziet.'

'Neem me niet in de maling. Heb je een ongeluk gehad?'

'Zoiets, ja.'

Harry voelde tranen in haar ogen prikken, maar kneep ze direct weg. Ze was er niet aan gewend om bemoederd te worden.

'Kom op, Harry, vertel het maar.'

Het was moeilijk om weerstand te bieden aan een luisterend oor. Als een waterval gooide Harry er alles uit; vanaf de desastreuze vergadering bij KWC tot Felix' dood en de deal die ze met de Profeet had gesloten. Imogen luisterde zonder haar in de rede te vallen; geen vragen, geen melodrama.

Toen Harry klaar was bleven ze een poosje in stilte zitten.

'Dus iemand heeft geprobeerd om jou voor de metro te gooien?' vroeg Imogen uiteindelijk.

'De metro reed niet hard. Ik heb me alleen maar bezeerd.'

'Jeetje, Harry, ik weet niet zo goed wat ik hierop moet zeggen, maar ik ben blij dat je naar me toe bent gekomen.' Ze zweeg even. 'Hoe wist je trouwens dat ik hier zou zijn?'

Harry glimlachte flauwtjes. 'Je hebt nu even geen vriendje. Als je single bent zit je hier altijd op zondag.'

Imogen trok een gezicht, en keek toen weer serieus. 'Je had eerder bij me aan moeten kloppen, ik had je kunnen helpen. Ik had KWC in een handomdraai voor je opengebroken.'

Harry glimlachte weer. De moederkloek moest het veld ruimen voor het hackersinstinct. Ze trok haar benen onder zich op haar stoel en sloeg haar armen om zich heen. Ze voelde zich rozig en slaperig, als een kind met een beker warme melk vlak voor bedtijd. Imogens adviezen sneden niet altijd hout, maar desondanks voelden ze als een warm bad.

Opeens herinnerde ze zich dat stemmetje weer.

'O, er is iets waar je me inderdaad mee kan helpen,' zei ze. 'Kun je me dat rapport mailen dat je voor Sheridan hebt opgesteld?'

'Is daar iets mee? Dillon heeft me de resultaten van jouw inbraaktest gegeven: het leek mij allemaal rechttoe rechtaan.'

'Dat was het ook. Ik weet zeker dat alles klopt, maar ik wilde gewoon nog iets nakijken.'

'Prima.' Imogen sloeg haar armen over elkaar en tikte met haar voet op de grond. 'En wat wordt je volgende stap?'

'Weet jij nog wat?'

'Klets niet. Je weet precies wat je moet gaan doen.'

Harry zwaaide haar voeten weer op de grond. 'Ik ga niet naar de politie en dat moet jij ook niet doen. Ik heb je gezegd –'

'Ja ja. Ik weet het. Maar als je het mij vraagt zijn alle risico's die je nu loopt de strafvermindering voor je vader niet waard.'

'Luister eens –'

Imogen legde haar met een handgebaar het zwijgen op. 'Ik had het ook niet over de politie.'

'Niet?'

'Is het niet overduidelijk? Je moet natuurlijk je vader gaan opzoeken.'

Harry leunde naar achteren en sloot haar ogen. Ze voelde een kinderlijke behoefte om haar vingers in haar oren te stoppen en een deuntje te neuriën.

'Ik weet dat jullie een gecompliceerde relatie hebben,' vervolgde Imogen.

Gecompliceerd dekte niet helemaal de lading. Harry wachtte tot Imogen zou doorgaan, maar toen het stil bleef deed ze haar ogen weer open.

Imogen staarde langs haar heen, naar de andere kant van het vertrek. 'Heb jij de deur open laten staan?'

Harry draaide zich met een ruk om.

De man die door het kantoor op hen af kwam lopen was Ashford.

'Een van mijn medewerkers is gisteravond omgekomen bij een brand.'

Ashford deed de deur van Dillons kantoor achter zich dicht en vervolgde: 'Jullie kennen hem wel. Felix Roche.'

'Mijn condoleances.'

Harry probeerde tijd te winnen. Ze nam de stoel achter Dillons bureau en gebaarde dat Ashford tegenover haar kon plaatsnemen. De psychologische factor lag misschien iets te veel voor de hand, maar wat dan nog? Ze vond dat ze moest overkomen als iemand die de zaken onder controle had.

Ashford ging zitten. Zijn clownshaar detoneerde met zijn maatpak. 'En ik heb inmiddels begrepen dat jouw ongeluk een stuk ernstiger was dan je me hebt doen geloven.'

Harry fronste. 'Hoe –'

'Ik hoorde het van Jude Tiernan. Hij belde me op vanwege Felix, uiteraard. Daarna kwam jij ook nog even ter sprake.'

Hij leunde naar achteren en bleef haar aankijken.

Die verdomde Jude. Hoeveel had hij doorverteld? En waarom was Ashford haar komen zoeken? Ze herinnerde zich weer de zilveren Jaguar die haar was opgevallen.

'Hoe wist je dat ik hier zou zijn?' vroeg ze.

Hij zweeg even. 'Je moeder klaagt vaak dat je te hard werkt en dat je in het weekend nooit langskomt. Ik waagde een gokje.'

'Heb je het hier met mijn moeder over gehad?'

'O hemel, nee. Ik pieker er niet over om haar ongerust te maken.' Zijn ernstige ogen bleven strak op haar gericht. 'Ik maak me daarentegen wel zorgen om jou.'

Harry zette zich af tegen het bureau en sloeg haar armen over elkaar. 'Dat is nergens voor nodig.'

'Volgens mij wel. Je zou wel eens verzeild kunnen raken in dingen die jou niet aangaan.'

Ze trok haar wenkbrauwen op. 'Dat kan ik van jou ook wel zeggen.'

'Touché. Alhoewel de gevolgen in jouw geval een stuk ernstiger kunnen uitpakken.'

'Wat heeft Jude je precies verteld?'

'Ik heb aangedrongen op details over jouw zogenaamde ongeluk. Het zat me dwars.'

Harry bestudeerde zijn oprechte uitdrukking en de vriendelijke puppyogen. Hij kon hij makkelijk doorgaan voor iemands grootvader met die toefjes haar als een krans om zijn hoofd.

'Hij had je niet zoveel moeten vertellen,' zei ze.

Ashford dacht even na. Toen zei hij: 'Enkele jaren geleden is er nog een andere medewerker van me bij een tragisch ongeval omgekomen. Door een verkeersongeluk vlakbij IFSC.'

Harry's kaak verstrakte, maar ze zei niets.

'Eerst die jongen, Jonathan, en nu Felix,' vervolgde Ashford. 'En volgens Jude heeft iemand geprobeerd om jou onder een metro te duwen.'

'Dat is nogal een stap met zevenmijlslaarzen, vind je ook niet?' Ze probeerde haar stem luchtig te houden. 'Van een ongeluk in Pearse Station naar wat er ook gebeurd mag zijn met jouw medewerkers?'

'Zei ik dan dat er een verband was?' Hij boog zich naar voren en hield zijn handen gevouwen alsof hij aan het bidden was. 'Ik druk je alleen op het hart om voorzichtig te zijn, dat is alles. En als het jou zelf niets uitmaakt, doe het dan voor je moeder.'

'Zo te horen ken je mijn moeder erg goed,' zei Harry.

'Ik ken Miriam al langer dan Sal.' Hij keek nu langs haar heen. 'Ik heb ze eigenlijk aan elkaar voorgesteld.'

Harry bestudeerde haar nagels. 'Was jij met haar... Ik bedoel, ben je...?'

Hij schudde zijn hoofd. 'Niet op dit moment. Nu zijn we gewoon twee oude vrienden die een beetje voor elkaar zorgen.'

'En daarvoor?'

Hij aarzelde even. 'Ik geef toe dat we ooit close waren.'

'Wat ging er mis?'

'Ik heb het over bijna dertig jaar geleden. Dat is nu niet belangrijk meer.'

'Ik zou het toch graag willen weten.' Harry pulkte aan een afgebroken duimnagel. 'Mijn moeder heeft er wel eens iets over gezegd, maar ik wil het ook graag van jou horen.' Ze keek hem tersluiks aan. Hoe laat je mensen hun geheimen verklappen? Je doet net alsof je ze al van iemand anders hebt gehoord.

Ashford keek bedenkelijk en ging verzitten. 'Maar het is al zo lang geleden. Amaranta was nog maar een baby.' Hij veegde een denkbeeldig pluisje van zijn mouw. 'Ik ben er niet trots op of zo, daar kun je van op aan.'

Harry bleef strak naar haar nagels turen. Het had haar niet moeten verbazen dat Miriam een buitenechtelijke relatie had gehad. Het was immers geen makkie om met haar vader getrouwd te zijn.

'Maar wat is er gebeurd?' vroeg ze.

Ashford schraapte zijn keel. 'Niets. Het duurde maar enkele maanden. En toen zetten we er een punt achter.'

'Waarom? Vanwege mijn vader?'

'Dat had ik je graag als reden willen opgeven, maar nee.' Hij zweeg even. 'Het was vanwege jou, Harry.'

Haar blik vloog naar zijn gezicht. Hij keek nu treuriger dan ooit.

'Miriam raakte van jou in verwachting,' zei hij.

Harry keek hem even aan. Haar hoofd liep om. Ashford moest haar paniekerige blik hebben opgevangen, want hij schudde meteen zijn hoofd.

'Nee, o nee, maak je geen zorgen, Harry,' zei hij. 'Jij bent de dochter van Sal, daar bestaat geen enkele twijfel over. Kijk in vredesnaam in de spiegel. Je bent een volbloed Martinez.'

Harry knipperde met haar ogen. Ze was even helemaal sprakeloos. Toen knikte ze en zei: 'Dus Miriam heeft er een streep onder gezet omdat ik eraan zat te komen?'

'Ik weet zeker dat ze dat uiteindelijk zou hebben gedaan.' Ashford sloeg zijn ogen neer. 'De waarheid is echter dat ik 'm zelf begon te knijpen.'

'Je bedoelt dat jij degene was die er een einde aan maakte?'

'Ik was er nog niet klaar voor om de zorg van een ander gezin op me te nemen. Zeker niet dat van Sal. Ik kwam daarachter toen ze zwanger werd. Dus ja, ik nam de benen.' Nu was het zijn beurt om zijn nagels te bestuderen.

Harry voelde zich verward. Ze bedacht hoe afstandelijk haar moeder altijd was geweest en dat ze in haar ogen nooit iets goed scheen te kunnen doen. Harry had altijd gedacht dat dit aan haar vader had gelegen, maar nu begreep ze dat hij niet de enige reden was.

'Je moet het haar niet kwalijk nemen,' zei Ashford. 'Het was niet makkelijk om met je vader te leven, met al die financiële strapatsen van hem. Vooral omdat ze de zorg voor Amaranta had.'

'Maar als ik er niet was geweest, had Miriams leven een heel andere wending kunnen krijgen. Jij had haar de zekerheid kunnen geven die ze nodig had.'

Hij schudde zijn hoofd. 'Uiteindelijk was ze altijd teruggegaan naar je vader, daar ben ik van overtuigd.'

'Maar die keuze heeft ze niet gehad, toch?' Harry beet op haar lip. 'Vanwege mij.'

Hij gaf geen antwoord. Dat was ook niet nodig. Ze wist dat ze gelijk had. Niet alleen herinnerde Harry Miriam altijd aan de echtgenoot aan wie ze een hekel had, maar ook aan de enige kans die ze ooit had gehad om hem te verlaten.

Ze hadden geen schijn van kans gehad als moeder en dochter.

32

HET WAS AL BIJNA ZES uur toen Harry weer thuiskwam, maar pas tegen achten herinnerde ze zich haar eetafspraak met Dillon.

Ze sloeg haar hand tegen haar voorhoofd, kleedde zich snel uit en stapte onder de douche. Ze draaide aan de heetwaterkraan tot het water zo heet was dat ze het nog maar net kon verdragen. Ze waste haar haar twee keer grondig met shampoo om van die helmlucht af te komen en probeerde niet al te veel stil te staan bij haar moeder.

Toen Ashford het kantoor van Lúbra uit was gelopen, had hij haar nogmaals op het hart gedrukt om op haar hoede te blijven, en uit de blik in zijn ogen kon Harry opmaken dat hij spijt had dat hij was gekomen. Ze was in Dillons stoel blijven zitten, niet in staat om in beweging te komen, totdat Imogen haar aanraadde om naar huis te gaan.

Harry sprong uit de douche, trok een spijkerbroek aan en een witte katoenen trui, en liep naar de voordeur. Normaal werd ze altijd kalm van zulke snelle acties, maar ze had het gevoel dat het foefje dit keer niet zou werken.

Toen ze langs haar werkkamer liep aarzelde ze even. Ze stapte naar binnen en checkte haar e-mail. Niets.

Ze zakte weg in haar bureaustoel en masseerde haar voorhoofd. Het was slechts een kwestie van tijd voordat de Profeet contact met haar zou opnemen om instructies door te geven over het geld. Wat moest ze dan in godsnaam beginnen?

Harry sloeg met haar vuist op het bureaublad. Die verdomde vader van haar ook, met zijn smerige zaakjes. Wat had zij er goddomme mee te maken? Jarenlang had ze hem uit haar leven kunnen weren en al haar emoties kunnen loskoppelen. Maar hij slaagde er zelfs vanuit de gevangenis nog in om haar leven te verknoeien.

Ze klapte haar laptop dicht, liep met stramme passen het appartement uit en sloeg de voordeur achter zich dicht. Ze klom achter het stuur van haar auto, draaide het contactsleuteltje om, zette de koplampen aan en gaf plankgas. Ze ging zuidwaarts in de richting van Enniskerry.

Ze was niet meer zo geneigd om veel over haar vader na te denken. Dat had ze door de jaren heen al genoeg gedaan en het leidde nooit ergens toe. Maar nu was ze zich bewust van de chaos aan emoties die in haar binnenste kolkten, als melk in een steelpan. Ze haalde bevend adem en probeerde zich op de weg te concentreren.

Er was niet veel verkeer en binnen tien minuten zat ze al op de snelweg. Ze kon ongehinderd doorrijden, en langzaam maar zeker begon haar verbeten greep om het stuur te ontspannen en de rimpels uit haar voorhoofd te verdwijnen. Misschien waren een goede maaltijd en een glas wijn precies wat ze nodig had.

Ze verliet de hoofdweg en nam de afslag naar Stepaside Village. Omdat hier de verlichte snelweg en benzinestations plaatsmaakten voor slingerende wegen en voortuinen met gazons, minderde ze vaart.

Na het dorp kwam er weer een heuvel, en de smalle, omhooglopende weg was nauwelijks breder dan een auto. Er stonden nergens straatlantaarns en de nachthemel werd geblokkeerd door een plafond van vervlochten boomkruinen. Harry ging langzamer rijden en deed de grote koplampen aan. Aan weerszijden van de weg lagen sloten en dicht struikgewas dat het zicht op de bochten bemoeilijkte en ze schoot nog maar nauwelijks op.

Opeens doken er achter haar twee felle schijnwerpers op en ze moest haar ogen toeknijpen door de reflectie in het achteruitkijkspiegeltje. Een of andere idioot zat boven op haar bumper en aan de hoogte van de koplampen te oordelen was het een jeep. Harry trapte op haar rempedaal, in de hoop dat de rode achterlichten hem zouden afschrikken. Ze nam een bocht en keek weer in het spiegeltje. De jeep was uit het zicht verdwenen.

Omdat de motor van de Mini protesteerde zette ze hem in de tweede versnelling. In de verte zag ze de lampen bij Johnnie Fox' pub eenzaam oplichten in het donker. Harry fronste. Dillon had niets over dit herkenningspunt gezegd. Ze reed er met een vreemd voorgevoel langs, alsof ze net haar laatste engelbewaarder achter zich had gelaten. Ze huiverde bij de gedachte.

Gedurende een kwartier ging de weg omhoog en omlaag. Ze hield de snelheid van dertig kilometer per uur aan, met wijd opengesperde ogen, terwijl haar koplampen het landschap beschenen. Links van haar waren lage stenen muren die haar scheidden van een verticale duik in het ravijn beneden. Rechts had je de bergen, dichtbegroeid met naaldbomen. En voor zich zag ze niets anders dan inktzwarte bochten.

Toen ze terugschakelde naar de eerste versnelling moest Harry het feit onder ogen zien dat ze ergens een verkeerde afslag had genomen. Dillon had niets gezegd over steile wegen naar boven en het was duidelijk dat ze in de richting van Dublin Mountains reed. Ze vervloekte haar innerlijke kompas en keek of ze ergens langs de kant van de weg een plek zag waar ze kon keren.

Bij de eerste klap dacht Harry dat er een rotsblok op haar auto was gevallen. Door de botsing schoot de Mini naar voren en werd Harry uit haar stoel gelanceerd. Haar veiligheidsgordel trok haar weer naar achteren. Even bleef ze als verlamd zitten, toen trapte ze op de rem. Onmiddellijk schoof de auto in de richting van de stenen muur. Ze rukte aan haar stuur en probeerde voor de volgende bocht weer op koers te raken. Toen keek ze weer in haar spiegeltje en kreunde.

De jeep was terug en kwam in volle vaart achter haar aan. Harry staarde ongelovig naar de naderende koplampen. Hij denderde recht op haar af en Harry gilde. De Mini slingerde hevig en schampte de stenen muur. Het raam bij de passagiersstoel versplinterde. Harry zette haar voet op het rempedaal en verrees bijna uit haar stoel om haar hele gewicht erop te kunnen zetten. De auto zigzagde over de weg en hobbelde langs een sloot. Takken sloegen tegen de voorruit. Met bevende armen om het stuur probeerde ze uit alle macht de auto weer onder controle te krijgen.

De Mini luisterde en schoot weer de weg op. Harry's blik vloog naar het spiegeltje. De jeep was op slechts enkele meters afstand. Ze bracht haar voet van het rem- naar het gaspedaal en de Mini schoot weg. Ze werd tegen de rugleuning van de stoel gedrukt toen de auto tegen de berg omhoogreed. Als er in hemelsnaam maar geen vrachtwagens van de andere kant kwamen.

De Mini nam met gierende banden de haarspeldbochten. Harry werd heen en weer geschud in de auto, haar handen om het stuur geklemd en alle spieren gespannen. Elke vezel van haar lichaam was erop gericht om haar auto op de weg te houden. Haar snelheid bedroeg nu drie cijfers, maar ze negeerde de krijsende motor. Haar koplampen vielen op de woorden GEVAARLIJK RIJ LANGZAAM die in enorme, lichtgevende letters op de weg waren geschilderd. Harry slikte en greep het stuur nog steviger beet.

Ze keek waar de jeep was. Die had moeite met de scherpe bochten en daardoor had ze een voorsprong gekregen. Wie was die vent? Quinney? Misschien had hij haar wel gezien op de stoep bij Leons flat en had hij haar sindsdien achtervolgd. Maar waarom zou hij gaan bumperkleven op een weg langs de bergwand?

Harry kwam op een recht stuk weg met de jeep in haar kielzog. Er waren nu geen stenen muren meer aan de rechterzijde van de weg; het enige wat haar beschermde tegen het diepe ravijn was een kniehoge grasberm. Diep uit haar keel kwam een kreun. Als het op kracht aankwam was haar Mini niet opgewassen tegen de jeep. Het was als een wedstrijd tussen een skelter en een tientonner, en Harry zag haar kansen somber in.

De jeep kwam weer op haar afgedenderd; hij was nu zo dichtbij dat ze in haar spiegeltje een flits van de bullbar opving. Met een woeste dreun werd ze naar voren geramd. Haar nek kreeg een klap en opeens vloog ze door de lucht.

Harry schreeuwde en klemde zich vast aan het stuur. De auto zeilde over de berm en voor een ogenblik leek alles in slow motion te gaan. De motor haperde en de vreemde stilte die daarop volgde werd alleen onderbroken door het geluid van draaiende wielen. Harry's gedachten schenen sneller te gaan dan wat er om haar heen gebeurde. Het voelde alsof ze opeens alle tijd van de wereld had. Ze bedacht bijtijds om haar armen en benen te ontspannen zodat ze niet al te verstijfd waren bij de schok, omdat ze dan eerder zouden breken. Haar tas verdween onder de stoel.

En toen, alsof ze zich in een liftschacht bevond, begon de val neerwaarts. Lucht suisde door de gebroken ramen en de grond kwam angstaanjagend snel dichtbij. De auto smakte op het gras en stuiterde als een kiezelsteentje dat op een glad wateroppervlak wordt gegooid. Harry botste tegen plafond en portieren en stootte overal haar hoofd. Eindelijk belandde de auto met een klap op zijn zijkant, waarbij de scherven in het rond vlogen. De Mini beefde nog even na en bleef toen stilliggen.

Harry's hoofd tolde als een bezetene. Om haar heen klonk het kreunende geluid van scheurend metaal en het gerinkel van gebroken, neervallend glas. Haar hoofd en schouders zaten tegen het zijraam dat nu tegen de grond gedrukt lag; de auto was gekanteld. Ze had nog steeds haar gordel om en op haar tong proefde ze een metaalachtige smaak: ze moest haar onderlip bij de schok kapot hebben gebeten. Haar hoofd voelde te zwaar om te kunnen bewegen, alsof het door het ongeluk in lood was veranderd. Snel controleerde ze de rest van haar lichaam. Zo te voelen had ze niets gebroken.

Ze luisterde naar de geluiden buiten. De Mini kraakte en knarste, en ze moest aan de auto's denken die ze op tv had zien exploderen. Misschien was het beter om te maken dat ze daar wegkwam, maar ze bleef doodstil zitten. Als ze nu gewoon in de duisternis in elkaar gedoken bleef liggen, zou die kerel misschien wel weggaan. Harry vroeg zich af of ze soms een hersenschudding had.

Opeens werd de auto fel verlicht en Harry schermde haar ogen af. Ze draaide zich om en keek door de achterruit. Twee koplampen schenen vanaf de weg naar beneden. Haar lichaam schokte. De jeep gebruikte zijn koplampen als schijnwerpers. Ze kon een donkere gestalte onderscheiden die langs de rand van de berg voor de lichtbundels heen en weer liep, als iemand die te laat de bioscoop binnenkwam. Donkere hoed, licht haar, gezicht onzichtbaar.

Harry maakte haar autogordel los en kroop over de versnellingspook naar de passagiersdeur. Door haar gewicht kantelde de auto en smakte weer op vier wielen terug. Glasscherven sneden in haar handpalmen. Ze trapte de deur open en tuimelde op het gras, klauwend in de modder naar houvast. Toen zette ze het op een rennen.

Ze draafde de heuvel af en duwde haar hakken diep in de grond om niet van de steile helling te glijden. Achter haar hoorde ze iemand ademhalen en het gedreun van voetstappen. Ze stormde door dichte doornstruiken en negeerde de stekelige takken die door haar spijkerbroek heen prikten.

Opeens hield het geluid van voetstappen op. Op hetzelfde moment werd ze door haar belager met een vliegende tackle onderuit gehaald. Hij ging boven op haar zitten en drukte zijn knieën tegen haar onderrug. Zijn gewicht hield haar stevig tegen de grond en perste de lucht uit haar longen. Met een hand op haar achterhoofd drukte hij haar gezicht in de modder. Ze kon de vochtige aarde proeven die haar neus en mond binnendrong. Ze wilde gillen maar kreeg geen adem. Toen greep hij een handvol haar en trok haar hoofd achterover; er ontsnapte een snik uit haar keel. Ze zwaaide met haar armen en probeerde houvast te krijgen, maar hij greep haar linkerpols beet en duwde die achter haar rug omhoog totdat ze het uitschreeuwde.

De man bracht zijn lippen vlak bij haar oor. Ze huiverde toen ze de warmte van zijn adem op haar huid voelde. Zodra hij begon te praten wist ze dat dit dezelfde man was als op het metrostation.

'Ik hoorde dat je een deal had gemaakt.' Zijn stem was kil en schor.

Ze slikte en probeerde iets door haar gebarsten lippen te zeggen.

'Ik doe alleen maar wat jullie willen,' kon ze uiteindelijk uitbrengen. Hij hield nog steeds haar hoofd achterovergetrokken. 'Ik geef het geld terug.'

'De Profeet vertrouwt je niet. Hij vertrouwt niemand. Behalve mij.'

'Heeft de Profeet je op me af gestuurd?'

'De Profeet stuurt me overal op af.' Hij gaf nog een ruk aan haar haar en ze schreeuwde het uit. 'Hij vindt het niet leuk als mensen hun afspraken niet nakomen.'

Ze grimaste en probeerde zo oprecht mogelijk te klinken. 'Waarom zou ik mijn afspraak niet nakomen? Vertel me maar waar ik het geld naartoe moet sturen; hij mag het hebben.'

Hij drukte zijn gezicht in haar haar en zei op fluistertoon: 'De laatste die zijn afspraak niet nakwam eindigde als een doodgereden konijn op de weg.'

Harry dacht aan Jonathan Spencer die onder een vrachtwagen terecht was gekomen. Ze slikte weer en voelde haar hart in haar keel bonzen.

'De Profeet weet dat ik mijn afspraak nakom,' zei ze. Met de vingers van haar rechterhand tastte ze over de grond of ze iets kon vinden dat als wapen kon dienen.

'Mensen worden hebzuchtig. En als dat gebeurt is het mijn taak om te zorgen dat ze ervoor boeten.'

De gedachte aan Felix, die in zijn eigen huis was geroosterd, schoot door haar hoofd en ze slikte een zacht gejammer in. Ze voelde iets hards en kouds. Een steen.

'En wat had de Profeet voor mij in gedachten?' zei ze en ze slaagde erin enige bravoure in haar stem te leggen. Haar vingers sloten zich om het ruwe graniet. Hij was ongeveer zo groot als een grapefruit en had een gekartelde rand. 'Een bloedsoep op het asfalt of de brandstapel?'

Hij trok weer aan haar hoofd en duwde haar arm hoger op haar rug. Harry kneep haar ogen dicht; tranen van pijn prikten tussen haar oogleden. Haar nek voelde alsof hij elk moment kon breken.

Zijn stem klonk nog heser toen hij diep over haar heen gebogen zei: 'In jouw geval mag ik zelf kiezen.'

Toen kwam zijn vuist uit het niets en ramde tegen de zijkant van haar hoofd. Haar hersens zwommen in haar schedel en haar oor begon te suizen. Hij duwde haar gezicht nog dieper in de aarde. Ze realiseerde zich te laat dat ze de steen had losgelaten.

'Blijf liggen en begin te tellen,' zei hij. 'En blijf tellen tot driehonderd.'

Toen ze geen antwoord gaf sloeg hij haar weer en het suizende gefluit in haar oren werd luider.

'Tellen!'

Ze spuugde een mondvol klei uit en begon te tellen, nijdig om de trilling in haar stem die ze niet kon onderdrukken. Hij kwam langzaam overeind. Nu zijn gewicht van haar rug af was, kon ze weer normaal ademhalen en ze trok haar gezicht uit de modder. Terwijl ze telde rook ze de vochtige geur van klei en mos. Zijn wegstervende voetstappen maakten ritselende geluiden in het gras.

Daarna hoorde ze de motor van de jeep grommend aanslaan en de gierende banden toen hij wegreed. De vallei verzonk weer in duisternis. Ze bleef doortellen. Ze telde tot vierhonderd voordat ze eindelijk ophield en tranen met tuiten in de vochtige aarde vergoot.

33

'SORRY DAT IK ALWEER DE jonkvrouw in nood moest uithangen,' zei Harry. 'Dat is al de tweede keer deze week.'

Ze keek naar Dillon en probeerde zijn reactie te peilen, maar van zijn gezicht viel niets af te lezen. Hij startte de motor en wrong de Lexus in een krappe U-bocht, zijn ogen strak op de weg gericht. Hij had nauwelijks een woord gesproken sinds hij haar in het dal had aangetroffen.

Op de een of andere manier was ze erin geslaagd om naar haar auto terug te strompelen en haar tas te pakken. Ze was ineen gezonken op de grond, steunend tegen de Mini, en had hem met bevende handen gebeld. Tegen de tijd dat hij haar had gevonden, was ze ijskoud en verstijfd.

Ze wierp hem een zijdelingse blik toe. Het was alsof hij zijn mond had dichtgeritst en hij hield het stuur stevig vast. Bij tijd en wijle deed hij zijn handen open en dicht, alsof hij ergens over zat te dubben.

Hij keek haar aan. 'Die wonden in je handen zien er niet best uit. Die ene over je oog ook niet. Ik breng je naar de eerste hulp, want volgens mij moet dat gehecht worden.'

'Nee hoor. Ik zei toch dat het wel gaat.' Ze forceerde een glimlach. 'Echt, geloof me.'

'Volgens mij heb je een hersenschudding.'

Ze schudde haar hoofd en had er direct spijt van. Een hevige pijnscheut schoot door haar voorhoofd. Misschien zat Dillon er toch niet naast met zijn diagnose.

'Ik kom er wel overheen.' Ze masseerde de plek onder aan haar nek waar het stijf begon te worden. 'Ik moet gewoon even uitrusten.'

Hij fronste en richtte zijn aandacht weer op de weg. Hij droeg een spijkerbroek en een duur leren jasje dat losjes om zijn schouders hing. Het zwarte leer leek zo zacht als boter en Harry vroeg zich af wat er zou gebeuren als ze haar hand zou uitsteken om het aan te raken.

Ze schraapte haar keel. 'Waar gaan we naartoe?'

'Waar wil je naartoe?'

Harry tuurde uit het raam en zag donkere velden en hagen. Het platteland kon haar voorlopig wel even gestolen worden. 'Zou je het erg vinden om terug te rijden naar de stad? We zouden naar mijn huis kunnen gaan en iets te eten meenemen onderweg... Lijkt je dat wat?'

Dillon keek haar aan met ogen vol vraagtekens, maar hij haalde zijn schouders op en keek weer voor zich uit. 'Best.'

Harry leunde naar achteren en sloot haar ogen. Ze probeerde niet aan hem te denken. Het enige wat ze nu nodig had waren de basale dingen: een schuilplaats, nachtrust en voedsel. Alles wat complexer was dan dat moest maar even wachten. Nu de adrenaline van de botsing wegtrok werd haar lichaam traag en slaperig.

Misschien had ze hem beter moeten voorbereiden op de verschrikkelijke staat waarin haar auto verkeerde. Het enige wat ze hem aan de telefoon had verteld, was dat ze een ongeluk had gehad en van de weg af was geraakt. Op dat moment leek dat verstandig, want als ze meer had gezegd met die prop achter in haar keel had haar stem het begeven.

Maar hij viel stil toen hij met zijn zaklantaarn de auto had beschenen en tweemaal de lichtstraal eroverheen had laten gaan om de volle omvang van de ravage te kunnen bevatten. De voorruit leek wel een bevroren spinnenweb en de andere ramen alsof ze door een onzichtbare vuist eruit waren gebeukt. De motorkap was aan alle kanten gedeukt en verpletterd, alsof de auto was gaan smelten. Zelfs Harry vroeg zich nu af hoe ze er in vredesnaam levend uit had kunnen komen.

Ze had een poosje naast de Mini gestaan en de motorkap gestreeld alsof het een gewonde puppy was die ze niet in de steek wilde laten. Zonder een woord te zeggen had Dillon haar bij de arm genomen en naar boven geloodst, waar hij zijn Lexus had geparkeerd.

Die Lexus fluisterde over de bergwegen. Terwijl de wagen naar beneden zoefde, leek Harry's hoofd wel te drijven; de slaap drukte op haar als een loden last. Dillon trapte op de rem en Harry schoot naar voren; haar tas gleed bijna van haar schoot. Ze deed haar ogen open en gluurde naar Dillon. Ze durfde te zweren dat hij dat expres deed. Waarom was hij zo nijdig, trouwens? Zij was per slot van rekening degene die bijna het leven had gelaten.

'Ga je überhaupt nog vragen wat er is gebeurd?' vroeg ze.

Dillon ramde zo hard met zijn vuist op het stuur dat ze opschrok.

'Geen idee, Harry, moet dat dan?' Hij trok de versnellingspook in zijn tweede en nam een bocht. 'Want als ik het je vraag, ga je me dan de waarheid vertellen of wimpel je me dan weer af met de mededeling dat alles goed gaat?'

Harry sperde haar ogen wijd open. Ze opende haar mond om iets te zeggen, maar kneep haar lippen toen weer stijf op elkaar.

'Dus je hebt een ongeluk gehad en je bent van de weg geraakt.' Hij schudde zijn hoofd. 'Die auto is niet zomaar naar beneden getuimeld, dat is zonneklaar.'

'Luister eens, als je de pest in hebt omdat vanavond –'

'Jezus, Harry, natuurlijk heb ik de pest in om vanavond.' Hij trapte op het rempedaal en de auto kwam gierend tot stilstand. 'Waar zie je me voor aan?'

Dillon haalde zijn hand door zijn haar. Toen slaakte hij een diepe zucht en draaide zich naar haar om, met een arm over het stuur.

'Kijk, we weten allebei dat je flink in de knoei zit,' zei hij. Hij keek haar aan en hield haar blik vast. Even kreeg ze een flashback naar die jongen met de donkere ogen die in haar slaapkamer zo intens had zitten praten over het leven en over ethiek.

Hij zuchtte en schudde zijn hoofd. 'Ga je er soms dood aan als je me jou laat helpen?'

Harry knipperde met haar ogen en beet op haar lip. Hij had gelijk. Ze had hem buitengesloten. Het was haar tweede natuur om op niemand anders te rekenen dan alleen op zichzelf. Zo bespaarde ze zich teleurstellingen, had ze bedacht. Aan de andere kant was ze zo druk in de weer geweest met haar onafhankelijkheid dat het niet eens in haar was opgekomen dat dit hem misschien had gekwetst. Ze probeerde schuldbewust te kijken, maar heimelijk neuriede ze in haar hoofd een vrolijk wijsje omdat het hem zo dwarszat.

'Sorry. Ik ben nu eenmaal gewend om alles zelf op te lossen.' Ze trok haar schouders op. 'Maar het ziet ernaar uit dat ik het er niet al te best van afbreng de laatste tijd.'

'Wil je er wat over kwijt?'

'Ze knikte. 'Jij rijdt, ik vertel.' Ze wierp een blik op de schaduwen buiten. 'Laten we terugkeren naar de beschaving.'

Terwijl de Lexus langs de bergen verder naar beneden zoefde vroeg Harry zich af waar ze moest beginnen. Ze zuchtte. Zoals gewoonlijk begon en eindigde alles met haar vader.

'Ik ben de brokstukken nog aan elkaar aan het lijmen, maar ik zie het zo: voor zijn arrestatie heeft mijn vader een smak geld verstopt dat hij aan zijn handel heeft verdiend, en nu willen zijn oude kameraden het te pakken krijgen. Het probleem is dat ze denken dat ik dat geld heb. Even dacht ik zelf ook dat dit het geval was, maar nu blijkt dat ik het bij het verkeerde eind had.'

Dillon wierp haar een verbijsterde blik toe. Harry dacht aan de toestanden rondom haar bankrekening en trok een gezicht.

'Laat maar,' zei ze. 'Ik word er ook ziek van. Maar de conclusie is dat ik een kardinale fout heb gemaakt.' Ze sloot haar ogen, duizelig bij de gedachte aan haar eigen stupiditeit. 'Ik heb een deal gesloten met het handelskartel van mijn vader.'

'Wat? Ben je niet goed wijs?'

Ze opende haar ogen en wierp hem een blik toe. 'Ja hallo, ik was al behoorlijk wanhopig tegen die tijd. Ik had net ontdekt dat ze iemand hadden vermoord en ik wist niet beter of ik was de volgende.' Ze sloeg haar armen om zich heen. 'Dus heb ik het met hen op een akkoordje gegooid. Ik geef hun het geld en zij laten mij met rust. Anders zouden ze me omleggen.'

Ze kreeg het koud bij de gedachte aan die vent in de bergen en wat hij voor haar in petto had.

Ze huiverde. 'Als het aan mij ligt is dit het soort deal dat ik liever nakom.'

Dillon zweeg. Harry zag dat de spieren in zijn hals bewogen, alsof hij probeerde iets door te slikken.

'Waar heb je je mee ingelaten, Harry? Wie zijn die mensen?'

'Het is nogal een verzameling.'

Ze gaf hem de details over de leden van het kartel die ze tot dusver had ontmaskerd: de Profeet, die anonieme informatie van JX Warner aan het kartel had doorgespeeld; Leon Ritch die aan rechtsvervolging was ontsnapt door zijn trawanten aan te geven; Jonathan Spencer die eruit had willen stappen maar vermoord werd om de Sohoran-deal veilig te stellen; Ralphie-Boy, identiteit onbekend, maar waarschijnlijk een bankier die door Leon werd beschermd; Felix Roche die op de slippen van hun jas had meegelift en was gedood omdat hij wist wie de Profeet was; en tot slot haar eigen vader, de enige die voor die hele smerige toestand in de gevangenis was beland.

Dillon floot zachtjes. Hij minderde vaart totdat de auto nog maar met een slakkengangetje reed zodat hij haar alle aandacht kon geven. 'Hoe weet je dit allemaal?'

Harry vertelde over haar gesprek met Ruth Woods. Het was nauwelijks te geloven dat de ontmoeting met de journalist in de Palace Bar pas een dag geleden had plaatsgevonden. Maar ze vertelde er niet bij dat ze Felix' e-mail had gehackt. Ze was niet zeker van Dillons ethische standpunt hieromtrent.

'En wie is de drijvende kracht achter dit alles? Jouw vader?'

Harry schudde haar hoofd. 'Het lijkt erop dat de Profeet dat is. Hij is degene met wie ik die deal heb gesloten.' Ze wees op de bergen achter haar. 'Die eikel die voor hem werkt heeft me van de weg af gereden.'

'Hè?' Dillon ging naar de zijkant van de weg om ruimte te maken voor een tegenligger. 'Maar hij had je kunnen vermoorden. En waarom zou hij dat doen voordat je het geld had overhandigd?'

'Hij probeerde me niet te vermoorden, ook al scheelde het niet veel. Hij probeerde me alleen maar zo veel angst aan te jagen dat ik er niet over zou piekeren om de afspraak niet na te komen.' Ze dacht aan zijn stem, zacht en schor, en ze huiverde. 'Het was dezelfde kerel die me voor de metro heeft geduwd. Misschien was hij ook wel degene in het labyrint, wie weet.'

'Godsamme.'

'Leon had me ook al iemand op mijn nek gestuurd.' Ze vertelde hem over Quinney. 'Ik heb geen idee of ze allemaal samenwerken of dat ieder zijn eigen agenda heeft. Maar wat ze ook georganiseerd hebben: ik krijg er de zenuwen van.'

'En je hebt geen idee wie die Profeet is?'

Harry schudde haar hoofd. Heel even flitste Jude door haar hoofd, maar de enige reden waarom ze hem kon verdenken was dat hij voor JX Warner had gewerkt. Naast het feit dat de manier waarop hij Felix had omgekocht iets te gladjes was voor een stroeve investeringsbankier.

'En hoe zit het met Ralphie-Boy?' vroeg Dillon. 'Misschien is hij het wel. Als Leon hem in bescherming neemt moet hij wel belangrijk zijn.'

'Dat heb ik overwogen.' Harry fronste. 'Ik moet zorgen dat ik meer over hem te weten kom.'

Zijn ogen boorden zich in de hare. 'Harry, dit is niet iets wat je op eigen houtje kan doen. Je moet ermee naar de politie.'

Ze draaide zich om en begon aan de riem van haar tas te pulken.

Dillon stak zijn handen omhoog en even reed de auto op eigen kracht. 'O kom op nou, Harry, je bent echt geen slapjanus als je een keer voor hulp aan de bel trekt.'

Harry wikkelde de riem om haar wijsvinger. Waarschijnlijk had hij gelijk.

'Beloof me dat je er tenminste over zult nadenken,' zei hij. 'En dat je mij op de hoogte houdt.'

Ze wilde knikken, maar bedacht zich. Knikken deed pijn, maar daarnaast had ze ook net iets anders bedacht. 'Je zou er best wel eens meer mee te maken kunnen hebben dan je vermoedt.'

Ze vertelde hem over Quinneys plan om in zijn verleden te duiken en te kijken in hoeverre dat tegen haar gebruikt kon worden. Hij fronste en wendde zijn blik af.

'Maak je om mij nou maar geen zorgen,' zei hij. 'Ik red me wel.'

Ze reden een tijdje in stilte. Toen zei Dillon: 'Dus als jij het geld niet hebt, wie dan wel?'

Harry gaf geen antwoord. Ze ging ervan uit dat ze het allebei wel wisten.

Tegen de tijd dat ze bij haar appartement aankwamen was het al na tienen. Dillon liep naar binnen en ging recht op de keuken af. Ze hoorde hem al rommelen in keukenkastjes voordat ze de voordeur achter zich had dichtgetrokken.

'Wat heb je te eten hier?' riep hij.

'Weinig.'

Ze stond op de drempel van de keuken naar hem te kijken. Hij stond met zijn rug naar haar toe, zijn voeten een stukje uit elkaar, de inhoud van haar kastjes te inspecteren. Zijn jasje was nonchalant over het aanrecht gegooid en in zijn witte T-shirt zag hij er goed getraind en gebruind uit, als een voormalig proftennisser.

'Je eet vast heel veel,' zei hij, terwijl hij het laatste deurtje van een lege kast dichtdeed.

'Er ligt hier ergens een folder van een bezorgservice.'

Harry's kitchenette was krap en ze moest zich langs hem heen wurmen om bij de besteklade te komen. Haar arm streek langs zijn borst en ze deinsde terug alsof ze zich had geschroeid. Ze draaide zich om en ging druk in de la zitten graaien.

'Dit noem ik mijn zondagavondkastje.' Ze stond diep voorovergebogen over de inhoud en lette zorgvuldig op de wonden in haar handen. 'Hierin zit alles wat ik nodig heb voor een knus avondje thuis. Folders van diverse bezorgdiensten, kurkentrekkers, videotheekkaart en een grote zak snoep.'

Harry kneep haar ogen dicht. Ze moest niet zo dom te ratelen. Het hielp ook niet dat ze net een treurige schets had gegeven van haar sociale leven. Ze hoorde hem vlak achter zich bewegen en haar nekhaar kwam overeind. Toen ze geen excuus meer had om hem nog langer de rug toe te keren haalde ze diep adem en draaide zich om.

Hij was nog dichterbij dan ze dacht. Ze drukte het stapeltje folders tegen haar borst, maar hij stak zijn hand uit, pakte ze van haar af en legde ze op het aanrechtblad. Hij deed nog een stap dichterbij, met een raadselachtige blik in zijn ogen, en legde zijn handen op haar schouders.

'Je was zo'n grappig meisje vroeger,' zei hij. 'Zo wild en defensief. Net een klein tijgertje.'

Harry voelde haar wangen rood worden, maar ze probeerde onaangedaan te blijven kijken. Dit was niet de juiste tijd om weer in dat grappige kleine meisje te veranderen.

'Ik herinner me niets van een tijger. Het enige wat ik me herinner waren die lompe schoenen aan mijn voeten.' Ze deed haar best om niet te kijken of ze die soms weer droeg.

Hij glimlachte. 'Je was boos op me.'

Ze trok haar wenkbrauwen op. 'Ik was eerder bang voor je.'

Dillon legde zijn hand onder haar kin en streek met zijn vingertoppen langs haar oor. Er trok een rilling vanaf haar schouderbladen tot onder aan haar rug.

'Ik wist niet dat jij ook maar ergens bang voor kon zijn,' zei hij.

'Je moest eens weten. Huurmoordenaars en spinnen staan boven aan de lijst.'

Ze kneep haar lippen op elkaar om de volgende spraakwaterval tegen te houden. Zijn duim gleed over haar wang en dat deed een beetje pijn door de nieuwe beurse plekken op haar gezicht. Opeens was ze zich ervan bewust hoe ze eruit moest zien na dat woeste voorval in de bergen. Ze sloeg haar ogen neer.

'Ben je nu ook bang voor mij?'

Ze schudde haar hoofd, knikte, en bloosde toen omdat ze zo in de war was. Hij tilde haar kin op zodat ze hem weer in de ogen moest kijken. Toen legde hij zijn hand om haar achterhoofd en trok haar naar zich toe. Haar hoofdhuid deed pijn waar hij haar aanraakte, en ze moest denken aan die man die bijna haar haar had uitgetrokken.

Ademloos keek ze toe hoe hij zijn gezicht dicht bij het hare bracht. Het enige waar ze nog aan kon denken was dat dit dezelfde jongen was als degene die haar op haar dertiende zo van haar stuk had gebracht; en nu was hij een volwassen man geworden, dit was Dillon. Hij vond haar mond en de zijne was zacht en warm. Hij opende haar lippen met zijn tong en een golf van verrukking trok door haar lichaam. Heel zeker wist ze het niet, maar ze dacht dat er een kreun aan haar keel ontsnapte.

Hij trok zijn hoofd terug en bestudeerde haar gezicht. Zijn ogen stonden ongerust en hij aarzelde. Er schoot een verbijsterende gedachte door haar hoofd.

'Ben jij soms bang voor mij?' vroeg ze.

Hij slikte en dacht hier even over na. Toen knikte hij. 'Een beetje wel, eerlijk gezegd.'

Ze grinnikte. Ze kon het niet helpen. Ook zijn mondhoeken krulden. Hij legde zijn hand op haar rug, drukte haar tegen zijn onderlichaam en boog zich weer over haar heen. En nu was er geen ontkomen meer aan. Haar lichaam gloeide door zijn kus en ze voelde zijn hart tegen haar borst kloppen. Hij kietelde haar onderlip met zijn tong en deze keer kreunde ze hardop.

Hij trok zich weer terug en Harry opende haar ogen. Haar wangen voelden roodgloeiend aan en haar oogleden waren zwaar.

Dillon grijnsde een brede, lome grijns en nam haar aan de hand mee naar de slaapkamer. Hij hield haar voorzichtig vast zodat hij haar pijnlijke nek niet zou bezeren of de schrijnende wonden in haar handen. Een uur lang ademde ze diep zijn aardse geur in en keek gefascineerd hoe hij zich boven haar lichaam op en neer bewoog, compleet in de ban van zijn ritme terwijl zijn ritme het hare werd en de woorden 'dit is Dillon, dit is Dillon' als een toverformule door haar hoofd bleven gaan totdat het schokken van haar lichaam ze verdreven.

Later, toen ze naar hem lag te kijken terwijl hij sliep, zijn vingers verstrengeld met de hare, moest ze denken aan wat de Profeet had gezegd.

Wees verstandig. Anders breng je jezelf en iedereen om wie je geeft in gevaar.

Zijn borstkas ging op en neer en ze luisterde naar de zachte geluiden van zijn ademhaling. In gedachten streek ze met haar vingers over zijn donkere wenkbrauwen, raakte het boogje boven zijn neusbrug aan en liet dan haar vinger langs zijn lippen, kin en omlaag langs zijn borst glijden.

Toen draaide ze zich op haar rug en keek naar het plafond. Imogen had gelijk. Morgen zou ze haar vader gaan opzoeken.

34

Het was voor het eerst dat Harry een gevangenis bezocht. Het was er lichter en warmer dan ze zich had voorgesteld. Ze schuifelde heen en weer op de oranje plastic stoel en sloeg telkens haar ene been over het andere en dan weer andersom.

Ze bekeek de kring van stoelen die in de wachtkamer tegen de muur stonden. De enige andere aanwezige was een vrouw van in de zestig, gekleed in een flesgroene winterjas.

Er schoot een kramp tussen haar schouderbladen en ze wreef erover met haar vingers. De wonden in haar handen begonnen al te genezen en ze had voldoende make-up aangebracht om de meeste blauwe plekken te verdoezelen.

Heimelijk wierp ze een blik op haar horloge. Ze kon nog terug. Achter het glazen loket naast de deur zat een bewaker van middelbare leeftijd druk te bellen; zijn gezicht was rond en gerimpeld en hij had een balpen achter zijn oor gestoken. Hij wierp haar een blik toe over zijn brillenglazen en schonk haar een bemoedigende glimlach. Harry knikte terug en keek snel een andere kant op.

Ze had haar vader al zes jaar niet meer gezien. Dit feit had ze op de een of andere manier diep weg weten te stoppen en ze had haar leven weer opgepakt, maar nu was het moment daar om het op te rakelen en opnieuw tegen het licht te houden.

Ze frutselde aan de sluiting van haar tas. Zes jaar was een hele tijd. Het was geen halszaak geweest als ze hem nu en dan een bezoekje had gebracht. Ze pulkte aan de nagelriem van haar duim en dacht aan haar vaders waslijst van leugens en valse beloften – als geheugensteuntje voor de reden waarom ze al die tijd was weggebleven.

Er waren genoeg herinneringen om een keuze uit te maken, zelfs al uit de tijd dat ze nog een ukkie was. Zoals die ene keer dat ze zes jaar was en haar moeder in het ziekenhuis lag. Haar vader had haar van school moeten ophalen. maar natuurlijk was hij nooit op komen dagen. Ze had op het schoolmuurtje gezeten en had duimen zitten draaien totdat het ging schemeren. Ze kon zich nog als de dag van gisteren herinneren hoe verlaten ze zich had gevoeld en de manier waarop ze terugdeinsde voor de onbekenden die langs haar liepen en naar haar staarden. Toen haar vader eindelijk opdook met de pokerwinst in zijn zakken, had hij haar hoog in de lucht getild en gezegd dat hij haar straal vergeten was.

Harry zuchtte. Het probleem met haar vader was dat hij zijn eigen fouten nooit in kon zien. Hij liet mensen in de steek en stond dan voor een compleet raadsel waarom zoiets consequenties had. Haar moeder had zich al lang geleden van hem afgekeerd, omdat ze er niet meer mee om kon gaan. Harry begreep dat wel. Het doet pijn om te ontdekken dat je held al die tijd gewoon een oplichter was.

'Ze zijn klaar voor jullie, dames.'

Harry schrok op. De agent wenkte hen dichterbij en schoof enkele formulieren onder het loketraam door. Ze treuzelde en liet de andere vrouw voorgaan.

De vrouw gaf een pakje in cadeaupapier bij het loket af. Verdorie, misschien had zij ook iets voor haar vader mee moeten nemen. Chocolaatjes of wat fruit. Toen rechtte ze haar rug en liep ook naar het loket. Dit was niet het juiste moment voor snoep of druiven. Haar vader zat in de gevangenis wegens handel met voorkennis en hij lag niet in het ziekenhuis met een blindedarmontsteking.

De agent schoof haar een stuk papier toe.

'Hier is je toegangspas,' zei hij. 'Die moet je inleveren bij de hoofdingang van de gevangenis. Ik hou zolang je handtas hier, die kun je ophalen als je weer weggaat.' Hij keek weer over de rand van zijn brillenglazen. 'Loop maar achter Gracie aan, die weet ondertussen de weg wel.'

Harry bedankte hem, gaf hem haar tas en stopte het ontvangstbewijs in haar zak. Toen liep ze achter de oudere vrouw aan.

Het was koel en vochtig buiten. De ochtendhemel was zo grijs als het metaal van een pistool en het leek alsof er elk moment een enorme stortbui kon losbarsten. Arbour Hill lag vlak bij de stadswerf, maar het gebruikelijke verkeerslawaai klonk heel ver weg, alsof er een scheidingswand tussen haar en de rest van de wereld stond.

Harry draaide zich om naar de hoofdingang en deinsde onwillekeurig achteruit. De muur die het grauwe gevangenisterrein omheinde torende hoog boven haar uit, wel zo'n vijf tot zes meter. Het sombere beton leek oneindig ver door te lopen en ze voelde zich heel klein worden. In de muur zat de centrale entree: een grote, gotische constructie met een kasteelachtig voorportaal. Harry zag Gracie in de richting van de deur lopen, maar bleef als aan de grond genageld staan. In griezelverhalen waren het de vampiers die op dit soort plekken leefden.

'Trek je niets van die muren aan,' zei Gracie zonder om te kijken. 'Je krijgt er de rillingen van, maar na een tijdje raak je er wel aan gewend.'

Harry huiverde en liep met haar mee naar de stalen poort waar een bewaker hun pasjes in ontvangst nam en hen door een ijzeren deur liet gaan die zo te zien wel tegen een stootje kon. Daar nam een andere bewaker hen mee door een benauwde gang die Harry aan haar oude schoolgebouw deed denken: groene wanden, harde vloeren en verder weinig dat de centrale verwarming zou tegenhouden. Ondertussen somde de bewaker de basisregels op. Het bezoek mocht dertig minuten duren en was maximaal één keer per week; het was verboden te roken, verboden elkaar aan te raken, en gelieve geen smokkelwaar door te geven s.v.p. Hij maakte een deur open waar BEZOEKERSRUIMTE op stond, en deed een stap opzij zodat ze naar binnen konden.

Harry liep achter Gracie naar binnen, en ze was zich onaangenaam bewust van haar eigen hartslag. Ze zag een lange tafel voor zich met stoelen aan weerszijden. De tafel was opmerkelijk breed, bijna anderhalf of twee meter, maar dat was natuurlijk om fysiek contact te ontmoedigen.

Aan beide kanten van het vertrek zat een bewaker op een verhoogde stoel om toezicht te houden. Er zat alleen een oudere man aan tafel die opkeek toen Gracie tegenover hem plaatsnam. Harry aarzelde even, koos toen een stoel ergens in het midden van de tafel en hield haar handen stijf samengeknepen in haar schoot. Had ze haar handtas nog maar zodat ze tenminste nog iets had om mee te friemelen. Pal tegenover haar was nog een deur en ze bleef er strak naar kijken, in afwachting van haar vader.

Naast haar zat Gracie zachtjes tegen de oudere man te praten. Harry wierp hem een snelle blik toe. Zijn vadsige gezicht lag verzonken op een paar kaken als kussens en hij zat aan zijn lillende vlees te plukken terwijl hij naar Gracie luisterde.

Harry hoorde een zacht klikje en de deur tegenover haar ging open. Een bewaker stapte over de drempel en bleef bij de deur staan, glimlachend naar de man die langs hem liep.

'Tot straks, Sal,' zei de bewaker en hij salueerde voor hij wegliep.

'Gracias,' zei de man.

Bij de deur aarzelde hij. Hij droeg een marineblauwe trui en een donkere broek; beide waren netjes schoon en gestreken. Zijn haar was nu volledig zilvergrijs en zijn baard was dik en sneeuwwit, waardoor hij iets weg had van een zeeman. Als kind geloofde Harry altijd dat haar vader de echte kapitein Rob was.

Verbeeldde ze het zich nu of was hij gekrompen?

Hij keek haar aan en knipperde met zijn ogen. Harry rechtte haar rug, sloeg haar enkels over elkaar en trok haar voeten onder haar stoel. Ze was zich ervan bewust dat ze er stijfjes bij zat, maar ze kon het niet opbrengen om zich te ontspannen. Er kwam nu al een prop in haar keel waarvan ze wist dat die straks problemen zou opleveren.

Hij glimlachte naar haar en schudde zijn hoofd. Eerst stak hij zijn armen uit, toen liet hij ze weer langs zijn zij vallen.

'Hija mia.' Mijn dochter.

Even keek hij naar de vloer. Toen schraapte hij zijn keel en nam de stoel tegenover haar.

'Ze hebben me niet laten weten dat jij me kwam opzoeken,' zei hij, 'maar je hebt geen idee hoe geweldig het is om je te zien.'

Hij boog zich naar voren en maakte aanstalten om haar aan te raken. Toen bedacht hij zich en bleef zitten, met zijn handen voor zich gevouwen op tafel. Harry voelde de prop in haar keel groeien en probeerde zich in gedachten te verplaatsen naar dat ene muurtje voor de school – tevergeefs.

'Kijk nou,' zei hij. 'Je bent zo groot geworden. Een jonge vrouw al.'

Zijn bruine ogen stonden mat, maar zijn wenkbrauwen waren nog altijd gitzwart. Harry sloeg haar ogen neer.

'Ik had eerder moeten komen,' zei ze.

'Onzin, liefje, stil maar. Dit is niet de juiste omgeving voor jou. Je had groot gelijk om weg te blijven. Ik had al tegen je moeder gezegd dat ik jullie hier niet wilde zien.'

'Komt zij je dan wel opzoeken?'

Hij schudde zijn hoofd. 'We hebben afgesproken dat ze maar beter niet kan komen.' Harry probeerde zich haar elegante moeder hier voor te stellen, maar ze kon zich er geen beeld bij vormen.

Haar vader plukte aan zijn mouw. 'Je moeder had hoge verwachtingen toen ze met een investeringsbankier trouwde. Ik vrees dat ik die niet heb waargemaakt. Dat is mijn schuld, niet de hare.'

'En Amaranta dan? Zij komt je zeker wel opzoeken?'

'In het begin wel, ja. En vrij regelmatig ook.' Hij glimlachte samenzweerderig. 'Je kent Amaranta. Zeer plichtsgetrouw. Maar toen kwam de baby en kreeg ze het uiteraard erg druk. Eerst wilde ze Ella ook meenemen, maar dat heb ik nadrukkelijk verboden.' Hij maakte een beweging met zijn hand alsof hij een spel kaarten uitspreidde. 'Ik zou onder geen enkele voorwaarde toestaan dat mijn kleindochter naar zo'n oord als dit zou komen.'

Harry leunde naar achteren en knipperde met haar ogen. Ze dacht dat zij de enige was die ervoor had gekozen om weg te blijven. 'Dus er komt helemaal niemand bij je op bezoek?'

'Als er mensen langskomen kan het nog moeilijker worden.' Hij knikte in de richting van Gracie en haar tafelgenoot. 'Neem Brandon, bijvoorbeeld. Zijn zus komt hier elke maandag, al drieëntwintig jaar, en martelt hem met allerlei nieuwtjes over het leven buiten en over het gezin waarvan hij nooit meer deel zal uitmaken. Hij slaapt altijd slecht op maandagnacht.'

'Waarom zit hij hier?'

Haar vader ontweek haar blik en antwoordde niet meteen. Toen schudde hij zijn hoofd.

'Sommige dingen kun je maar beter niet weten, liefje,' zei hij zachtjes.

Harry keek even naar de oudere man. Hij zat nog steeds met zijn mollige handen aan het overtollige vlees om zijn hals te plukken. Zijn waterige, lege ogen ontmoetten de hare en haar maag trok samen. Ze richtte haar blik weer op haar vader. Hij leek veel ouder dan vierenzestig. Zijn huid was slap en de lijnen in zijn voorhoofd waren diep en gelijnd als golvende zandribbels bij een vloedlijn.

'Maar red je het wel hier?' vroeg ze. 'Gaat het een beetje?'

'Ja hoor, maak je om mij maar geen zorgen, lieverd.' Hij trok een gezicht. 'Ik mis de zon. En ik kan het niet uitstaan dat iemand anders bepaalt wanneer het licht aan en uit gaat. Maar ik weet mezelf bezig te houden. Ik schijn zowaar een talent te hebben voor timmermanswerk. Ik speel soms poker, of schrijf een paar brieven. Ik heb al aardig wat brieven aan jou geschreven, Harry.'

'Heus? Ik heb er nog nooit een gehad.'

'O nee, ik stuur ze ook nooit op.' Hij glimlachte alsof hij maar wat zat te kletsen. Toen boog hij zich fronsend naar voren en stak zijn armen uit over tafel. Zijn handpalmen lagen uitnodigend omhoog, alsof hij wilde dat zij haar handen in de zijne zou leggen, al wist hij vast dat ze hem niet mocht aanraken.

'Waarom ben je gekomen, Harry?' vroeg hij. 'Is er iets verkeerd gegaan? Ben je daarom hier?'

Ze zuchtte, liet haar schouders hangen en legde haar handen plat op tafel alsof ze zijn handen in gedachten aanraakte. Er knaagde iets in haar borst en ze moest haar ei kwijt. Ze haalde diep adem en stak van wal.

'Ik heb een paar vrienden van je op bezoek gehad.'

35

Harry was een hele tijd aan het woord. Haar vader balde zijn handen tot vuisten toen ze vertelde dat Leon en de Profeet haar steeds dichter op de huid kwamen zitten. Toen ze bij haar ongeluk in Dublin Mountains belandde kneep hij zijn ogen stijf dicht. Hij boog zijn hoofd en drukte zijn vuisten tegen zijn voorhoofd. Tegen de tijd dat hij weer opkeek was al het bloed uit zijn gezicht weggetrokken.

'Het spijt me zo.' Zijn stem was nauwelijks nog een fluistertoon. 'Het was nooit de bedoeling dat jij erbij betrokken zou raken. Nooit.' Hij drukte een hand tegen zijn borst en stak de andere over de tafel naar haar uit. 'Ik zal alles doen wat ik kan om je te helpen, dat weet je toch, schatje?'

Zijn ogen waren roodomrand en zijn mond vormde een dunne streep. Harry bracht haar handen dichter bij de zijne. De afstand tussen hun vingers was maar een paar centimeter, maar het had net zo goed een kilometer kunnen zijn. Ze beet op haar onderlip en knikte. Het lukte haar met geen mogelijkheid om nu iets te zeggen.

Hij vermande zich. 'Ik praat wel met Leon,' zei hij. 'Ik bel hem op om te zeggen dat hij bij jou uit de buurt moet blijven.'

Harry slikte en schudde haar hoofd. 'Leon is niet degene om wie je je zorgen moet maken. De Profeet heeft alle touwtjes in handen.'

'Zeg me dan maar wat je wilt, Harry. Ik doe alles wat in mijn macht ligt, dus vraag maar.'

Ze keek hem aan en wenste dat ze meer tijd hadden. Er was nog zoveel dat ze hem wilde vragen, maar haar halfuur was al bijna om.

'Wat kun je me vertellen over de Sohoran-deal?' vroeg ze uiteindelijk.

De blik in zijn ogen werd even minder geconcentreerd: nu keek hij bijna nostalgisch voor zich uit. 'Dat was onze grootste deal ooit. De aandelen waren waardeloos na al die dot.com-onzin. En we hadden gehoord dat Aventus erop zat te azen. Ik zette alles in wat we hadden en we kochten aandelen voor het kartel voordat iemand anders het in de gaten had.'

'Dus jij beheerde de fondsen voor het hele kartel?'

'Wat bepaalde deals betrof wel, ja. Wij handelden nooit met onze eigen informatie: dat was de gulden regel. Het was te riskant. Als er bij Merrion & Bernstein werd gelekt, deed iemand van KWC de transacties, en vice versa. Daarna deelden we de winst. Op die manier konden de handelstransacties nooit worden getraceerd tot degenen die de voorkennis hadden. Het was een manier om ons in te dekken.'

'En hoe zat het met JX Warner? Daar heeft de Profeet toch ook voor gewerkt?'

'Voor zover we wisten, ja. Maar hij heeft nooit zelf handelstransacties gedaan. Zo heeft hij het vanaf het begin aangepakt. Hij incasseerde wel de winst, maar liep zelf nooit een enkel risico.' Hij schudde zijn hoofd. 'Hij liet anderen het smerige werk doen.'

Harry dacht aan haar fluisterende belager van de avond ervoor en huiverde. Het lukte de Profeet nog altijd om anderen zijn smerige zaakjes op te laten knappen.

Ze sloeg haar armen om haar borst en dwong zich om niet meer aan dat gebergte te denken. 'Dus jij beheerde het geld inzake de Sohorandeal?'

Hij knikte. 'Sohoran had JX Warner ingehuurd om hun deel van de onderhandelingen voor hun rekening te nemen. Zo is de Profeet aan zijn informatie gekomen. Maar Aventus had Merrion & Bernstein ingehuurd en daarmee stond Leon buitenspel. KWC had er verder niets mee te maken, dus ik kon mijn gang gaan.'

'Waar ging het mis?'

Hij zuchtte. 'We verbraken onze gulden regel. Leon beheerde de gelden van een vorige deal en ik heb hem op het nippertje overtuigd om daar Sohoran-aandelen voor te kopen. Ik zag het als een buitenkans dat het risico wel waard was, voor deze ene keer. Maar op de beurs werden ze achterdochtig vanwege al die poespas rondom Sohoran. En uiteraard dook Leons naam op vanwege zijn link naar Aventus en Merrion & Bernstein.' Hij schudde zijn hoofd. 'Ik was dom en ik was hebzuchtig.'

Harry keek naar haar handen. Ze had nog een vraag voor hem, maar het kostte haar moeite om hem te stellen.

'En Jonathan Spencer, hoe zit het met hem?' vroeg ze uiteindelijk zonder hem aan te kijken. 'Wat is er met hem gebeurd?'

Hij trok zijn wenkbrauwen op. 'Jij weet van Jonathan af?' Hij schudde zijn hoofd en zuchtte. 'Die had er nooit bij betrokken moeten raken; hij was niet uit het juiste hout gesneden. Het was gewoon een joch van dezelfde leeftijd als Amaranta. Ik probeerde tijdens het proces zijn naam overal buiten te houden. Het was ten tijde van de Sohoran-deal dat hij mij kwam vertellen dat hij wilde opstappen. Hij was doodsbang. Ik heb hem overgehaald om zich gedeisd te houden en de zaken aan mij over te laten.'

'En dat heb je gedaan?'

Hij grimaste. 'Ik heb het er met Leon over gehad, en die reageerde buitenproportioneel. Hij was ervan overtuigd dat Jonathan een bedreiging voor het kartel vormde. Dat was onzin, want die jongen was helemaal niet van plan om voor problemen te zorgen. Maar Leon was niet voor rede vatbaar. Hij raakte in paniek en nam contact op met de Profeet om hem te vertellen dat de Sohoran-deal niet doorging.' Hij staarde in de verte en schudde zijn hoofd. 'Hoe dan ook, het leidde nergens toe, want de stakker kwam kort daarna om bij een auto-ongeluk.'

Harry staarde haar vader aan. Hij scheen haar even te vergeten zijn en was verzonken in zijn eigen gedachten. Geloofde hij echt dat Jonathans dood een ongeluk was geweest? Ze sloot haar ogen. Haar hoofd stond er niet naar om hierop in te gaan. In plaats daarvan vestigde ze zijn aandacht weer op het geld.

'Hoeveel heb je met die Sohoran-deal verdiend?'

Ze had weer zijn volledige aandacht. Hij liet zijn stoel op de achterste poten balanceren en legde zijn handen achter zijn hoofd. Hij keek glimlachend naar het plafond en schudde zijn hoofd.

'Rond de zestien miljoen dollar,' zei hij. 'Met één deal.'

Harry maakte de rekensom. Dat was ongeveer twaalf miljoen euro.

'En waar is dat geld nu?' vroeg ze. 'Is er beslag op gelegd?'

Terwijl Harry met bonkend hart zijn antwoord afwachtte, zat hij met zijn stoel heen en weer te wippen. Als hij zou antwoorden dat het geld verdwenen was, was ze echt de sigaar.

Met een klap liet hij de stoel weer op vier poten belanden. 'De overheid heeft het geld nooit kunnen achterhalen. Het is op een andere bank terechtgekomen.' Hij wierp een snelle blik op de bewakers en zei zachtjes: 'Toen Leon me verlinkte heeft hij de gegevens van mijn bankrekening bij

Credit Suisse op de Bahama's verklapt. Het was de enige waarvan hij op de hoogte was. Ik had die rekening in 1991 geopend, toen we net het kartel hadden opgericht, en ik heb mijn zaken meer dan een jaar via die rekening laten verlopen. Daarmee had de politie al het bewijs dat ze nodig had.'

'Was er nog een andere rekening dan?'

Hij knikte. 'Credit Suisse begon vreemde vragen te stellen, ongeveer zes maanden voor de Sohoran-deal zou plaatsvinden. Ze waren niet blij met het patroon in mijn geldverkeer. Het opkopen van aandelen zo vlak voor een overname kan verdacht overkomen als het regelmatig gebeurt. Vandaar dat ik naar een ander terrein ben overgestapt.'

'Je bent vertrokken uit de Bahama's?'

'O nee, ik vond het daar veel te leuk.' Hij glimlachte haar toe. 'Zon, zand en geheimhoudingsplicht, wat wil een foute bankier nog meer?'

Die pa. Soms was het alsof je tegen een ondeugend kind zat te praten.

'Dus toen stapte je over naar een andere bank.'

'Ik stond zeker op de uitkijk. Het was zaak dat ik een bank zou vinden met de juiste vorm van geheimhouding, als je begrijpt wat ik bedoel.'

Harry knikte zuchtend.

'En toen liep ik aan de pokertafel in Nassau een man tegen het lijf,' vervolgde hij. 'Ene Philippe Rousseau. Een interessante manier van spelen had-ie. Hij was ook bankier, zo bleek, dus ik liet hem weten dat ik op zoek was naar iemand die mijn investeringen goed kon managen.' Hij glimlachte wrang. 'Door zijn manier van pokeren dacht ik iemand gevonden te hebben met wie ik wel door één deur kon. Hij durfde risico's te nemen en was niet vies van wat duistere praktijken op z'n tijd. Dus gingen we met elkaar in zee.'

'Je hebt een bankrekening geopend met een onbekende die je aan de pokertafel hebt ontmoet?'

'Waarom niet? Het was bij een keurig respectabele bank en buitengewoon veilig. Ik stuurde hem onder het pseudoniem dat we hadden afgesproken de faxen met instructies voor mijn aandelenhandel. Alle contantgeldopnames of overboekingen moesten persoonlijk worden gedaan en dat werd vooraf per fax onder hetzelfde pseudoniem geregeld.' Hij hield haar blik even vast. 'Je had die naam vast leuk gevonden.' Hij zuchtte. 'Hoe dan ook, voor mij was het een geweldige uitkomst. En voor hem ook.

Hij kopieerde mijn hele aandelenhandel en wist voor zichzelf een mooi kapitaaltje op te bouwen. Mensen kopiëren wel vaker succesvolle handelspatronen.'

Harry knikte instemmend. Ze dacht meteen aan Felix Roche die ook het een en ander bij het kartel had afgekeken, en aan de manier waarop hij aan zijn einde was gekomen: gebraden in zijn eigen huis. Zijn imitatiepraktijken hadden hem weinig goeds opgeleverd.

'Voor een bankier is dat professionele zelfmoord,' vervolgde haar vader, als een onbewuste echo van haar gedachtegang. 'Maar Rousseau hield van de spanning van het risico nemen. We zagen elkaar om de zoveel maanden voor een spelletje poker en wat zaken. Tegen het einde was hij gepromoveerd tot Hoofd Investeringen en ze vervingen hem door een of andere gezichtsloze accountmanager. Owen, John, ik weet het niet meer. Ik heb nooit iets met hem te maken gehad – ik gebruikte die rekening al niet meer voor mijn aandelenhandel.'

'Maar het Sohoran-geld staat er nog op?'

'Zeker.'

Harry frommelde aan haar horlogebandje. Haar tijd was bijna om en ze moest nu ter zake komen. Maar ze wilde eerst nog iets anders weten. Ze bleef strak naar haar horloge staren, alsof ze pijnlijke antwoorden kon afwentelen door hem niet recht aan te kijken.

'Waarom heb je het gedaan?' vroeg ze.

Er viel even een stilte. 'Ik wou dat ik wist wat ik hierop moest zeggen, Harry. Ik heb hier genoeg tijd gehad om erover na te denken en ik heb mezelf keer op keer dezelfde vraag gesteld. Waarom heb ik het gedaan? Was het dit wel allemaal waard? Zou ik het weer doen als ik de kans kreeg?' Hij zuchtte. 'Waarschijnlijk wel.'

Harry's ogen gingen weer naar zijn gezicht. Hij keek schuldbewust.

'Het ging niet alleen om het geld,' zei hij. 'Deels wel natuurlijk, maar niet helemaal.' Hij zocht naar de juiste woorden. 'Ik weet het niet. Misschien ging het wel om macht. Door die handel met voorkennis hadden wij alle touwtjes in handen en we voelden ons almachtig.' Zijn ogen gloeiden onder zijn donkere wenkbrauwen. 'Wij hadden de markt in handen.'

Harry verstrakte. Dit kwam haar bekend voor. *Wij hadden de markt in handen.* Die zin maakte iets los: ze zag zichzelf achter haar toetsenbord zitten, een netwerk aftastend en de omheining doorbrekend; ze glipte langs wachtposten en kraakte de code van de netwerkbeheerder; en dan die clandestiene binnenpret als ze eindelijk het netwerk geheel in handen had.

Haar vaders starende blik zag iets achter haar rug wat er niet was. Hij boog zich naar voren en kneep zijn handen zo stijf ineen dat zijn huid ervan rimpelde.

'Het gevaar en het risico maakten de overwinningsroes alleen maar groter. Ik had dan het gevoel dat ik leefde. Het leven is niet veel bijzonders als je je niet om de zoveel tijd flink uitleeft.' Hij schudde zijn hoofd en leunde weer naar achteren. De schuldbewuste blik was ook weer terug. 'Kun je dat een beetje begrijpen, Harry?'

Ze kon daar geen antwoord op geven.

Links van haar bewoog iets en ze zag dat een van de bewakers op zijn horloge keek. Haar vader moest het ook hebben gezien, want hij boog zich nogmaals naar voren en stak zijn armen naar haar uit.

'Maar hier heb je allemaal niets aan natuurlijk,' zei hij. 'Waarom laat je Leon en die Profeet niet gewoon aan mij over? Ik kan wel met ze gaan praten en –'

Ze schudde ontkennend. 'Een praatje zal geen enkel verschil uitmaken. Niet bij de Profeet.'

'Wat kan ik doen dan? Zeg het me.'

Harry haalde diep adem. 'Ik heb dat geld nodig. Alles.'

Hij trok zijn handen terug over tafel totdat zijn ellebogen tegen zijn zij lagen. 'Wat?'

Harry schoof heen en weer op haar stoel. 'Ik heb het allemaal al uitgelegd. Als ik die twaalf miljoen niet aan de Profeet geef stuurt hij die mafkees weer op me af. En waarschijnlijk ook op anderen. Ik heb geen keus.'

Hij staarde naar het tafelblad en plukte aan zijn baard. Er verschenen kleine zweetdruppeltjes op zijn voorhoofd.

Hij schudde zijn hoofd. 'Je kunt er niet op vertrouwen dat zo'n kerel zich aan zijn afspraak houdt. Waarom zou hij die gek niet alsnog op je afsturen, zelfs als hij het geld in zijn bezit heeft?'

'Maar met dat geld heb ik nog iets van een onderhandelingspositie. Zonder dat geld ben ik zo goed als dood.' Ze luisterde vol ongeloof naar haar eigen woorden. Hoe bestond het dat ze met argumenten moest aankomen? Haar leven was nota bene in gevaar.

Haar vader wreef met zijn handen over zijn gezicht alsof er met het masseren van de bloedstroom vanzelf een antwoord zou komen. Toen liet hij zijn handen weer op tafel vallen, en keek haar met wazige, vermoeide ogen aan.

'Zij hebben geen enkel recht op dat geld,' zei hij rustig. 'Ik ben de enige die er een hoge prijs voor heeft betaald. Ik zit hier al zes jaar in dit betonnen hok. Al zes jaar sta ik samen met pedo's en moordenaars in dezelfde rij voor het ontbijt en hun adem is zó stinkend zuur dat je maag ervan omdraait. Zes jaar in een oord waar zelfmoord voor veel mensen de enige manier is om eruit te komen.' Hij ademde zwaar door zijn neus. 'Dat geld is het enige dat me overeind heeft gehouden.'

Harry huiverde, sloot haar ogen en probeerde geen beeld te krijgen bij wat hij net had verteld. 'Sorry, maar ik zie geen enkele andere mogelijkheid om me hieruit te redden. Of ik moet naar de politie stappen.'

Hij verstijfde. 'Er moet nog een andere manier zijn. Dat móét gewoon.'

Harry kromp in elkaar en keek hem aan.

'Van jou hoef ik geen hulp te verwachten, begrijp ik.'

Zelfs in haar eigen oren klonken haar woorden verbijsterd en gekwetst. Nu zat ze wel weer op dat muurtje voor haar school. Ze voelde een harde pit in haar borst groeien. Hij kneep ertussenuit, zoals hij altijd al had gedaan. Welk kinderlijk deel van haar had verwacht dat het deze keer anders zou zijn?

Opeens veranderde hij compleet van houding. Hij zag haar blik en glimlachte, maar zijn lachje kwam geforceerd op Harry over. Wat de grap dan ook was, zijn ogen deden niet mee.

'Onzin. Natuurlijk help ik je, Harry.' Hij bleef haar recht in de ogen kijken. 'Maar wees nou redelijk. Ik kan je moeilijk hier het geld overhandigen, hè? Ik heb het niet in mijn zak zitten of zo.'

Hij keerde zijn handpalmen omhoog en maakte met zijn schouders een gebaar als een sterk overdreven knuffel. Het kwam eerder Frans dan Spaans over en Harry had het al eerder gezien. Ze had altijd gedacht dat hij het moedwillig gecultiveerd had in plaats van geërfd via een Spaanse bloedlijn.

Achter haar vader ging de deur open en een van de bewakers stapte naar binnen.

'Het is tijd, heren,' zei hij en hij bleef in de deuropening staan.

De oudere man links van haar vader hees zich overeind. Gracie bleef zitten, vast van plan haar eenzijdige conversatie af te ronden voordat haar broer naar zijn cel kon ontsnappen.

Harry's vader schoof zijn stoel terug en keek naar de bewaker. *'Hablemos esta tarde,'* zei hij tegen haar. Laten we vanmiddag even praten.

'Vanmiddag?'

Hij stond op, kalm en zelfverzekerd. Zijn ademhaling was weer normaal. 'Kom om twee uur naar de poort, dan zie ik je daar.'

'Buiten? Bij de poort? Waar heb je het over?'

Hij hield zijn hoofd schuin. 'Ik mag hier vanmiddag uit. Mijn vervroegde vrijlating is goedgekeurd. Ik dacht dat je dat wist.'

Harry knipperde met haar ogen. 'Ik weet van niets. Althans, niet dat het al zo snel zou gebeuren.'

Ze dacht aan het bericht dat haar moeder op haar voicemail had achtergelaten. Waarschijnlijk was dat de boodschap geweest.

Dus na al die jaren kwam haar vader eindelijk vrij. Vandaag. Ze voelde zich slap en leeg, als een lekke band.

'Dus als ik er vanmiddag ben help je me,' zei ze met een diepe zucht.

Ze nam niet eens de moeite om dit als vraag te stellen. Waartoe diende dat als het antwoord zo irrelevant was.

'Natuurlijk, liefje.' Hij liep in de richting van de deur. 'Maak je geen zorgen, het komt allemaal goed.'

Harry keek hem na. Ze geloofde er geen woord van.

36

HARRY REED TERUG LANGS DE werf en probeerde niet aan haar vader te denken. Ze had hem nooit moeten opzoeken. Ze klemde het stuur steviger vast en concentreerde zich op de weg.

Het wolkendek loste zijn belofte op regen in. Haar ruitenwissers zwiepten met een luidruchtig ritme over de voorruit, alsof ze fragmenten uit haar vaders gesprek accentueerden die in haar hoofd nagalmden.

Het was nooit de bedoeling dat jij erbij betrokken zou raken.

Ik zal alles doen om je te helpen.

Maak je geen zorgen, het komt allemaal goed.

Harry schakelde met een ruk de ruitenwissers uit en trapte op de rem voor het rode verkeerslicht. Ze drukte een vuist tegen haar wang en bleef naar de ruit staren waar de regen tegenaan sloeg totdat hij leek te smelten.

Haar vader zou geen poot uitsteken, zoveel was zeker. Hij had haar gevraagd om hem op te wachten bij de gevangenispoort, maar om welke reden? Voor nog meer uitvluchten en verontschuldigingen? Ze schudde haar hoofd. Ze was geenszins van plan om ooit nog maar in de buurt van die gevangenismuren te komen.

Regen werd hagel en de ijzige bolletjes probeerden zich in haar auto te boren. Achter haar werd hard geclaxonneerd en geschrokken rommelde ze met haar versnellingspook. Hij voelde stroef en plakkerig aan. Ze reed nu in een twee jaar oude Nissan Micra, een vervangende auto die ze tijdelijk via haar verzekering had gekregen nadat haar Mini was weggesleept. Ze was erin geslaagd om hen te overtuigen dat er geen andere auto bij het ongeluk betrokken was geweest en zo had ze de politie erbuiten weten te houden. Het laatste waar ze op zat te wachten was een nieuwe confrontatie met rechercheur Lynne. Ze schakelde naar een andere versnelling en dacht zuchtend aan haar Mini, waarvan de versnellingsbak altijd zo soepel als boter was geweest. Ze zou er nooit meer in rijden.

Ze zette haar ruitenwissers weer aan, trapte op het gaspedaal en sloeg rechts af naar O'Connell Bridge. Ze was van plan geweest om naar huis te gaan, maar ze had bedacht dat Lúbra Security vlakbij was en dat ze wel weer aan het werk kon gaan.

Even schoot Dillon door haar hoofd: zijn gezicht boven het hare, zijn adem op haar lippen. Ze voelde de hitte door haar onderlijf schieten en iets in haar begon te kriebelen. Hij had die ochtend al voor zessen haar appartement verlaten, toen ze zelf nog maar nauwelijks wakker was. Later die dag had hij een vlucht naar Kopenhagen, voor een of andere fusie tussen Lúbra en alweer een nieuw beveiligingsbedrijf. Het zou een paar dagen duren voor ze hem weer zou zien. Opeens had ze de behoefte om zijn stem te horen.

Met één hand rommelde ze in haar tas en viste haar mobiel eruit. Ze drukte op de snelkeuzetoets en wachtte, maar ze kreeg zijn voicemail. Misschien was dat maar goed ook. Het was nooit een goed idee om een man bellen als je in een aanhankelijke bui was. Vooral niet aan het begin van een relatie; dan kon je je persoonlijke muizenissen beter voor jezelf bewaren.

Ze zuchtte en gooide haar mobiel weer op de stoel naast haar. Bijna onmiddellijk piepte hij en ze nam gretig op.

'Hallo?'

'Eindelijk. Ik probeer je al dagen te bereiken.'

Ze liet haar schouders hangen. Het was Amaranta, haar zusje.

'Sorry,' zei Harry. 'Ik heb het vreselijk druk gehad afgelopen week.'

'We hebben het allemaal druk, hoor.'

Harry rolde met haar ogen bij dat schoolfriktoontje. 'Ja hoor.'

'Het gaat over pa –' begon Amaranta.

Harry viel haar in de rede. 'Ja, ik weet het al. Hij komt vandaag vrij. Ik kom net bij hem vandaan.'

Even viel het stil. Harry zag Amaranta in gedachten onder aan de trap zitten en de kladblokjes en pennen op het telefoonkastje netjes leggen. Ze had dezelfde manische poetswoede gehad toen ze nog samen die zolderkamer deelden. Aan de ene kant van het touw, op het gedeelte van Amaranta, stonden alle schoenen op een rijtje en de boeken waren zo precies tegen elkaar gerangschikt dat het wel leek alsof ze met een liniaal recht waren gezet. Aan Harry's kant was het altijd iets minder voorspelbaar.

'Hoe ziet hij eruit?' vroeg Amaranta.

Harry blies haar adem in pufwolkjes uit en vroeg zich af hoe ze de innemende, onbetrouwbare en listige kerel die ze zo-even had bezocht, moest omschrijven.

Uiteindelijk zei ze maar: 'Oud. Hij zag er oud uit.'

'Heeft hij nog laten weten waar hij onderdak heeft gevonden?'

'Ik heb er niet aan gedacht om dat te vragen.'

Alweer een stilte. Harry nam de rotonde bij College Green en reed een stukje zonder handen aan het stuur, omdat ze naar een andere versnelling moest schakelen. De buschauffeur achter haar was niet gecharmeerd van haar manoeuvre.

Ze riskeerde een directe vraag. 'Waarom kwam je niet meer bij hem op visite?'

'Ik bleef niet zomaar weg. Ik moest aan Ella denken. Baby's nemen veel tijd in beslag, hoor. Pa begreep wel dat Ella op de eerste plaats kwam.'

Uit Amaranta's toon kon ze opmaken dat hiermee de kous af was. Ze schraapte haar keel. 'Hoe dan ook, zodra je moeder wordt verandert alles. Je kijkt anders tegen dingen aan.'

'Je bedoelt dat je inziet dat wij een waardeloze vader hebben.'

'Ik heb hem tenminste niet helemaal in de steek gelaten.'

Geweldig. Nu had ze zich opgeworpen als Harry's geweten. Waren alle oudere zussen zo?

'Zoals ik, bedoel je?'

'Jij was degene die hij graag wilde zien. Je was altijd al zijn favoriet.'

Er zat geen spoortje verbittering in Amaranta's stem. Ze constateerde gewoon een feit, een feit dat ze jaren geleden allebei hadden geaccepteerd.

Harry voelde de stijfheid in haar schouders en armen toen ze probeerde van rijstrook te veranderen. 'Luister eens, ik kan beter ophangen. Ik zit in de auto en ik moet mijn aandacht bij het verkeer houden.'

'Heb je met hem afgesproken om hem nog een keer te zien?

Harry dacht aan die torenhoge gevangenismuur en schakelde de auto met een ruk in zijn twee. 'Nee. Zeg, ik bel je volgende week wel.'

Ze gooide de telefoon weer opzij en sloeg de hoek om naar Kildare Street. Grote zussen die op je geweten spelen konden de pot op. Het had geen zin om haar vader nog een keer te ontmoeten. Ze had zijn hulp nodig en hij kwam haar daarin niet tegemoet. Punt.

Maar in haar binnenste hoorde ze het stemmetje van de wroeging. Misschien moest ze nog een keer met hem gaan praten en hem nog een kans geven. Ze had nog steeds een paar vragen voor hem in petto. 'Wie is de Profeet?' om er maar een te noemen. Hij moest een vermoeden hebben, een aanknopingspunt voor zijn identiteit. En wie was Ralphie-Boy? Misschien wist haar vader het.

Ze schudde haar hoofd. Het maakte niet uit wie de Profeet was. Ze moest hem nog altijd twaalf miljoen euro geven.

Op enkele meters afstand van het Lúbra-gebouw bracht ze de auto tot stilstand, greep haar tas, sloot de portieren af en stak rennend de straat over, met haar schouders hoog opgetrokken tegen de kletterende hagelbui. Ze duwde de deur naar de ontvangstruimte open. Annabelle, de receptioniste, zat aan de telefoon en Harry liep haar met een wuivend gebaar voorbij.

Ze liep het hoofdkantoor in. Het was volle bak vandaag. Her en der zaten groepjes mensen rondom bureautafels op beeldschermen te wijzen. Ze keek over hen heen naar de kantoorruimte achter in het vertrek. Dillon was nergens te bekennen.

Terwijl Harry op haar bureau bij het raam af beende vroegen een paar collega's: 'Hé Harry, hoe gaat-ie?' Maar ze liep snel genoeg om vragen over de wonden in haar gezicht te ontwijken. Ze ging zitten en zette haar laptop aan. Terwijl ze inlogde en haar e-mail opende tikten buiten de hagelstenen tegen het raam.

'Die wond zat er gisteren nog niet.'

Ze keek op en zag Imogen aan haar bureau staan, met de handen in haar zij en haar blik gefixeerd op de snee boven haar oog.

'Ja, ik weet het,' verzuchtte Harry. 'Er zijn weer enkele nieuwe ontwikkelingen sinds gisteren. Maar voordat je tegen me uitvalt: ik heb je advies wel degelijk opgevolgd.'

'Echt?' Imogen pakte er meteen een stoel bij. 'Vertel.'

'Het ging niet zo heel goed. Ik vul de details later wel in.'

Imogen schudde haar hoofd. 'Wat is dat toch met families? Ik dacht altijd dat het makkelijker ging bij kleinere gezinnen, zoals bij jullie.' Imogen kwam uit een gezin met zes kinderen die altijd kibbelden en voortdurend wisselende allianties aangingen. Op dit moment lag ze met iedereen overhoop. 'Zo te zien is het niet eenvoudig.'

'Dat is het zeker niet, geloof me maar.' Harry zweeg even. Het kostte haar moeite om tussen neus en lippen door te vragen: 'Is Dillon in de buurt?'

'Onze vrije vogel? Nee, die is naar Kopenhagen.'

'Nu al?'

'Hij kon een vroege vlucht nemen.' Imogen keek haar onderzoekend aan. 'Is er iets?'

Harry deed een snelle inwendige check. De signalen wezen nog steeds op 'aanhankelijk'. Verdorie.

Ze schudde haar hoofd. 'Ik had hem ergens voor nodig. Maar ik spreek hem nog wel.'

Ze keek op haar beeldscherm en trok een gezicht. De bewegingen van haar hoofd en haar nek werden stijver: de whiplash-klassieker. Misschien moest ze naar een chiropractor.

'Blijf zitten.' Imogen gleed van haar stoel en verdween. Een halve minuut later kwam ze weer terug met een glas water en twee witte tabletjes.

'Wat is dat?' vroeg Harry.

'Neem ze nou maar.'

Harry gehoorzaamde. Imogen pakte het lege glas weer van haar aan.

'Je zou hier eigenlijk niet moeten zijn. Je ziet eruit om op te schieten,' zei Imogen, terwijl ze weer naar haar eigen bureau liep. 'Ik hou een oogje in het zeil.'

Harry wachtte tot haar vriendin uit het zicht was. Terwijl ze haar nek zo min mogelijk belastte draaide ze zich om en keek op haar scherm. Tweeënzeventig ongelezen berichten. De zaken hadden zich behoorlijk opgestapeld sinds vrijdag. Haar takenpakket bestond uit drie inbreektesten bij cliënten, twee onderzoeken naar mogelijke indringers in computers, en nog een veiligheidstest voor een of andere onderneming; gelukkig had dit allemaal geen enkele haast. Ze scande haar e-mail en keek naar de afzenders om te zien wie er urgentie had, en ze bevroor.

De domeinnaam van de afzender leek wel van het scherm af te springen. Haar hand beefde toen ze de muis vastgreep. Ze knarsetandde. Dubbelklik.

Tijd voor het geld, Harry. Maak het over naar deze rekening voor woensdag 17:00 uur.

SWIFTCODE: CRBSCH9
IBAN: CH9300762011623852957.

Volgens mijn bronnen hoop je op uitstel. Niet doen. Ik zal je vandaag laten zien wat er gebeurt met mensen die me in de steek laten. Je hebt achtenveertig uur de tijd, Harry.

De Profeet

Harry sloeg haar hand voor haar mond. Vandaag was het maandag. En als ze hem nu eens liet weten dat ze voor woensdag vijf uur niet over het geld kon beschikken? Wat dan?

De telefoon op haar bureau rinkelde en Harry sprong omhoog. Het was Annabelle.

'Er is hier ene meneer Tiernan voor jou, hij staat bij de balie.'

Haar blik vloog naar de ontvangstruimte en toen weer terug naar het bericht van de Profeet. Haar hartslag ging omhoog. Wat moest Jude hier verdomme nou weer?

Ze probeerde te slikken maar haar mond was te droog. 'Zeg maar dat ik er zo aan kom.'

Jude ijsbeerde door de hal toen ze hem kwam ophalen. Hij bleef meteen stilstaan toen hij haar zag en sperde zijn ogen wijd open bij de aanblik van haar nieuwe wonden en blauwe plekken.

'In hemelsnaam, Harry!'

Hij zag er niet meer uit als een investeringsbankier. Zijn zakelijke kostuum was ingeruild voor gebleekte spijkerbroek en een shirt dat strak om zijn borstkas spande. Zijn vuisten waren gebald en zijn spieren stonden gespannen. Hij leek meer een worstelaar die zin had in een robbertje vechten.

Hij liep op haar af en Harry deinsde onwillekeurig achteruit. Ze liep rechts van haar een leeg kantoor in en wenkte hem dat hij haar moest volgen. Hij kwam vlak achter haar binnen en sloeg de deur dicht.

'Jezus, Harry, gaat het wel goed met je? Wat is er in godsnaam aan de hand?'

Ze maakte een luchtig gebaar naar haar gezicht. 'Het is niet ernstig.'

Hij deed een stap dichterbij en ze probeerde haar gezicht in de plooi te houden.

'Niet ernstig?' Hij begon af te tellen op zijn vingers. 'Ik help je om Felix Roche om de tuin te leiden, hij wordt vermoord, de politie verhoort mij, jij neemt niet op als ik je bel en nu ik je weer zie ben je bont en blauw. Ik mag dan de zaken voorheen niet ernstig hebben opgevat, maar dat doe ik nu wel, dat verzeker ik je.'

'Luister, ik ben je dankbaar voor al je hulp, maar het is echt niet nodig dat je hier nog verder bij betrokken raakt.'

'Betrokken? De politie weet dat ik met Felix aan de telefoon heb gezeten op dezelfde avond dat hij is vermoord. Natuurlijk ben ik erbij betrokken, godverju.' Hij woelde met zijn vingers door zijn haar. Het zag er niet naar uit dat hij de afgelopen achtenveertig uur veel had geslapen. 'Hoe dan ook, ik voel me verantwoordelijk voor Felix.' Hij zweeg even en keek haar toen aan. 'En ook voor jou.'

Ze wendde haar blik van hem af.

Hij raakte zacht haar schouder aan. 'Wat is er, Harry?'

Ze sloeg haar armen over elkaar. 'Wat heb je precies aan Ashford verteld?'

'Wat?'

'Hij was hier gisteren. Je hebt het met hem over mij gehad.'

'Hij informeerde naar je ongeluk. Hij klonk bezorgd.'

'Weet je zeker dat je hem niet meer hebt verteld?'

Jude kneep zijn ogen tot spleetjes. 'Kom op, Harry, waar gaat dit over? We hebben over je ongeluk gepraat, meer niet. Is er soms iets veranderd?'

Ze dacht aan alles wat er de afgelopen twee dagen was veranderd. Moest ze hem misschien over dat verdwenen geld vertellen? Ze kon het risico niet nemen. Hij had al tegen Ashford lopen kletsen en wie weet ging hij het nog verder rondbazuinen. Hoe dan ook, de Profeet mocht nooit weten dat het geld was verdwenen.

Ze schudde haar hoofd. 'Er is niets veranderd.'

Jude deed een stap naar haar toe en greep haar bij de schouders. Ze hapte naar adem toen hij zich over haar heen boog en ze zijn hete adem op haar wang voelde. Hij rook naar bier en vers mannenzweet.

'Gaat het om Felix?' Zijn vingers boorden zich in haar schouders. 'Misschien heb je die bewuste nacht toch nog met hem gesproken. Heeft hij je iets verteld? Wat heeft hij gezegd?'

'Niets, dat heb ik al gezegd. Hij nam niet op.'

Zijn blik boorde zich in de hare en hun neuzen raakten elkaar bijna. Ze speurde zijn gezicht af naar sporen van de deugdzame bankier die nooit de regels overtrad, maar vond daar niets van terug. Ze zag nu alleen maar die waaghalspiloot die tot alles in staat leek te zijn.

Opeens liet hij haar armen weer los.

'Ga je gang maar.' Hij deed een stap achteruit in de richting van de deur. 'Maar ik verdwijn niet zomaar, Harry. Niets verdwijnt zomaar.'

'Wacht...'

Maar hij was de deur al uit.

Harry wreef over haar schouders waar hij haar vast had gegrepen. Ze huiverde. Hij had gelijk. Dit zou allemaal niet zomaar overgaan. Ze dacht aan haar deadline van achtenveertig uur en aan het geld dat spoorloos was. Ze dacht aan haar vader die haar bij die griezelige muren van de gevangenis zou opwachten.

Haar vader kon naar de hel lopen. Waarom had hij haar niet verteld waar het geld was? Op een of andere anonieme bank in het buitenland, meer was ze niet te weten gekomen. Niet dat ze er iets aan zou hebben als ze de naam van de bank zou weten. Wat kon ze ermee: zich een weg hacken naar een geheime bankrekening op de Bahama's? Harry sloot haar ogen en schudde haar hoofd. Zelfs zij rekende er niet op dat ze zoiets zou kunnen flikken.

Haar ogen vlogen weer open.

Of wel?

37

'HOE IS HET IN KOPENHAGEN?'

'Koud,' zei Dillon.

Harry glimlachte in de telefoon. 'Dat komt ervan als je Scandinavië probeert te veroveren.'

Hij schoot in de lach. 'Waar ben je?'

Ze wierp een vluchtige blik op het langgerekte grauwe fort dat over de hele lengte van Arbour Hill liep; de onheilspellende façade was gekooid door zilveren tralies die glansden in de zon. 'In de auto.'

Nou, dat was tenminste geen leugen. Ze had net haar auto voor de gevangenis geparkeerd toen Dillon belde. Ze keek naar de hoofdingang. De smalle vensters waren hoog, boogvormig en onderverdeeld in tientallen kleine vierkante ruitjes. Als er geen ijzeren tralies voor hadden gezeten, hadden ze kunnen doorgaan voor kathedraalramen.

Dillon zou haar vast op het hart drukken om naar de politie te gaan, maar dat kon ze niet. Wat haar vader ook verkeerd had gedaan, ze kon niet riskeren dat hij weer in de cel zou belanden.

'Ik ben hier met een paar dagen wel klaar,' zei Dillon. 'Misschien kun je je zondagse kastje flink bijvullen zodat we een avondje thuis kunnen doorbrengen.'

Harry rolde met haar ogen; waarom herinnerde hij zich nu weer dat keukenlaatje met die rotzooi?

'Klinkt goed,' zei ze. 'Als jij dan een paar Deense biertjes meeneemt hebben we een date.'

Date! Waarom had ze 'date' gezegd? Afspraak, dan hebben we een afspraak: dat klonk veel beter. Harry leunde tegen de hoofdsteun en sloot haar ogen. Ze had hem willen vragen over de nacht die ze samen hadden doorgebracht, wat die voor hem had betekend, maar zulke dingen vroeg je nooit tussen neus en lippen door. Ze schudde haar hoofd. Een vrijgezellenbestaan had toch wel zijn voordelen.

‘Hoe was je vlucht?’ Ze trok een gezicht. Nog even en ze ging vragen wat voor weer het was.

‘Saai. Behalve dat iemand me heeft achtervolgd tot aan het vliegveld, volgens mij.’

‘Wat?’ Ze schoot met een ruk overeind.

‘Stevige kerel in een donker jack, een kop als een biljartbal.’

Quinney. ‘Dat is het vriendje van Leon, zo te horen.’

‘Dat dacht ik ook al. Maar voor zover ik kon zien is hij niet in het vliegtuig gestapt.’

‘Shit. Het spijt me dat ik je hiermee heb opgezadeld.’

‘Maak je maar geen zorgen, dat zei ik al tegen je. Wat kan hij trouwens doen? In mijn verleden gaan graven en iets naar boven halen. Maar wat dan? Hij zal niets vinden wat hij tegen jou zou kunnen gebruiken. En dan komt hij weer met lege handen bij Leon aan.’

‘Dat hoop ik dan maar.’

‘Laat zitten. Doe ik ook.’

Harry beet op haar lip; ze was zich ervan bewust dat ze nog steeds iets voor hem verborgen hield. Oude gewoontes slijten niet zomaar. Ze haalde diep adem.

‘Ik heb vanmorgen mijn vader opgezocht.’

‘Wauw.’ Even viel het stil. ‘Nou, daar ben ik blij om. Hoe ging het?’

‘Niet al te best. Hij wil me niet helpen. Misschien kunnen we erover praten als je weer terug bent.’

‘Ja, graag.’ Weer een stilte. ‘Zeg, ik ga me douchen en opfrissen, maar ik bel je later nog wel, oké?’

Harry zag hem in gedachten onder de douche staan en glimlachte. ‘Ja, prima. En vergeet dat Deense bier niet.’

Toen Dillon had opgehangen, maakte ze een inwendige inventarisatie op. Nul procent aanhankelijkheid, honderd procent lust. Dat was al beter.

Hoe laat was het? Kwart voor twee. Haar vader zou zo naar buiten komen. De zon scheen pal door de voorruit en verhitte het interieur van haar auto tot het kookpunt. De regenwolken van daarstraks hadden zich ontladen en waren weggetrokken om een helderblauwe lucht achter te laten. Harry draaide haar raam open en keek links en rechts de straat in. Arbour Hill lag aan een eenzame, lange weg met maar weinig verkeer. Ze had haar auto tegenover de hoofdingang geparkeerd, bij de stenen muren van de oude Collins-kazerne. Aan beide uiteinden van de weg was een blinde hoek, wat het gevoel van afzondering versterkte.

In de verte zag ze een vrouw in een rood trainingspak de hoek om komen, die een kinderwagen voortduwde. Er zat een peuter in met een stok in zijn hand die hij langs de tralies liet kletteren.

Harry keek weer naar het strenge victoriaanse gebouw dat de heuvel domineerde. De entree was verstevigd met een ijzeren poort, als een ophaalbrug over een slotgracht. De gevangenismuren leken hoger dan eerst en waren bovenop hier en daar afgezet met dik prikkeldraad dat er gemeen en stekelig uitzag. Ze dacht aan de verzameling slechtheid achter die muren, en het soort halfleven dat daar geleefd werd. Ze huiverde.

Hic sunt dracones, dacht ze. Hier zijn de draken, de monsters op onbekend terrein.

De vrouw met de kinderwagen kwam nu langs haar auto; de peuter had zijn stok inmiddels op de gele rozenstruiken gericht die vlak bij de entree van de gevangenis groeiden. De vrouw liep verder en Harry zag haar uit haar achteruitkijkspiegeltje verdwijnen.

Opeens hoorde ze een luide klik. De bewaker bij de gevangenisentree deed de poort open. Hij duwde ertegenaan en krassend als een valse viool ging de deur wagenwijd open. De bewaker deed een stap opzij en toen stapte haar vader het zonnetje in.

Hij droeg een marineblauw jasje, een witte, kraagloze trui en een grijze pantalon. In zijn ene hand had hij een blauwe weekendtas, de andere hand gebruikte hij om zijn ogen af te schermen tegen de zon. Hij legde zijn hoofd in zijn nek en keek naar het hemelgewelf. Toen draaide hij zich met een glimlach om en gaf de bewaker een hand. Hij kon doorgaan voor een marineofficier die voor een kort verlof de kade op liep.

Hij liep het pad af en achter hem viel de poort weer in het slot. Harry keek naar hem terwijl ze zich afvroeg wat voor persoon hij vandaag zou zijn. Witteboordencrimineel of geslaagde bankier? Haar jeugdheld of haar mislukte vader? Het leek wel alsof ze elke keer dat ze hem zag haar beeld moest bijstellen.

Ze haalde diep adem en stapte uit de auto. Na de broeikas van haar Micra voelde de buitenlucht koel op haar gezicht en blote armen. Bij het geluid van het dichtvallende autoportier keek haar vader op. Hij zwaaide hartelijk en glimlachte breed, geheel conform het plaatje van de opgewekte zeeman. Ondanks haar tegenwerpingen lachte ze onwillekeurig terug.

Ze ging op de weg staan en hij kwam snel op haar af gelopen. In het zonlicht was zijn gezicht ontdaan van elke kleur; zijn wenkbrauwen leken wel kunstmatig op zijn grauwe huid aangebracht. Hij liep langs de rozenstruiken en de tas klapte tegen zijn bovenbeen.

Misschien kwam het allemaal weer goed. Misschien had haar vader wel een plan om haar te helpen. En zo niet, dan redde ze zichzelf. Het enige wat ze nodig had was de naam van zijn bank. Haar sociale technieken deden de rest.

Haar vader nam de tas met zijn andere hand over, opende de deur van de metalen tralieomheining en liep de weg op. Maar toen fronste hij zijn wenkbrauwen en keek met samengeknepen ogen naar links. Harry zag hoe zijn ogen zich in paniek opensperden, en volgde zijn blik.

Het eerste wat ze zag was de verchroomde bullbar, breed en angstaanjagend. De jeep waar die bullbar aan vastzat reed in volle vaart op haar vader af. Ze probeerde zich te bewegen, maar haar benen voelden als verlamd. Ze zag dat haar vader haar naam riep, maar ze hoorde hem niet.

De tijd scheen te vertragen. Eén seconde voelde als vijf. Ze was zich van alles tegelijk bewust: het zonlicht dat op de glimmende bullbar weerkaatste; haar vaders bleke gezicht vol diepe lijnen; de hitte die van de Micra achter haar af sloeg; de bruine randen aan de gele rozenblaadjes.

Haar vader stormde de weg over en probeerde buiten het bereik van de jeep te blijven. Hij smakte tegen haar aan toen hij voorover viel en ze smakte tegen de auto. Het hete metaal schroeide tegen haar vlees en ze voelde een scherpe pijnscheut tussen haar schouderbladen. Opeens kon ze weer horen; haar trommelvliezen werden belaagd door het geronk van de jeep. Er klonk een luide klap en haar vader werd hoog in de lucht geslingerd. Ze hoorde haar eigen schreeuw.

'Papa!'

Hij sloeg met een misselijkmakende smak tegen de grond, enkele meters bij haar vandaan. De jeep gaf gas, de motor loeide en de wielen raasden over het droge asfalt. De wagen ging op twee wielen door de bocht en verdween uit het zicht.

Harry zette zich met bevende armen en benen af tegen haar auto. Ze strompelde naar haar vader toe; er zat een steen in haar maag. Hij lag bewegingloos op zijn rug. Zijn ogen waren gesloten en zijn huid zag krijtwit. Een straaltje bloed druppelde vanuit zijn mondhoek in zijn zilveren baard.

Vandaag laat ik je zien wat er gebeurt als mensen hun afspraken niet nakomen.

Ze hoorde de poort knarsend opengaan en het geluid van rennende voetstappen. Ze knielde naast haar vader neer en legde haar hand tegen zijn wang. Ondanks de zon voelde zijn huid kil aan.

38

HARRY KEEK NAAR HAAR FAMILIELEDEN en probeerde zich te herinneren wanneer ze voor het laatst allemaal in dezelfde ruimte hadden gezeten. Ze wist het niet meer.

Haar moeder zat tegenover haar; haar benige handen als klauwen om haar Gucci-handtas geklemd. Naast haar zat Amaranta met haar knokkels tegen haar lippen geperst zodat haar mond vrijwel onzichtbaar was.

Het beademingsapparaat van haar vader pompte sissend en blazend zuurstof in zijn longen. Harry zag zijn borst regelmatig op en neer gaan, het enige teken dat hij nog in leven was. Zijn huid hing slap van de botten in zijn armen af, met auberginekleurige plekken waar ze geprobeerd hadden om een ader te prikken.

Ernstige inwendige verwondingen, hadden de artsen gezegd. Gescheurde milt, doorboorde longen, beschadiging aan lever en nieren. Ze hadden hem meteen op de operatietafel gelegd en geprobeerd om het bloeden zoveel mogelijk te stelpen. Ze konden haar niet zeggen of hij het zou overleven.

Harry haalde diep adem. Haar ogen brandden en het papieren zakdoekje in haar hand had ze al bijna versnipperd. Ze stootte met haar voet tegen de blauwe weekendtas van haar vader die onder zijn bed was geschoven en ze ging verzitten.

Amaranta richtte haar roodomrande ogen op Harry. 'Ben je al klaar met de politie?'

'Ze zijn ongeveer een uur geleden vertrokken,' zei Harry. 'Zij beschouwen het als een ongeluk waarbij de automobilist is doorgereden.'

De politie had haar bijna twee uur ondervraagd. Lynne had weer toegekeken vanaf de zijlijn, stil maar erg aanwezig. Ze had alles verteld. Alles behalve die twaalf miljoen euro dan. Uit haar vaders huid kwamen overal smalle buisjes die als wormen naar de monitor naast zijn bed krioelden.

Misschien had ze alles wel moeten opbiechten. Wat konden ze hem nu nog maken?

Tegen haar moeder en zus had ze gezwegen. Die dachten dat ze haar wonden en blauwe plekken vandaag had opgelopen en ze liet hen maar in die waan. Het had toch geen zin om het uit te leggen. Zelfs de politieagenten zetten vraagtekens bij haar verhaal en ze gaven haar geen enkele reden om ervan uit te gaan dat ze met man en macht zouden uitrukken. Zij wisten nog minder dan Harry zelf.

'Je had ze naar mij moeten sturen,' zei Amaranta.

'Daar had ik niets over te zeggen. Ze hadden jou verder niet nodig, omdat jij er niet bij was toen het gebeurde.'

'Nou, ik had er wel bij moeten zijn. Hij had met mij mee naar huis moeten gaan.' Ze loerde naar Harry. 'Ik heb hem aangeboden dat hij bij mij een kamer kon krijgen voor zo lang als hij wilde. Waar had hij anders naartoe gemoeten?'

Harry haalde haar schouders op. 'Ik zei al dat ik geen idee had.'

Het apparaat suisde en pompte en de hartmonitor gaf elke seconde een bliepje.

'Hij zou bij mij komen logeren.' Miriam klonk hees en zacht, alsof er een laagje stroop op haar stembanden was gesmeerd.

Harry trok haar wenkbrauwen op. Haar moeder had een uur lang gezwegen.

Miriam keek hen beiden aan. 'Waarom niet? Ik heb lang genoeg alleen gewoond in dat huis. Ik had gezegd dat hij een nacht kon blijven, zodat hij een nieuwe start kon maken.'

Haar ogen, waterig en afwezig, bleven op Harry rusten. Er zaten verticale rimpels in haar bovenlip, alsof ze haar lippen permanent om een sigaret had gesloten. Ze snoof en wendde haar blik weer af.

'Ik wist niet dat hij andere plannen had,' zei ze.

Harry wierp een 'geloof je dit?'-blik omhoog en kwam overeind. 'Ik neem even een rustpauze, maar ik blijf in de buurt.'

Ze liep de gang op en sloot de deur. Ze leunde er even tegenaan; de geur van zieke mensen en kantinevoedsel drong haar neusgaten in.

'Hoe gaat het met hem?'

Ze draaide zich met een ruk om. Jude. Onwillekeurig deinsde ze achteruit naar de deur, alsof ze hem de toegang wilde versperren.

Hij stak zijn handen in de lucht. 'Ik ben hier niet om ruzie te maken. Ik kwam alleen maar kijken hoe het met hem ging.' Hij zweeg even. 'En hoe het met jou gaat.'

Harry bleef hem aankijken om zijn intenties te kunnen peilen. Hij had zijn bankierskleding weer aan, keurig netjes en gestreken, al stond zijn haar overeind waar hij er met zijn hand doorheen was gegaan.

'Hoe wist je dat hij hier ligt?' vroeg ze.

'Ik hoorde het van Ashford. Vraag me niet hoe hij het weet.' Hij stak zijn handen diep in zijn zakken en keek de gang in. 'Ziekenhuizen en gevangenissen. Ik heb aan allebei een hekel.'

'Ik ook.'

Hij staarde naar de neuzen van zijn schoenen. 'Ik had hem moeten opzoeken. In de gevangenis, bedoel ik.'

'Waarom zou je?' vroeg ze. 'Wij gingen ook niet.'

'Omdat ik me als een vriend had moeten gedragen.'

Ze zag zijn hangende schouders en de verslagen uitdrukking op zijn gezicht. Het leek absurd dat ze deze man ooit had verdacht van kwaadaardige bedoelingen.

Ze zwegen beiden een poosje. Toen zei Jude zonder op te kijken: 'Gaat hij het halen, denk je?'

De vraag kwam als een stomp in haar maag. Ze schudde haar hoofd en slikte, niet bij machte een woord uit te brengen. Haar vader ging niet dood. Hij moest het eeuwige leven hebben. Ze sloot haar ogen. Het beeld van de aanstormende jeep flitste aan haar geestesoog voorbij: metallic zwart, aluminium bullbar. Nog een beeld, deze keer een close-up: de man achter het stuur had een donkere muts op waar plukken wit haar onder vandaan staken, zijn schouders over het stuur gekromd toen hij haar vader van de weg af maaide. Haar ogen vlogen weer open en ze beet op haar lip. *Niet huilen, niet huilen, niet huilen.* Pas na enkele seconden vertrouwde ze haar eigen stemgeluid weer.

'De artsen hebben hem nog niet opgegeven, en ik ook niet,' zei ze uiteindelijk. 'Ik kan maar beter weer teruggaan.'

Jude knikte en raakte lichtjes haar arm aan. 'Ik weet dat je jezelf wel redt, maar als je me nodig hebt weet je me te vinden.'

Voordat ze kon antwoorden had hij zich al omgedraaid en liep weg, met zijn handen in zijn zakken. Ze keek hem een moment na, bijtend op haar onderlip. Toen liep ze haar vaders kamer weer in.

Haar moeder en Amaranta hadden niet bewogen. Ze zaten naast elkaar en Harry werd getroffen door hun gelijkenis die met de jaren alleen maar frappanter werd. Dezelfde blonde haren, dezelfde hoekige beenderstructuur, dezelfde humeurige blik. Ze keken allebei op toen ze binnenkwam: moeder en dochter die samen stelling namen. Omdat ze weinig zin had om tegenover hen plaats te nemen, bleef Harry aan het voeteneinde van het bed staan.

Amaranta schoof de riem van haar tas over haar schouder en stond op.

'Kom, ma, ik breng je wel thuis. Je bent uitgeput.' Ze wachtte tot haar moeder in beweging kwam. 'Je zit hier nu al uren. Morgenochtend komen we weer terug. Als er iets verandert bellen de verpleegsters ons wel.'

'Ga jij maar naar je familie.' Miriam klemde haar tas steviger vast. 'Harry brengt me wel thuis.'

Harry knipperde met haar ogen en zag in een flits dat haar zus vergat om haar mond dicht te doen.

Amaranta fronste. 'Luister 'es, ma –'

'Ik wil met Harry praten.'

Harry trok haar wenkbrauwen op.

'Goed dan, als je het zeker weet.' Amaranta talmde nog even, alsof ze verwachtte dat haar moeder van gedachten zou veranderen. Toen draaide ze zich om en wierp Harry in het voorbijgaan een priemende blik toe.

'Zorg dat ze niet te lang blijft.'

Harry knikte en keek haar na tot de deur dichtviel. Toen richtte ze haar ogen weer op haar moeder. Miriam keek naar de op-en-neergaande borstkas van haar echtgenoot. Ze speelde afwezig met de parelketting om haar hals. De spieren in haar keel stonden gespannen als de wortels van een boom, en de huid eroverheen was los en gerimpeld. In tegenstelling tot wat ze tegen Amaranta had gezegd, leek ze niet in de juiste stemming voor een praatje, dus Harry besloot af te wachten.

Ze bestudeerde het gezicht van haar vader. Hij leek wel een wassen beeld. Zijn bed stond omhoog in een hoek zodat het net leek alsof hij elk moment zijn ogen kon openen om de kamer rond te kijken. Harry had er alles voor over om hem zijn ogen te zien opendoen.

'Hij had zoveel glamour toen ik hem voor het eerst ontmoette,' zei Miriam opeens. 'Zo donker en aantrekkelijk. En zo ambitieus. Plannen hiervoor, plannen daarvoor…' Haar vingers gleden langs de parels alsof het een rozenkrans was. 'Maar er is weinig glamour aan platzak zijn. Vooral niet als je twee kinderen hebt.'

Ze liet haar ketting los en knipte haar handtas open, waar ze een pakje sigaretten en een gouden aansteker uithaalde. Toen scheen ze zich te herinneren waar ze was, want ze stopte ze terug in haar tas. Haar vingers gingen weer naar de parels.

'Meestal wist ik niet waar hij uithing en of hij überhaupt wel terug zou komen. En als hij dan terugkwam was het met de mededeling dat we óf dakloos waren óf uit eten gingen. Je wist het nooit met hem.'

Harry wilde weten hoe het met Ashford zat, maar ze kon het niet opbrengen om het te vragen. Het is al heel wat om te weten dat je moeder de pest aan je heeft, maar om het haar hardop te horen zeggen is van een andere orde.

Onbewust bracht haar moeder het zelf ter sprake. 'Ik heb hem een of twee keer proberen te verlaten, maar het lukte niet. En Salvador had altijd weer een of ander geweldig idee of een nieuwe deal die inhield dat alles de volgende keer anders zou worden.'

Ze schudde zuchtend haar hoofd en keek Harry een poosje strak aan. 'Je lijkt echt heel veel op hem. Vroeger wilde ik altijd dat het niet zo was.'

Harry sloeg haar ogen neer. Ze streek haar papieren zakdoekje glad en vouwde het op. Wie had Miriam het meest teleurgesteld: zij of haar vader?

'Jullie waren zo close toen je nog een stuk jonger was,' vervolgde Miriam. 'Jij en hij tegen de rest van de wereld. Tegen mij.'

Harry fronste. 'Zo ging het helemaal niet.'

Miriam praatte door alsof ze niets had gehoord. 'Vorige week belde hij me op. Een of ander wild plan. Hij zou naar de Bahama's gaan om een nieuw leven te beginnen.'

Harry voelde iets samentrekken in haar borst. Ze frommelde de zakdoek op tot een propje.

'Hij zei dat hij gedag zou komen zeggen.' Miriam fronste. 'Sal deed dat nooit.'

Harry begroef het zakdoekje in haar vuist. Dus haar vader was van plan geweest om weer te verdwijnen en iedereen op te zadelen met de rommel die hij achterliet.

'Wat ik me afvroeg,' zei Miriam met haar blik op Harry gericht, 'was hij soms weer wat van plan? Had hij problemen met de politie? Tegen jou praatte hij altijd wel. Heeft hij soms iets gezegd?'

Harry keek de andere kant op. Er was geen enkele reden om haar moeder niet gewoon alles te vertellen. Ze had het recht om te weten wat er aan de hand was. Ze staarde naar het hulpeloze lichaam van haar vader; zijn armen waren zo dun als van een kind. Waarom wist ze niet, maar ze schudde haar hoofd en zei: 'Hij heeft me nooit iets verteld.'

Er werd eerst zachtjes op de deur geklopt, toen ging hij open. Ze herkende die grijze haarpieken en hondenogen direct: Ashford.

Hij stapte de kamer binnen en liep met uitgestrekte armen recht op haar moeder af.

'Miriam, lieverd, ik vind het zo erg. Ik ben zo snel mogelijk hierheen gekomen.'

Haar moeder liet haar parels los en liet toe dat hij haar hand vastpakte. Ze keek naar hem op en de gespannen koorden in haar nek leken zich te ontspannen.

Ashford draaide zich om naar Harry en legde beide handen op de hare.

'Harry, ik vind het echt verschrikkelijk.'

Miriam fronste. 'Kennen jullie elkaar?'

'Ja, we hebben elkaar al eerder gezien.' Hij hield zijn grote hoofd schuin en gaf Harry's hand een kneepje. Zijn ogen waren een en al sympathie.

Harry knikte hem toe bij wijze van antwoord, maar het kostte moeite om haar hand niet weg te trekken. Hij was een indringer, een onwelkome brug tussen de buitenwereld en haar eigen verdriet.

Ashford liet haar hand los en liep om het bed heen tot hij bij haar vaders schouder stond. Hij legde zijn vingers tegen het asgrauwe voorhoofd.

'Mijn oude vriend,' zei hij, bijna tegen zichzelf. Hij staarde een tijdje naar hem, alsof hij in stilte stond te bidden. Toen draaide hij zich om naar Harry. 'Gaat het heel slecht met hem?'

Harry schudde haar hoofd. 'Ze willen geen harde uitspraken doen.'

Hij richtte zijn blik op haar moeder. 'Miriam, je ziet er afgepeigerd uit. Hoe lang ben je hier al?'

Ze zuchtte. 'Iedereen zegt maar dat ik naar huis moet. Het gaat best, hoor.'

'Nou, ik blijf anders aandringen. Ik breng je zelf wel.'

Hij liep weer naar Miriam en legde een hand onder haar elleboog om haar overeind te helpen. Tot Harry's verbazing verzette ze zich niet. Terwijl hij haar moeder naar de deur begeleidde, moest Harry meer dan eens de prop in haar keel wegslikken. Het deed haar denken aan de manier waarop Dillon haar vanuit het dal in de bergen omhoog had geholpen; ze verlangde opeens verschrikkelijk naar zijn armen om haar heen.

Voordat ze bij de deur waren draaide Ashford zich om en gaf Harry een visitekaartje.

'Mocht je ooit hulp nodig hebben, om welke reden dan ook, bel me dan,' zei hij. 'Ik ben altijd op een van deze nummers bereikbaar.'

Harry bedankte hem met opgetrokken wenkbrauwen. Opeens wilde iedereen haar helpen. De deur viel achter hen dicht en voor het eerst was ze met haar vader alleen in een kamer.

Ze liep om het bed heen en liet zich weer op de stoel zakken waar ze al eerder op had gezeten. Haar lichaam voelde verstijfd aan; een pijnlijke herinnering aan haar eigen auto-ongeluk.

Ze liet haar blik op het gezicht van haar vader rusten. Uit zijn mond staken witte buisjes. Zijn hand lag op de dekens en ze klemde haar vingers eromheen.

Ze keek naar het kaartje in haar andere hand. Blauw logo. KLEIN, WEBBERLY AND CAULFIELD, RALPH ASHFORD, CHIEF EXECUTIVE OFFICER.

Harry's mond viel open. Toen schudde ze haar hoofd. Het was maar een naam, godbetert.

Ralphie-Boy.

Kon Ashford de vijfde bankier zijn?

Ze herinnerde zich dat Ashford bij haar op kantoor was geweest en de zilveren Jaguar die ze achter haar eigen auto had gezien. Had hij haar dan toch achtervolgd? Ze dacht aan Felix' schaterlach toen Jude hem via Ashfords autoriteit een wachtwoord had proberen te ontfutselen. Had Felix soms geweten dat hij erbij was betrokken? Was hij de Profeet?

Ashford kon naar de pomp lopen en de Profeet ook, wie hij ook was. Ze moest dat geld zien te vinden, maar hoe? Ze wist niet eens bij welke bank haar vader een rekening had. Als hij maar iets kon zeggen, of helpen.

Ze staarde naar de vloer. De blauwe reistas stond nog steeds naast haar voeten en ze duwde de neus van haar schoen ertegenaan. Ze fronste. Haar vaders reistas. Al zijn eigendommen uit Arbour Hill waren in een handig knapzakje gestopt. Ze voelde haar nekhaar overeind komen.

Misschien kon hij haar toch van dienst zijn.

39

Wiskundigen zijn verzot op getallen. Ze houden van hun symmetrie en van hun structuur en van de patronen die achter hun subtiele tovenarij ligt.

Harry wist dat haar vader een geboren wiskundige was. Hij kon de meest complexe F&O-deals uit zijn hoofd citeren plus de bijbehorende getallen. Hij kon bij het pokeren ook aangeven welke kansen je had als er een straight flush op tafel lag.

Maar hoe goed hij ook was met cijfers, zelfs hij zou zich niet alleen op zijn geheugen verlaten met het opslaan van de gegevens van een buitenlandse bankrekening. Niet als er twaalf miljoen euro mee gemoeid was.

Harry staarde naar de blauwe reistas bij de salontafel. Er moest ergens documentatie van die bankrekening zijn. En alles wat hij de afgelopen zes jaar bij zich had gehad, zat nu in die tas.

Ze trok de tas naar zich toe. Hij was zo groot als een flinke sporttas, met een dubbele ritssluiting bovenop en zijvakken aan beide kanten. De tas was log en zwaar en op de naden stond het canvas gespannen.

Ze keek aarzelend uit het huiskamerraam, een inktzwarte rechthoek door de duisternis buiten. Ze had het ziekenhuis twee uur geleden verlaten nadat de verpleegsters haar hadden verzekerd dat iemand contact met haar zou opnemen als er iets aan haar vaders toestand zou veranderen.

Het was vreemd stil in de kamer. Normaal vond ze die stilte altijd prettig, maar nu kwam haar appartement verlaten over. Ze wilde bijna een wasje gaan draaien om maar iets te hebben dat geluid maakte.

Ze richtte haar aandacht weer op de tas en trok de ritsen open. Het eerste wat ze aantrof waren de kleren die haar vader had gedragen toen hij die middag Arbour Hill was uitgelopen. Ze kromp in elkaar bij de aanblik. De fraaie marineblazer en witte trui waren opgerold in de tas gepropt, waarschijnlijk door een van de verpleegsters. Harry haalde ze voorzichtig tevoorschijn, streek de plooien glad en vouwde ze naast haar op de bank op. Daaronder zaten nog meer kleren, netjes opgestapeld. Ze pakte ze een voor een eruit: overhemden, stropdassen, schoenen, pantalons, nog meer truien.

Onder in de tas zat iets hards. Ze tilde het met beide handen eruit. Het was een zwarte doos. Ze zette hem op haar schoot en streek met haar vingers over het vinyl. Hij was gebutst en de kleur was op sommige plaatsen verbleekt, maar ze zou hem overal hebben herkend. Het was de pokerset die zij met kerst aan haar vader had gegeven, zestien jaar geleden.

Ze maakte de slotjes open en haalde het deksel eraf. Er zaten acht stapels namaakfiches in: rode, groene, blauwe en witte. Ze lagen in de daartoe bestemde groeven in het zwarte vilt, met hier en daar een kleine ruimte van kwijtgeraakte fiches. Ook een van de stokken kaarten was verdwenen, maar de andere lag netjes in zijn eigen rechthoekige uitsparing.

De handleiding met het pokerreglement was ook weg, maar was vervangen door iets wat ze direct herkende. Het was haar vaders eigen exemplaar van *Hoe speel ik poker om te winnen*. Ze sloeg het boekje open. Hij had op de eerste bladzijden aantekeningen van zijn pokerspelletjes gemaakt. Ze wierp een blik op de eerste paar handen met kaarten. Hij had Texas Hold 'Em gespeeld. Hij had voor elke hand zijn twee *hole cards* opgeschreven, plus die van zijn tegenstanders, en de vijf *communal cards*. Hij was goed begonnen, met azen in zijn eerste hand, maar zijn geluk was van korte duur. Bij zijn tweede hand kreeg hij een zeven en een paar tweeën en daarmee moest hij het afleggen tegen de full house met vijven van zijn rivaal, en bij zijn derde hand werden zijn aas en ruiten twee verslagen door een zwak paar vieren. Harry glimlachte en schudde haar hoofd. Uit zijn eigen notities was op te maken dat haar vader een luchtige speler was. Hij verhoogde zijn inzet voor hij meeging en blufte voordat hij gewoon speelde. En bovendien zou hij zelden kappen.

Ze bladerde het boekje door, hield het bij de rug omhoog en schudde ermee. Ze wist niet precies waar ze op zat te wachten, maar er viel niets tussen de bladzijden uit. Ze pakte een handvol fiches uit de doos en liet ze in haar hand rammelen. Toen tilde ze stapel voor stapel op en legde ze op tafel, samen met het boek en de stok kaarten. Ze duwde haar vingers tegen de zwarte binnenvoering. Niets. Ze zette de doos zuchtend op de vloer en vestigde haar aandacht op de zijvakken van de reistas.

In de linker zaten een tandenborstel, tandpasta, deodorant, een schaartje en een pakje papieren zakdoeken. De rechterzak was interessanter. Daarin vond ze haar vaders portemonnee, een sleutelbos en een smal notitieblokje ter grootte van een pakje sigaretten. Ze keek in de portemonnee. Er zaten een stuk of vijf creditcards en pinpassen in, allemaal van Ierse banken en de meeste waren verlopen. Geen contant geld en geen papiertje waarop gewoon even het rekeningnummer van een buitenlandse bank stond geschreven.

Harry gooide dat ook op tafel en pakte de sleutelbos met een zwarte leren sleutelhanger, het KWC-logo aan beide zijden in blauw en goud. Er hingen twee sets met sleutels aan. Aan de ene zat het autosleuteltje van een Mercedes, de auto waarin hij had gereden voordat hij werd opgesloten. Haar moeder had hem lang geleden verkocht om de kosten voor de advocaat te dekken. De andere was een zilverkleurige Yale-sleutel. Ze keek ernaar. Toen liep ze naar de keuken en rommelde in een keukenlaatje totdat ze een sleutelbos had gevonden. Ze koos een matzilveren Yale-sleutel en legde die met het gekartelde randje op die van haar vader. Het was dezelfde sleutel die van haar ouderlijk huis in Sandymount, waar haar moeder nog altijd woonde.

Ze schoof de la dicht, liep naar de huiskamer en plofte neer op de bank. Ze pakte het zwarte schrijfblokje en begon erdoorheen te bladeren. Het was een adresboekje; haar vader had met zijn grote ronde handschrift namen en telefoonnummers in alfabetische volgorde opgeschreven. Ze fronste. Hier moest toch iets te vinden zijn.

Ze begon bij de A en liep alle namen af. De meeste zeiden haar niets, maar af en toe stuitte ze op een naam die ze herkende, zoals Amaranta, en onder de H vond ze haar eigen naam en mobiele nummer. Ze kon zich niet herinneren dat ze dat ooit aan hem had gegeven, maar hij zou het wel van Amaranta hebben gekregen.

Verderop in het alfabet liep ze tegen een aantal namen aan dat een elektrisch schokje door haar ruggengraat stuurde. Leon Ritch, Jonathan Spencer, Jude Tiernan. Harry staarde naar Judes naam. Er was geen enkele reden te bedenken waarom haar vader zijn nummer niet zou hebben. Ze hadden samengewerkt en waren zelfs bevriend.

Ze liep de rest van de namen af, maar Jude was de laatste bekende naam. Ze legde het adresboekje op tafel. Toen pakte ze de kaarten op en hield ze tussen duim en wijsvinger. Het waren gewone speelkaarten, met een caleidoscopische tekening van blauwe en witte krullen op de rug. Ze spreidde de kaarten uit als een waaier en bekeek ze stuk voor stuk aan beide zijden. Ze waren kleverig en beduimeld, maar verder niets bijzonders.

Ze trommelde met haar duimen op tafel en beet op haar onderlip. Toen richtte ze haar aandacht weer op haar vaders kleding. Ze liep al zijn zakken door, voelde in schoenen en trok zelfs opgerolde sokken uit elkaar. Niets. En ook al voelde ze zich een indringer, toch pakte ze zijn blazer en kneep in de voering. In het borstzakje hoorde ze iets ritselen. Ze stak haar hand erin en trok er een witte envelop uit. Haar naam stond erop. Er zat een enkel vel papier in, gedateerd op vandaag.

Het was een brief van haar vader. Hij moest hem geschreven hebben nadat ze hem eerder die dag had opgezocht. Ze voelde hoe haar keel dichtkneep toen ze begon met lezen.

A mi queridísima Harry,

Het was zo fijn om je vandaag weer na zo'n lange tijd te zien. Alles voelde opeens weer goed. Je hebt geen idee hoe trots ik op je ben. Je bent zo'n fijne, intelligente jonge vrouw geworden. Ik sta bij je moeder in het krijt voor de krachtige manier waarop zij het gezin heeft weten groot te brengen. Ik heb daar geen enkele bijdrage aan geleverd.
Ik weet dat je vandaag naar me toe kwam om mijn hulp te vragen, en ik weet dat ik je heb teleurgesteld. Maar schrijf me niet meteen af. Ik zou je met geen mogelijkheid kwaad kunnen doen, en ik ga proberen om je niet nog een keer in de steek te laten.
Maar wees voorzichtig met mensen op een sokkel te plaatsen, Harry. Ik hou zielsveel van je, maar ik ben wie ik ben. Oordeel niet te hard over me.

Tu papa que te quiere.

Harry streek met haar vingers over die laatste woorden. *Papa houdt van je.* Ze moest denken aan dat wassen schepsel in het ziekenhuis en ze slikte iets weg. Toen deed ze de brief weer in de envelop en dacht na over zijn sokkeladvies. Hij had gelijk. Het grootste gedeelte van haar kindertijd had ze hem vereerd als een held en de val naar de realiteit was moeilijk te verkroppen. Ze vroeg zich af of ze soms hetzelfde met Dillon deed. Haar kalverliefde voor hem was nooit echt gedoofd, en nu was hij overgegaan in iets anders. In liefde? Ze zuchtte en schoof die gedachte terzijde.

Ze bekeek de inhoud van de reistas die voor haar lag uitgestald.

Ze tikte met haar nagels op het adresboekje. Namen en nummers. Hoe had haar vader zijn rekening ook alweer geregeld? Hij had zijn handelsinstructies onder een codenaam direct naar de bank gefaxt. Voor contantgeldopnamen of overboekingen moest hij zich persoonlijk melden en de bank daarvan vooraf per fax op de hoogte stellen.

Stond die codenaam soms ergens in het adresboek, met de bankrekening vermomd als telefoonnummer? Het leek vergezocht, maar het was het onderzoeken waard.

Via haar huistelefoon, waarmee haar nummer werd afgeschermd, belde Harry een uur lang naar elk nummer in het adresboek. Als er werd opgenomen vroeg ze om degene die in het adresboek stond en hing prompt op als die dan ook aan de lijn kwam. Ze voelde zich daar eerst een beetje lullig over, maar bij het twaalfde belletje was ze er al immuun voor. Dit was de manier waarop het personeel van een callcenter zich staande hield. Na zo veel telefoontjes was het makkelijk om te vergeten dat die stem aan de andere kant van de lijn bij een levend wezen hoorde.

Nummer na nummer werd afgevinkt. Bij de ene kreeg ze een voicemail en bij andere werd niet opgenomen. Ze belde zelfs de nummers van Leon Ritch en Jonathan Spencer, maar beide werden doorgeleid naar antwoordapparaten. Ze kon zich er niet toe zetten om Jude ook te bellen, dus vergeleek ze zijn nummer met dat op zijn visitekaartje. Idem. Ze werkte het hele adresboekje af, maar had niet één keer beet. Bij geen enkel nummer had ze een van die blieptoontjes gekregen die verrieden dat het een niet-bestaand nummer was.

Harry zonk zuchtend terug in de kussens. Ze was niet overtuigd. Het bankrekeningnummer kon net zo goed een geldig telefoonnummer zijn, maar dat zou dan wel heel toevallig zijn. En Harry had het niet zo op toeval.

Ze loerde naar de reistas op tafel en vroeg zich af of ze soms haar tijd zat te verdoen. Misschien had haar vader de informatie helemaal niet bij zich gehad, maar waar was die dan wel? Ze pakte de stapel kaarten weer van tafel om iets in haar handen te hebben en begon pokerhanden te delen. De kaarten voelden plakkerig aan door het veelvuldige gebruik en de randen waren gerafeld. Ze dacht aan haar vaders sleutel van het huis in Sandymount en zijn voornemen om daar de eerste nacht na zijn vrijlating door te brengen. Misschien had hij wel iets daar in huis verstopt. Ze deelde de drie *flop cards* en kreeg een paar tienen met de *hole cards*. Ze schudde haar hoofd. Haar moeder had alle bezittingen van haar vader naar de kringloopwinkel gestuurd, de dag nadat hij achter de tralies was beland. Al zijn sporen waren uit het huis verwijderd. Ze draaide een vierde kaart om, een negen, en gaf zichzelf met de tien als *river card* een three of a kind. Ze raapte de kaarten weer bij elkaar om opnieuw te delen. Misschien toch maar het beste om het bij de reistas te houden. Op dit moment was het alles wat ze had.

Ze dacht nogmaals aan de handelsinstructies die haar vader naar zijn bank faxte, en vroeg zich af wat het landnummer van de Bahama's was. Ze legde de stapel kaarten neer en liep naar de hal waar ze in het telefoonboek bladerde totdat ze het had gevonden. Het landnummer voor de Bahama's was 1-242.

Harry fronste. De cijfers kwamen haar bekend voor. Ze ging weer terug naar de huiskamer en sloeg het adresboekje weer open, op zoek naar nummers die begonnen met de combinatie 1242. Na een halfuur had ze echter nog steeds niets gevonden.

Ze pakte de kaarten weer op en begon weer met delen: twee boeren bij de dichte kaarten. Met de *flop cards* werd haar hand er niet beter op, met de *turn* ook niet, maar bij de *river* had ze weer een boer te pakken. Met drie boeren had ze een winnende hand.

Ze dacht na over de brief van haar vader. Had er soms een geheime boodschap in gestaan? Maar dat leek iets te vergezocht. Ze raapte de kaarten op en deelde nogmaals. Bij de *hole cards* zaten een klaver zeven en een ruiten twee. Automatisch legde ze haar kaarten neer en pakte de andere kaarten. Zelfs haar vader was gestopt bij een zeven en een twee: het was de beroerdste openingshand bij Texas Hold 'Em en hij zou er nooit mee spelen.

Toen ze de kaarten aan het schudden was, bleven haar handen opeens als versteend stilstaan. De zeven-twee. Die had haar vader nog nooit gespeeld. Ze liet de stapel kaarten op tafel vallen, pakte het pokerboek en las de aantekeningen op de binnenpagina. Daar had je hem. De tweede hand. 7c-2s. Klaver zeven, schoppen twee. Waarom zou hij met die hand spelen? En waarom zou hij het opschrijven?

Ze bestudeerde de hand aandachtiger. Hij schreef zijn aantekeningen allemaal op dezelfde manier op. Eerst zijn eigen twee *hole cards*, en daaronder die van zijn tegenstanders. Op de regel ernaast stonden de vijf *communal cards*. In dit geval had de andere speler een paar vijven, door haar vader weergegeven als 5c-5d. Voor de ander betekenden die kaarten een house met vijven: 9d, 3c, 5s, 3h, Js.

Harry keek naar de getallen. Voor ieder ander was dit een reguliere pokerhand geweest, maar voor haar was dit een hand waarvan ze wist dat hij die nooit zou spelen. Zou er soms iets achter zitten?

Ze vond een kladblok en een balpen en schreef de nummers op. 7-2-5-5-9-3-5-3-J. Was het mogelijk dat haar vader een pokerhand had gebruikt om zijn bankrekeningnummer te camoufleren? Hoeveel cijfers had een rekening op de Bahama's eigenlijk? En hoe zat het met de letter J? Gebruikten ze op de Bahama's ook letters voor hun rekeningnummers?

Ze fronste en keek naar de volgende pokerhand op de lijst, degene die haar vaders aas en ruiten twee had overtroffen door een paar met vieren. Tweeën en vieren. Haar ogen gingen wijd open en ze schreef de nummers onder de eerste reeks, waarbij ze de aas als het getal één vertaalde. Er zaten drie spelers in deze hand dus er waren dit keer meer cijfers: 1-2 voor de *hole cards* van haar vader, 4-2 voor die van de tweede speler en 5-1 voor de derde. En daarna de *communal cards*: 3-8-4-6-9. Ze keek naar de cijfers. 1-2-4-2-5-1-3-8-4-6-9. De combinatie 1242 leek wel van het papier af te springen. Zou er een kansje in zitten dat ze nu naar het faxnummer van haar vaders buitenlandse bank zat te turen?

Er was maar één manier om erachter te komen. Ze draaide twee nullen voor een internationale lijn, en daarna de elf cijfers van haar kladblok. De lijn klikte terwijl de nummers werden gekozen en toen hoorde ze een schril geluid in haar oor.

Ze hing met bonkend hart op. En nu? Ze had dan wel naar een faxapparaat gebeld, maar van wie was dat? Ze staarde weer naar de getallen en draaide hetzelfde nummer; dit keer verving ze het laatste cijfer 9 door een 8. Ze werd beloond met een gewone beltoon, maar er werd niet opgenomen. Ze probeerde het nogmaals en koos nu een 7 als laatste cijfer. Ze keek op haar horloge. Het was vijf over acht 's avonds, dus vijf over drie 's middags op de Bahama's. Waar die fax zich ook bevond, er moest ergens een telefoonaansluiting in hetzelfde gebouw zijn dat eraan vastzat.

'Hallo?'

Harry sprong overeind. Er zat een vrouw aan de andere kant van de lijn en haar stem klonk volmaakt neutraal. Hier had Harry nog niet over nagedacht. Haar ogen gleden over het kladblok voor haar neus. Ze slikte en nam een zakelijke toon aan.

'Goedemiddag, dit is de centrale kantoorboekhandel. We hebben een pakketje voor u maar we missen enkele gegevens. Kunt u misschien uw volledige adres even bevestigen?'

'Zeker, geen probleem.' Ze sprak langzaam en met een accent. 'Investment Services, Rosenstock Bank & Trust, 322 Bay Street, Nassau.'

Harry kreeg een droge mond. 'Geweldig, dank u. En kan ik nog even het faxnummer controleren? Het nummer dat ik heb is 5138469. Is dat van de afdeling rekeningnummers? Ik moet een factuur sturen.'

'Ik kijk het wel even na.' Ze nam er de tijd voor. Toen ze weer aan de telefoon kwam, klonk ze onzeker. 'Dat is het persoonlijke faxnummer van Owen Johnson, een van onze relatiemanagers.'

Die naam had Harry eerder gehoord. Maar waar?

De vrouw vervolgde: 'Maar ik geef u wel even het juiste nummer: dat is 5138773.'

Harry bedankte haar en hing op. Ze keek naar de naam die ze net had opgeschreven. Owen Johnson. Ze schudde haar hoofd. Dat was niet die pokerspelende bankier die haar vaders rekening had beheerd. Die heette Philippe Rousseau. Wacht even, was die niet gepromoveerd? *Ze hebben hem vervangen door een of andere gezichtsloze accountmanager. Owen, John, zoiets.*

Owen Johnson. Ze omcirkelde zijn naam en er liep een rilling over haar rug. Ze had net de lijn naar haar vaders accountmanager gevonden.

Ze tikte met de pen tegen haar voortanden, liep de kleine kamer in die ze als werkkamer gebruikte en zette haar laptop aan. Ze moest maar eens wat research doen naar de Rosenstock Bank & Trust.

40

Voordat een inbreker een gebouw binnendringt kijkt hij eerst naar de veiligheidsmaatregelen. Hoeveel uitgangen heeft het gebouw, hoeveel bewakers, waar hangen de camera's? Een slimme hacker gaat precies zo te werk. Voordat Harry het systeem binnendrong had ze eerst het veiligheidsprofiel van het doelwit gecontroleerd: de domeinnaam, de IP-adressen en het soort afweersysteem dat ze hanteerden.

Inbrekers noemen zoiets 'de hut afsnuffelen'. Hackers noemen het 'organisatorische voetafdrukken afnemen'. Hoe dan ook, dat voorbereidende onderzoek was van essentieel belang, maar nam wel veel tijd in beslag. Harry wist dat ze hier en daar iets moest overslaan.

Ze strekte haar rug tegen de leuning van haar bureaustoel, waarbij haar ruggengraat kraakte als een bosje droge twijgjes. Haar nek en schouders waren niet meer zo stijf, maar ze voelde zich nog steeds zo gammel als een oude strandstoel.

Ze boog zich over haar toetsenbord, typte 'rosenstockbankandtrust.com' in de adresbalk van haar browser en haalde de website van het bedrijf tevoorschijn. Ze keek naar de cijfers die ze in het kladblok had opgeschreven: 72559353J. Haar intuïtie zei dat dit het rekeningnummer van haar vader was, maar het was nog steeds giswerk. Ze moest het zeker weten.

Ze bekeek de webpagina's met de gegevens van de bankorganisatie. Rosenstock had filialen in het hele Caribische gebied: Barbados, Jamaica, Santa Lucia, de Caymaneilanden, alsook diverse filialen op de Bahama's. Ze kreeg kippenvel toen ze het filiaaladres zag van de bank die ze net aan de telefoon had gehad: 322 Bay Street, Nassau, New Providence Island, Bahama's.

Ze bleef doorzoeken en maakte af en toe een aantekening. Zoals gewoonlijk was ze verbaasd over de hoeveelheid data die bedrijven op hun websites prijsgaven: organisatiestructuur, adressen, telefoonnummers, faxnummers, e-mailadressen, routekaarten, bereikbaarheid Klantenservice: het was allemaal potentiële ammunitie voor een hackeraanval.

Bij Vacatures vond ze een advertentie waar personeel voor de helpdesk werd geworven, tezamen met het adres van de personeelsmanager. Kandidaten moesten met computers kunnen omgaan, over goede communicatieve vaardigheden beschikken en een klantvriendelijke instelling hebben. Ze trok haar wenkbrauwen op omdat ze aan Sandra Nagle moest denken. Bij de Sheridan Bank werden vast minder eisen gesteld.

Haar blik viel op het e-mailadres. Ze kon het allicht proberen.

Ze schreef een kort berichtje waarmee ze solliciteerde naar de functie van helpdeskmedewerker. Toen diepte ze een RAT op waarmee ze het netwerk van KWC was binnengedrongen. Ze verborg hem in een onschuldig ogend document genaamd 'CV' en verzond dat als bijlage met haar mailtje. Het enige wat ze hoefde te doen was wachten totdat de HR-manager de bijlage had geopend. Zodra de RAT los was, zou hij de achterdeur naar Rosenstocks netwerk openzetten en kon Harry naar binnen glippen. Tenzij haar RAT natuurlijk door de antivirusscanners van de bank werd onderschept. Als die nieuw genoeg waren zat die mogelijkheid er altijd in.

Nu ze toch bezig was kon ze de bank eigenlijk net zo goed belagen met *war dialling*. Ze schreef de opgegeven telefoonnummers van het Nassau-filiaal op. Net als het telefoon- en faxnummer dat ze al had, begonnen alle nummers met 51384, waarbij de laatste twee cijfers voor het toestelnummer vermeld stonden. Met een paar bedreven aanslagen had Harry haar *war dialler* geïnstrueerd om alle toestelnummers van 5138400 tot 5138499 te bellen totdat hij een ander modem had gevonden. Als die modem op een computer van Rosenstock was aangesloten, was ze binnen.

Harry trommelde met haar vingers op het bureaublad. Hoe dan ook, ze moest door de verdedigingsmuur van de bank zien te komen om haar vaders genummerde account te vinden. Ze was niet zo dom om te denken dat ze bij het geld kon komen. Een paar getallen veranderen in de database ging nog wel, maar het verplaatsen van echte geldbedragen was een ander verhaal. Dat zou optisch bedrog zijn, net als die twaalf miljoen op haar rekening.

Het online verplaatsen van geldbedragen was lastiger dan de meeste mensen dachten.

Harry liep de keuken in om een glas wijn in te schenken. Toen ze terugkwam dacht ze aan de beveiliging van haar vaders account. Volgens hem moest hij contantgeldopnamen of overboekingen persoonlijk regelen en de bank vooraf inlichten per fax.

Dus als ze dat geld te pakken wilde krijgen, moest ze zich als haar vader kunnen voordoen en zijn codenaam kraken, en wel binnen twee dagen. Wat dat betrof schatte ze haar kansen niet heel hoog in.

Ze ging zuchtend achter haar laptop zitten en keek naar de cijfers op het kladblok. Het eerste wat haar te doen stond was verifiëren of dit überhaupt haar vaders rekening was. Ze strekte haar vingers en begon te typen. Als ze erin slaagde de bank te lokaliseren betekende dat nog niet dat ze meteen verwachtte zijn naam daar aan te treffen. Volgens Jude werd de identiteit van bankrekeninghouders ergens in het bankarchief bewaard en bevonden ze zich nooit tussen de online gegevens. Maar als ze kon verifiëren dat zijn account daadwerkelijk bestond, wist ze dat ze daar wel uit zou komen.

Ze controleerde de RAT en het *war dialling*-programma. Van geen van beide respons tot nu toe. Ze breidde voor het geval dat het zoekgebied voor de *war dialler* uit, maar ze wist dat ze het zich niet kon veroorloven om al te lang te wachten. Ze moest het Rosenstock-netwerk weer vinden en een andere manier verzinnen om binnen te komen.

Ze liet de website voor wat die was en lanceerde via een zoekmachine een zoekopdracht voor de domeinnaam rosenstockbankandtrust.com. Harry wist dat zodra een bedrijf zijn domeinnaam op het net had geregistreerd, er een schat aan extra informatie bij zat die voor een hacker van onschatbare waarde was: namen van IT-medewerkers, telefoonnummers, e-mail, faxnummers, en – nog belangrijker – de netwerkservers en IP-adressen. Het IP-adres van een computer was als een straatnaam op internet. Je wist dan precies waar hij zich bevond en hoe je er moest komen.

De zoekopdracht bracht een hele stroom data op het scherm. Met bonkend hart kopieerde ze de nummers van de Rosenstock-computers. Nu ze wist waar het netwerk van de bank zich bevond, hoefde ze alleen nog maar naar de deur te sluipen en de sloten te forceren.

Maar eerst moest ze kijken of er iemand thuis was. Er zat altijd een kans in dat de geregistreerde informatie gedateerd was of dat de IP-adressen niet langer in gebruik waren. Ze lanceerde een *ping sweeper*, een programma dat datapakketjes naar de betreffende computers overbracht om te controleren of ze nog een teken van leven gaven. Het Rosenstock-netwerk reageerde navenant. Hebbes.

Nu moest ze inspecteren welke software de computers gebruikten. Wat Harry het leukste vond aan software was dat die altijd door mensen was gemaakt. En wat elke hacker wist, was dat je bij mensen maar op één ding kon vertrouwen en dat was dat ze fouten maakten. Veel fouten. Hackers sponnen er garen bij. Hoe slim een programmeur ook was, hij liet altijd steken vallen in de software. Deze zwakke plekken stonden in de hackerwereld wijd en zijd bekend. Ze werden door de zwarte hoeden gebruikt om ergens binnen te dringen.

Via haar toetsenbord bestookte ze de Rosenstock-computers met nepverbindingen en probeerde de software uit zijn tent te lokken. Met een beetje mazzel was het software met een bekende zwakke plek waarvan zij gebruik kon maken. Ze concentreerde zich met al het fingerspitzengefühl dat ze bezat op de data op het scherm, als een kluiskraker die zijn oor tegen het slot gedrukt hield. Binnen een minuut gaf de software van de Rosenstock-apparatuur een babbelzieke foutmelding:

Verkeerd verzoek. Server: Apache 2.0.38. Uw browser heeft een bericht gestuurd dat niet in overeenstemming is met HTTP.

Ze knikte en leunde naar achteren. Webserversoftware van Apache was erg populair, maar de wat oudere versies hadden enkele welbekende gaten in hun beveiliging. Ze tikte met haar nagels op haar bureaublad en overwoog welke artillerie ze kon inzetten. Toen gaf ze een nieuw commando en vuurde die als een pijl op de Apache-server af. Via de zwakke plek die ze op het oog had kon ze de opslagruimte van Apache volproppen met ongecontroleerde hoeveelheden data, zodat er bij het geheugen een surplus ontstond. Op zich had ze daar niet zo heel veel aan. Maar als er bij die surplusdata een bepaalde code zat, kon ze de software misleiden. En bij Harry's datapakketje zat een heel fijne code die haar toegang tot het systeem zou geven zodra ze hem lanceerde.

Haar pijl trof doel. Binnen luttele seconden verscheen er een pop-up op haar scherm en wachtte het systeem geduldig haar instructies af. Ze was binnen en had alle ruimte om in de Rosenstock-computers rond te kijken alsof ze in hoogsteigen persoon op de Bahama's achter een beeldscherm zat.

Ze voelde een onweerstaanbare behoefte om over haar schouder te kijken of er niemand meekeek. Maar ze bleef stug doortypen, struinde de hele Rosenstock-computer door en liet overal inbrekersgereedschap liggen, zoals een snuffelprogramma dat meeluisterde met het in- en uitgaande netwerkverkeer op deze machine. Zo had ze binnen tien minuten het wachtwoord van de beheerder te pakken en kon ze over nog meer privileges op het netwerk beschikken. Het zat zo goed als in haar binnenzak.

Maar er wrikte iets. In plaats van de gebruikelijke overwinningsroes voelde ze een zekere onrust. Ze had als hacker geleerd om haar intuïtie net zo veel te vertrouwen als de technologie, en als er iets niet goed voelde was daar meestal wel een reden voor. Maar ze legde voor het moment het gevoel naast zich neer en ging door. De klok tikte.

Met haar geprivilegieerde status ging ze als een drilboor door de rest van het Rosenstock-netwerk, dwars door de bestanden heen die ze op haar pad vond. Haar ogen waren erop getraind om het interessante materiaal eruit te vissen, en daarvan was er genoeg. Archieven, logboeken, databases, spreadsheets, e-mails, vertrouwelijke documenten. Ze ploegde overal doorheen, maar ontdekte dat de respons op haar commando's gaandeweg steeds trager werd. Normaal fladderde ze als een dartelende vlinder van het ene bestand naar het andere, maar dit was als zwemmen door stroop. Sommige opdrachten werden compleet afgewezen of beperkt op een manier die ze nog niet eerder had meegemaakt. En een paar van haar hackerinstrumenten begonnen defecten te vertonen, waardoor het allemaal nog trager ging. Iets zat haar dwars, maar ze kon er niet de vinger op leggen.

Op het moment dat ze overwoog om er de brui aan te geven ontdekte ze de database waarnaar ze op zoek was. Het was een ware schatkamer met bankinformatie: rekeningnummers, transacties, saldo-informatie, kredietlimieten. Ze bestudeerde de rekeningnummers. Ze verschilden alle in lengte, maar de meeste bestonden wel uit acht cijfers. Bij niet één stond er een letter. Ze lanceerde een zoekopdracht voor 72559353, met en zonder de letter J, maar dat leverde geen enkel resultaat op.

Ze ging met haar vinger langs de steel van haar wijnglas en staarde naar de rijen gegevens op het scherm. Opeens werd ze bevangen door een onwerkelijk gevoel; ze werd er bijna licht van in het hoofd. Hetzelfde gevoel toen ze voor het eerst die twaalf miljoen euro op haar bankrekening aantrof. Optisch bedrog. Was het weer zover? Ze schudde haar hoofd. Ze voelde zich gedesoriënteerd alsof iemand een langdurig kat-en-muisspelletje met haar uithaalde en haar meelokte als een vlieg die een honingspoor volgde.

Toen viel het muntje. Shit, dat was het. Dat ze dat nu pas zag! Ze liet haar glas zo plotseling los dat het in gruzelementen op de vloer viel. Met een ruk trok ze de stekker uit haar laptop en sprong opzij alsof de wijndruppels haar huid hadden geschroeid.

In de maling genomen door een potje honing. Wat mankeerde haar in godsnaam? Elk hackergroentje had dit kunnen doorzien. Was haar brein zo door elkaar gehusseld door al die klappen dat ze niet eerder doorhad wat hier gebeurde?

Het was alsof haar hartslag in één keer van zestig naar honderdtwintig was gestegen. Ze haalde een paar keer diep adem om te kalmeren, plofte weer op haar stoel en schudde haar hoofd, lichtelijk gegeneerd door haar melodramatische reactie. Het was per slot van rekening maar een potje honing en geen kernbom.

Een honingpotje was een nepcomputer en ze was regelrecht in de val gelopen. Dit spoor was uitgezet om eventuele hackers bij het echte systeem vandaan te lokken en naar een kunstmatige omgeving te loodsen waar al hun bewegingen werden geregistreerd. Ze werden ingezet om banksystemen te beschermen. Daarnaast werden ze gebruikt om de modus operandi van hackers te bestuderen, hun hackerinstrumenten in beslag te nemen alsook hun bevindingen. Als het ontwerp van zo'n honingpotje slim genoeg was, kon een zwarte hoed om de tuin worden geleid; die dacht dat hij een server vol sappige wachtwoorden was binnengewandeld en zou nooit vermoeden dat hij stap voor stap werd gevolgd.

Harry zuchtte. Rosenstock moest een 'aas en omleiding'-honingpotje hebben gebruikt. Het echte systeem was het aas en zodra ze erin was gekropen werd ze omgeleid naar een nepserver. De alarmbellen waren vast afgegaan door de overstroming die ze had veroorzaakt. Vanaf daar had ze door een fantoomnetwerk gelopen, terwijl er de hele tijd over haar schouder werd meegekeken.

Shit. Dit was tenenkrommend. Ze had ook nog eens haar tas met inbrekersspullen achtergelaten – een buitenkansje voor haar achtervolgers.

Het was duidelijk dat ze hun eigen snuffelaar op haar hadden losgelaten en dat die elke beweging had bespied. Hij was vast slecht geconfigureerd geweest en had de responstijd van het systeem overbelast. Vandaar dat het allemaal zo langzaam was gegaan. En nu begreep ze ook waarom een paar van haar instrumenten niet meer functioneerden. Een honingpot moest een bestaand systeem zo goed mogelijk nabootsen, maar hij kon een hacker ook weer niet alle vrijheid geven. Anders zou de hacker hem als springplank naar een ander netwerk kunnen gebruiken.

Misschien had ze de verbinding niet zo snel moeten verbreken, want ze had de honingpot op een of andere manier kunnen gebruiken als opstapje naar het echte netwerk. Maar helaas, daarvoor was het nu te laat en er was geen weg meer terug. Er was niet voldoende tijd geweest om een achterdeur open te zetten. Hoe dan ook, ze hadden nu haar IP-adres in hun bezit en elke nieuwe poging die ze ondernam zou geblokkeerd worden. Ze hadden inmiddels voldoende forensisch bewijsmateriaal verzameld om haar te kunnen vervolgen, als ze zouden willen.

Zuchtend schakelde ze haar laptop uit. Waarschijnlijk maakte het niet veel uit. Die honingpot was waarschijnlijk goed verzegeld geweest, zonder één enkele uitgang. In commerciële netwerken waren honingpotten niet heel erg gebruikelijk en ze interpreteerde dit dan ook als teken dat de mensen bij Rosenstock hun beveiliging bloedserieus namen.

Ook ging ze er blind van uit dat die RAT niets zou opleveren. De antivirusscanners hadden hem vast al te pakken gekregen en in de quarantaine gegooid. Haar *war dialler* was ook tijdverspilling geweest. Een onderneming als Rosenstock zou geen onbeschermde modems op hun netwerk laten rondslingeren.

Maar ze voelde haar hartslag weer omhoogschieten toen ze iets besefte wat ze waarschijnlijk de hele tijd al had geweten. Ze keek naar het adres dat ze in haar kladblok had neergekrabbeld: 322 Bay Street, Nassau, New Providence Island, Bahama's.

Ze wist dat ze haar vaders geld niet te pakken zou kunnen krijgen van achter haar bureau met laptop. Wat ze wel moest doen, wist ze in feite al een poosje: ze moest in hoogsteigen persoon naar die bank toe.

41

HARRY IJSBEERDE DOOR HAAR APPARTEMENT totdat ze de eerste helft van haar plan had uitgeknobbeld. De tweede helft was van later zorg, maar ze moest nu eerst even bellen.

Ze keek weer op haar horloge: kwart over negen, dus kwart over vier op de Bahama's. Ze pakte de telefoon en belde een nummer.

'Goedemiddag, met Rosenstock Bank & Trust.'

Harry pakte een pen en een stuk papier. 'Goedemiddag, ik wilde graag informatie over het openen van een rekening.'

'Momentje.'

Harry begon weer te ijsberen totdat ze werd doorgeschakeld. Ze wilde dat ze wat groter woonde zodat ze tenminste wat meer ruimte om zich heen had.

'Nieuwe accounts, met Hester, waarmee kan ik u van dienst zijn?' De vrouwenstem klonk zacht en bedaard.

'Dag Hester, ik zou graag een investeringsaccount willen openen.'

'Dat kan. Mag ik vragen of u een ingezetene bent van de Bahama's?'

'Nee, maar ik ben wel van plan om daar een dezer dagen naartoe te vliegen. Ik neem aan dat ik persoonlijk langs moet komen?'

'U kunt een afspraak maken met een van de relatiemanagers hier in Nassau. Zij helpen u met de hele papiermolen en alle wettelijke voorschriften.' Door haar zangerige Caribische accent leken de juridische bankzaken eerder op een ontspannend uitje.

'Prima,' zei Harry. 'Zou het morgenmiddag schikken?'

'Dat zal geen probleem zijn. Als u het goed vindt, neem ik alvast enkele details met u door.'

'Gaat uw gang.' Harry merkte dat de keurige omgangsvormen van de vrouw eenzelfde uitwerking op haar hadden en ze vroeg zich af of die vrouw altijd zo beleefd was. In de regel gedroegen mensen met zulke publieksgerichte functies zich als horken. Misschien hielp het als je besefte dat je clientèle uitsluitend uit miljonairs bestond.

'Zou ik u naar een persoonlijke referentie mogen vragen van iemand die een relatie met onze bank heeft?'

Even bleef Harry stokstijf staan. 'Is dat noodzakelijk?'

'Het is niet verplicht, maar het kan de zaken zeker versnellen.'

Harry wilde nee zeggen, maar ze herinnerde zich opeens weer de eerste accountmanager van haar vader: Philippe Rousseau. Ze speelde die troefkaart liever niet meteen uit, maar als het moest, dan moest het maar.

'Ik heb wel een referentie,' zei ze met gekruiste vingers. 'Wilt u die naam nu direct hebben?'

'Dat is niet nodig. U kunt dit opnemen met uw relatiemanager als u hier bent. Dan nog het volgende: de bank hanteert een bepaald beleid aangaande de minimale inleg voor investeringsaccounts, en die is afhankelijk van het land waar u woont. Voor Canada, Europa, de APAC-landen en Australië bedraagt deze dertigduizend dollar.'

Harry slikte. Haar spaartegoed zou een dreun krijgen.

'Bent u ingezetene van de VS, dan is het honderdduizend dollar,' vervolgde Hester. 'En voor alle andere landen is het honderdvijftigduizend dollar.'

'Vanwaar dat verschil?'

'Wij moeten uw achtergrond verifiëren en dat is bij het ene land riskanter dan bij het andere.' Haar zachte stem klonk nu verontschuldigend. 'Wij kunnen helaas geen cliënten uit Colombia of Nigeria accepteren.'

'Ik begrijp het.'

'U dient ook enkele persoonlijke papieren mee te nemen: dat is erg belangrijk.'

'Ik zal het opschrijven.' Harry sloeg een blaadje van haar kladblok om. 'Gaat uw gang.'

'U hebt een geldig paspoort nodig. Een kopie zal niet volstaan, vrees ik, en een rijbewijs ook niet. En u dient twee recente energierekeningen mee te nemen om uw huidige adres te bevestigen.'

Harry trok haar wenkbrauwen op. Vreemd om een geheime bankrekening te kunnen openen met zoiets banaals als een energierekening. Alsof ze een pasje bij de videotheek aanvroeg. Ze prentte zich in om elk persoonlijk documentje wat ze kon vinden mee te nemen: rijbewijs, loonstrookjes, bankafschriften, creditcards, aanslagen van de belastingdienst. Als ze haar identiteit moest bewijzen, wilde ze geen enkele reden tot twijfel geven.

'U hebt ook papieren nodig die uw economische situatie bevestigen,' zei Hester.

Harry knipperde met haar ogen. 'U bedoelt dat ik moet bewijzen waar mijn geld vandaan komt?'

'Precies. Daartoe zijn wij helaas genoodzaakt in verband met de wet op witwaspraktijken. Dus afhankelijk van uw fondsen dient u een kopie te overhandigen van bijvoorbeeld uw arbeidscontract en salaris, een verkoopakte, of een geverifieerd afschrift van een testament, enzovoorts. Uiteraard valt alles onder de geheimhoudingsplicht van onze bank en zal alles vertrouwelijk worden behandeld.'

'Uiteraard.'

'Als dit tot zover duidelijk is, mevrouw, zal ik dan nu een afspraak voor u maken?'

'Ja graag.'

Hester zette haar in de agenda voor kwart over drie de volgende middag. Harry had dan een afspraak met Glen Hamilton, een van de senior accountmanagers. Harry bedankte Hester voor haar hulp en verbrak de verbinding; ze kwam er te laat achter dat de vrouw niet om haar naam had gevraagd. Maar dat hoorde waarschijnlijk bij hun discrete aanpak.

Harry viste haar paspoort uit de keukenla. Het had ezelsoren en was al bijna verlopen. Ze deed haar laptop weer aan en boekte een vlucht met Canada Airlines. Ze zou de volgende ochtend vroeg vertrekken en rond een uur 's middags in Nassau aankomen. Dat was krap aan, gezien haar afspraak bij de bank, maar ze had nog maar weinig tijd over. Haar achtenveertig uur gingen door de zandloper.

Via internetbankieren boekte ze al haar spaargeld over naar haar lopende rekening. Dat zou ze op het vliegveld wel opnemen. Alles tezamen was het zo'n tachtigduizend dollar. Het zou misschien niet genoeg zijn voor wat ze van plan was, maar meer had ze niet. Ze kon maar beter niet meer denken aan dat appartementje dat ze voor zichzelf had willen kopen. Samen met haar geliefde Mini moest ze dat gedeelte van haar leven maar in de ijskast zetten.

Op het vliegveld zou ze wel een boek over de Bahama's kunnen krijgen, met een plattegrond van Nassau. Haar richtingsgevoel had haar de afgelopen dagen vaak in de steek gelaten, maar dit keer zou ze haar huiswerk doen. Het laatste waar ze op zat te wachten was alweer zo'n navigatiemisser.

Misschien was het ook een goed idee om iemand te laten weten waar ze naartoe ging en waarom. De gedachte dat ze misschien niet levend terug zou keren stuurde haar denkvermogen in de war, als een radio met statische ruis. Ze schudde haar hoofd om de witte vlekken uit haar hersens te krijgen en vroeg zich af wie ze kon bellen. Haar eigen familie was uitgesloten: hoe minder die wist, hoe beter. En zowel Dillon als Imogen had geprobeerd het uit haar hoofd te praten. Ze moest iemand hebben die niet emotioneel betrokken was. In gedachten verzonken trommelde ze met haar vingers op het bureaublad en vervolgens pakte ze vastberaden de telefoon.

'Woods.' De journaliste was kortaf als altijd.

'Hi Ruth, met Harry Martinez. Heb je nog altijd interesse voor een verhaal over mijn vader?'

Even viel het stil. Harry hoorde luidruchtige verkeersgeluiden aan de andere kant van de lijn.

'Heb je wat voor me?' vroeg Ruth.

'Ik begin in de buurt te komen. Geef me nog een paar dagen. Maar er is in die tussentijd al heel veel gebeurd. Wil je het horen?'

'Wacht even.' Op de achtergrond werd met papier geritseld. 'Ben ik weer. Ga je gang.'

Harry vertelde alles wat er in de afgelopen dagen was gebeurd. Ruth onderbrak haar niet één keer en deed pas haar mond weer open toen Harry zei wat er met haar vader was gebeurd.

'Jezus. Komt het wel weer goed met hem?'

'Dat weten we niet.'

'Shit.'

In de stilte die daarop volgde nam Ruth een flinke trek van haar sigaret. Toen zei ze: 'Wat ga jij nu doen?'

'De Profeet wil het geld, dus ik ga naar de Bahama's om het te halen.'

'En dan geef je het hem zomaar in handen?'

'Volgens mij heb ik weinig keus. Maar als ik erachter kan komen wie hij is, kan ik hem misschien wel ontmaskeren.'

'Of je overleeft het niet.'

En daar was het weer, dat zeurende stemmetje. Harry kneep haar ogen stijf dicht en klemde de hoorn stevig vast.

'Je zou me kunnen helpen,' zei ze uiteindelijk.

'O ja?'

'Zoek uit wie Ralph Ashford is, de CEO van KWC. Waar hing hij uit toen het kartel bezig was? Misschien werkte hij wel voor JX Warner.'

'Goed punt. En hoe zit het met die andere bankier over wie je het had, die Jude Tiernan? Hij zat toch ook bij JX Warner?'

'Dat wel, maar dat heeft waarschijnlijk niets te betekenen. Hij heeft me geholpen, maar dat kan net zo goed een façade zijn. Op dit moment vertrouw ik echt niemand meer.'

'Ik zal wat druk uitoefenen op Leon. Hij kent me nog wel. Hij mag me niet, maar dat komt doordat hij bang voor me is. Zo te zien zit hij er tot aan zijn nek in, dus wie weet praat hij zijn mond voorbij.'

'Je zou het kunnen proberen.'

'Oké, ik kijk wel hoever ik kom.' Ruth aarzelde even. 'Tussen twee haakjes, in welk ziekenhuis ligt Sal?'

Harry trok haar wenkbrauwen op. 'St. Vincent's. Hoezo?'

'O, zomaar.'

Harry glimlachte bijna. 'Het bezoekuur is van drie tot acht, als je het weten wilt.'

'Aha.'

Ruth hing op zonder gedag te zeggen. Harry liet de telefoon op het bureaublad vallen en trok haar knieën tot aan haar kin op. Ze beet op haar onderlip.

Het was altijd verkeerd om je plannen hardop uit te spreken. Als je ze net had bedacht leken ze nog ingenieus; maar zodra je ze had uitgesproken klonken ze infantiel.

Ze voelde iets kriebelen in haar rug en ze moest zich inspannen om zich niet tegen de muur te drukken. Waar was ze in hemelsnaam mee bezig? Ze ging naar een of ander eiland dat duizenden kilometers verderop lag en waar ze niet eens de weg wist, godbetert. Op dit moment waren haar plannen nog maar heel summier, en bovendien miste ze een vitaal onderdeel. Ze wist nog altijd de code van haar vaders account niet.

42

Het eerste wat Harry opviel toen ze op het eiland New Providence aankwam waren de kleuren.

Ze draaide het raam van de taxi open. Rechts van haar stond een rij feloranje, saffraangele en korenbloemblauwe huizen. Paarse bougainville viel als een waterval over de muren. Links was de oceaan, een streep jadegroen met een zoom van witte kant. Ze voelde zich als Dorothy die van het monochrome Kansas naar de schitterende Technicolor-wereld van Oz was getransporteerd.

'Uw eerste keer in Nassau?'

De taxichauffeur keek haar met een schuin hoofd in het achteruitkijkspiegeltje aan. Hij was nog jong, negentien of twintig, met keurige, platte krulletjes die wel waterproof leken. Hij had zich voorgesteld als Ethan.

'Ja, eerste keer,' zei ze met een moeizaam glimlachje.

Ze had twaalf uur in het vliegtuig gezeten en haar hoofd tolde van vermoeidheid. Zelfs knipperen met haar ogen ging traag en sloom.

Ethan knikte. 'Mensen komen maar om twee redenen naar de Bahama's.' Door zijn accent klonk het als Da Bahama's. 'Zaken of romantiek.' Hij gluurde weer in het spiegeltje. Zijn ogen waren opmerkelijk amberkleurig. 'En volgens mij komt u hier niet voor de romantiek.'

'Klopt. Alleen zaken.'

Haar bovenbenen begonnen te stoven door de hitte van de vinyl bekleding. Er was geen airconditioning in de taxi, behalve de open ramen.

'Maar de Bahama's zijn geen goeie plek om zaken te doen, geloof mij maar,' zei Ethan. Hij gaf een ram op zijn claxon voor het stilstaande verkeer. 'Alles gaat hier traag, traag, traag.'

Harry staarde naar de felroze bloesem en sierlijke palmbomen. 'Dat is volgens mij ook de bedoeling.'

Hij schudde zijn hoofd en roffelde op het stuur. 'New York, daar kun je nog eens zakendoen. Daar kun je alles pijlsnel regelen.'

Harry keek naar het verkeer. Een stukje verderop waren twee koetsjes met paarden de hoofdweg op gereden. Ze waren in vrolijke geel- en roodtinten geschilderd, als een stel circuswagens. De paardenhoeven klakten doodgemoedereerd op de keien en de dieren trokken zich geen zier aan van de consternatie achter hen.

Ethan snoof. 'Zie je die paarden? Wat een slome, langzame manier om je te verplaatsen. Stopverf, zo noem ik ze.'

Hij rukte aan de versnellingspook en schoot als een F16 in een opening in de rij auto's. Bijna direct remde hij weer af en bleef stilstaan voor een politieagente die het vastgelopen verkeer stond te regelen. Ze droeg een wit, gesteven uniform en witte handschoenen en dirigeerde het verkeer met bijna ballerina-achtige gratie. De koperen knopen en krijgshaftige strepen op de zijkant van haar rok deden Harry aan de Britse erfenis op de Bahama's denken.

'Als je het mij vraagt hadden we dit eiland aan de piraten moeten geven,' zei Ethan.

'Welke piraten?'

Ze zag zijn verbaasde blik in het spiegeltje. 'Heb je nooit van Blackbeard gehoord? Zijn echte naam was Edward Teach. Enkele eeuwen geleden had hij New Providence vrijwel helemaal in zijn macht. Het wemelde hier van de piraten.' Hij trommelde met zijn vingers op het stuur. 'Het gezegde luidt dat slapende piraten niet dromen van de hemel, maar van hun terugkeer naar Nassau.' Op het signaal van de verkeersagente schoot hij weer een stuk naar voren. 'Nassau is niks anders dan een nachtmerrie in slow motion.'

Harry fronste. Bij zijn laatste woorden was er een elektriciteitsstroompje in haar hersens geactiveerd, maar dat trok bijna onmiddellijk weer weg. Ze schudde haar hoofd en keek naar de langgerekte welvingen van het strand. Het zand leek wel gezeefd meel. De golven van aquamarijn, die hoger waren dan ze had verwacht, wierpen onoplettende zwemmers op de kust alsof de branding door een enorme hand in de oceaan als badwater werd weggespetterd.

Even later namen ze een scherpe bocht naar links en Ethan zette de auto stil. Hij ging verzitten en maakte een weidse beweging met zijn arm. 'Dit hier heet allemaal Cable Beach. En daar is uw hotel.'

Harry zag een snoeproze gevel. Het Nassau Sands Hotel was een gebouw met statige vormen; het had een breed bordes en naast de hoofdingang stonden Korinthische zuilen. Ze had dit hotel gekozen vanwege het sympathieke tarief, maar nu ze ervoor stond leek het eerder op een grootse koloniale residentie.

Ze bedankte Ethan, gaf hem een ruime fooi en stapte uit de auto. De hitte omsloot haar als een elektrische deken. Ze beklom de treden van het bordes en liep het hotel in. Onmiddellijk voelde ze een tochtstroom tegen haar gezicht.

De foyer was een groot, open paviljoen zonder muren die een vrij uitzicht op de blauwgroene zee bood. Boven haar draaiden enorme plafondventilatoren rond om de lucht te laten circuleren. Het gepolijste marmer zag er koel uit en ze moest zich inhouden om haar bezwete lichaam er niet languit op te laten vallen.

Het inchecken nam enige tijd in beslag, maar het ontspannen personeel was een verademing na de gejaagde taxichauffeur. Uiteindelijk overhandigde de receptionist haar met een brede glimlach de sleutel van haar hotelkamer.

'Welkom op de Bahama's, mevrouw Martinez. Ik hoop dat u het naar uw zin zult hebben.'

'Dank u.'

Harry was inmiddels al gewend aan het plaatselijke accent. Het verschilde van het stereotiepe Jamaicaanse toontje dat ze had verwacht. Het was zangeriger en soepeler: een milde mix van Britse en Afrikaanse klanken.

Ze vond haar kamer en concludeerde dat het weelderige uiterlijk van de open foyer niet tot achter de schermen reikte. De stijl was een soort bloemetjesbruin uit de jaren zeventig en er hing een vage rioollucht. Ze trok haar schouders op. Vijfsterrenlobby, tweesterrenkamer. Wat maakte het uit. Als alles volgens plan verliep was ze hier morgen weer weg.

Ze smakte haar koffer op het bed en pelde haar bezwete kleren van haar huid. Ze stapte onder de douche om onder een iel straaltje water af te koelen. In een handdoek gewikkeld ging ze op het bed zitten en haalde haar gids van de Bahama's tevoorschijn. Volgens de kaart was Bay Street de hoofdweg die door heel Nassau liep, van Paradis Island Bridge in het oosten tot Cable Beach in het westen. Met een taxi was dat maar een kort ritje.

Ze probeerde in gedachten vooruit te lopen op wat haar te doen stond en kreeg prompt een droge mond. Ze had nog altijd haar vaders codenaam nodig. Ze kon proberen om het zonder te doen, maar dan had ze maar weinig kans van slagen.

Ze gooide het boek op het bed en pakte het papiertje waarop ze de gegevens van haar vaders rekening had geschreven. 7-2-5-5-9-3-5-3-J. Waar stond die J toch voor? Was de letter alleen maar om de pokerhand te completeren, of had hij nog een speciale betekenis? Ze tikte erop met haar middelvinger. J van wat? J van Jack? Jack wie? Wat had haar vader ook alweer tegen haar gezegd in de gevangenis: *Je had die naam vast leuk gevonden.* Wat moest ze daar nou weer mee?

Ze zette haar vaders reistas op het bed; nu was ze blij dat ze hem had meegenomen. Ze rommelde erin totdat ze het pokerboekje van haar vader had gevonden en bladerde het door tot aan het gedeelte met de bewuste kaarten. Js. Schoppen Jack[1]. De *river card*. Was dat soms de codenaam van haar vader? Of Jack River? Ze fronste. Geen van beide sloeg erg aan. Op de een of andere manier voelde ze aan dat het ergens een belletje moest laten rinkelen.

Met gesloten ogen dacht ze na over haar vader. Gisteravond was ze nog een keer naar het ziekenhuis gegaan. Volgens de verpleegsters was er niets veranderd, maar Harry vond dat hij was gekrompen, zo leek het wel. Hoe zou het er daar nu uitzien? Haar moeder afstandelijk als altijd, haar zus die alles probeerde te regelen en een lege stoel waar zijzelf had moeten zitten. Ze opende haar ogen en verjoeg het plaatje. Ze had geen enkele keus gehad: ze had moeten vertrekken.

Ze keek weer op haar horloge. Tijd om zich op te knappen. Ze liet de handdoek op de vloer vallen en pakte de jurk die ze op het vliegveld van Dublin had gekocht. Ze had een kleine designerwinkel gevonden, van het slag dat ze in de regel vermeed, en daar een ivoorkleurige, geborduurde zijden jurk aangeschaft met bijbehorende tas en schoenen. Het had haar meer gekost dan een hele week op de Seychellen, maar de outfit zag er duur uit en dat was ook de bedoeling. Ze zou zich later wel om het creditcardafschrift bekommeren.

De zijden stof golfde als verkoelend water over haar huid. Het lijfje was strak, met dunne spaghettibandjes die zo veel huid vrijlieten dat ze zich zorgen begon te maken over zonnebrandcrème. Ze deed meer make-up

---

1 Noot van de vertaler: *Jack* is de boer in het kaartspel.

op dan normaal en zorgde voor een dramatisch effect rondom haar ogen om de aandacht van de wondjes en blauwe plekken op haar gezicht af te leiden. Ze draaide haar haar boven op haar hoofd in een wrong die zo strak zat dat ze er tranen van in haar ogen kreeg. Tot slot trok ze de schoenen aan en bekeek het totaalplaatje in de spiegel. Haar huid lichtte op door de zacht glanzende zijde. Het hoge knotje trok haar haargrens en haar wenkbrauwen omhoog, waarmee ze een naturel hooghartige uitstraling kreeg. Voor het eerst zag ze hoeveel ze op haar moeder leek.

Ze deed een zonnebril op, pakte haar tas en liep naar de foyer. Buiten voor het hotel hield ze een taxi aan en was enkele minuten later in Bay Street op de stoep van de Rosenstock Bank.

Harry keek omhoog naar het blauwe gebouw met pilaren waarin het hoofdkwartier van de bank was gevestigd. Ze voelde zich een beetje slapjes. Ze haalde een paar keer diep adem en keek op haar horloge. Ze had pas over bijna een uur een afspraak. Dan maar even de zenuwen wat gekalmeerd met een toeristisch ommetje. Bovendien moest ze nog steeds iets anders doen.

Ze liep oostwaarts Bay Street in en belandde in een drukke menigte van toeristen en kantoormedewerkers. De straat bestond uit winkels. Designerboetieks met kleding van Fendi en Gucci naast souvenirstalletjes waar T-shirts en piratenhoeden werden verkocht.

De zon voelde als een soldeerbout op haar huid, dus ging ze aan de overkant lopen, waar wat meer schaduw was. Overal claxonneerden taxi's en raceten scooters voorbij. Ze dook de verkoelende luwte van de overdekte winkelgalerij in en keek naar de etalages totdat ze vond wat ze zocht: een belwinkel waar ze mobiele telefoons verkochten. Vijf minuten later had ze een prepaid telefoon met plaatselijk Bahama's-nummer. Ze stopte hem diep weg in haar tas.

Terwijl ze ondertussen de plattegrond goed in de gaten hield, slenterde Harry over Rawson Square in de richting van de haven. Bij de pier lagen twee cruiseschepen aangemeerd, met bulderende scheepshoorn. Zeemeeuwen cirkelden er krijsend boven en zaaiden paniek onder de passagiers die van boord gingen. Bij de waterkant stonden verkopers in kleine bootjes roze met groene schelpen te verkopen die Harry aan watermeloenen deden denken.

De houten pier kraakte onder haar voeten, en de zilte lucht rook naar zeewier. Ze passeerde nog een rij kraampjes waar souvenirs van Nassau lagen uitgestald: aardewerken sierstukken en strooien hoeden, ansichtkaarten en piratenvlaggen met Jack Eenoog.

Harry bleef als aan de grond genageld staan. Eindelijk vielen de puzzelstukjes in haar hoofd op hun plaats. Ze bleef stilstaan omdat ze bang was dat ze het moment weer zou verstoren. Het water klotste tegen de rand van de pier, ergens ver weg klonk het geluid van een buitenboordmotor. Langzaam draaide ze zich om en staarde naar de marktkramen. T-shirts, sleutelhangers, plattegronden en boeken. Piratenvlaggen aan een stok met de afbeelding van Jack Eenoog. Harry keek naar de dichtstbijzijnde vlag die wapperde in het briesje. Een witte schedel met kruisbotten tegen een zwarte achtergrond, een oogkas verborgen achter een ooglapje.

Deuces, aces, one-eyed faces.

Het kinderliedje ging door haar hoofd: het was een uitdrukking die aan de pokertafel werd gebruikt en die betekende dat azen, tweeën en schoppen boer de *wild cards* waren. Jack Eenoog. Ze zag de schoppen boer voor zich, de Jack, zoals die in elke stok kaarten voorkwam: met maar één oog. De witte schedel leek haar aan te staren. Een andere schedel met kruisbotten kwam bij haar op: het logo van DefCon, de hackerconventie die ze samen met haar vader had bezocht.

De naam die ik heb gekozen had je vast leuk gevonden.

Schoppen Jack. Jack Eenoog. Schedel en kruisbotten.

Piraten en hackers.

Ze sloot even haar ogen en er schoot nog een woord door haar heen, een woord dat dit alles met elkaar in verband bracht. Haar hackerpseudoniem toen ze nog een kind was. Pirata. Het Spaanse woord voor piraat.

Nu klopte het allemaal. Ze voelde het tot in haar tenen.

43

‘Goedemiddag. Mijn naam is Harry Martinez en ik heb om kwart over drie een afspraak met Glen Hamilton.’

Harry verplaatste haar gewicht van de ene voet op de andere terwijl de receptioniste op haar beeldscherm keek. Het was een raar gevoel om zo vlak voordat ze de boel ging oplichten haar eigen naam op te geven. Toen ze zich herinnerde dat de afspraak niet op naam was, was het alsof ze een sociale blunder had begaan. Ze keek snel om zich heen of iemand in de lobby het soms gehoord kon hebben. Mensen in nette pakken liepen af en aan van hun werkplekken en de kasbediendes gingen op discreet zachte toon te werk. De cliënten vormden zwijgende rijen voor de balie, als kerkgangers die te biecht gingen. Op dit soort plekken waren namen heilig.

De receptionist keek met een stralende glimlach van het scherm naar Harry. Ze boog zich naar voren en wees naar de rij kasbedienden links van haar. Op de naambadge op haar revers stond JULIANA.

‘Loop hier helemaal tot aan het eind en ga dan linksaf, daar vindt u drie liften. U moet de middelste nemen. Daarmee kunt u naar de derde etage en dan is er daar iemand om u op te vangen.’

Harry bedankte haar en liep naar de liften, die alle drie openstonden. Ze stapte in de middelste en wilde op het knopje voor de derde drukken. Er zat geen knopje. Ze bleef met haar vinger midden in de lucht staan en vroeg zich af wat ze nu moest doen. De enige knoppen op het metalen paneeltje waren om de deuren mee te bedienen en alarm te slaan. Voordat ze het had uitgevogeld, sloten de deuren zich vanzelf en kwam de lift in beweging. Het moest een beveiligde lift zijn die vanaf de receptie werd bediend en zo was ontworpen dat insluipers zoals zij niet zomaar het bankgebouw konden afstropen. Ze kreeg er de kriebels van dat ze op andermans commando omhoogging.

De lift stopte en de deuren gleden open. Ze werd opgewacht door een jonge vrouw in een marineblauw pakje.

'Deze kant op, alstublieft.' Ze wenkte dat Harry haar moest volgen, en escorteerde haar een beige gang door met overal deuren zonder bordjes. Er werd nergens aangegeven op welke etage ze zich bevond of wat er achter die deuren was. De vrouw opende een deur aan de rechterkant die identiek was aan alle andere deuren. Hoe kon ze die ooit uit elkaar houden?

'Neemt u plaats.' De vrouw deed een stap opzij zodat Harry naar binnen kon. 'Glen komt zo bij u.'

Harry bedankte haar en liep naar binnen. De deur werd achter haar dichtgedaan.

In het midden van de kamer stonden vier Queen Anne-stoelen rondom een mahoniehouten koffietafel. De stoelen hadden een witte zitting en gekrulde pootjes, en zo te zien waren ze niet best voor je rug. Harry wist dat ze moest gaan zitten en wachten. In plaats daarvan liep ze naar het raam aan de andere kant van het vertrek. Niet om het uitzicht te bewonderen, maar omdat het naast een modern ingerichte werkplek was, met paperassen en een zoemende laptop.

Om de schijn op te houden keek ze even uit het raam. Rode en blauwe daken reikten van hier tot aan de haven, en een halve kilometer van de kust kon ze Paradise Island zien liggen dat via een brug met Nassau was verbonden. Over de hele skyline van het eiland strekte zich een verbluffend bouwwerk uit, uitgevoerd in roze en blauwe tinten; een hybride vorm van Disney en de Taj Mahal. Harry wist dankzij haar gidsje dat dit het Atlantis Resort was, bijna veertien hectare met extravagante hotels, casino's en zwembaden.

Ze keek vanuit haar ooghoek naar de laptop. De screensaver stond aan. Ze duwde voorzichtig met haar heup tegen het bureau en de computer kwam weer tot leven, maar dan wel met de boodschap dat hij was afgesloten. Pech.

Ze bekeek de paperassen die over het bureaublad lagen uitgewaaierd en zocht naar iets bruikbaars. Bedrijven gaven miljoenen uit om vertrouwelijke informatie te beveiligen, maar in werkelijkheid waren het de alledaagse dingen waarmee hackers uit de voeten konden.

Harry zag het lichtende voorbeeld daarvan op de muur geplakt: het interne telefoonlijstje van de bank. Met een vluchtige blik over haar schouder pakte ze haar mobiele telefoon en richtte de camera ervan op de muur. Ze moest er enkele foto's voor nemen, maar al snel had ze de hele lijst te pakken. Die zou ze later op haar eigen pc wel weer aan elkaar plakken.

Ze keek nogmaals naar de computer. Het was een standaardmodel van Dell. De netwerkkabel was kanariegeel en liep door een gat in het bureaublad naar de netwerkdoos in de vloer. Halverwege was de kabel gemarkeerd met een stukje blauw plastic waarop stond 'port 6-47'. Wie weet kwam haar dat nog van pas.

Achter haar werd de deur geopend. Snel deed ze twee stappen naar het raam, en draaide zich om op het moment dat een man en een vrouw de kamer binnenkwamen. De vrouw stak haar hand uit.

'Glen Hamilton, hoe maakt u het.' Ze wees naar haar collega. 'Dit is mijn assistent, Raymond Pickford.'

Harry stelde zich voor en ze schudden handen. Stom dat ze ervan uit was gegaan dat Glen een man was. Zij had beter moeten weten en niet zomaar van de sekse uit te gaan op basis van een naam.

Glen leidde haar bij de werkplek vandaan naar de Queen Anne-stoelen. 'We zitten hier een stuk comfortabeler.'

Dat betwijfelde Harry ten zeerste, maar ze gehoorzaamde. Ze nam de stoel tegenover die van Glen, die een leren map openritste en een schrijfblok op haar knieën legde.

Zo te zien was ze achter in de veertig; haar huid had de kleur van tabak en haar haar was strak over haar fraai gevormde schedel gekamd. Haar mantelpakje was helemaal zwart en Harry vond dat ze hier en daar wel een kleurig accent had kunnen gebruiken. Ze straalde het soort gezag uit dat Harry aan haar laatste rectrix deed denken – die vrouw had een leugen op tien meter afstand kunnen ruiken.

Ze dwong zichzelf om Glen recht in de ogen te blijven kijken. Per slot van rekening had ze niets misdaan. Nog niet, althans.

Glen klikte haar balpen in aanslag. 'Voordat we beginnen wil ik u graag laten weten dat alles wat hier wordt besproken compleet vertrouwelijk is.' Haar dictie was langzaam en secuur. 'Zelfs als u besluit geen rekening bij ons te openen, dan zal dit bezoek en alle informatie die ter sprake is gekomen, aan bancaire privacywetten gehouden zijn.'

'Dat is een geruststelling.'

'Mag ik vragen waarom u voor de Rosenstock Bank hebt gekozen?'

'Mijn vader heeft hier jarenlang een rekening gehad. Op aanbeveling van een vriend van de familie, die daarna overigens nog een tijdje zijn account heeft behandeld. Misschien kent u hem. Philippe Rousseau.' Harry hield de vrouw scherp in de gaten, maar er was niets van haar gezicht af te lezen. 'Werkt hij hier nog steeds?'

Glen stak haar kin in de lucht en keek alsof ze daar geen antwoord op wilde geven, maar Raymond viel in.

'Meneer Rousseau is vicepresident internationale cliëntenbetrekkingen,' zei hij met een glimlach. Hij was jonger dan Glen, ergens begin dertig, en zijn lichte Bahama's-accent stond in vreemd contrast met zijn blanke huid. 'Hij promoveerde enkele jaren geleden, daarvoor was hij accountmanager.'

Harry keek of Glen dit zou bevestigen. De vrouw sloeg echter haar ogen neer en plukte aan een losse lint op haar pakje. Toen keek ze op en glimlachte.

'Philippe heeft onder mij gewerkt, om precies te zijn. Tot acht jaar geleden.'

'Aha.' Harry fronste. 'Dan hebt u mijn vaders account overgenomen, als ik het goed begrijp.'

Als dat inderdaad zo was, hoe zat het dan met Owen Johnson? Maar Glen was nog niet uitgepraat.

'Ik had al mijn aandacht voor mijn eigen cliënten nodig en die van Philippe kon ik er niet bij hebben,' zei ze. 'Dus nee, ik heb zijn werk overgedragen aan de rest van mijn team. Op die manier had Philippe meer tijd om onze vooraanstaande cliënten te entertainen.' Haar glimlach werd breder. 'Op stap met het mannennetwerk, zo noemen ze dat geloof ik.'

Harry knikte. 'Dat kan kloppen, mijn vader zei dat hij hem aan de pokertafel had ontmoet. Waar weet ik niet precies.'

'Dat was vast op Paradise Island,' zei Raymond. 'Daar zit het beste casino van de Bahama's.' Hij wierp een snelle blik op Glen en keek toen opzij. Hij streek met zijn hand over zijn hoofd, vanaf zijn kruin tot aan zijn voorhoofd. Zijn haar was naar voren gekamd met een kuifje, en er zat zo veel gel in dat het wel op aangeslibde olie leek.

'Raymond, zou je zo vriendelijk willen zijn om koffie voor ons te halen?' Glens neusvleugels trilden een beetje.

'Natuurlijk.' Hij legde zijn pen en kladblok op tafel en liep de deur uit, met een schuin hoofd alsof hij laaghangende takken moest ontwijken.

Glen draaide zich weer om naar Harry.

'Misschien dat we de herkomst van uw kapitaal kunnen bespreken. Het is wettelijk voorgeschreven dat we geen rekening kunnen openen zonder dat we precies weten waar uw geld vandaan komt.'

'Dat begrijp ik.' Harry sloeg haar benen over elkaar, waarbij de zijden jurk over haar schenen fladderde. Ze deed haar best om gefortuneerd over te komen. 'Het grootste gedeelte van mijn kapitaal komt van de internet-hausse. Het softwarebedrijf waarvoor ik werkte ging begin 2000 naar de beurs, en ik had aandelen. Op dit moment is het meeste daarvan geïnvesteerd in vastgoed en kansspelaandelen. Vandaag leg ik een bescheiden bedrag in, maar te zijner tijd wil ik alles verkopen en mijn geld in het buitenland onderbrengen.' Ze schonk Glen een droevig glimlachje. 'Ik heb een overspelige echtgenoot. Als ik straks van hem ga scheiden, wil ik zeker weten dat hij nergens aan kan komen.'

Glen bleef onverstoorbaar. Mocht Harry gemikt hebben op een meelevende blik van vrouwen-onder-elkaar, dan had ze pech.

Glen maakte een aantekening. 'Als u alles hebt verkocht en uw tegoeden bij ons wilt onderbrengen, hebben wij een verkoopakte van u nodig.'

'Komt in orde.' Harry slikte en schraapte haar keel. In werkelijkheid bezat ze niet meer dan een vermorzelde Mini. Ze moest zich inprenten dat Glen dat onmogelijk kon weten.

'Dus u wenst maximale geheimhouding?' vroeg Glen.

'Graag. Dat houdt in dat ik een genummerde account krijg, neem ik aan?'

'Er zijn nog andere opties, maar zo te zien past deze het best bij uw situatie. Dan wordt uw naam vervangen door een nummer dat op alle gerelateerde documenten terug zal komen. Behalve Raymond en ik weet niemand bij onze bank wie u bent.'

'En ik kan deze account gebruiken om aandelen te kopen, zonder dat iemand daarvan op de hoogte is?'

'Jazeker. Alle transacties verlopen onder naam van de bank. U wordt nergens genoemd.'

'Dat klinkt perfect.'

'Een genummerde account komt natuurlijk wel met enkele beperkingen om dat niveau van geheimhouding te kunnen handhaven. U krijgt bijvoorbeeld geen chequeboekje en u kunt niet pinnen. Als u geld wilt opnemen, overboeken of betalingen verrichten, dient u zich persoonlijk bij de aan u toegewezen relatiemanager te vervoegen.'

'En dat bent u dan, in mijn geval.'

Ze knikte. 'Of Raymond, als ik niet beschikbaar ben. Hij is bevoegd om op te treden als ik verhinderd ben.'

Precies op dat moment stapte Raymond de kamer weer in met een dienblad in zijn handen. Hij plaatste het met veel gerammel op de koffietafel. Harry merkte op dat zijn handpalmen nattig waren: van de zenuwen of doordat hij de hele tijd over die klodder vet op zijn hoofd wreef. Ze ving zijn blik op en schonk hem een bemoedigende glimlach.

Glen boog zich naar voren. 'Als u zo ver bent, kunnen we nu met het papierwerk beginnen.'

'Goed idee.' Harry maakte haar tas open en haalde haar paspoort tevoorschijn, twee recente energierekeningen, haar aanslagbiljet van de inkomstenbelasting en een bankafschrift waarop het saldo van haar spaartegoed stond vermeld. Ze gaf alles aan Glen, tezamen met een bankwissel ter waarde van dertigduizend dollar. Bijna een derde van haar spaargeld. Met een gevoel van spijt bedacht ze dat ze dat geld waarschijnlijk nooit meer terug zou zien.

Glen keek alle papieren door en gaf haar een ontvangstbewijs voor de bankwissel, terwijl Raymond de koffie inschonk. Ze gaf hem de papieren zonder hem aan te kijken en zei dat hij er kopieën van moest maken. Toen hij weer weg was haalde ze een formulier uit haar leren map en gaf die aan Harry, samen met een balpen.

'Zou u dit alstublieft willen invullen terwijl we wachten? We kunnen onze koffie aan het bureau opdrinken.'

Glen liep naar de laptop en gebaarde dat Harry een stoel kon nemen. Terwijl Glen zat te typen las Harry het formulier door. Op het eerste gezicht leek het gewoon op een routineaanvraag voor een standaard bankrekening. Met de gebruikelijke vakjes voor de persoonlijke gegevens en aan het eind een sectie waarboven stond: DIT NIET INVULLEN. Dat zou wel voor Glen zijn. Op de achterkant van het formulier stond niets, een tweede vakje was bestemd voor een andere optionele ondertekenaar bij de bank. Ze begon haar naam- en adresgegevens in te vullen, waarbij ze voor haar voornaam 'Harry (Henrietta)' invulde, conform haar paspoort.

'Ik heb mijn vader beloofd om Philippe even gedag te zeggen als ik hier toch was,' zei ze, net op tijd om niet het hokje ALLEENSTAAND af te vinken. Dat was het probleem met liegen: je legde een mijnenveld rondom jezelf aan. 'Zou ik hem vanavond nog in het casino kunnen treffen, denkt u?'

'Ik heb geen idee.' Glen ging rechtop zitten. 'Eigenlijk is het voor ingezetenen van de Bahama's verboden om te gokken. Maar onze monsieur Rousseau is half Frans, half Brits, dus hij hoeft zich niet aan de regels te houden.' Ze sloeg de Enter-toets iets harder aan dan nodig was.

Harry wist niet welke vooroordelen Glen in deze bank had moeten overwinnen, maar het zag ernaar uit dat Philippe Rousseau er het meest bekaaid van afkwam. Ze ging door met het invullen van het formulier en vinkte het hokje aan dat de bank gevrijwaard bleef van het verstrekken van een belastingverklaring. Toen belandde ze bij de sectie met het kopje AUTORISATIE VOOR TELEFOON- & FAXINSTRUCTIES met een lege ruimte eronder waar CODENAAM bij stond. Ze liet de balpen tussen haar duim en wijsvinger ronddraaien.

'Dat codewoord voor telefoon en fax,' zei ze. 'Hoe werkt dat?'

'Bij een nummeraccount geven wij er de voorkeur aan dat u de meeste transacties persoonlijk met mijzelf of met Raymond regelt. Op die manier komt de geheimhouding nergens in gevaar en kan er geen enkele onzekerheid over uw identiteit bestaan. Maar dat is uiteraard niet altijd mogelijk. U kunt niet altijd naar de Bahama's komen, dus soms kan het nodig zijn dat u instructies per telefoon of per fax wilt doorgeven. Wij bevelen aan om in een dergelijk geval niet uw eigen naam te gebruiken, om volledige anonimiteit te garanderen. U geeft uw bank autorisatie om uw instructies uit te voeren nadat u uw accountnummer hebt opgegeven, alsmede het persoonlijke codewoord dat op uw registratieformulier staat vermeld.' Glen schonk haar een stralende glimlach. 'Dan weten wij zeker dat de instructies van u persoonlijk komen.'

Harry knikte en keek naar het lege vakje op het formulier. Ze voelde haar tenen opkrullen als die pootjes onder de Queen Anne-stoelen. Toen bevochtigde ze haar onderlip en schreef op: *Pirata*.

Ze ondertekende het formulier en twijfelde even bij de datum. Haar vader had gezegd dat hij zes maanden voor de Sohoran-deal de bankrekening bij Rosenstock had geopend. Dat moest dan ergens in april 2000 zijn geweest. Ze pakte haar pen en schreef de datum van die dag op: 14 april 2009. Ze smokkelde wat bij het laatste cijfer zodat het rondje van de negen disproportioneel groot was. Met een beetje mazzel zou hij kunnen doorgaan voor een nul, iets wat haar later van pas zou kunnen komen.

Ze overhandigde Glen net het compleet ingevulde formulier toen Raymond weer binnenkwam. Hij kwam bij hen staan en legde een stapel papieren op Glens bureau, samen met een lege archiefdoos die de afmeting en dikte had van een telefoonboek. Glen sorteerde de paperassen, gaf de originelen terug aan Harry en borg de rest in de doos op. Daarna pakte ze het formulier en vulde op haar eigen sectie enkele gegevens in. Harry moest haar handtekening op de achterkant van een kopie van haar pasfoto plaatsen en daarna werd het vastgeniet aan het formulier. Glen zette haar handtekening op de voorkant en liet haar paraaf tot over het aanvraagformulier lopen, zodat beide paperassen nu bij elkaar hoorden. Raymond maakte aanstalten om hetzelfde te doen, maar Glen wuifde hem weg.

'Ruim de koffiekopjes maar op,' zei ze.

Raymond aarzelde even en deed toen wat hem was opgedragen. Harry gaf hem glimlachend haar kopje en keek toen weer naar Glen. Die maakte alle paperassen met een klemmetje aan elkaar vast en stopte ze in de doos waar een inhoudsopgave op het deksel zat. Harry keek toe hoe Glen hokje voor hokje afvinkte en overal haar paraaf zette. Ze werd zich bewust van Harry's strakke blik, want ze keek op.

'Dit is uw persoonlijke identificatiedossier,' legde ze uit. 'Dit bewaren we bij ons in de kluis. Alleen Raymond en ik kennen uw identiteit en wij zijn als enigen bevoegd om uw dossier in te zien.'

'En wat er gebeurt er als jullie allebei weggaan?'

Glen trok een wenkbrauw op. 'Dat is niet erg voor de hand liggend, maar dan wordt uw account overgedragen aan een nieuwe accountmanager die toegang tot het dossier zal krijgen. Hij of zij kan de authenticiteit van uw gefaxte instructies verifiëren als u te allen tijde uw accountnummer en codewoord gebruikt.'

Raymond viel haar bij. 'En uw foto is geëndosseerd, dus als u geld bij ons komt opnemen, kan hij u identificeren.'

'Ik begrijp het.' Harry deed haar uiterste best om een zwakke plek in dit systeem te ontdekken. 'En als er iemand inbreekt in uw kluis?'

Glen stak haar kin omhoog. 'Ik kan u verzekeren dat deze kluizen conform de hoogste veiligheidseisen zijn gebouwd en zwaar worden bewaakt door gewapende veiligheidsagenten. Het lijkt me sterk dat iemand zoiets probeert.'

Harry knikte en wees naar de laptop. 'En uw computersysteem? Als daar iemand inbreekt?'

Glen gaf Raymond met een blik zwijgend toestemming om ook zijn zegje te doen. Hij boog zich naar voren en keek enthousiast.

'Onze maatregelen betreffende IT-veiligheid zijn *state of the art*,' zei hij. 'We werken samen met de allerbeste veiligheidsconsultanten op dit vakgebied. En neemt u maar van mij aan dat onze netwerkbeheerders zich behoorlijk agressief naar hackers opstellen. We hebben er al een paar gesnapt en aangeklaagd, alleen al omdat ze probeerden door onze beveiliging heen te breken.'

Harry dacht aan de honingpot en twijfelde niet aan zijn woorden.

'In elk geval, uw identiteitsgegevens komen niet online,' vervolgde Raymond. 'U kunt alleen maar via dit dossier geïdentificeerd worden, en, zoals Glen al heeft uitgelegd, dat wordt extreem scherp bewaakt.'

'En wat zit er nog meer in mijn dossier?'

Glen nam het stokje weer over. 'Documentatie van alle handelsinstructies die wij van u ontvangen. Faxen, telefoongesprekken, zulk soort zaken.'

Harry knikte en leunde naar achteren. Ze had geen vragen meer.

Glen typte nog enkele dingen in, deed toen de archiefdoos dicht en schreef iets op de rug. Ze noteerde een getal van acht cijfers van het scherm over op het dossier en ook op een klein wit kaartje, dat ze daarna aan Harry overhandigde.

'Dit is uw accountnummer. Te zijner tijd krijgt u alle officiële informatie toegezonden, maar voorlopig moet u dit goed bewaren. In de regel adviseren wij onze cliënten om het uit hun hoofd te leren, samen met het codewoord natuurlijk. Als dat niet mogelijk is, camoufleer het dan met andere cijfers, gewoon voor de zekerheid.'

Harry dacht aan de manier waarop haar vader zijn rekeningnummer en codewoord had vermomd en ze begreep nu pas waarom hij daar zo ontzettend zijn best op had gedaan.

'Al uw gegevens worden nu direct in de kluis opgeborgen.' Glen gaf de archiefdoos aan Raymond, stond op en stak haar hand uit. 'Het was me een genoegen, mevrouw Martinez. Mocht u nog vragen hebben, dan kunt u altijd bellen. Mijn directe fax- en telefoonnummer staan op het kaartje.'

Harry schudde de uitgestoken hand en liet zich de kamer uit werken. Ze werd onder begeleiding weer door de gezichtsloze gang geloodst en in de knopjesvrije lift gezet. Met gonzend hoofd gleed ze terug naar wat ze hoopte dat de begane grond was. Geheime liften en ongemarkeerde deuren; stalen kluizen en gewapende bewakers; handtekeningen en nog meer handtekeningen; nummers en codewoorden. Waar zat de kier? Waar waren de zwakke plekken? Het leek hopeloos. Het systeem was waterdicht. Bovendien was ze een hacker, geen inbreker – hoeveel die twee dan ook op elkaar mochten lijken.

Ze had nog steeds Glens kaartje in haar handen en stopte het in haar tas, naast haar mobiele telefoon. Opeens herinnerde ze zich het lijstje telefoonnummers aan de muur. Haar nekhaar ging overeind staan terwijl ze naar haar mobiel staarde. De lift stond stil en de deuren gingen uiteen, maar ze bleef onbeweeglijk staan.

Ze had die lijst zomaar gefotografeerd, maar nu zou het wel eens haar enige wapen kunnen zijn. Het systeem en de techniek mochten dan ondoordringbaar zijn, ze was niet zomaar een hacker. Ze was er een met sociale technieken. En die richtten zich niet alleen op technologie. Hun doelwit was de gebruiker.

De zwakste schakel in elk veiligheidssysteem: de mens.

44

WIE ZIJN SOCIALE TECHNIEKEN WIL gebruiken, moet uitblinken in drie dingen: bluffen, overtuigen en glashard liegen. Met haar vader als rolmodel was het bepaald geen verrassing dat Harry voor alle drie een gave had.

Ze zat in haar hotelkamer naar haar telefoon te staren. Als puber was ze altijd graag de uitdaging aangegaan om te proberen onbekenden hun persoonlijke gegevens te ontfutselen. Dat kon van alles zijn: van een pincode tot aan de meisjesnaam van hun grootmoeder, het maakte niet uit. Ze deed niets met de informatie, het ging er alleen maar om die informatie te verkrijgen en zich ondertussen de kunst van het overtuigen eigen te maken.

Maar welke informatie wilde ze nu van haar doelwit lospeuteren? Ze zat in kleermakerszit op bed en tikte met haar pen tegen haar tanden. Toen schreef ze alles op wat ze die dag over Rosenstocks veiligheidsmaatregelen had opgestoken en voegde dat toe aan wat ze al van hun website had gehaald. Ze zette haar laptop aan en maakte een geheel van de foto's van het telefoonlijstje. Ze kon de gegevens nog net lezen. Als voetnoot schreef ze er nog *gele kabel* bij en keek toen naar het totaalplaatje. Hier schoot ze nog altijd weinig mee op.

Ze stond op en liep naar het balkon. Al was het in de kamer zelf maar een schamele bedoening, het uitzicht op Cable Beach stelde geenszins teleur. Het zand zag er suikerzacht uit en ze zat er zo dichtbij dat ze kon horen hoe de golven tegen de kust sloegen en met een sissend geluid weer in zee teruggleden.

Ze dacht weer aan haar bespreking met Glen Hamilton. Ze moest toegeven dat de veiligheidsmaatregelen van de bank uitstekend waren en voor zover zij het kon bekijken was de bank alleen maar van binnenuit te penetreren. Maar hoe kwam ze aan een insider die bereid was om een dergelijk risico te lopen? Ze dacht eerst aan Raymond Pickford, maar schoof die gedachte terzijde. Hij was te kneden, maar hij was ook zwak en hij zou wel eens op het laatste moment slappe knieën kunnen krijgen. Ze had iemand met gezag nodig, iemand die standvastig was.

Iemand als Philippe Rousseau.

Hij scheen nogal carrière te hebben gemaakt sinds de tijd dat hij haar vaders accountmanager was. Harry had geen idee wat een vicepresident internationale cliëntenbetrekkingen de hele dag uitvoerde, maar het klonk indrukwekkend. Zo indrukwekkend dat hij er vast niet happig op was dat zijn verleden hem in de weg kwam zitten. Ze herinnerde zich dat haar vader haar had verteld hoe Philippe zijn dealtjes nabootste. Welke gevolgen zou het kunnen hebben voor een vicepresident die ooit van andermans voorkennis had geprofiteerd?

Ze greep de balustrade vast en kneep haar ogen dicht. Sociale technieken mochten dan hun oneerlijke kanten hebben, maar ergens kon ze die nog wel rechtvaardigen. Chantage daarentegen was een heel ander soort van kwaadaardigheid en dat zat haar niet lekker.

Ze liep de kamer weer in en boog zich over haar aantekeningen die over het bed lagen uitgespreid. Ze had bewijsmateriaal nodig van Rousseaus imitatiestreken. Zodra ze die in haar bezit had kon ze alles van hem vragen. Daar was-ie dan, haar uitdaging op het gebied van sociale techniek: documentatie vinden van Philippe Rousseaus zakelijke deals.

Met dit in het achterhoofd liep ze haar aantekeningen nogmaals door. Ze pakte haar pen en werkte een paar ideeën provisorisch uit. Na tien minuten pleegde ze haar eerste telefoontje. Er werd direct opgenomen.

'Goedemiddag, met Webster van de afdeling Klantenservice van Rosenstock Bank & Trust. Wat kan ik voor u betekenen?'

Het was een erg uitvoerige begroeting, maar deze Webster scheen er de tijd voor te nemen en te oordelen naar het lome ritme van zijn stem had hij er nog plezier in ook.

'Dag Webster, met Catalina Diego.' Harry praatte met een Amerikaans accent omdat ze vermoedde dat het minder de aandacht zou trekken. Ze wist uit ervaring dat een mix van Iers en midwest-Amerikaans een beetje Canadees klonk.

'Ik werk voor uw Dell-leverancier hier in Nassau,' zei ze. 'We zijn bezig met een onderzoek om onze service te verbeteren. Hebt u misschien even?'

'Jazeker, vraagt u maar.'

'Fijn, dank u.' Harry glimlachte. Met sociale techniek was je erg afhankelijk van de medewerking van anderen en daarom was zo'n afdeling Klantenservice altijd een dankbare doelgroep. Ze waren er per slot van rekening in getraind om je van dienst te zijn.

'Om te beginnen, Webster, hoeveel mensen zitten er op jouw afdeling?'

Het duurde even voor hij antwoord gaf: waarschijnlijk moest hij even de koppen in de ruimte tellen. 'Zo te zien vijfentwintig, op dit moment zesentwintig.'

'En van hoe laat tot hoe laat werken jullie?'

'Van zeven uur 's morgens tot negen uur 's avonds. Zeven dagen per week.'

'Hebben jullie ooit een beroep moeten doen op een van onze buitendienstmedewerkers?'

'Niet dat ik weet.'

Harry nam een aantal vrijblijvende vragen met hem door totdat ze het terrein veilig genoeg achtte om op gevoeliger kwesties over te schakelen.

'Hebben jullie ooit problemen ondervonden met de helpdesksoftware op onze apparatuur?'

'Nee, dat gaat prima. Soms is die wat langzaam, maar verder niet.'

'O, is dat zo? Dat zou iets met het geheugen te maken kunnen hebben. Wat voor helpdesksoftware hebben jullie nu geïnstalleerd?'

'Het heet Costumer Focus. We gebruiken het al een tijdje.'

'Die ken ik.' Ze had er nog nooit van gehoord. 'Die is van Banking Solutions, toch?'

'Nee, van een bedrijf dat Clear Systems heet. Hun blauwrode logo vind je overal terug.'

'O ja, die.' Ze had geen flauw idee. 'Ik heb gehoord dat hun rapportage niet denderend is. Ik zou een hoogwaardiger pakket kunnen aanbevelen, mochten jullie dat op prijs stellen.'

'Die rapportage ziet er prima uit. Ik maak een paar DTR's op aan het eind van een werkdag en daar is nog nooit iets misgegaan.'

'DTR's ?'

'Dagelijks Transactie Rapport.'

'Ik begrijp het. En hoe zit het met rapportage op gearchiveerd materiaal? Die kunnen nogal een belasting zijn voor het systeem, weet ik uit ervaring. Als hij traag is kunnen we misschien je apparatuur upgraden.'

'Dat zult u met de supervisor moeten opnemen. Zij doet alle AR's.'

Even verscheen er een bedenkelijke rimpel tussen haar ogen. AR? Dat was vast Archief Rapport. 'Goed idee, dat zal ik doen. Mag ik haar naam en telefoonnummer, alsjeblieft?'

'Ja hoor. Dat is Matilda Tomlins, toestel 311. Maar de partij die over de hardware upgrades gaat is het NOC.' Voordat Harry om toelichting kon vragen, zei hij al: 'Netwerk Operation Centre, en die zitten beneden. Zij doen al dat technische spul. Soms denk je wel eens dat ze de hele bank runnen, zoals ze zich gedragen. Je weet hoe die IT'ers zijn.'

'Geloof me, ik weet er alles van. Oké, Webster, nog een paar vragen en dan kun je weer aan het werk.'

'Ik heb geen haast, dus neem de tijd. Zeg, uit welke gedeelte van Canada kom je eigenlijk?'

Harry glimlachte in de hoorn. 'Van overal. Maar vooral Toronto. Nog even over je toetsenbord en monitor, heb je daar ooit problemen mee gehad?'

Ze rondde het gesprek af met nog enkele routinevragen, bedankte hem voor zijn hulp en hing op. Haar bevindingen kwamen op het schrijfblok terecht. Webster zelf had niet het idee dat hij geheime informatie had doorgegeven, maar voor Harry was de terminologie belangrijk, zodat ze bij haar volgende stap geloofwaardiger kon overkomen.

Ze richtte haar aandacht op het telefoonlijstje van Rosenstock. Naast elke naam stond een functieomschrijving en het toestelnummer. Harry liep de lijst af en merkte op dat het alleen het senior management werd vermeld. Ze schreef de namen op van de mensen bij NOC, drie in totaal: Jack Belmont, chef Network Operations; Victor Williams, NOC Security en Elliott Mitchell, NOC Support. Harry pakte de telefoon en belde ze achter elkaar. Bij de eerste twee werd er opgenomen en hing ze meteen op. Bij de derde kreeg ze de voicemail: 'Dit is de voicemail van Elliott Mitchell. Ik ben afwezig van maandag 13 april tot woensdag 15 april. Laat een boodschap achter, dan neem ik contact met u op zodra ik weer terug ben. Voor dringende gevallen kunt u bellen met Jack Belmont, telefoonnummer 5138591.'

Harry tekende een grote ster naast Elliott Mitchells naam. Toen belde ze Matilda Tomlins, de supervisor van Customer Services. Dit keer belde ze vanaf de prepaid telefoon die ze in Bay Street had gekocht.

'Goedemiddag, met Matilda.'

'Hallo Matilda, met Catalina van NOC Support. Ik ben bezig met die AR-kwestie van afgelopen week.'

Het bleef even stil. 'Welke AR-kwestie?'

'Heeft Elliott Mitchell je niet ingelicht voordat hij wegging?'

'Nee, ik heb niets gehoord van jullie bij NOC, maar dat verbaast me dan ook niet. Waar gaat dit over?'

Harry zuchtte alsof ze hier niet echt tijd voor had. 'Nou, het schijnt dat jullie een bug in het Customer Focus-rapport hebben. We proberen het met Clear Systems op te lossen, maar in feite verwijzen de AR's nu naar de online database in plaats van naar de archieven en daardoor is een groot deel van de online databasewijzers verstoord.'

Het bleef weer even stil: waarschijnlijk probeerde Matilda wijs te worden uit deze abracadabra.

'En dat betekent?' vroeg ze uiteindelijk.

'Dat betekent dat sommige cliëntgegevens van jullie uit het archief worden gehaald in plaats van uit de online database. En daarmee wordt jullie netwerk overbelast. Te veel medewerkers op jullie afdeling zitten op verkeerde data en dat betekent dat jullie een paar uur stil kunnen komen te liggen. Je kunt vandaag in elk geval geen DTR's meer runnen, zoveel is zeker.'

'Waar heb je het over? Ik moet een hele kluit DTR's binnen een uur klaar hebben, om maar niet te spreken van de berg werk die ik daarnaast nog heb liggen. Het is onacceptabel dat ik offline ga.'

'Ik zeg ook niet dat dit beslist gaat gebeuren,' zei Harry. 'Alleen is afgelopen weekend een paar mensen hetzelfde overkomen, en ik wilde je alleen maar laten weten dat de kans erin zit.'

'Dit is gekkenwerk. Waarom heeft Elliott hier verdomme niks over gezegd?'

'Dat weet ik niet. Hij is pas woensdag weer terug.' Harry zweeg even. 'Luister eens, ik kan het volgende doen. Ik geef je mijn mobiele nummer en als je problemen krijgt, kun je me altijd bereiken. Ik doe mijn uiterste best om je online te houden.'

'Nou, goed dan. Dat is aardig van je. Als ik dat via de gebruikelijke NOC-kanalen had moeten regelen, zat ik hier volgende week nog.'

Harry gaf haar het nummer van haar prepaid. 'Geef dan maar meteen je poortnummer van het netwerk aan me door, dan weet ik precies wie ik meteen moet aansluiten. Heb je dat nummer?'

'Mijn poortnummer? Hoe moet ik dat nou weten?'

'Het zit waarschijnlijk aan de kabel waarmee je op het netwerk bent aangesloten. Dat is de gele kabel die uit je computer komt. Er zit meestal ergens een blauw label aan.'

'Ik weet wat die kabel is, ik ben niet helemaal achterlijk. Wacht even.'

Het was weer even stil en Harry zag in gedachten Matilda op haar hurken onder het bureau zitten.

'Ja, hier heb ik 'm.' Matilda's stem klonk geknepen, alsof ze ondersteboven hing. 'Poort 7-45.'

'Prima, dank je. Goed, bel me maar als je me nodig hebt.'

Harry hing op en sprong van het bed af. Ze voelde zich ongedurig worden en begon door de kamer te ijsberen om haar volgende stap te bekokstoven. Als ze te snel zou bellen na haar gesprekje met Matilda zou de supervisor argwaan kunnen krijgen. Aan de andere kant had ze niet veel tijd meer.

Hoe laat was het? Halfvijf, dat betekende halftien 's avonds in Dublin. Harry haalde diep adem. Ze had nog minder dan vierentwintig uur.

Ze keek weer op het telefoonlijstje voor het nummer van Elliott Mitchell. Als ze het laatste cijfer veranderde, kreeg ze vast iemand van NOC Support aan de lijn. De eerste twee keer werd er niet opgenomen, bij de derde werd er opgenomen door iemand die erg geïrriteerd klonk en zich voorstelde als Eric.

'Hallo Eric,' zei ze. 'Met Catalina van Datalink Communications. Ik zit hier boven om een kabelprobleem op te lossen voor Matilda van Customer Services, en ik vroeg me af of je ons kon helpen.'

'Ik heb niets gehoord over een probleem met de kabels. En ik ga daarover.'

Harry vloekte geluidloos, maar slaagde erin om kalm te zeggen: 'Dat kan wel zijn, maar het enige wat ik weet is dat Elliott Mitchell opdracht heeft gegeven om tijdens zijn afwezigheid dit probleem door ons op te laten lossen, en ik zit in tijdnood.'

'Ik moet eerst de betreffende papieren nakijken. Hoe heette je ook al weer?'

'Catalina. Zeg, ik moet over tien minuten de deur uit voor een ander spoedgeval. Je kunt je tijd verdoen met het doorkijken van papieren, als je wilt. Dan leg ik Elliott wel uit dat ik mijn werk niet kon uitvoeren omdat Support niet mee wilde werken.'

'Wie zei dat ik niet wilde meewerken? Ik zei alleen maar dat het via mij had moeten gaan.'

'Nou, het gaat nu toch via jou? Wat ik nodig heb is dat Matilda's poort een minuut wordt ontkoppeld zodat ik die kabelaansluiting kan controleren. Zou dat gaan? Meer heb ik niet nodig. Het is poort 7-45.'

Eric zweeg een poosje en Harry had kunnen zweren dat ze hem hoorde knarsetanden.

'Je zult een paar minuten geduld moeten hebben,' zei hij. 'Ik kan niet zomaar alles in de steek laten, hoor.'

'Een paar minuten is prima. Ik bel je terug als hij weer kan worden aangesloten.'

Pas toen ze de verbinding had verbroken, merkte ze hoe ze zat te hijgen. Die NOC-schakel in de keten van haar bedrog had ze beschouwd als een riskante move, en ze vroeg zich af of ze de zaken soms op de spits had gedreven. Stel dat Eric zou besluiten om eerst Matilda te bellen, of de chef NOC te raadplegen? Dan waren ze er in mum van tijd achter dat Catalina noch DataLink Communications bestond.

Maar als ze terugdacht aan haar gesprek met Eric zag ze niet hoe ze dit anders had moeten aanpakken. De essentie van sociale technieken was om mensen ervan te overtuigen dat ze je konden vertrouwen, en de methode om hen te overtuigen hing van de persoonlijkheid van het doelwit af. Sommigen reageerden prima op de ouderwetse vriendelijkheid, anderen waren vooral gemotiveerd om het de baas naar de zin te maken. Erics stroeve houding vergde uitzonderlijke maatregelen.

Ze liep het balkon weer op, keek naar het strand en probeerde haar zenuwen tot bedaren te krijgen. Een boot met bananen dobberde parallel aan de kust op de golven. Volgens haar gids was Cable Beach vernoemd naar de trans-Atlantische telefoonkabels die in 1907 onder het zand waren aangelegd, zodat de geïsoleerde Bahama's voortaan op de rest van de wereld waren aangesloten. Harry huiverde. Wat vreemd dat ze zich door die wetenschap nog geïsoleerder dan ooit voelde.

Ze moest aan Dillon denken. Hij zat waarschijnlijk nog steeds in Kopenhagen. Ze had hem nu al twee dagen niet meer gezien en het was alsof die ene nacht nooit had plaatsgevonden. Ze liep weer naar binnen en gebruikte de hoteltelefoon om hem te bellen. Zoals verwacht werd ze direct doorgeschakeld naar zijn voicemail. Ze liet een boodschap achter waar ze was en wanneer ze weer thuis dacht te zijn. Ze had nog maar net opgehangen toen haar Bahama's-mobiel ging. Het was Matilda Tomas en ze klonk buiten adem.

'Catalina? Goddank. Ik had verwacht je voicemail te krijgen.'

'Hallo Matilda, alles goed?'

'Ik zweet peentjes. Ik ben nu dus offline, zoals je al had voorspeld, maar ik zit midden in een DTR. Mijn complete systeem zit muurvast alsof de rigor mortis is ingetreden. Je moet dit voor me oplossen, ik kan er niets meer mee.'

'Verdorie, ik was al bang dat er zoiets zou gebeuren. Luister, ik ben met een uurtje wel klaar en dan zal ik het meteen verhelpen.'

'Een uur? Dat gaat echt niet. Ik moet met hooguit twintig minuten weer aan de slag kunnen.'

'Twintig minuten? Jeetje, Matilda, dat gaat lastig worden. Maar ik zal mijn best doen. Ik bel je terug.'

Harry hing op en deed een dansje. Omgekeerde sociale technieken was een van haar favorieten: dan werd het doelwit bewerkt totdat het zijn belager om hulp vroeg. Ze voelde ondanks alles een vleug sympathie voor Matilda, maar ze kon nu even niets voor haar doen. Ze moest haar list tot op de bodem uitspelen.

Harry wachtte tien minuten. Toen belde ze Eric en vroeg hem om Matilda's poort weer aan te sluiten. Na nog eens vijf minuten belde ze Matilda terug.

'Hallo Matilda, volgens mij moet je weer online kunnen.'

'Wacht even, ik ga proberen in te loggen.' Er viel een korte stilte. 'Godzijdank, ik ben weer online. Hé, ontzettend bedankt voor je hulp.'

'Graag gedaan. Maar ik vrees dat je elk moment weer offline kunt raken.'

'Wat?'

'Het DTR-probleem is nog altijd niet opgelost en ik ben bang dat ik je niet nog een keer kan helpen, omdat ik al van mijn werkplek ben.'

'Je bedoelt toch niet dat ik dit dan via Eric moet doen?'

'Ik ben bang van wel.' Harry zweeg even. 'Nou, misschien kunnen we het volgende proberen. Ik heb zo'n vermoeden wat de oorzaak van die bug is. Als ik wat archiefdata zou kunnen analyseren, zou ik het voor je kunnen oplossen. Maar dat heb ik wel een paar archiefrapporten van je nodig.'

'Nu meteen?'

'Het zou ons heel wat kopzorgen besparen.'

Matilda zei zuchtend: 'Vooruit dan maar. Wat moet ik doen?'

Harry draaide eerst een kleine pirouette voor de spiegel en sprak toen weer op zakelijke toon. 'We hebben eerst een lijst nodig met activiteiten van de besmette archiefaccounts, en dan vergelijken we die met sommige transacties.'

'Welk accountnummer moet ik proberen?'

'Wacht even, ik heb hier ergens een memo met alle besmette accounts.' Harry keek haar aantekeningen door, op zoek naar het nummer van haar vaders bankrekening. 'Oké, probeer deze eens: 72559353.'

'Genoteerd. En hoever moeten we terug?'

'We hebben het probleem tot april 2000 kunnen herleiden, dus laten we zeggen, van april tot en met oktober van dat jaar. Gaat dat lukken, denk je?'

'Momentje.'

Harry hoorde Matilda's klikkende toetsenbord toen ze haar zoekopdracht invoerde. Ze moest zich inhouden om haar niet te zeggen om op te schieten.

'Goed, die is eruit,' zei Matilda. 'Dat ging vrij snel, omdat er maar acht verschillende aandelentransacties op die rekening stonden. En nu?'

'Sla die eerst op. Nu gaan we enkele vergelijkingen proberen om de smetwijzer zo gericht mogelijk in te kunnen stellen.' Harry was weer overgegaan op abracadabra, maar durfde erom te wedden dat het Matilda niets kon schelen. Het enige wat de supervisor wilde, was dat haar systeem het bleef doen. 'Kun je tot elk van die acht aandelentransacties toegang krijgen? We hebben een lijst nodig van alle andere accounts die deze aandelen in dezelfde periode hebben verhandeld. Zou dat gaan?'

'Dat wel, het duurt alleen een eeuwigheid. Je hebt het hier wel over acht verschillende rapporten.'

'Oké, dan moeten we keuzes maken. Selecteer de vier grootste deals en laten we ons daarop concentreren.'

Matilda zuchtte. 'Laat het de moeite waard zijn.'

Harry ijsbeerde door de kamer als een opwindsoldaatje, terwijl Matilda de rapporten doorkeek. Na tien minuten liet ze Harry weten dat het erop zat.

'Geweldig,' zei Harry. 'Zou je me ze kunnen mailen? Ik ben al bijna thuis. Met een beetje mazzel heb ik het binnen enkele minuten opgelost en dan kan ik Eric telefonisch door de databaseschoonmaak loodsen. Hier is mijn Yahoo-account.' Ze gaf haar het mailadres met Catalina's naam. 'En in de tussentijd bel ik Eric alvast om hem te vragen jou een vipbehandeling te geven. Voor het geval dat.'

'Dat moet ik nog meemaken.'

Harry verbrak de verbinding en sloot haar laptop aan op het netwerk van het hotel. Vijf minuten later had ze Matilda's rapporten binnen en zat ze de gegevens na te pluizen.

In het rapport stond een overzicht van elk aandeel dat haar vader had gekocht of verkocht tussen april en oktober 2000, samen met de datum en hoeveel geld ermee gemoeid was. Harry sperde haar ogen wijd open toen ze zag hoe hoog sommige bedragen waren. Andere rapporten gingen over vier specifieke aandelen: EdenTech, CalTel, Boston Labs en – wat een verrassing – Sohoran Software. Er werd een opsomming gegeven van elke investeringsaccount die in deze aandelen had gehandeld, met de datum en het bijbehorende bedrag. Er moesten in totaal meer dan tweehonderd accounts op de lijst staan.

Harry ploeterde zich door alle data en gebruikte spreadsheets om de informatie te sorteren en te filteren. Na enige tijd ontdekte ze een aantal patronen.

Allereerst die van haar vaders handelingen: laag inkopen en hoog verkopen, kortetermijninvestering. Harry vermoedde dat deze aandelen met voorkennis waren gekocht, afhankelijk van de betrouwbaarheid van de bron en weer doorverkocht zodra de geruchtenmachine de beurskoers opschroefde. Verder zag ze een patroon bij de meeste accounts: het opkopen van aandelen als de koers steeg, net op het moment dat haar vader de zijne probeerde te lozen. Waarschijnlijk waren dit legitieme investeerders die via publiekelijk bekende informatie van M&A handelden.

Er zat nog een ander patroon overal heel subtiel tussendoor geweven, een dat ze over het hoofd had gezien als ze er niet naar had gezocht. Het betrof één investeringsaccount en zijn doel was eenvoudig: bij haar vader achter op de tandem aandelen kopen en verkopen. Het gebeurde op kleinere schaal, maar de timing was tot op enkele minuten identiek. Die duplicatie van aandelenhandel had bij alle vier plaatsgevonden, zowel bij de koop- als verkooptransacties.

Het was het patroon van een profiteur, en Harry wilde een wedje leggen dat het om Philippe Rousseau ging.

45

Harry stond voor een helverlicht luxueus complex en keek omhoog. Het gebouw was flamingoroze, en had overdekte galerijen en bruggen en torens als uit een sprookje die wel tot twintig etages hoog reikten. Het Atlantis Resort van Paradise Island.

Ze klemde haar handtas stevig tegen zich aan. Ze kon de enveloppen die erin zaten horen ritselen en haar hart begon te bonken. Ze werd omringd door klaterend water. Op de weg naar het hotel waren aan weerszijden kunstmatige watervallen aangelegd en fonteinen met gevleugelde paarden. Terwijl ze erlangs liep voelde ze de fijne mist van waterdruppels op haar huid. Ondanks al het water overal was haar mond droog.

Ze liep het hotel in en bleef even staan, overweldigd door de grandioze poging om de legende van Atlantis te doen herleven. In plaats van een reguliere hotellobby zag Harry een reusachtige koepelzaal. De massieve pilaren met gebeeldhouwde zeepaardjes torenden wel zo'n achttien tot twintig meter boven haar uit. En de koepel boven haar bestond volledig uit gouden schelpen.

Op het bordje stond dat ze zich in de Great Hall of Waters bevond. Ze wandelde rond, bekeek de omtrek van de ruimte en probeerde elk detail te onthouden. Ze kwam langs een café waar zeeaquariums de hele muur besloegen. Ze zag de blauwzwarte gedaante van een enorme rog die door het water gleed. Volgens haar gids maakte dit deel uit van The Dig, een ondergronds labyrint van gangen met overal kijkvensters op het oceaanleven daarbuiten. Harry huiverde. Normale labyrinten waren al eng genoeg, maar bij de gedachte aan een labyrint waarin het wemelde van de haaien kreeg ze zowat een beroerte.

Ze vervolgde haar rondwandeling door de koepel totdat ze vond wat ze zocht: de entree naar het Atlantis Casino.

Zodra ze de rumoerige ruimte binnenliep voelde ze zich onmiddellijk thuis. Overal klonk het geluid van klikkende fiches, als een enorm leger van drukke sprinkhanen. Voor zover ze kon kijken zag ze fruitmachines en goktafels voor blackjack, poker, roulette en dobbelspelen. Achter de tafels stonden de croupiers met hun stropdassen en bij tijd en wijle hoorde Harry het geluid van hun zilveren belletje als winnende spelers hen beloonden met een fooi.

Ze moest bijna glimlachen. Dankzij haar vader was deze wereld haar bekend. Het mocht hier qua grootte dan niet overeenkomen met de casino's in Soho, maar het protocol en de gokkers waren identiek.

Ze voelde aan haar tas met de dikke enveloppen. Toen baande ze zich een weg naar de blackjacktafels in het midden van de ruimte. Ze passeerde de tafels waar laag werd ingezet. Daar kwam ze niet voor en bovendien was het er veel te druk. Ze koos de tafel met een minimum inzet van tweehonderd dollar. Er zat maar één andere speler aan, een oudere man met tussen de lippen een sigaret die niet was aangestoken. Ze klom op een kruk en haalde tweeduizend dollar uit de dikste envelop in haar tas. Ze legde de bankbiljetten op tafel en wachtte totdat de croupier ze had ingewisseld voor fiches. Haar vader had haar geleerd dat ze haar geld nooit zomaar aan een croupier mocht overhandigen. Om veiligheidsredenen mochten die niets van de cliënten accepteren. Toen de croupier haar inzet oppakte zag ze zijn amberkleurige ogen en herkende die van het achteruitkijkspiegeltje in de taxi. Het was Ethan, haar chauffeur.

Ze glimlachte. 'Dus je hebt twee banen?'

Hij wierp haar eerst een vragende blik toe, maar toen begreep hij het. 'Aha, de dame die puur voor zaken kwam.' Hij beantwoordde haar glimlach. 'Ik heb er eigenlijk drie. 's Ochtends geef ik rondleidingen in The Dig.' Hij schoof een stapel fiches naar haar toe en liet de bankbiljetten door een gleuf in de tafel glijden. 'Ben je al beneden geweest?'

'Nee. Ik heb het niet zo op haaien.'

Hij trok zijn wenkbrauwen op. 'Dan zit je wel op de verkeerde plek.'

Harry lachte en pakte een paarse fiche van de stapel. Ze legde hem op het vakje voor haar: vijfhonderd dollar. Ethan deelde de kaarten vanuit een houten *shoe* op de tafel. Harry kreeg een zes en een vier, de man naast haar twee achten.

'En vanwaar al die banen?' vroeg ze. Ze kwam erachter dat ze nogal babbelziek werd door een bekend gezicht.

Ethan draaide een van zijn eigen kaarten om en liet de andere ondersteboven liggen. Hij had een negen. 'Wat ik al had gezegd: deze slome boel hier is meer iets voor vogels. Zodra ik voldoende geld bij elkaar heb gesprokkeld, ben ik weg.'

Hij keek haar aan, in afwachting van wat ze zou gaan spelen. Harry tikte met haar middelvinger op het groene tafellaken en hij draaide een kaart om. Het was een tien, zodat ze nu in totaal op twintig stond. Ze maakte een gebaar dat ze het hierbij hield.

'En waar ga je dan naartoe, naar New York?' vroeg ze.

'Misschien. Of naar Las Vegas.' Ethan verzamelde de kaarten van de oudere man alsook zijn fiches die hij had verloren. 'Daar zijn genoeg casino's.'

Ethan draaide zijn *hole card* om. Nu had hij een vijf bij zijn negen. Hij deelde voor zichzelf een acht en verloor. Hij betaalde Harry uit met nog een paarse fiche erbij en pakte de kaarten weer op.

Voor de volgende ronde legde Harry al haar fiches op het vakje: een totaal van vijfentwintighonderd.

'Misschien kun je me helpen, Ethan.' Ze vouwde haar handen. 'Ik ben op zoek naar ene Philippe Rousseau. Ik heb gehoord dat hij hier regelmatig komt.'

Ethan keek eerst naar haar en toen naar de stapel fiches voor haar op tafel. 'Ik ken hem wel. Hij speelt altijd poker in een van onze privékamers.' Hij liet de kaarten over het groene laken glijden. 'Maar daar wil je niet tussen zitten; die jongens spelen om het grote geld.'

Hij gaf haar een dame en een schoppen aas. Blackjack.

Harry glimlachte. 'Misschien ben ik ook wel van het grote geld.'

Ethan kon niet tegen haar Blackjack op. Hij telde zevenendertighonderdvijftig dollar uit in fiches en schoof die in twee stapels naar haar toe. Er viel niets van zijn gezicht af te lezen.

'Is Rousseau hier vanavond?'

'Monsieur Rousseau is hier altijd.'

'Kun je me naar hem toe brengen?'

Hij gaf geen antwoord, maar in plaats daarvan deelde hij nog twee kaarten voor de man met de sigaret. Die verloor bij de tweede kaart en hij liet zich van zijn stoel glijden, gaf Ethan een groene fiche en liep van de tafel weg. Ethan sloeg twee keer met zijn hand op de zilveren bel, maar zijn ogen lieten Harry niet los.

'Monsieur Rousseau speelt alleen met mensen die speciaal zijn uitgenodigd,' zei hij nadat de man was vertrokken. 'Hij laat niet zomaar iedereen binnen.'

'Wel als je hem vertelt dat Sal Martinez er is.'

Hij bestudeerde een poosje haar gezicht terwijl hij de fiches in zijn hand liet kletteren. Toen maakte hij een gebaar naar iemand achter haar. Harry draaide zich om; zou hij naar een uitsmijter hebben gewenkt om haar op straat te laten gooien? Maar er kwam een jonge zwarte vrouw in een croupiervestje op hen af die zijn plaats achter de blackjacktafel innam.

'Kom maar mee,' zei Ethan.

Ze stopte haar fiches in haar tas en liep door de menigte achter hem aan. Hij bracht haar naar een nis met een deur waar PRIVÉTOEGANG op stond, en maakte die open met een sleutel die aan een ketting om zijn middel hing. Achter de deur was een lift met gepolijste chromen deuren. Hij gebruikte dezelfde sleutel om die open te krijgen. Harry liep met hem mee naar binnen. Hij drukte op het knopje waar P3 naast stond. Ze verwachtte dat de lift naar boven zou gaan, maar in plaats daarvan gingen ze naar beneden. Toen de deuren weer opengingen stapte ze een kleine vestibule in met overal gouden tapijten en spiegels.

'Wacht even,' zei Ethan zonder haar aan te kijken.

Hij verdween door een deur waar niets op stond. Harry deed wat haar was gezegd en wachtte; ze voelde zich als een klein meisje dat zich in het klaslokaal had misdragen. Ze moest zich inprenten dat ze Ethans goedkeuring niet nodig had. Het feit alleen al dat ze daar rekening mee hield bewees hoe eenzaam ze zich voelde. Ze plofte op een stoel met gouden kussens naast de deur en sloeg haar benen over elkaar. Toen inspecteerde ze nogmaals de inhoud van haar tas, al wist ze zeker dat alles er nog gewoon in zat. Ze had het minstens tien keer nagekeken voordat ze haar hotel was uitgegaan. De deur klikte open. Ze sprong overeind en rechtte haar rug. Ethan gebaarde dat ze naar binnen kon.

'Je mag naar binnen,' zei hij en zijn amberkleurige ogen ontmoetten eindelijk de hare. 'Kijk wel uit voor de haaien.'

46

HARRY DACHT DAT ETHAN MET die haaien refereerde aan de spelers aan tafel. Nu was ze daar niet meer zo zeker van.

De kamer had de afmetingen van een concertzaal, met kroonluchters die een champagnekleurige gloed over dertig of veertig pokertafels verspreidden. Een L-vormig aquarium liep over twee reusachtige wanden, van het plafond tot aan de vloer.

De waterreservoirs lieten een vreemd blauw licht in de kamer schijnen. Een eenzame haai van ruim twee meter lang kwam op zijn gemak op haar af zwemmen, alsof hij alle tijd van de wereld had om haar te taxeren. Toen hij bij de wand van het aquarium was stootte de haai met zijn puntige snuit tegen het glas. Hij leek naar haar te staren met zijn kleine, dode ogen.

'Hij kijkt niet echt naar je, weet je. Haaien zien niet al te best.'

Harry draaide zich met een ruk om. Een lange man van in de vijftig was naast haar komen staan. Hij droeg een smoking die zijn grijze haar en de glans van zijn donkere huid benadrukte. Hij stak zijn hand uit. 'Philippe Rousseau.' Zijn nagels waren wit en glanzend, alsof ze waren opgewreven. 'Jij bent vast Sals dochter. Jullie lijken sprekend op elkaar.'

Harry schudde zijn hand. 'Ja, dat heb ik vaker gehoord. Ik heet Harry. Sorry, ik zei dat mijn naam Sal was...'

'...om binnen te komen. Ik weet het. Intrigerend.' Zijn stem was een welluidende bariton en zijn Caribische manier van spreken kwam enigszins gecultiveerd over. 'En, hoe gaat het met je vader?'

Zijn blik scheen door haar heen te boren en ze moest haar best doen om haar gezicht niet af te wenden. Hij wist vast dat haar vader in de gevangenis was beland, maar zijn ogen zeiden dat ze dat beter voor zich kon houden. Ze besloot om het spelletje voor het moment mee te spelen.

'Niet al te best. Hij ligt in het ziekenhuis; hij heeft een ongeluk gehad.'

Rousseaus wenkbrauwen schoten omhoog. 'Wat vreselijk. Wat kan het verkeer toch gevaarlijk zijn.'

Ze vroeg zich af in hoeverre hij al op de hoogte was.

'Wat kan ik voor je betekenen, Harry?'

Ze aarzelde; nu hij haar naam had uitgesproken voelde ze zich opeens kwetsbaar. De rol van Catalina Diego spelen leek zoveel gemakkelijker. Ze wierp een blik op de pokertafels en liet het klikkende geluid van de fiches en het beheerste gemurmel van de gesprekken op zich inwerken. Ze was zich opeens weer bewust van de dikke enveloppen in haar tas en wat haar volgende stap zou moeten worden. Ze haalde diep adem en draaide zich glimlachend naar hem toe.

'Ik zou graag willen spelen.'

'Aha, het gokinstinct van de Martinez-stamboom. Ik moet er wel bij zeggen dat de minimale inleg vijftigduizend dollar is.'

'Dat zal geen probleem zijn.'

Hij keek haar even aan en gaf toen een knikje. 'Laten we eens zien of je net zo goed bent als je vader.'

Hij ging haar voor tussen de pokertafels door en schudde links en rechts handen van de spelers. Hij noemde ze allemaal bij hun voornaam en Harry merkte op dat hij zijn rol als gastheer fantastisch speelde.

Vergeleken met de soepele kledingvoorschriften van het grote casino boven ging het er hier veel officiëler aan toe. Smokings, strak naar achteren gekamd haar en zonnebrillen aan koordjes. Harry was blij dat ze haar crèmekleurige zijden jurk had aangetrokken.

Rousseau liep op de tafel af die het beste uitzicht op het aquarium bood. Toen ze er vlakbij waren draaide hij zich om en zei heel zacht: 'Je begrijpt wel dat ik je niet voorstel. Dit zijn erg gefortuneerde zakenrelaties en als ze op de Bahama's zijn stellen ze prijs op hun anonimiteit. Aan deze tafel worden geen levensverhalen uitgewisseld.'

Hij bleef haar aankijken tot Harry knikte dat ze hem had begrepen. Ze mocht met geen woord over haar vader reppen, laat staan over wat er van hem was geworden. Voor het moment had hij haar medewerking.

Rousseau was met twee lange stappen bij de tafel en bood haar de stoel tegenover de croupier aan, waar ze met haar gezicht naar het aquarium zou zitten. Harry ging zitten. Een school lichtblauwe vissen schoot in harmonie door het water, als een bataljon soldaten op defilé: rechtsaf, gezicht opzij, voorwaarts mars. De haai was nergens meer te zien.

Harry haalde de rest van haar contant geld tevoorschijn en legde het op de tafel. De jongeman naast haar glimlachte terwijl hij dat mannending met zijn ogen deed waarbij ze je van boven tot onder opnemen.

'Mijn favoriete pokerspeler,' zei hij. 'Een mooie vrouw.'

Hij was in de twintig en zijn accent was op en top Londen-Zuid. Met zijn warrige haar en stoppelkin leek het wel alsof hij bij een jongensband zat. Harry glimlachte terug en keek toen de tafel rond. Er zaten nog twee andere spelers aan, beiden waren vrouwen en beiden negeerden Harry.

De croupier schoof haar in ruil voor de bankbiljetten twee stapels fiches toe, een grijze en een paarse. In tegenstelling tot de ronde fiches van de zaal boven waren deze ovaal van vorm, exclusief voor de tafels waar hoog werd ingezet. Harry sloot haar vingers om de grijze fiches en liet ze door haar vingers glijden. Ze waren zwaarder dan reguliere fiches en ze voelden lekkerder aan. Op de parelmoeren rand stond in fraaie letters ATLANTIS gegraveerd, en hun waarde: duizend dollar. De paarse fiches waren elk vijfduizend dollar waard.

De croupier stroopte zijn mouwen op en spreidde een stok kaarten uit over het groene laken. Toen klapte hij de kaarten naar de andere kant, schudde ze en begon te delen. Er werd no-limit Texas Hold 'Em gespeeld.

Rousseau zat links van de croupier, naast de oudere van de twee dames. Ze was in de vijftig, had een te brede mond en een enorme rij tanden. Ze fluisterde iets in zijn oor. Hij antwoordde in vloeiend Frans met een licht flirtende ondertoon. Harry keek een andere kant op. Haar vader had zijn Spaanse charme voor hetzelfde effect ingezet.

Ze boog een hoekje om van haar twee *hole cards*. Een zes en een negen, verschillende kleur. De vrouw naast haar zette tienduizend in om mee te beginnen. Harry wierp haar een zijdelingse blik toe. Ze was graatmager en had donkere kringen onder haar ogen, alsof ze al in geen jaar had geslapen. Harry had de eerste paar handen uit willen zitten totdat ze de rest van de spelers had kunnen inschatten, vooral Philippe Rousseau. Als hij haar insider was voor de Rosenstock Bank, had ze ruim de tijd nodig om te zien hoe hij die rol vervulde. En hij had een reden nodig om haar serieus te nemen.

Zes en negen, verschillende kleur. Dit was de openingshand waar ze van hield: niet zo groot dat ze in de problemen zou komen, maar met nog steeds genoeg mogelijkheden. Ze beet even op haar onderlip en zette toen in.

Jongensband pakte zijn fiches en ging mee. Spelers die haast hadden waren in de regel erg content met hun kaarten, dus Harry schatte in dat hij een hoog paar had, heer of vrouw. Rousseau mompelde iets in fluwelig Frans tegen de vrouw links van hem en telde aandachtig zijn fiches. Hij had nogal een stapel staan. Harry zag er een paar vuurrode tussen zitten die elk honderdduizend dollar waard waren. Hij moest een paar onfortuinlijke spelers hebben uitgezwaaid voordat zij was binnengekomen. Interessant dat hij zijn belangen voor het businessnetwerk niet liet prevaleren over zijn behoefte om te winnen.

Rousseau legde zijn fiches op de tafel en ging ook mee; de vrouw met de tanden paste. De dealer legde de drie *flop cards* op tafel: klaver heer, ruiten zeven en harten acht. Harry voelde dat de haartjes op haar arm overeind gingen staan. Nu had ze een zes, zeven, acht en negen. Het enige wat ze nog nodig had was een vijf of een tien voor een *straight*.

Rousseau glimlachte naar Harry. 'Er zit voor iedereen wel wat bij, zo te zien.'

Ze hield zijn blik vast. Hij moest nu inzetten. Nog steeds glimlachend schoof hij vijftienduizend naar het midden van de tafel. Harry durfde erom te wedden dat hij nog een heer had, misschien met een *kicker* om met die zeven of acht van de *board* een paar te vormen. Maar met twee paar versloeg je geen *straight*, en ze had nog twee kansen om die te krijgen. De magere vrouw ging mee en verhoogde de inzet, haar ogen wijd open en strak starend toen ze afscheid nam van haar fiches. Ze had nog maar een paar duizend dollar voor haar op tafel liggen. Harry vroeg zich af wat ze voor *hole cards* had dat ze zo in het spel opging.

Achter de dealer gleed een indigokleurige schaduw door het water. De haai was weer terug en hield zijn snuit dicht tegen de wand van de tank. Hij kantelde en onthulde de griezelige onderkant van zijn buik en de omgekeerde U van zijn bek die hem een ontevreden aanblik gaf. Harry rukte haar ogen van hem los en telde in gedachten tot vijf. Toen ging ze mee.

Deze keer had Jongensband niet meer zo'n haast. Misschien zag zijn toppaartje er toch niet meer zo rooskleurig uit. Hij veegde zijn mond af voordat hij fiches in de pot deed. Er lag nu voor meer dan honderdduizend dollar op tafel.

De croupier keerde de *turn card* om. Schoppen tien. Harry voelde haar tenen krommen. Ze had haar *straight* binnen. Nu was het zaak om neutraal te blijven kijken en niet te verstrakken. Niets gaf een speler zo makkelijk weg als wanneer ze ophielden met ademhalen. Ze voelde dat Rousseau naar haar keek.

'Kijk eens aan,' zei hij. 'Is er misschien iemand die een *straight* te pakken heeft?'

Hij leunde met zijn ellebogen op tafel, zijn handen gevouwen. Zijn nagels staken bijna fluorescerend wit af tegen zijn donkere huid. Hij keek haar lange tijd aan en ze had er wat voor over gehad om een van die zonnebrillen te hebben.

'Je vader zou een *straight* proberen te bluffen,' zei hij. 'Zo vader, zo dochter, misschien?'

Harry trok haar schouders op. 'Wie weet.'

Met vaste hand en een gezicht dat niets verraadde maakte Rousseau twee stapels van zijn paarse fiches en schoof ze over tafel. Twintigduizend.

De magere vrouw sloeg haar hand voor haar mond alsof ze het trillen van haar lippen wilde tegengaan. Ze schudde haar hoofd en paste.

Harry gokte er nog steeds op dat Rousseau een heer bij zijn *hole cards* had, met een *kicker* om een ander paar te vormen. Ze veegde haar fiches bij elkaar en tikte voor goed geluk met haar knokkels op het groene laken; een bijgeloof dat ze van haar vader had geërfd. Rousseau fronste alsof hij het gebaar herkende en het hem niet beviel wat daarop zou volgen.

Harry schoof al haar fiches voor zich uit. 'Alles of niets.'

Het was stil toen de croupier haar fiches telde.

'Vijfentwintigduizend,' zei hij.

Achter haar werd naar adem gehapt en Harry besefte dat ze in de belangstelling waren komen te staan. Jongensband veegde chagrijnig zijn *hole cards* opzij en leunde naar achteren. Nu was het tussen haar en Rousseau.

Als iemand alles of niets speelde en alles in de pot had gestopt, moest de *caller* zijn *hole cards* laten zien. De rest van de *community cards* werd gedeeld met de zichtbare pokerhand en je mocht dan niet meer inzetten.

'Alles of niets met je eerste hand,' zei Rousseau met één wenkbrauw opgetrokken. Hij lachte niet meer. 'Dat is lef.'

De haai zwom nog steeds heen en weer alsof hij niets van het schouwspel wilde missen. Zijn torpedovormige lichaam sneed door het water en de driehoekige vin op zijn rug deed Harry aan de zeis van Magere Hein denken.

'Je bent óf heel slim óf heel roekeloos,' vervolgde Rousseau. 'Je vader was meestal roekeloos.'

'Daar heeft hij een prijs voor betaald. En misschien ook wel voor andermans roekeloosheid.'

Zijn ogen boorden zich in de hare. 'Hij speelde te luchthartig en nam veel te veel risico's.'

'Jij speelt liever *follow the leader* waarbij je de risico's aan anderen overlaat?'

Rousseau kneep zijn ogen tot spleetjes. Harry bleef kalm ademhalen en zorgde dat haar handen niet trilden. Wees je bewust van je eigen lichaamstaal en die van de anderen, zei haar vader altijd. Ze lette erop dat ze niet weer op haar onderlip zou bijten, en steunde in plaats daarvan op haar gekruiste armen, wachtend totdat Rousseau ook zijn move zou maken.

'Ik ga mee,' zei hij uiteindelijk.

Er zat nu meer dan honderdvijftigduizend in de pot. De dealer wachtte tot ze hun *hole cards* hadden omgedraaid. Harry legde haar zes en haar negen open en zag Rousseaus mond verstrakken.

'Aha,' zei hij. 'Dus je bent toch niet zo'n bluffer.'

Hij strekte zijn vingers en keerde zijn eigen kaarten om. Heren.

Achter hen klonk het gemurmel van mensen die probeerden te gissen welke kant het opging. Met de heer op tafel had Rousseau *three of a kind*. Harry's *straight* was nog altijd de winnende hand, maar de *river* moest nog komen. Met een vierde heer was ze verslagen. Ook met een *full house*, wat nog kon als hij met de zeven, de acht of de tien een paar kon vormen.

Ze deed niet meer alsof en hield haar adem in, in afwachting van die *river*. De croupier keerde 'm om. Het was haar goeie ouwe vriend, schoppen Jack. Ze had gewonnen.

Ze blies uit en voelde haar ledematen ontspannen; ze merkte dat iedereen op zijn stoel zat te schuifelen. Rousseau stak zijn kin omhoog en balde zijn handen tot vuisten.

'Toen je daarstraks binnenkwam vond ik dat je zoveel op je vader leek,' zei hij uiteindelijk. 'Maar ik zie dat ik ernaast zat.' Het was alsof zijn ogen haar aan haar stoel nagelden. 'Je bent hier niet alleen naartoe gekomen voor een potje poker, hè?'

47

‘ZO, DUS SAL IS WEER vrij.’

Harry hoorde tinkelende ijsklontjes in een glas vallen. Rousseau stond met zijn rug naar haar toe een drankje voor zichzelf in te schenken aan de kleine bar in de hoek.

Ze zaten in een privésuite, vlak bij de hal met de liften. Het vertrek had de vorm van een ellips en het koepelplafond was een kleine replica van dat in de Great Hall of Waters. Een kostbaar uitziend bureau van eikenhout stond aan de ene kant, met daarachter twee meterslange stokken waaraan de Britse en Amerikaanse vlag hingen. Het geheel deed Harry aan het Oval Office denken.

Ze liep zelf ook naar de bar en klauterde op een kruk. ‘Hij is gisteren vrijgekomen.’

Rousseau bood haar een glas whisky aan, maar ze bedankte. Hij nam een teugje, draaide zich naar haar om en steunde met een elleboog op de bar. ‘Ik dacht dat hij nog twee jaar moest zitten.’

‘Vervroegd vrijgelaten wegens goed gedrag.’

‘Je had het daarstraks over een ongeluk.’

‘Klopt. Iemand heeft hem aangereden met een jeep.’ Harry voelde zich verstijven, en ze was verbaasd hoe normaal haar stem desondanks klonk. ‘Ik neem aan dat jij daar niets mee te maken hebt?’

Hij trok een wenkbrauw op; de vraag leek hem te vervelen. Hij zwaaide met zijn glas en liet de ijsklontjes rinkelen. ‘Waarom vertel je niet gewoon wat je hier komt doen?’

Harry haalde haar schouders op. ‘Het is heel eenvoudig. Mijn vader had een nummeraccount bij jullie bank waar nog altijd zo’n zestien miljoen dollar op staat. Die wil ik hebben.’

Rousseau keek haar even aan, wierp zijn hoofd in zijn nek en barstte in lachen uit. ‘Daarom ben je hier? Voor je vaders geld? Waarom heb je het hem niet zelf gevraagd?’

'Zoals ik al zei: hij heeft een ongeluk gehad. Hij is buiten bewustzijn.'

'Wat jammer nou. Maar wat heb ik daarmee te maken?'

'Mijn vader heeft veel over je verteld.' Ze maakte haar tas open, haalde de tweede envelop eruit en legde die op de marmeren plaat van de bar. 'Zoals over je investeringen.'

Rousseaus ogen gingen naar de envelop. 'Mijn investeringen zijn mijn eigen zaken.'

'Niet als ze overeenkomen met die van een cliënt die is veroordeeld wegens handel met voorkennis. Hoe zou dat overkomen op de directie van de Rosenstock Bank, denk je?'

Zijn vingers klemden zich om het glas waardoor zijn witte nagels nog witter werden. 'Als je soms wilt suggereren dat ik deel uitmaakte van Sals handelskartel, dan heb je het mis. En bovendien weet ik zeker dat je de geheimhoudingsplicht van mijn bank inmiddels door en door kent, dame. Mijn handel is zeer vertrouwelijk.'

'Geloof mij maar, ik weet alles van die geheimhouding van je bank. Ik weet ook dat de wet voorschrijft dat die wordt opgeheven bij ernstige criminele delicten. Zoals handel met voorkennis.' Ze keek de weelderig ingerichte, presidentiële suite rond. 'Zo te zien heb je aardig wat te verliezen.'

Rousseau zette met een klap zijn glas op het marmer. De glimlach die hij haar daarna schonk kwam net iets te laat. Zijn voortanden stonden een beetje scheef en waren niet zo wit als zijn nagels. 'Wat wil je precies?'

Harry pakte de envelop en haalde er een stuk of vijf opgevouwen papieren uit. Ze streek de vouwen glad en bekeek de pagina's alsof ze die voor het eerst zag.

'Ken je EdenTech nog?' zei ze na een poosje. 'Een softwarebedrijf met een NASDAQ-notering in 1999. Het jaar daarop heeft een of andere Zwitserse organisatie hen uitgekocht. Zie je dit?'

Ze draaide de bladzijde om zodat hij het ook kon zien en wees met haar vinger. Ze moest haar uiterste best doen om haar handen niet te laten beven. Boven aan de pagina stond ROSENSTOCK BANK ARCHIEVEN, NETWORK OPERATION CENTRE. Het was een van Matilda's rapporten. Voor Harry op pad ging die avond had ze de receptioniste van het Nassau Sands Hotel over weten te halen om haar de printer te laten gebruiken.

'Dit zijn de gearchiveerde handelstransacties van mijn vader,' zei ze. 'Hier kun je zien dat hij honderdvijftigduizend EdenTech-aandelen op

28 april 2000 om 14:00 uur voor 367.000 dollar heeft gekocht. Twee weken voordat de informatie over de Zwitserse overname bekend werd.' Haar vinger ging verder naar beneden op de lijst. 'En kijk deze dan, drie weken later heeft hij ze weer verkocht voor 849.000 dollar. Leuk winstje.'

'Ja, en?'

'Ik heb er hier nog een. Boston Labs. Ze gingen in mei 2000 op de fles en konden niet eens hun eigen personeel betalen. Toen werden ze opeens opgekocht door een grote Amerikaanse jongen. Maar kijk eens aan, een week voordat iedereen van die overname hoort heeft mijn pa alweer een hele kluit Boston Lab-aandelen gekocht. En wat een verrassing dat hij ze twee weken later weer met monsterwinst weet te verkopen.'

'Gaat dit nog ergens heen, mevrouw Martinez?' Rousseau rukte de kristallen karaf van de bar en schonk zichzelf nog eens in. 'Sals handel met voorkennis is niet bepaald een geheim.'

'Toegegeven. Ook al heeft de politie nooit iets van deze specifieke account afgeweten. Maar je hebt gelijk, dit is geen nieuws.' Harry bladerde door het rapport. 'Wat echter wel een nieuwtje is, is dat mijn vader een schaduw had.'

Rousseaus hand bevroor toen hij het glas naar zijn lippen bracht.

'Iemand speelde *follow the leader* met hem,' vervolgde Harry. 'Wat hij ook kocht, die schaduw kocht het ook. Elke keer weer. Hier, ik zal het je laten zien.'

Ze schoof het rapport naar hem toe. Enkele data had ze met een gele stift gemarkeerd.

'Een halfuur nadat mijn vader EdenTech-aandelen had gekocht, pikte deze jongen ook even vijfenzeventigduizend aandelen in. Mijn vader verkocht die van hemzelf op 15 mei om 15:20 uur, kort nadat de overname werd bekendgemaakt. En vijf minuten later verkoopt onze papegaai de zijne ook weer.' Ze draaide een pagina om. 'Idem dito met Boston Labs. Meneer de Papegaai kocht zestigduizend aandelen, zes minuten nadat mijn vader de zijne had gekocht. En hij loosde ze drie minuten na mijn vader.'

Ze keek Rousseau aan. Er was niets in zijn ogen te lezen en hij bleef zwijgen.

'Maar er is nog veel meer,' zei ze. 'CalTel, Sohoran ... de lijst gaat maar door. Bij een of twee keer zou je nog kunnen denken dat het toeval was, maar zes maanden lang identieke handelstransacties?' Ze schudde haar hoofd. 'Er bestaat geen enkele twijfel over. Iemand profiteerde van mijn vaders voorkennis. Hierin staat voldoende om de geheimhoudingsplicht van de bank onderuit te halen en er een rechtszaak van te maken.' Ze tikte met haar vinger op de tweede kolom met gerangschikte data. 'Dat is het accountnummer van de papegaai. Komt het je bekend voor?'

Rousseau staarde naar de pagina; onder aan zijn kaak begon een klein spiertje te trillen. 'Hoe heb je deze informatie verkregen?'

'Het zal je verbazen wat voor informatie ik weet te krijgen. En hoeveel schade die kan aanrichten.'

'Als je de identiteit van die papegaai wereldkundig wilt maken, wie hij ook moge zijn, dan breng je wel nog meer van Sals voorkennishandel naar buiten. Hij kan opnieuw worden aangeklaagd en veroordeeld. Zou je dat je eigen vader willen aandoen?'

Harry haalde haar schouders op. 'Wat kan ik zeggen? We zijn nooit erg close geweest.'

Rousseau staarde haar een poosje aan. 'Even kijken of ik het goed begrijp. Jij beschuldigt mij van handelen met Sals voorkennis en in ruil voor jouw zwijgen moet ik zijn bankrekening leegscheppen en het geld aan jou overhandigen.' Hij lachte hoofdschuddend. 'Dan kan ik je maar beter meteen vertellen dat jouw voorstel onmogelijk is. Ik zou het niet eens kunnen, al zou ik het willen. De enige manier waarop je dat geld te pakken kan krijgen, is wanneer hij zich in eigen persoon bij zijn accountmanager meldt. De veiligheidsmaatregelen van die bank zijn een stuk lastiger dan je denkt.'

'Dat weet ik al. En maak je geen zorgen, je hoeft me dat geld niet te overhandigen.'

'O nee?'

Ze beantwoordde zijn glimlach en schudde haar hoofd. 'Dat zou te veel gevraagd zijn. En zoals je al opmerkte zou je nooit de bewakingsprocedure van de bank kunnen omzeilen.'

'Mooi. Ik ben blij dat we elkaar begrijpen.'

'Wat ik wil is een stuk simpeler. Je hoeft alleen maar twee dossiers te verwisselen.'

Hij kneep zijn ogen tot spleetjes. 'Welke dossiers?'

Harry begon de archiefrapporten op te vouwen en terug te stoppen in de envelop. 'Ik heb vanmiddag een account bij de Rosenstock Bank geopend. Ik moest een aanvraagformulier invullen. Het gebruikelijke spul, voor het merendeel dan. Naam, adres, handtekening, dat werk. Daarna hebben ze mijn foto aan het formulier vastgeniet en kopieën gemaakt van persoonlijke documenten: energierekening, belastingaanslag, enzovoort.' Ze drukte de plakrand van de envelop weer op zijn plek. 'En toen hebben ze het hele zaakje in een speciale archiefdoos gestopt waar mijn nieuwe accountnummer op stond.'

Rousseau knikte; zijn ogen stonden nog steeds behoedzaam. 'Je persoonlijke identificatiedossier. Dat is een standaardprocedure.'

'Juist, zo noemden ze het. Mijn persoonlijke identificatiedossier. Voor iemand met een anonieme account op nummer is het de enige manier om te zeggen wie precies zo'n rekening bij jullie heeft lopen, toch?'

Rousseau knikte weer; deze keer nog langzamer.

Harry vervolgde: 'Dus ergens staat er een archiefdoos met mijn vaders accountnummer erop. En in die doos zitten zijn persoonlijke aanvraaggegevens. Zijn naam, zijn foto, zijn handtekening, zijn energierekeningen.'

Rousseau nipte van zijn whisky zonder dat zijn ogen haar loslieten. Hij bleef zwijgen.

'Je begrijpt waar ik heen wil?' Ze glimlachte. 'Jij moet het papierwerk omwisselen.'

Hij nam nu een flinke teug uit zijn glas en schudde zijn hoofd. 'Onmogelijk.'

'Welnee. Je hoeft alleen maar de identificatiepaperassen uit mijn vaders dossier te halen en die te vervangen door de mijne. Dan kan ik morgen het geld van zijn rekening halen; de documentatie zal heel duidelijk uitwijzen dat die account mij toebehoort.'

Rousseau schudde nog steeds zijn hoofd. 'Sals accountmanager kent hem. Hij zal hem niet identificeren met behulp van de inhoud van die doos.'

'Laten die twee elkaar nou nooit ontmoet hebben. Tegen de tijd dat jij het hogerop zocht en de account van mijn vader overdroeg, was mijn vader al gestopt om handelsactiviteiten vanuit die rekening te plegen. En toen werd hij natuurlijk gearresteerd. Hij is al heel lang niet meer op de Bahama's geweest. Al die tijd is er geen enkele reden geweest om die archiefdoos te openen.'

'Maar je foto...'

'Mijn pasfoto is oud genoeg: daar is niets verdachts aan. Die kan net zo goed van een aanvraag van negen jaar geleden komen.'

Rousseau snoof. 'Dat zou zomaar kunnen. Maar hij is getekend door jouw bankier. En de rest van de documenten in zijn dossier, alle transactiegegevens, memo's, zijn allemaal door mij getekend. En dan klopt het niet meer.'

Harry lachte. 'Als ik het me goed herinner, is er ruimte voor een tweede handtekening op het aanvraagformulier. Toen de assistent van mijn bankier mede wilde ondertekenen, werd hij weggebonjourd. Niets weerhoudt je ervan om jouw naam er nu op te zetten en ook op de foto, of wel?'

Rousseau nam weer een slok whisky en veegde zijn mond met de rug van zijn hand af. Harry dwong zichzelf te blijven glimlachen.

'En we hoeven ons ook niet druk te maken dat de naam van mijn bankier vreemd overkomt naast de jouwe,' zei ze. 'Want laat dat nou Glen Hamilton zijn, je voormalige baas. Wat is er nog overtuigender dan dat jullie tweeën samen de aanvraag van een nieuwe cliënt bestendigen?'

Hij greep fronsend naar de karaf. 'Dat mag allemaal wel zo zijn, maar hoe zit het dan met die handelsinstructies in het dossier? Die kwamen van Sal en niet van jou. Ze zijn ondertekend met zijn persoonlijke codewoord, en dat heeft hij zelf op zijn aanvraagformulier gezet. Dus heb je nog altijd dat verschil.'

'Alsof de duvel ermee speelde hebben we allebei hetzelfde codewoord gekozen.' Ze bleef naar zijn gezicht kijken. 'Pirata.'

Ze zag de flikkering van herkenning in zijn ogen en wist dat ze raak had geschoten. Er liep een rilling langs haar ruggengraat.

'Het is nog altijd niet mogelijk,' zei Rousseau. 'Die persoonlijke identificatiedossiers liggen in een zwaarbewaakte kluis. De accountmanagers kunnen erbij, maar dan houdt het ook op. Ik zei toch al dat je vaders account niet meer onder mijn beheer viel?'

'Jij bent de vicepresident van internationale cliëntenbetrekkingen. Ik weet zeker dat je erbij kunt, als je maar hard genoeg probeert.'

'Die dossiers worden ontzettend streng bewaakt. Hoe zie je dat voor je? Moet ik langs een tiental gewapende bewakers lopen en de kluis opblazen?' Hij trok aan zijn stropdas. 'Je kunt alleen maar via de officiële kanalen bij die dossiers komen, en dat houdt in dat je ervoor moet tekenen, zowel bij het ophalen als bij het terugbrengen. Denk je dat ik ergens een schriftelijk bewijs achterlaat dat ik van de gelegenheid gebruik heb gemaakt om te sjoemelen?'

'Wie maakt zich druk om gesjoemel? Als die twee dossiers verwisseld worden, zal er geen haan naar kraaien. Mijn vaders account ligt al heel lang stil. En met de rekening die ik vandaag heb geopend zal waarschijnlijk nooit iets gebeuren, omdat ik hem nooit zal gebruiken.'

'En als Sal probeert om zijn geld terug te krijgen? Wat moet ik dan doen?'

'Maak je geen zorgen, zover zal het nooit komen. Zodra ik het geld heb gooi ik het wel met hem op een akkoordje. Hij kan niets proberen via de bank, want daarmee brengt hij mij in gevaar, dus dat gaat hij niet doen. En bovendien wil hij aan deze account niet al te veel ruchtbaarheid geven.' Ze draaide een kwartslag op haar kruk en steunde met haar ellebogen op de bar. 'Maak je niet druk. Niemand zal er ooit achter komen. Rosenstock mag dan een indrukwekkende beveiliging hebben, hun focus is om de identiteit van hun cliëntèle geheim te houden en niet om zich druk te maken over eventuele dossierverwisselingen.'

Rousseau lachte als een boer met kiespijn en schudde zijn hoofd. 'Je hebt het al helemaal uitgeknobbeld, nietwaar? Maar je hebt geen idee wat je hier vraagt, echt geen idee.'

Hij liep naar het midden van de kamer, spreidde zijn armen wijd uit en draaide rondjes als een windvaan. Toen bleef hij weer stilstaan en keek haar aan.

'Zie je dit allemaal?' Hij hield zijn handpalmen naar boven en keek om zich heen; zijn armen uitgestrekt naar het versierde koepelplafond, het presidentiële bureau en de nietszeggende maar waarschijnlijk peperdure schilderijen die aan de muur hingen. 'Weet je wat ik wel niet heb moeten doen om dit alles te vergaren? Heb je enig idee hoe ik ben begonnen?' Hij stak zijn vinger in de lucht en wees naar haar. 'Ik kwam op mijn zeventiende bij deze bank terecht, als loopjongen. Ik ging voor mensen naar de stomerij, ik maakte hun lunchreserveringen in poenerige restaurants, ik haalde donuts voor hun ontbijt. Maar weet je wat ik daarnaast deed?'

Hij liep op haar af en sloeg mijn zijn ene handpalm op de rug van zijn andere om zijn woorden kracht bij te zetten. 'Ik leerde netwerken. Ik leerde hoe ik me nuttig kon maken. Bij de juiste mensen. Ik leerde wat de beste restaurants waren en waar de beste uitgaansgelegenheden zaten. Ik zorgde ervoor dat ik ongewone plekjes ontdekte waar nog geen mens van had gehoord, maar die wel in goede aarde vielen bij onze cliënten. Ik hield een lijst bij van onze belangrijkste klanten, met de verjaardag van hun vrouw en de namen van hun kinderen. Ik maakte me onmisbaar. En voor deze loopjongen leggen ze zowat de rode loper uit bij de bank.'

Hij stond nu pal voor Harry. Hij boog zich over haar heen en steunde met zijn handen op haar kruk. Ze rook de scherpe whisky in zijn adem.

'Dus, vertel me eens,' zei hij. 'Waarom zou ik dat allemaal op het spel zetten met een suïcidale actie binnen mijn eigen bank?'

Harry hoopte dat hij haar angst niet kon ruiken, of het zweet dat over haar rug droop. Ze pakte de envelop tussen duim en wijsvinger en liet hem als een ruitenwisser voor zijn gezicht heen en weer zwaaien. 'Denk aan de consequenties als dit uitlekt. Als ik jou was zou ik voor het laagste risico opteren en gewoon die spullen verwisselen.'

Rousseau ging weer rechtop staan, met trillende neusvleugels, en Harry maakte van de gelegenheid gebruik om van de kruk af te klauteren. Ze gooide de envelop op de bar en maakte aanstalten om te vertrekken.

'Ik heb de accountnummers op de eerste bladzijde geschreven,' zei ze. 'Tegen de tijd dat de bank morgen opengaat, moet het geregeld zijn.'

Ze stond nu bij de deur en met haar hand op de klink draaide ze zich nog eenmaal naar hem om. Hij had zijn whisky weer van de bar gepakt en sloeg het glas in één teug achterover.

'Het is maar dat je het weet,' zei ze, 'maar een paar kopieën van dit rapport zijn in roulatie. Op dit moment kan ik de inhoud nog onder controle houden, maar als mij iets overkomt wordt het publiek geheim.'

Rousseau vulde zijn glas bij. Ze hoopte dat het dreigement realistisch overkwam en niet als iets wat ze net had bedacht.

Hij leunde tegen de bar en keek haar bedachtzaam aan. 'Volgens mij bluf je.'

'Je vergeet dat ik anders ben dan mijn vader. Ik bluf nooit.'

Maar Rousseau hief zijn glas naar haar op en glimlachte.

48

'DAT WERD TIJD,' ZEI LEON. Naast hem stond Quinney te worstelen met de zitting van de bioscoopstoel.

'Waarom moesten we hier afspreken, verdomme?' Quinney boog zich naar voren zodat hij de stoel beter kon zien. Zijn kale schedel glom in het flikkerende licht op het doek. 'Wat een teringhol is dit.'

Leon keek de lege zaal rond en trok zijn schouders op. Het was een vochtig, ranzig hol en het rook er naar de regen van gisteren. Er was al vijftig jaar niets meer aan het gebouw gedaan en waarschijnlijk zou het op korte termijn een bingohal worden. Quinney had gelijk, het was een teringhol, maar je kon er wel veilig zitten. Leon zakte dieper weg in zijn stoel op de achterste rij en trok zijn anorak als een cocon om zich heen. Hij had hier de afgelopen twee dagen vaak gezeten. Sinds hij had gehoord wat er met Sal was gebeurd.

'Hier, mijn rapport,' zei Quinney en hij stak hem een witte envelop toe. Hij aarzelde, alsof hij de lege chipszak op de vloer en Leons verkreukelde kleren in zich opnam. Hij trok zijn hand terug. 'Maar eerst betalen.'

Leon snoof en greep naar zijn portemonnee, waar hij ook een envelop uit haalde. 'Pak aan.'

Hij keek toe terwijl Quinney het geld telde. Die vent zag eruit als een trol, met zijn kale schedel en dikke lippen. Hij verstond zijn vak, maar hij was lastig in de omgang. Leon had hem voor de tweede keer ingehuurd. De eerste keer was vijf jaar geleden geweest, toen Maura om een scheiding had gevraagd. Ze had gezworen dat er niemand anders in het spel was, maar Leon geloofde haar niet. Quinney had zijn gelijk bewezen met een serie glansfoto's waarop ze om de nek van een of andere lange blonde vent hing. Het was dezelfde man die vorige week op het treinstation zijn zoon een aai over zijn bol had gegeven.

Quinney was klaar met tellen en stopte de bankbiljetten in zijn zak. Toen smeet hij de witte envelop op Leons schoot. 'Zoals ik al aan de telefoon heb gezegd, er is geen spoor van dat geld te vinden. Je had me achter haar aan moeten laten gaan toen ze het vliegtuig pakte.'

Leon gromde. Het tarief van de privédetective was al hoog genoeg; hij zat niet te wachten op extra reiskosten. Hij knarsetandde. Dat verdomde geld leek verder buiten zijn bereik dan ooit.

Quinney stond op en de zitting klapte luidruchtig omhoog. 'Die gasten zitten achter haar aan, dat is een ding dat zeker is. Ze zitten haar nu al de hele tijd op de hielen. Alle namen staan in dat rapport.' Hij knikte naar de envelop. 'Je zult sommige foto's zeker interessant vinden.'

Hij liep tussen de rijen stoelen door naar de uitgang. Leon keek hem na, met oksels die steeds zweteriger werden onder zijn anorak. Quinney had hem verteld wat hij bij Arbour Hill had gezien; die jeep die Sal Martinez op de bumper had genomen, pal nadat hij de gevangenispoort uit was gelopen. Leon werd misselijk bij de gedachte aan wat er op die foto's kon staan.

De zaalverlichting ging opeens aan en Leon knipperde met zijn ogen. De film had hij nauwelijks gezien; hij had nog net meegekregen dat het een of andere kleffe komedie was over een gezin met veel te veel kinderen. Hij sloot even zijn ogen en probeerde niet aan zijn zoon te denken, maar dat lukte niet. Leon was de afgelopen dagen 's morgens teruggegaan naar Blackrock Station in de hoop nog een glimp van Richard op te vangen. Hij had zich opgeknapt en zelfs zijn pak naar de stomerij laten brengen. Maar de jongen was nergens te bekennen.

Familiegeluk is gelul, dacht hij.

Hij opende zijn ogen en betastte de envelop. Toen scheurde hij hem open en haalde er een stuk of tien volgetypte vellen papier en een stapel foto's uit. Quinney had Harry Martinez een week lang achtervolgd en iedereen doorgelicht die deel van haar leven had uitgemaakt. Leon bladerde het rapport door. Er zaten biografietjes bij van de hoofdrolspelers. Hij probeerde ze te lezen, maar zijn ogen werden steeds automatisch naar de foto's getrokken. Uiteindelijk legde hij het rapport opzij en keek naar de eerste opname. Hij merkte dat zijn handen trilden.

De foto was 's nachts genomen en hij kon het Martinez-meisje in haar blauwe Mini zien zitten. Het was in een straat met aan weerszijden victoriaanse huizen en hoge bomen. Leon bekeek de foto van dichtbij. Aan de andere kant van de straat zag hij de donkere, hoekige contouren van een jeep. Hij slikte en draaide de foto om. Quinney had haar naam, de datum en locatie met blauwe pen op de achterkant geschreven. Raglan Road, zondag 12 april 20:20 uur. Drie dagen geleden.

Op de volgende foto was een lange, donkerharige man te zien die met het meisje de trappen van een van de oude bakstenen huizen op liep. Ze had dikke moddervegen op haar gezicht en een grote blauwe plek op haar wang. Dit keer was de jeep nergens te zien.

Leon zette zich schrap voor de volgende foto, maar het was een onschuldig kiekje van iemand die hem bekend voorkwam: die pedante Jude Tiernan, die het KWC-gebouw uit liep. Leon had enkele jaren daarvoor al een aanvaring met Tiernan gehad toen ze allebei in dienst waren van JX Warner. Zijn mondhoek krulde bij de gedachte. Als Tiernan niet zo'n brave hendrik was geweest, was Leon vast nooit ontslagen.

Hij legde de foto op de rest van de stapel en bekeek nog een paar andere. Hij voelde zijn ledematen ontspannen. Dit waren alleen maar foto's van de familieleden van het meisje: haar zus die Vincent's Hospital uit kwam. Hij bleef hangen bij een foto van een vrouw van achter in de vijftig. Dus dit was Sals echtgenote. Met die hoge jukbeenderen had ze wel Pools of Russisch kunnen zijn. Sal moest natuurlijk weer iets exotisch hebben. Hij fronste toen hij de man zag die naast haar stond met zijn linkerarm in de hare gehaakt. Leon had dat enorme koepelhoofd overal herkend. Wat moest Ralphie-Boy in vredesnaam met Sals vrouw?

Bij de foto daarna werd hij koud vanbinnen. Het was een opname van veraf van hoge grijze muren en victoriaanse ramen met tralies. Het had net zo goed een weeshuis of een inrichting voor psychisch gestoorden kunnen zijn. Maar Leon wist wel beter. Hij huiverde. Hij had een jaar in dat snertoord doorgebracht, waar hij in een cel zat opgesloten met een man die Noel heette en die een levenslange gevangenisstraf uitzat, omdat hij zijn eigen huis in brand had gestoken. Zijn vrouw en drie kinderen waren op dat moment thuis. Leons ademhaling werd trager en zijn vingers maakten vochtige afdrukken op de foto. Gedurende twaalf maanden had zijn wereld bestaan uit een opklapbed met een toilet ernaast en bewakers die om vijf uur 's morgens op de deur bonkten om te checken of hij niet in zijn slaap was overleden.

Hij legde de foto opzij en haalde een paar keer diep adem, alsof hij daarmee die herinnering kon uitwissen. Hij staarde naar de volgende foto en het duurde even voordat hij begreep wat hij zag. Op de grond lag een lichaam dat gedeeltelijk aan het zicht werd onttrokken door een kleine rode auto, zodat hij alleen de benen kon zien: grijze pantalon, donkere schoenen. Het meisje zat geknield op de grond, met haar rug naar de camera. Leon knipperde met zijn ogen. Dit was het soort foto dat hij verafschuwde: geen bloed of iets van dien aard, niet eens een gezicht. Hij bleef staren naar het kleine gedeelte wat hij van Sals lichaam kon zien en schudde langzaam zijn hoofd. Was die stakker eindelijk uit die rotplek, werd hij meteen ondersteboven gemaaid. Een deal van niks.

Leon smeet de foto op de rest van de stapel en dacht dat dat de laatste was. Maar er was er nog een. Het was een close-up van de man achter het stuur van de jeep. Zijn witblonde haar kwam als gebleekt stro in plukjes onder zijn gebreide muts uit. Hij omklemde het stuurwiel zodat zijn knokkels wit zagen en keek met strakke blik naar iets wat voor hem lag, zonder dat hij zich bewust was van de camera. Leon kreeg de kriebels van die wijd opengesperde, starende ogen. Ze hadden een vreemde kleurloze tint, alsof zijn pupillen waren verdwenen en slechts een krankzinnig licht hadden achtergelaten. Leon probeerde zijn lippen te bevochtigen, maar zijn mond was droog. Hij had altijd al geweten dat de Profeet zijn smerige klusjes door iemand anders liet opknappen, maar het was voor het eerst dat hij het gezicht van die man te zien kreeg.

Leon veegde zijn mond af. Godver, hij zou er deze keer wel eens tot aan zijn nek kunnen inzitten. Misschien moest hij maken dat hij wegkwam. Toen hij ook nog aan Jonathan Spencer dacht begon zijn maagzuur prompt op te spelen. Jonathan had ook proberen weg te komen, maar de Profeet had hem niet laten ontsnappen. Leon wreef over zijn maagstreek. Waarom had de Profeet hem verdomme dat mailtje gestuurd over dat meisje? Waarom had hij hem hierin betrokken?

Maar Leon wist het antwoord al. De Profeet gebruikte hem, net zoals hij hem al eerder had gebruikt. Hij had het zo geregeld dat Leon in de hoek zat waar de klappen vielen. Dat was de werkwijze van de Profeet: altijd vanaf een veilige afstand, altijd met zijn vingers op de knoppen, maar hij liet anderen de risico's lopen. Zelfs gedurende de succesvolle hoogtijdagen van het beurskartel had de Profeet niet één keer zelf meegedaan. Leon, Sal en Jonathan waren degenen die hun carrière op het spel hadden gezet. De Profeet kaapte een flink deel van de winst, maar had nergens een spoortje achtergelaten op de papieren die tot vervolging van het kartel hadden geleid. Zelfs de dood van Jonathan had voldoende op een ongeluk geleken om de Profeet overal buiten te houden.

Leon keek weer naar de foto met de bleke, psychopathische ogen. Hij ging met zijn vinger langs de binnenkant van zijn kraag en dacht na over het spoor dat naar hemzelf liep. Als Sal of het meisje iets overkwam zat hij flink in de penarie. Christus, het was zijn eigen privédetective die haar appartement ondersteboven had gehaald en die haar had achtervolgd. Zijn privédetective was zelfs bij Arbour Hill geweest toen Sal overhoop werd gereden. Zijn hart hamerde in zijn borstkas. Hij had nota bene een bankafschrift van die griet. Zijn adres stond waarschijnlijk ergens bij de bank geregistreerd. Hoe had hij zich ooit zo in de nesten kunnen werken?

Hij greep naar het rapport. Er moest iets in staan wat hij zou kunnen gebruiken. Wat had Quinney ook alweer gezegd? *Alle namen staan in het rapport.* Hij bladerde het door en sloeg de details over. Quinney had hem al telefonisch op de hoogte gebracht van de handel en wandel van het meisje. Hij scande de biografietjes, maar las te vluchtig om alles op te kunnen nemen. Hij kon desondanks concluderen dat Quinney heel zorgvuldig te werk was gegaan. Namen, leeftijden, familieleden, arbeidsverleden, financiële status: alles stond erin. De woorden dansten voor zijn ogen. De naam JX Warner sprong van de bladzijden af en hij bleef ernaar staren. Ze hadden altijd gedacht dat de Profeet daar investeringsbankier was. Een van de gezichten deed hem ergens aan denken. Hij fronste. Hoe lang geleden? Tien jaar? Twaalf? Hij pakte de foto's en bestudeerde ze nogmaals. Hij wist niet dat dat ouwe koepelhoofd ook voor JX Warner had gewerkt. Maar ja, hij was bepaald niet de enige.

Na een poosje koos hij er twee foto's uit en las de namen op de achterzijde. Toen keek hij weer naar de foto's. Was dat de link? Hij pakte het rapport weer op en las nogmaals de biografieën, iets zorgvuldiger deze keer. Hij wist waar hij naar zocht, en daar stond het, vet onderstreept. Zelfs Quinney had de betekenis ervan ingezien. Het kon geen toeval zijn.

Leon stopte alles weer in de envelop en deed met trillende vingers de flap dicht. Toen wurmde hij zich tussen de rij stoelen door en liep door de smerige foyer de buitenlucht in. Het felle licht stak in zijn ogen. Hij rende over het trottoir, met raspende longen en bonkend hart. Misschien kon hij niet aan het geld van het meisje komen, maar als hij nou eens wist wie die Profeet was? Die wetenschap moest toch wel iets waard zijn.

Hij wiste het zweet van zijn voorhoofd en stak de envelop in zijn jaszak. De pijn in zijn maag verdween door de adrenaline die nu door zijn lichaam schoot. Zijn kennis was gevaarlijk, dat wist hij als geen ander, maar gaf hem ook macht.

Het verkeer raasde om hem heen; in de vastgelopen wegen trokken de vrachtwagens en motoren op en remden weer af. Het was tien minuten lopen naar South Circular Road, maar hij zette er stevig de sokken in en deed het in vijf minuten. Hij ging linksaf St. Mary's Road in en achter hem werd het gebrul van de motoren allengs minder. Hij zocht naar zijn sleutels. Hij zou een douche nemen en zich omkleden, en ondertussen bedenken wat zijn volgende stap zou worden.

Aan de overkant van de weg stond een donkerharige vrouw tegen het hek voor zijn woning geleund een sigaret te roken. Toen ze hem zag ging ze rechtop staan. Leon kneep zijn ogen tot spleetjes. Ze kwam hem bekend voor. Terwijl hij haar probeerde te plaatsen klonk achter hem het geluid van een motor. Die bril met vleugelmontuur, dat helmkapsel. Opeens wist hij het weer. Zij was die nieuwsgierige journaliste die hij steeds bij de rechtszaak had gezien. Wat moest zij nou weer hier?

Hij verliet het trottoir om de straat over te steken en was van plan om pal langs haar te lopen. Bemoeizieke trut. Hij was nog niet vergeten hoe schamper ze in haar artikelen naar hem had uitgehaald. Dat Sal altijd tijd voor haar had vrijgemaakt had hij nooit begrepen.

De journaliste stak haar arm omhoog en riep iets naar hem. Ze kon de pot op, hij had wel wat anders aan zijn hoofd. Opeens sloeg ze een hand voor haar mond en liet haar sigaret vallen. Ze scheen langs hem heen te kijken. Hij keek achterom en bleef als aan de grond genageld staan.

Midden op de weg kwam een motor op hem afgestevend en degene die hem bestuurde zat voorovergebogen als een ruiter te paard. Het gebrul van de motor galmde in Leons oren. Hij probeerde zich te bewegen, maar zijn voeten voelden als zandzakken. De glanzend zwarte motor kwam recht op hem af en scheen voor niets te willen stoppen. Leons voeten kwamen op het laatste moment los van de grond en hij sprong opzij, maar het was al te laat. De motor steigerde als een hengst en trof hem midden in de borst. Hij klapte naar achteren en vloog hoog de lucht in, waarbij zijn adem gierend uit zijn longen ontsnapte. De huizenrij flitste langs zijn ogen en muren wankelden. Hij voelde nog geen pijn.

Het achterwiel van de motor sloeg tegen zijn schouder. De motorrijder hield zijn hoofd zijwaarts, alsof hij Leons gezicht wilde afspeuren op tekenen van pijn. Het vizier van zijn integraalhelm was omhooggeschoven en Leon zag de lichte, transparante ogen met de speldenprikpupillen.

De hemel scheen opzij te glijden. Leon zag in een flits het lachende gezicht van zijn zoon. De straat kwam angstaanjagend snel dichtbij en sloeg toen met verpletterende kracht tegen zijn schedel.

49

'Is dit de fax die ik voor u moet verzenden, mevrouw?'
Harry rukte haar blik los van het vel papier in haar hand, en staarde naar de receptioniste van het hotel.

'Misschien moet ik er nog even naar kijken,' zei ze.

'Zoals u wenst. Laat me maar weten als u klaar bent.'

De receptioniste liep weg om de telefoon op te nemen. Haar witte katoenen bloesje zag er schoon en koel uit, en Harry vroeg zich af hoe ze dat klaarspeelde. Haar eigen shirt zat als behangplaksel tegen haar huid gekleefd.

Ze keek naar de fax die ze in haar hotelkamer had zitten schrijven. Haar hartslag bonsde in haar oren en de woorden dansten voor haar ogen. Stel dat Rousseau ze niet had verwisseld? Misschien wachtte hij af of ze had zitten bluffen. Ze knipperde met haar ogen en las de fax nogmaals. Hij was gericht aan Owen Johnson, de accountmanager van haar vader.

Geachte meneer Johnson,

Met referte aan rekeningnummer 72559353, identificatiecode Pirata, laat ik u hierbij weten dat ik deze account wil opheffen en alle tegoeden naar de volgende bankrekening wil laten overmaken:
SWIFTCODE: CRBSCHZ9
IBAN: CH9300762011623852957
Conform de veiligheidsmaatregelen zal ik later op de dag deze overboeking persoonlijk met u doornemen.

Het eerste accountnummer was dat van haar vader, en het tweede was van de Profeet. Een handtekening was niet nodig.

Ze keek op haar horloge. Zelfs als Rousseau had besloten om erop in te gaan, had hij dan wel voldoende tijd gehad? Het laatste waar ze op zat te wachten was dat iemand het dossier van haar vader zou openmaken voordat haar identificatiepapieren in orde waren. Ze verplaatste haar gewicht naar haar andere voet. De deadline van de Profeet verliep om twaalf uur op de Bahama's. Ze moest voortmaken.

Ze overhandigde de fax met het nummer van Johnson dat ze met behulp van haar vaders aantekeningen had weten te ontcijferen. De receptioniste liep naar het faxapparaat en deed de pagina erin. De machine liet een piepje horen en Harry keek toe hoe de vrouw hem bijvulde met stapels witte A4'tjes. Ze had de elegantie van een stewardess, maar ze was zo traag als een modderstroom en Harry moest op haar kiezen bijten om niet te gaan gillen. Eindelijk werd haar fax door de machine getrokken en kwam er aan de achterkant weer uit.

Harry rende terug naar haar kamer. Ze greep naar de telefoon en zag dat ze drie oproepen van Ruth Woods had gemist. Ze belde haar terug. Voicemail. Harry liet een bericht achter dat ze zou bellen als ze de volgende dag weer in Dublin was. Toen ging ze op het randje van haar bed zitten en belde de Rosenstock Bank. Ze citeerde op zakelijke toon het nummer van haar vaders bankrekening en maakte een afspraak met Owen Johnson om kwart over elf die ochtend.

Ze hing op. In minder dan een uur tijd zou ze het kantoor van Johnson binnenwandelen om zestien miljoen dollar bij hem op te nemen. De vraag was: zou hij dit ook verwachten van haar vader?

Ze schudde haar hoofd en pakte wat papieren bij elkaar die ze voor haar afspraak bij de bank nodig zou hebben. Daarna verliet ze te voet het hotel. Ze ging naar Bay Street en bleef zoveel mogelijk in de schaduw. De vochtige lucht wreef als warm katoen langs haar huid. Tegen de tijd dat ze de Rosenstock Bank had bereikt, was haar hoofdhuid nat van het zweet.

Het meisje bij de receptie glimlachte haar toe. 'Nu alweer terug?'

Verdorie, ze had er niet op gerekend herkend te worden.

Juliana pakte de telefoon. 'Ik zal Glen Hamilton voor u oproepen.'

'O nee, u hoeft haar niet lastig te vallen.' Shit, het laatste waar ze op zat te wachten was een hijgende Glen Hamilton in haar nek. 'Ik heb namelijk een afspraak met Owen Johnson.'

Het meisje trok haar wenkbrauwen op. 'Ik begrijp het. Prima.'

Ze typte wat in op haar computer. 'Hij zit op dezelfde etage als Glen. Weet u nog waar de liften zijn? U moet de middelste hebben.'

Harry bedankte haar en volgde haar instructies op. Dezelfde Big Brother-lift bracht haar naar de derde etage waar dezelfde jongedame haar door dezelfde gang escorteerde. Harry keek links en rechts naar de beige deuren die ze voorbijliep en verwachtte half dat Glen naar buiten zou stappen. Onder in haar tas begon haar mobiele telefoon te trillen en ze haalde hem tevoorschijn. Alweer Ruth Woods. Harry schakelde haar mobiel uit; Ruth kon wel even wachten.

Aan het eind van de gang deed haar begeleider een deur open en Harry ging naar binnen. Dit keer zat haar bankier al op haar te wachten.

Hij zat achter een bureau dat vol lag met paperassen. Hij was eind vijftig, zijn huid was zo bruin als lever en hij had een ondoorgrondelijke blik. Even bleef het stil. Harry hoorde achter zich de klik van de deur die in het slot viel. Toen stond hij op.

'Ik ben Owen Johnson,' zei hij.

Hij had de bouw van een rottweiler. Zijn tonvormige lichaam was een bonkige massa van zware spieren en vet, en zijn kaak leek sterk genoeg om haar arm af te kunnen bijten. Harry liep naar hem toe en schudde zijn hand; ze was zich bewust van haar klamme handpalmen.

'Ik ben Harry Martinez,' zei ze.

Zijn ronde, uitpuilende ogen boorden zich in de hare. 'Ik geloof niet dat wij elkaar kennen.'

Het was geen vraag. Harry durfde er wat onder te verwedden dat Owen Johnson elk gezicht onthield. Ze glimlachte en schudde haar hoofd, en probeerde over te komen als een multimiljonair en niet als een hacker die leugens verkocht.

Johnson ging weer zitten en gebaarde dat ze tegenover hem kon plaatsnemen op een stoel met een rechte rugleuning. Ze ging zitten. Hier was het meubilair veel functioneler dan in Glens kamer. Het bureau was doorsnee en solide, de stoelen robuust. Geen fijn antiek of zilver theeservies die de zakelijkheid in de weg konden staan. Ze vroeg zich af of bankiers hun eigen interieur mochten bepalen.

Johnson schraapte zijn keel en keek fronsend naar de papieren die voor hem lagen. Hij verstrakte. Op zijn bureaublad lag een geopende archiefdoos. Het veerslot was losgemaakt en de papieren waren eruit geschoten; de doos had bijna helemaal vol gezeten. De pagina's waren gekreukt en beduimeld. Het moest haar vaders doos zijn.

Harry doorbrak de stilte. 'U hebt mijn fax inmiddels gekregen, hoop ik. Zoals daarin gesteld wil ik graag met spoed mijn tegoeden naar een andere bankrekening laten overmaken.'

Ze gaf hem een kopie van de fax. Hij keek ernaar, maar niets wees erop dat hij hem al had gezien. Ze haalde haar paspoort uit haar tas en gaf dat ook aan hem. Johnson sloeg het open op de fotopagina en bestudeerde die fronsend. Toen haalde hij een document uit de doos en vergeleek ze met elkaar. Harry hield haar adem in. Ze probeerde zijn gezicht te lezen, maar zijn uitdrukking bleef onveranderd. Hij keek haar aan. Ze onderdrukte de aanvechting om te slikken.

Zonder een woord te zeggen klapte Johnson het paspoort weer dicht en schoof het over zijn bureau naar haar toe. Hij deed nog een document in de archiefdoos en Harry ving een glimp op van haar foto die boven aan de pagina was vastgeniet. De helft van haar gezicht was verdwenen onder de handtekening, maar de bos krullen eromheen liet niets aan de verbeelding over. Haar longen begonnen weer te werken. Dit was haar eigen aanvraagformulier. Rousseau had de documenten verwisseld.

'Mag ik vragen of de service van de Rosenstock Bank geheel naar uw wens is?' vroeg Johnson.

'Zeer zeker.' Haar hart bonsde. 'Alleen heb ik op dit moment andere plannen met dat geld.'

Johnson verschoof in zijn stoel, leunde naar achteren en legde zijn vingertoppen tegen elkaar. 'Vreemd. Ik heb dit dossier nog maar één keer eerder gezien en dat was toen ik het overnam. Dat was acht jaar geleden. Ik kan me de naam Martinez herinneren.' Hij keek haar aan zonder met zijn ogen te knipperen. 'Maar op de een of andere manier was ik er altijd van overtuigd dat onze Pirata een man was.'

Harry probeerde te glimlachen, maar haar gezicht voelde strak. 'Dat zal wel aan de naam liggen. Harry, bedoel ik. Dat zet mensen altijd op het verkeerde been.'

Hij tikte met zijn vingertoppen tegen elkaar en bleef haar strak aanstaren. 'Dat zal het zijn.'

Toen overhandigde hij haar een formulier uit het papierwerk op zijn bureau, tezamen met haar oorspronkelijke fax. 'Misschien kunt u dit invullen zodat ik de overboeking kan autoriseren.'

Harry bekeek het formulier. Het was kort en bondig: ze moest de gegevens invullen van de huidige account en de bestemming, het bedrag dat overgeboekt moest worden en natuurlijk haar autorisatiecode en handtekening. Op de ruimte onderaan moest Johnson zijn eigen handtekening zetten. Ze begon met invullen en schreef de nummers over van haar fax.

'U hebt eerder zaken gedaan met Philippe Rousseau, geloof ik?' Uit zijn mond klonken die woorden als een beschuldiging.

'Dat klopt.' Harry keek niet op, maar ze voelde hoe zijn ogen zich door haar schedeldak boorden.

'Ik heb vernomen dat u hem gisteravond hebt gesproken.'

Haar vingers verstrakten. 'Ik ben hem gisteravond inderdaad in het Atlantis Casino tegen het lijf gelopen.'

'Dat weet ik. Hij heeft het me verteld.'

Harry wierp hem een blik toe. 'O?'

'Toen ik uw dossier vanmorgen uit de kluis ging halen, zag ik dat het al was opgehaald. Uiteraard heb ik als geautoriseerd accountmanager gevraagd wat daar de reden van was.'

'Uiteraard.' Harry probeerde luchtig te klinken. 'En wat zei hij daarop?'

'Dat jullie elkaar hadden ontmoet en poker hadden gespeeld. Hij zei dat hij nieuwsgierig was naar de stand van uw investeringen, dus had hij het dossier opgehaald. Tegen elke veiligheidsmaatregel in, natuurlijk.' Johnson probeerde voor het eerst te glimlachen; het werd een grijns die een mond vol dicht op elkaar staande tanden liet zien. 'Maar ja, meneer Rousseau doet nu eenmaal wat hij wil.'

Harry boog zich weer over haar formulier. 'Dat stel ik op prijs.' De pen gleed bijna tussen haar vochtige vingers vandaan. 'Hij kent mijn familie al een hele tijd.'

Ze was nu bij het vakje waarbij stond 'over te boeken bedrag' en aarzelde.

'Ik heb mijn saldo al heel lang niet meer gecheckt,' zei ze. 'Kunt u mij het exacte saldo opgeven zodat ik dit kan invullen?'

Johnson gromde en keek naar zijn laptop. Hij typte wat in. Voor het eerst bedacht Harry dat er wel eens helemaal niets op die rekening zou kunnen staan. Stel dat iemand haar voor was geweest?

Johnson pakte een pen en schreef enkele getallen over van het scherm. Toen schoof hij het papiertje naar haar toe.

De cijfers dansten voor haar ogen. Ze werd licht in haar hoofd en even viel alles stil. Bijna twintig miljoen dollar. Er was aardig wat rente bij gekomen in de afgelopen negen jaar.

Dus het was er. Ze was nu zo dichtbij. Dit was waar ze allemaal op zaten te azen: het kartel, haar vader, de Profeet. Ze dacht aan de mensen die waren omgekomen: Jonathan Spencer, Felix Roche. Enkele beelden flitsten door haar hoofd: een brullende jeep, buitelende bergen, een krijsende metro. Haar hoofd zwom. Maar dat moorden zou nu ophouden. Ze stond op het punt om het geld aan de Profeet te geven en dan zou er niemand meer doodgaan.

Harry's ruggengraat voelde ijzig aan. Of hij pikte het geld in en maakte haar evengoed een kopje kleiner. Hoe kon ze een man vertrouwen die geprobeerd had om haar vader te vermoorden?

Ze greep de pen steviger vast en keek op haar horloge. Drie minuten voor twaalf.

Het geld was haar enige onderpand.

Ze keek naar Johnson, met opgeheven kin. 'Ik ben van gedachten veranderd.'

'Pardon?'

'Ik wil het geld niet overmaken.'

Johnson knipperde met zijn ogen. 'U wilt het op uw rekening laten staan?'

'Nee. Ik wil het contant opnemen. In bankbiljetten.'

Johnson boog zich naar voren. 'Contant? Maar het is niet mogelijk om met zoveel contant geld rond te lopen, dat is niet veilig. Als u het geld echt wilt overmaken, raad ik u ten zeerste een elektronische overboeking aan.'

Harry schudde haar hoofd. 'Ik wil het in contanten.'

De Profeet had al een keer met haar bankrekening gesold. Het laatste wat ze wilde was haar geld toevertrouwen aan de technologie. Ze wilde het met haar eigen handen vasthouden.

Johnson zuchtte. 'Maar het is fysiek niet mogelijk om zo'n hoog bedrag in dollars te dragen. De hoogste coupure is een biljet van honderd dollar. U zult vijf koffers nodig hebben om dat allemaal te kunnen verstouwen.'

Harry dacht even na. 'Wat is de hoogste coupure voor euro's?'

Johnson ging even verzitten. 'Vijfhonderd.'

'Mooi. Dat betekent dus één koffer.'

'Maar euro's zijn hier minder makkelijk te krijgen.'

'U bedoelt dat de bank niet zoveel geld heeft?'

Johnson zette een hoge borst op. 'Natuurlijk kan Rosenstock een dergelijke som uitkeren. U moet alleen begrijpen dat we enige tijd voor nodig hebben om het te regelen.'

'Hoeveel tijd?'

'Nou, misschien kunnen we in een dag of twee –'

Harry viel hem in de rede. 'Dat is te laat. Ik heb het vandaag nodig, want mijn vliegtuig vertrekt vanmiddag.'

Zijn kaak verstrakte en ze veranderde van tactiek.

'Wat dacht u hiervan,' zei ze. 'U regelt de financiën vandaag nog en dan laat ik honderdduizend dollar op de rekening staan zodat die courant blijft. U behartigt nog steeds mijn belangen. Ik zal een brief naar uw chef sturen met de complimenten dat jullie mij als cliënt wisten te behouden. Anders krijgt u de schuld dat u een rekeninghouder bent kwijtgeraakt. En uw chef is Philippe Rousseau, nietwaar?'

Johnsons ogen puilden uit en ze zag hem in gedachten een rekensommetje maken: de schande om een vette cliënt te verliezen of toegeven aan een cliënt die hij niet vertrouwde. Uiteindelijk gooide hij zijn pen op het bureau.

'Goed dan. Maar ik heb enkele uren nodig.'

'Hoeveel?'

Hij trok zijn schouders op. 'Vier, vijf misschien.'

'Maak er drie van.' Harry stond op. 'Kan ik hier ergens wachten en een paar telefoontjes plegen?'

Johnson kwam achter zijn bureau vandaan en deed de deur links van hem open. Harry liep langs hem heen een kleine zijkamer in, gemeubileerd met stoelen en een bureau in Regency-stijl. Toen Johnson weg was pakte ze haar telefoon en belde Ruth Woods. Er werd niet opgenomen en ze liet een boodschap achter. 'Ruth, met Harry. Ik heb iets wat de Profeet wil en ik ga het gebruiken om hem uit te schakelen. Je moet je contacten bij de politie benaderen. We moeten een valstrik voor die klootzak opzetten. Bel je me terug?'

Harry ijsbeerde door de kamer terwijl ze een plan bedacht. Ze probeerde niet te veel aan haar vader te denken. De politie moest nu wel ingeschakeld worden; ze had geen enkele andere keus meer. Maar één ding wist ze zeker: ze zou geen afstand doen van het geld.

Ze liep nog steeds door de kamer heen en weer toen Johnson eindelijk terugkwam. Al met al had hij maar twee uur nodig had. Hij bracht haar terug naar zijn kantoor en deed de deur dicht. Hij maakte een gebaar naar zijn bureau dat nu helemaal was leeggeruimd. Er stond alleen nog maar een grote zwarte koffer met wieltjes op.

'Maak maar open,' zei hij.

Harry aarzelde even en maakte toen de koffer open. Hij zat boordevol grote paarse bankbiljetten. De stapels waren zo groot als bakstenen en lagen netjes naast elkaar. De biljetten zagen er plat en schoon uit, alsof er iemand met een strijkbout overheen was gegaan. Harry pakte een stapeltje op en zag de lagen eronder. Net als een doos chocolaatjes, dacht ze. Ze voelde eraan en liet haar duim over de bovenkant glijden. De bankbiljetten leken wel van katoen, met tastbare patronen aan de randen. Langzaam legde ze het stapeltje terug bij de rest.

'Wilt u het nog tellen?' vroeg Johnson.

Harry schudde haar hoofd. Ze deed de koffer dicht en sloot hem af.

Johnson gaf haar een vel papier. 'U moet dit formulier ondertekenen voor ontvangst.'

Harry zette met bevende vingers haar handtekening. Johnson zette ook zijn paraaf op de formulieren en gaf haar de kopieën, tezamen met een witte envelop.

'Dat is de autorisatie van de bank. Daarmee kunt u probleemloos langs de beveiliging op de luchthaven en langs de douane.'

Harry bedankte hem, en stopte de envelop in haar tas. Ze spande haar spieren en tilde de koffer van het bureau af. Hij gaf een ruk aan haar arm en ze voelde de bons toen de stapels biljetten in de koffer verschoven. Ze trok het uittrekbare handvat uit en rolde de koffer naar de deur.

Johnson liep met haar mee door de gang en ging mee naar beneden tot aan de begane grond. Geen van beiden zei een woord. Ze liet hem in de lift achter en stapte de lobby in; de koffer trok ze achter haar aan. Toen duwde ze de deuren open naar buiten en stapte het zonlicht in met vijftien miljoen euro op zak.

50

HET VLIEGTUIG ZOU BIJNA LANDEN op Dublin Airport.
Harry greep de armleuningen van haar stoel stevig vast. Ze had al vierentwintig uur niet geslapen. Het kostte haar moeite haar ogen open te houden en ze hield de overige passagiers in de gaten. Ze moest toegeven dat niemand eruitzag alsof hij haar wilde vermoorden.

Tot nu toe was het goed gegaan. Niemand had haar tegengehouden op het vliegveld en niemand had gevraagd of ze haar koffer wilde openen. Ze keek uit het raampje naar de wolkensluiers die om de vleugel van het vliegtuig hingen. De piloot had laten weten dat er in Dublin een dikke mist hing. Ze spande haar vingers om de armleuning. Wat stond haar daar beneden nog meer te wachten?

Het vliegtuig landde volgens schema. Harry ging met de andere passagiers van boord en liep naar de bagageband. Haar koffers kwamen als laatste en ze haalde diep adem toen ze ze zag. Haar smeekbedes bij Nassau hadden het grondpersoneel niet kunnen vermurwen dat ze het als handbagage kon meenemen. Ze kreeg nog meer stress bij de gedachte dat ze haar bagage niet zelf in de gaten kon houden.

Ze tilde de zwarte koffer van de band, zette die op zijn wieltjes en slingerde haar vaders reistas over haar schouder. Ze keek snel om zich heen. Niemand belaagde haar en niemand probeerde haar de koffers af te nemen.

Op het damestoilet draaide ze de koude kraan open en spatte water op haar gezicht tot haar huid als verdoofd aanvoelde. Ze wierp een blik in de spiegel. De vermoeidheid had diepe paarse kringen onder haar ogen getrokken. De rest van haar gezicht stak er grauw bij af. Ze leek wel een ondervoede tiener, die geen schijn van kans maakte met een tegenstander als de Profeet.

Ze sloot haar ogen en voelde hoe ze stond te wankelen. Waarom had ze het geld niet overgemaakt, zoals ze eerst van plan was geweest? Waar was ze in vredesnaam aan begonnen? Toen schudde ze haar hoofd. Ze was gewoon moe, dat was alles. Ze had de juiste beslissing genomen. Dat geld was de enige reden waarom ze nog in leven was.

Harry keek de toiletruimte rond om zich ervan te vergewissen dat zij de enige was. Ze klikte de koffer open en keek door de spleet naar binnen. Het geld zat er nog in. Ze deed de koffer weer dicht. Toen schakelde ze haar mobiel in en belde Ruth. Voordat ze de Bahama's had verlaten, had ze diverse keren geprobeerd om de journaliste te bereiken, maar steeds zonder resultaat. Waar hing ze verdomme uit? Harry voelde haar keel dichtknijpen. Ze kon dit niet in haar eentje.

Haar armen en benen begonnen te beven. Harry liet zich naast haar koffers op de vloer zakken en legde haar hoofd op haar knieën. Ze haalde een paar keer diep adem. Wat moest ze doen als iemand haar in de aankomsthal stond op te wachten? Ze huiverde en keek op haar horloge: halfeen 's middags. Ze leunde weer tegen haar koffers en sloot haar ogen. Misschien moest ze hier gewoon even een poosje blijven. Hier kon niemand haar vinden.

Ze bleef er twee uur zitten, luisterend naar het gepiep van de bagageband als andere vluchten arriveerden. Buiten botsten de trolleys tegen elkaar en vrouwen liepen de toiletruimte in en uit. Harry's bovenbenen werden gevoelloos op het harde metaal. Ze vroeg zich af hoe lang ze hier zo kon blijven zitten totdat iemand haar eruit kwam gooien.

Er kwam een groep van ongeveer twintig tieners het toilet in die in rap Spaans met elkaar rebbelden. Ze leken zo'n zeventien, achttien jaar oud. Ze verdrongen elkaar voor de spiegel, brachten hun make-up weer in orde en vulden de ruimte met hun geroddel. Het meisje dat zich het dichtst bij Harry bevond deed haar horloge af en frutselde met het knopje.

'*¿Es una hora más o una hora menos?*' Is het een uur eerder of een uur later?

Niemand hoorde haar boven het rumoer uit.

'*Es una hora menos,*' zei Harry. '*Es 14.35.*'

'*Gracias.*' Het meisje lachte. Haar ogen hadden de kleur van kaneel en ze had dik zwart haar.

Harry knipperde met haar ogen. Toen keek ze naar de rest van de groep, naar hun olijfkleurige huid, fraai gewelfde wenkbrauwen en donkere haar. Ze hees zich overeind, ging achter hen staan en bestudeerde haar spiegelbeeld. Volle, zwarte krullen, donkere ogen. Haar huid was bleker, maar voor de rest kon ze makkelijk in hen opgaan. Het was geen camouflage om over naar huis te schrijven, maar iets beters had ze op dit moment niet.

De meisjes verlieten de toiletruimte. Harry greep haar koffers en liep pal achter hen aan. Buiten was er een invasie van Spaanse studenten bij de bagagecheck. Ze vormden groepjes en Harry zorgde dat ze tussen hen in bleef lopen. Ze maakten een oorverdovend lawaai. De zwerm trok haar mee naar voren. Toen ze in de buurt van de aankomsthal kwam, hield ze haar hoofd omlaag en deed net alsof ze druk met haar koffers in de weer was. Haar maag verkrampte. Als er iemand op haar had staan wachten, was die toch inmiddels wel verdwenen?

Ze werd omringd door studenten die over de aankomsthal uit zwermden. Harry liet zich meevoeren. Het was erg druk op het vliegveld. Ze baande zich een weg door de menigte, hield haar ogen neergeslagen en verborg zich nog steeds tussen haar escorte. Niemand besteedde enige aandacht aan haar. Uiteindelijk bereikte ze de uitgang en weekte zich los van haar konvooi. Ze bleef stilstaan bij de parkeerbetaalautomaat en gooide met bevende handen een paar munten in het apparaat. Toen ze een blik over haar schouder wierp bevroor ze ter plekke.

Ingesloten in een menigte, op enkele tientallen meters bij haar vandaan, stond een lange man in een zwarte leren jas. Hij stond met zijn rug naar haar toe en hield een mobiele telefoon tegen zijn oor gedrukt. Ze kon zijn gezicht niet zien, maar het vlassige haar dat onder zijn muts vandaan piekte had ze overal herkend.

Een hete golf trok door haar lichaam. Ze had dat kapsel twee keer eerder gezien: een keer in de Dublin Mountains en een keer buiten de Arbour Hill-gevangenis. Beide keren had ze het er nauwelijks levend van afgebracht.

De blonde man rekte zijn nek om over de mensenmenigte uit te kunnen kijken. Ze ving een glimp op van zijn bleke gezicht. Het stond strak gespannen en hij keek gejaagd. Harry hield haar adem in. Hij knikte terwijl hij naar iemand aan de andere kant van de lijn luisterde. Harry bewoog zich in de richting van de uitgang, haar koffer achter zich aan zeulend. De man trok een gezicht tegen de telefoon, mengde zich in het gedrang en liep bij haar vandaan in de richting van de aankomsthal.

Elke zenuw in Harry's lichaam brulde dat ze moest rennen, maar ze hield zich in. Ze kon onzichtbaar blijven door zich onopvallend te bewegen. De deuren van de uitgang kwamen steeds dichterbij, terwijl ze haar ogen strak gericht hield op de rug van de man. Hij kwam door de drukte maar langzaam vooruit. Zijn mobiel zat nog altijd aan zijn oor vastgelijmd.

De automatische deuren gleden open. Ze deed er een stap naartoe en waagde nog een blik over haar schouder. Toen trok een andere gedaante aan de overkant van de hal haar aandacht. Hij draaide alle kanten op om de hele omgeving te kunnen zien. Ook hij hield een mobiel tegen zijn oor. Ze herkende hem aan zijn silhouet. Brede schouders, de bouw van een rugbyspeler. Het was Jude Tiernan.

Jude hield op met draaien. Hij staarde met samengeknepen lippen naar de man met het blonde haar. Toen gleed zijn blik naar Harry. Haar huid werd als van ijs. Hun ogen ontmoetten elkaar. Toen keek hij weer naar de blonde man en zei iets in zijn mobiel. De andere man draaide zich om en keek Harry recht in haar ogen. Zijn bleke ogen verorberden haar. Harry draaide zich om en stormde door de deur naar buiten.

Ze rende de weg over naar de parkeergarage, de wieltjes van haar koffer hotsten en botsten over straat. Ze zigzagde tussen de auto's door terwijl de koffers aan haar armen trokken. Als ze haar auto maar kon bereiken. Snel scande ze de rijen met auto's voor haar, maar ze zag nergens de rode Micra.

Haar hart bonsde in haar oren. Ze zwenkte naar rechts en holde de helling op naar de volgende verdieping. Haar voeten sloegen kletterend tegen het beton en de echo weergalmde tegen het lage plafond. Ze wierp een snelle blik over haar schouder. De blonde man rende met zwiepende armen en benen in de richting van de helling.

Waar was die snertauto van haar gebleven? Ze draaide zich om; het gewicht van de tas sneed in haar schouder. Misschien moest ze haar koffers maar lozen. Maar het geld dan? Als ze zich hier ooit uit redde had ze het nodig.

Achter haar klonken dreunende voetstappen. Harry sprintte naar de volgende helling. Terwijl ze ertegenop rende bracht de bagage haar uit balans. Een Mercedes reed haar van de andere kant tegemoet. Met gierende remmen bleef hij stilstaan, deinend op zijn vering op enkele centimeters bij haar vandaan. Ze snelde erlangs en rende naar de volgende verdieping.

Waar was ze twee dagen terug ook alweer geweest in deze garage: ze was als in een spiraal naar boven gereden en had met samengeknepen ogen tegen de zon naar een vrij plekje gezocht. Dat was het. Ze had haar auto op het dak geparkeerd.

De voetstappen achter haar klonken nu luider en sneller. Harry spande haar spieren en holde de laatste paar hellingen op. Haar benen voelden loodzwaar en de koffers rukten haar armen er bijna uit. Eindelijk stak het daglicht in haar ogen. Het dak was verlaten en er stonden alleen maar rijen geparkeerde wagens. Mist en wolken vermengden zich en legden er een grijze laag over. De Nissan Micra stond als een felrode spetter helemaal op het uiterste puntje.

Harry bukte zich en trok haar koffers tussen de auto's door. Ze had kramp in haar vingers en polsen. Voetstappen dreunden op de grond en hielden toen op. Harry verstijfde. Ze bukte nog dieper en luisterde. Toen boog ze zich helemaal naar voren zodat ze onder de auto's kon doorkijken. Iemand op gymschoenen sloop parallel aan haar tussen de auto's door. Hij was maar twee rijen bij haar vandaan.

Harry kroop naar de laatste rij auto's en bleef zo laag mogelijk bij de grond. Om de paar meter keek ze naar de gymschoenen. Ze achtervolgden haar nog steeds. Ze snelde naar de Micra en liet toen noodgedwongen haar bagage los – ze had krampaanvallen in haar armen gekregen. Ze vond haar autosleutels. Haar trillende vingers waren verstijfd. Ze stak de sleutel in het slot en deed het autoportier open. Ze kwam een stukje overeind, maar hield haar hoofd laag. Haar knieën kraakten als brandhout. Ze duwde de deurgrendel naar beneden en luisterde of ze voetstappen hoorde. Niets.

Langzaam trok ze de deur open. Haar gezicht vertrok van angst dat ze geluid zou maken. Ze zag haar eigen bang vertrokken spiegelbeeld in het raam. Wilde haren en een spierwit gezicht tegen een donkere achtergrond. Toen bewoog er iets op die achtergrond. Harry sperde haar ogen wagenwijd open. Achter haar was een tweede spiegelbeeld opgedoemd: asgrauw gezicht, zwarte muts, piekend albinohaar.

Hij had haar te pakken voor ze zich kon omdraaien. Hij trok haar achterover aan haar haar en sloeg haar gezicht tegen de autodeur. Harry voelde haar hersens tollen en kreeg haar ogen niet meer open. Hij drukte haar met zijn lichaam tegen de auto. Hij was hard en pezig en zijn lijflucht was intens. Ze schopte achteruit maar raakte niets. Hij greep haar hoofd weer vast, met twee handen deze keer, en sloeg het tegen het dak van haar auto. De pijn schoot door haar schedel. Haar knieën begaven het en ze zakte met draaierig hoofd in elkaar tegen de Micra.

Hij sjorde haar overeind en rukte haar armen naar achteren. Koud staal gleed over haar polsen en ze hoorde een mechanische klik en toen sneed het staal diep in haar vlees. Hij trok iets ruws over haar hoofd zodat ze niets meer kon zien. Grove, kriebelige jute. Ze hoorde hoe de autodeur werd geopend. Toen gaf hij haar een harde duw en ze viel voorover op de achterbank. Ze probeerde overeind te komen, maar voelde zich zo misselijk dat ze zich languit op de vloer liet vallen. Haar schouders zaten tussen de stoelen geklemd en de pijn in haar armen was ondraaglijk.

Er plofte iets zwaars naast haar op de bank. De koffers.

De autodeuren werden dichtgeslagen. De motor werd gestart en de Micra schoot naar voren met harde schokken die ze door haar armen voelde trekken. Haar hoofd tolde en ze begon langzaam haar bewustzijn te verliezen. Beelden van Jude Tiernan gingen als een diashow door haar gedachten: Jude tijdens de vergadering bij KWC die hij niet had hoeven bijwonen; Jude in de White's Bar waar hij pretendeerde haar te helpen om Felix te vinden; Jude op het vliegveld die zijn dodelijke opdrachten via zijn mobiel doorgaf.

Haar hoofd tolde. Ze had hem nooit moeten vertrouwen.

51

HARRY KWAM HOESTEND BIJ HAAR positieven. Haar keel voelde ruw aan en het was alsof haar neusvleugels in brand stonden. Ze kon niets zien. Er hing iets nats en zwaars over haar gezicht. Ze haalde adem door haar neus. Scherpe dampen teisterden haar reukvermogen en maakten haar draaierig. De geur was verstikkend en deed haar aan aanmaakblokjes denken. Toen drong het tot haar door. Jezus. De zak om haar hoofd was in benzine gedrenkt.

Ze probeerde adem te halen, maar moest kokhalzen van de penetrante walm. Haar nek en schouders deden pijn. Ze lag op haar zij en haar armen waren nog steeds op haar rug geboeid. De grond onder haar was hard, daardoor wist ze dat ze zich niet meer in de auto bevond. Ze draaide haar hoofd en probeerde de kap opzij te krijgen. Een klein stukje ervan verschoof tot over haar bovenlip, zodat ze wat beter kon ademhalen. Ze zoog de lucht diep in haar longen en probeerde niet te hyperventileren.

Ergens voor haar klonk een krassend geluid. Toen was het weer stil.

'Wie is daar?' riep Harry.

Ze haatte de manier waarop haar stem trilde. Er kwam geen antwoord. Ze durfde zich niet te bewegen uit angst dat de kap weer over haar mond zou glijden. En daar was het weer: een krakerig geluid dat werd gevolgd door een zacht gesis. Haar lichaam verstijfde. Mijn god. Hij was lucifers aan het afstrijken.

Harry likte langs haar lippen: de bijtende benzine brandde op haar tong. 'Wat gebeurt daar?'

'We wachten af.' Zijn stem klonk raspend en wreed. Hij bevond zich dichtbij.

Ze schraapte haar keel en probeerde ongevaarlijk te klinken. Dat was niet zo moeilijk. 'Kun je op zijn minst die kap weghalen?'

'Pas als hij er is.'

'En hoe lang duurt dat nog?'

'Niet lang meer. Hij heeft ons vanaf het vliegveld gevolgd.'

Alweer dat schrapende geluid. Waarom was hij die lucifers aan het afsteken? Blies hij ze weer uit? Gooide hij ze naar haar toe? Als die kap vlam zou vatten, zou haar hoofd gevangen zitten in een krans van vlammen terwijl zij met haar armen geboeid op haar rug lag. Ze voelde een schreeuw opwellen en beet op haar kiezen. Dit was niet het moment om hysterisch te worden. Ze moest weg zien te komen voordat Jude er was, anders had ze het met twee mannen te stellen.

Ze zoog haar longen vol met lucht.

'Kunnen die handboeien dan af?' Ze boog haar rug en ging met haar vingertoppen over de vloer achter haar. Alleen maar droge klei.

'Pas als hij dat zegt,' antwoordde hij.

Ze stak haar rechterbeen uit, alsof ze haar kuitspieren wilde strekken. 'Doe je altijd wat hij zegt?'

Ze voelde met haar voet, maar daar was niets. Hij streek weer een lucifer af en haar been bleef stil in de lucht hangen. Hij gaf geen antwoord op haar vraag.

'Laat me raden,' zei ze. 'Ik durf er wat onder te verwedden dat jij alle rotklusjes opknapt terwijl hij het geld opstrijkt. Werkt het zo tussen jullie?'

Nog altijd geen antwoord. Ze waagde het haar been opnieuw te bewegen en onderzocht de grond achter haar. Haar voet stuitte op iets hards. Ze duwde ertegenaan. Het gaf enigszins mee, maar niet veel. Misschien was het wel een houten hek.

'En wat win jij ermee dan?' Ze hoorde dat ergens een dop vanaf werd geschroefd, en haar been verstijfde.

'Er wordt goed voor me gezorgd,' zei hij.

'Je kunt ook gewoon de centen pakken en de benen nemen. Waarom doe je dat niet? Het geld ligt hier. Ik kan je niet tegenhouden en ik weet niet eens wie je bent.'

Er klonk een zacht geritsel en ze voelde dat hij dichterbij kwam. Er klotste iets. Zonder waarschuwing vooraf werd er een golf koude vloeistof over haar borst gegoten. Hijgend rolde ze op haar buik. De geur van benzine was overweldigend. Hij bleef doorgieten totdat ze was doordrenkt. Haar kletsnatte shirt plakte aan haar huid.

De hoosbui hield op en ze hoorde dat de dop weer op de fles werd geschroefd. Hij streek nog een lucifer af. Toen lachte hij, een zacht snuivend geluid dat door zijn neus kwam.

Harry huiverde. Die rotvader van haar. Waarom had hij haar niet geholpen? Hield hij soms niet genoeg van haar? Ze had naar de politie moeten stappen en hem laten wegrotten in die gevangenis in plaats van hem proberen te beschermen. De schreeuw die ze eerder had onderdrukt kwam weer naar boven en dreigde los te breken.

Iets siste in haar oor en doofde toen weer. Ze rook haar eigen lucht, de benzinedampen die als een aura om haar heen hingen. Hoe dicht kon een vlam daar eigenlijk bij in de buurt komen voordat ze in de hens zou vliegen? Ze dacht aan Felix Roche die in zijn eigen huis was geroosterd en ze moest bijna weer kokhalzen.

'Dus je gaat me in brand steken?' vroeg ze. 'Net als Felix Roche?'

'Ik weet hun namen nooit.' Hij klonk enigszins verward. 'Ik weet de jouwe ook niet.'

Ze stikte bijna in haar eigen geur. Zou hij haar nog steeds vermoorden als hij haar naam wist?

'Harry,' zei ze. 'Ik heet Harry.'

Ze trok een gezicht vanwege haar eigen jengeltoontje en balde haar vuisten achter haar rug.

'En ik heb nog een paar namen voor je,' vervolgde ze. 'Jonathan Spencer. Dat was bijna negen jaar geleden. Vlak bij het IFSC. Ken je hem nog? En mijn vader. Sal Martinez. Je hebt vorige week geprobeerd om hem bij Arbour Hill te vermoorden.'

'Het IFSC. Die weet ik nog wel. Daar kwam veel bloed bij kijken.' Hij viel even stil. 'Maar je hebt ongelijk wat betreft Arbour Hill. Ik probeerde hem niet te vermoorden.' Hij stak weer een lucifer aan. 'Ik probeerde jou te vermoorden.'

Harry hapte naar adem. Was zij het doelwit geweest?

De man vervolgde: 'Hij zag wat ik van plan was en duwde jou opzij.' Hij streek nog een lucifer af. 'Jammer dat hij er nu niet is om je te beschermen, hè?'

Harry zag in gedachten die verlaten straat voor de gevangenis. De jeep kwam dichterbij en haar vader sprong weg. Ze herinnerde zich zijn verbijsterde gezicht. Voor het eerst bedacht ze dat hij zich voor de jeep had geworpen, niet ervandaan; dat hij haar had weggeduwd om haar te beschermen en niet tegen haar aan was gesmakt. Voor het eerst bedacht ze dat hij haar leven had gered.

Een hete kramp trok door haar borst en opeens voelde ze zich weer een kind dat in haar vaders armen gewiegd wilde worden.

Vlakbij klonk het geluid van een automotor; toen werd hij stilgezet. Een portier werd opengeslagen. Voetstappen kwamen haar kant op, tikkend op het beton, en toen streken ze langs iets zachts. Even was het stil. Toen trok iemand de kap van haar hoofd.

Harry knipperde tegen het licht en haar ogen brandden van de benzinedampen. Ze lag op een smal kleipaadje met haar wang in de modder. Ze keek op naar de blonde man die naast haar stond. Hij had een grote fles benzine in zijn hand, die nog voor twee derde vol was. Aan zijn voeten stond een glazen kom die was gevuld met kartonnetjes lucifers. En op de grond naast haar gezicht, een paar centimeter bij haar neus vandaan, lagen een heleboel afgestreken lucifers.

Ze werd koud vanbinnen. Ze zoog haar longen vol frisse lucht en de kruidige geur kwam haar vreemd bekend voor. Ze rekte naar nek om achter zich te kunnen kijken. Het houten hek bleek een hoge haag te zijn die langs een wirwar van paden slingerde. Iets klikte er in haar hersens. Toen keek ze omhoog. Overal om haar heen torenden heggen boven haar uit, zwaar en dichtbegroeid, hoger dan de muren van de gevangenis. Voor en achter haar vormden ze kringen en lussen en ze omsloten haar als een donkere groene tunnel. Harry huiverde. Ze begreep waar ze was.

Ze bevond zich in een gigantisch labyrint.

52

'Ik heb altijd al geweten dat je mij naar het geld zou brengen, Harry.' Ze draaide haar hoofd met een ruk om. Dillon stond voor haar. Hij had een pistool in zijn handen.

Ze staarde hem aan, versuft. 'Dillon?'

'Had je maar vertrouwen in me gehad.' Zijn stem klonk vriendelijk. 'Ik wachtte af, maar je bleef me op een afstand houden.'

Ze probeerde rechtop te gaan zitten. Pijnscheuten golfden door haar schouders en ze zonk weer terug naar de grond. Haar hoofd zal vol watten.

'We hadden een team kunnen vormen,' zei hij. 'Dan hadden we samen het geld kunnen opsporen.'

Ze kneep haar ogen samen. De mist dreef als een rookwolk om hem heen. Hij was geheel in het zwart gekleed, net als de eerste keer dat ze elkaar ontmoetten. Zijn lippen waren in een geheimzinnig glimlachje gekruld.

'Ik snap het niet,' stamelde Harry.

'Volgens mij wel.' Hij hield zijn wapen losjes vast, de loop op haar middenrif gericht. Ze staarde er gebiologeerd naar. Dit was voor het eerst dat ze een pistool zag.

Goeie God. Dillon. Haar kalverliefde. Haar werkgever. Haar minnaar. Ze huiverde. Toen viel haar oog op de koffers aan zijn voeten: haar vaders reistas en de zwarte koffer van de Rosenstock Bank. De koffer was open en onthulde stapels paarse bankbiljetten.

Dillon volgde haar blik, deed een stap terug en liet zich op een knie naast de koffer zakken. Hij stak zijn handen diep in de lagen bankbiljetten en trok er drie dikke stapels waarmee hij onder zijn neus wapperde. Hij snoof. Toen stond hij weer op, gooide ze terug in de koffer en trapte hem dicht.

'Je had gewoon dat geld moeten overmaken, zoals ik je had gevraagd,' zei hij. 'Kijk nou wat voor puinhoop je ervan hebt gemaakt.'

Hij gaf een venijnige trap tegen haar vaders reistas. Harry kromp in elkaar en week zover mogelijk naar achteren. Hij schopte er nogmaals tegenaan. Zijn gezicht was vertrokken. Het canvas scheurde op de naden en er kwam iets uit gerold: haar crèmekleurige zijden jurk en haar vaders pokerdoos.

De blonde man pakte de jurk op en drukte die tegen zijn gezicht. Toen haalde hij ook uit en trapte tegen haar buik. Ze schreeuwde en klapte dubbel, haar maagstreek verkrampt van pijn. Jezus! Die twee waren serieus met hun plannen. Ze gingen haar echt vermoorden. Ze kromde haar schouders en wachtte de volgende schop af. Dillon trapte tegen haar vaders pokerdoos, die over de grond vloog. Harry staarde naar de deuk die hij erin had gemaakt, en balde haar vuisten. Verdomme. Ze ging hier niet gewoon liggen wachten op haar dood.

Ze slikte. 'Ik dacht dat de Profeet een bankier was bij JX Warner. Wat is jouw plek in dit geheel?'

De blonde man wilde haar weer schoppen, maar Dillon wuifde hem terug met zijn pistool.

'Mijn plek is boven aan de top,' zei hij. 'Ik was gedurende twee jaar hoofd IT-beveiliging bij JX Warner. Ik had meer toegang tot vertrouwelijke informatie dan welke investeringsbankier ook.'

Hij glimlachte en veegde zijn voorhoofd af met zijn mouw. Achter hem kon ze door de mistbanken het rode vlaggetje zien dat de entree van het labyrint markeerde. Het was maar tien meter bij haar vandaan, maar het had net zo goed tien kilometer kunnen zijn.

'Leon Ritch heeft me op het idee gebracht, al wist hij dat zelf niet,' vervolgde Dillon. 'Hij werd na enkele schimmige deals bij JX Warner ontslagen. Ik heb meegeholpen om de bewijslast tegen hem te verzamelen; al die compromitterende mailtjes en documenten die hij had achtergelaten. Een bankier met flexibele normen en waarden: dat was precies wat ik nodig had.'

'En mijn vader dan?' Harry keek omhoog naar de haag. Die was zo'n vier meter hoog en nog lastiger om doorheen te komen dan schokbeton. 'Wanneer heb je hem gerekruteerd?'

'Het was eigenlijk Leons idee om de zaken uit te breiden. Meer bronnen betekende meer geld. Ashford kwam als eerste, toen Spencer, toen jouw vader.'

'En Jude Tiernan?'

Dillon trok zijn wenkbrauwen op. 'De man van de ethiek? Geen schijn van kans. Hij had ons allemaal aangegeven.'

Harry fronste; in gedachten zag ze Jude weer op het vliegveld de menigte inspecteren. Shit. Hij had geprobeerd haar te helpen, niet om haar te vermoorden.

Dillon ging voor haar staan en blokkeerde het zicht op de uitgang. Al zou ze weg kunnen rennen, dan nog kon ze alleen maar dieper het labyrint in.

Hij knielde naast haar neer en liet zijn blik over haar heen glijden. Hij stak zijn hand uit alsof hij haar gezicht wilde aanraken, maar veranderde van gedachten. 'Denk je eens in hoe ik me voelde toen een van Leons bronnen de vader van de Pirata bleek te zijn.'

Harry dacht na. 'Dus je hebt me niet voor Lúbra in dienst genomen. Je hebt me gebruikt om het geld te pakken te krijgen.'

'Zo begon het wel, ja.' Hij sloeg zijn ogen neer. 'Ik dacht dat jij je vader wel zou overhalen om mij het geld te geven, als ik je maar voldoende de stuipen op het lijf joeg. Maar je was zo vastbesloten om hem zelf op te gaan zoeken. Ik had dat moeten zien aankomen, denk ik.'

'Je hebt me wel degelijk de stuipen op het lijf gejaagd. Ik had wel dood kunnen gaan daar op die verdomde rails.' Ze wierp een blik over haar schouder. Achter haar splitste het pad zich in drieën. Ergens moest nog een andere uitgang zijn. Maar welke kant was dat op?

'Cameron heeft zijn instructies voor het metrostation ietwat uitgebouwd.' Dillon wuifde met zijn pistool. 'Je hebt al kennisgemaakt met mijn broer Cameron, toch?'

Harry draaide haar hoofd met een ruk om en staarde naar de blonde man met zijn bleke huid en afhangende schouders. Hij hield zijn ogen strak op Dillon gericht, als een misbruikt monster dat orders afwacht. Ze keek naar Dillons donkere trekken en zijn achteloze elegantie. Toen trad haar rechterhersenhelft in werking en kon ze de puzzel afmaken. Dillon had verteld dat hij was geadopteerd. Dit was de verwaarloosde jongere broer die in de gevangenis was beland. 'En hoe zat het met zijn instructies voor Arbour Hill? Hij probeerde me te vermoorden, nietwaar?'

Dillon hees zich overeind en draaide zich om. 'Het hielp niet om jou angst aan te jagen. Sal wilde geen afstand doen van het geld.' Hij schudde zijn hoofd. 'Wat voor vader ben je als je je eigen dochter niet wilt helpen?'

Harry wilde haar vader verdedigen, maar welk nut zou dat hebben? Ze legde haar wang op de zandgrond. Ze had een stijve nek van het omhoogkijken. Ze pijnigde haar hersens naar een mogelijkheid om uit dat labyrint te komen. Allerlei zinnen buitelden rond in haar hoofd: de regel van de linkerhand; wat is wijsheid hier; menseneter Minotaurus; half man, half stier. Die koning Minos en zijn labyrint konden het lazarus krijgen.

'Ik moest Sal wel waarschuwen en druk op de ketel zetten...' Dillon liet zijn hoofd hangen en stond nog steeds met zijn rug naar haar toe. 'Hij moest weten dat ik in staat was om iets te vernietigen dat hem dierbaar was.'

Haar hart sloeg over. 'Alleen ging dat mis, hè? Hij belandde in het ziekenhuis in plaats van ik.'

Hij was even stil en draaide zich toen naar haar om. Toen hij weer sprak was zijn stem zacht. 'En daar was ik blij om.'

Hij slikte en keek naar het pistool in zijn hand. Toen duwde hij de loop in haar gezicht. Harry tilde haar hoofd op. Nog niet! Haar hart bonsde. Vraag hem nog iets. Wat dan ook!

'En hoe zit het met Leon?' Haar mond was droog. 'Krijgt hij nu zijn deel van het geld?'

'Leon krijgt helemaal niks. Hij maakte de fout om die kale neet op me af te sturen. Hij kwam te dichtbij.' Hij knikte naar zijn broer. 'Cameron heeft hem voor zijn rekening genomen.'

'Je hebt hem laten vermoorden?'

'Hij was een zak stront. Hij zou de schuld krijgen als er iets mis zou gaan en dat was zijn enige rol. Ik heb ervoor gezorgd dat zijn vieze vingerafdrukken overal op zitten.'

Harry dacht aan het huisadres van Leon dat bij de gegevens van haar bank stond; het rekeningafschrift dat naar zijn flat was gestuurd; de privédetective die geprobeerd had haar op te sporen. Dillon had gelijk: alle sporen kwamen bij Leon uit.

'Dus jij hebt mijn bankrekening gehackt,' zei ze.

Hij glimlachte. 'Dat was een leuke klus. Vooral toen je me het geld beloofde en ik het daarna weer liet verdwijnen.'

Er klikte weer iets in Harry's hoofd. De inbraaktest van de Sheridan Bank. Het was allemaal volgens een vooropgezet plan verlopen. Dillon wist dat zij daar een rekening had lopen; hij betaalde haar salaris, godbetert. En hij wist dat ze bij wijze van visitekaartje altijd een RAT achterliet, een opzetje voor een geheime achterdeur om de opschoningsprogramma's van de bank te testen. Maar Dillon had de RAT buiten het rapport van Imogen weten te houden. Hij wilde niet dat er iets opgeschoond zou worden.

Hij deed een stap in haar richting en richtte het wapen tussen haar ogen. Zijn hand beefde een beetje. Van zo dichtbij zag zijn gezicht grijs en er stonden lijnen in die ze nog niet eerder had gezien. Ze moest denken aan de toegewijde jongen van een jaar of eenentwintig die tegen haar had gepraat over de zoektocht naar de waarheid.

'Wat is er met je gebeurd, Dillon?' fluisterde ze. 'Was al dat geld van dot.com nog niet genoeg voor je?'

Zijn kaak verstrakte. 'De tering met dot.com. Iedereen in dit land werd van de ene op de andere dag miljonair, behalve ik. Ik heb nooit een kans gehad.' Zijn ogen stonden nu wazig. 'Toen ik nog jong was, was ik overal de beste in. De beste van allemaal. Ik had meer talenten dan wie ook. De grote carrière, de hoog aangeschreven computertechneut met het monstersalaris. Hoe kon het dat ik de loser werd in dit alles? Jij begrijpt zoiets niet, of wel, Harry?'

Ze beet op haar lip. 'Dus je verhaal over dot.com was een maskerade?'

Hij knikte. 'Net als Lúbra Securities. O, het begon heel legitiem, hoor. Maar wie zou er ooit nog winst kunnen maken nadat we allemaal door dot.com te grazen waren genomen? Ik ging vorig jaar bijna failliet.' Zijn neusvleugels trilden. 'Zodoende ging ik nadenken over die Sohoran-deal, en al het geld dat Sal voor mijn neus had weggekaapt. Dat geld was van mij en ik wilde het terug.'

Zijn blik ontmoette de hare en hij schonk haar zijn scheve glimlachje. Heel even werden zijn ogen zacht. Toen boog hij zich naar voren, legde zijn vingers onder haar kin en tilde haar gezicht op. Ze huiverde bij zijn aanraking en herinnerde zich hoe hij die ene nacht haar lichaam met zijn mond had geproefd. Ze werd misselijk.

'Het is niet te laat voor ons tweeën, Harry,' fluisterde hij. Zijn ogen stonden verhit en zochten haar gezicht af. 'Toch?'

Harry slikte. Glimlachte. Doe alsof. Hoe moeilijk kon het zijn? Ze deed haar mond open om hem antwoord te geven en liet zijn ogen even los. Dat was verkeerd. Dillon draaide haar kin om en duwde haar hoofd opzij.

'Je moet nooit tegen me liegen, Harry.' Toen liep hij naar Cameron en richtte het pistool weer op haar gezicht; hij hield het wapen stevig met twee handen vast. 'Zet haar overeind.'

'Je zei dat ik haar een poosje mocht hebben,' zei Cameron.

'Dat gaat ook gebeuren. Maak haar handboeien los.'

Cameron hees Harry omhoog aan haar armen totdat ze stond. Het bloed suisde in haar oren en ze stond te wankelen op haar benen. Er dreunde iets in de verte. Cameron klikte de handboeien los en ze kon haar armen, die stijf en verdoofd waren, uit elkaar doen.

'Dank je,' zei ze en ze wreef over haar polsen. Wat haatte ze die onderdanigheid in haar stem.

'Dat deed ik niet voor jou.' Dillons ogen stonden koud en zijn glimlach was verdwenen. 'Handboeien zijn gewoon moeilijk uit te leggen op plaatsen waar een ongeluk is gebeurd.'

'En een lichaam dat overgoten is met benzine niet?' Ze wierp een blik op het pad achter haar. Ze zou met een stap of drie, vier de hoek om kunnen zijn. Hoelang zou hij nodig hebben om de trekker over te halen?

Dillon trok zijn schouders op. 'Dat maakt verder weinig uit. Hier komt toch niemand je zoeken.'

Het gedreun in de verte werd steeds luider; het kwam van boven. Harry keek omhoog. Er hing een ondoordringbare, dikke mist.

'Ongelukken zijn Camerons specialiteit,' zei Dillon. Hij moest zijn stem verheffen om boven het lawaai uit te kunnen komen. 'Sinds hij onze moeder van de trap af heeft geduwd. Ik vond hem op de bovenste trede, zo stoned als een garnaal. Ik heb hem geholpen om het zo te ensceneren, want hij kon zelf niet meer nadenken. Sindsdien is hij zijn schuld bij me aan het aflossen, toch, Cameron?'

Cameron drukte de fles benzine tegen zijn borst en staarde naar de grond. Er stak een plotselinge windvlaag op. Harry kreeg stof in haar ogen en het kabaal boven hen overstemde alles.

Plotseling brak een hemelsblauwe helikopter door de nevel. Een krachtige windstroom rukte aan Harry's kleren en deed haar achteruit deinzen. De hagen bogen door en leken elk moment te kunnen breken. Dillon dook in elkaar en schermde zijn gezicht af met zijn arm. Toen herstelde hij zich en zwaaide het pistool weer in haar richting. De helikopter kwam op hen af. Aan een kant hing een touw en Judes brede bovenlichaam vulde de hele cockpit.

Harry voelde haar hart opspringen. Jude trok zijn koptelefoon af en schreeuwde iets naar haar, maar hij werd overstemd door het harde geluid van de propeller. Hij wees naar het touw en liet de helikopter zakken. Zelfs vanaf de grond zag ze dat Judes ogen wijd opengesperd waren en zijn gezicht lijkbleek.

Harry keek snel naar Dillon. De loop was recht tussen haar ogen gericht. Ze kon zijn adamsappel zien bewegen en zijn vingers spanden zich om de trekker. De helikopter hing pal boven hen, het slingerende touw was maar een paar meter bij haar vandaan. Dillon zou haar doodschieten voordat ze één stap had kunnen zetten.

Plotseling draaide Dillon zich om en begon op de helikopter te schieten. De kogels doorboorden het pantser met een staccato van metalen, ketsende geluiden. De helikopter ging scheef hangen en zakte toen omlaag. Dillon vuurde nog meer kogels af. Het toestel schokte en de achterkant braakte zwarte rookwolken uit. Toen zwenkte hij naar links en vloog over het labyrint, waarbij de buik de top van de heggen schampte. Het touw en de rook sleepten erachteraan als rafelige draden.

Dillon nam hem nogmaals onder vuur. Dit keer aarzelde Harry niet. Met twee stappen was ze bij de splitsing en vloog het linkerpad op. Ze botste tegen hagen en sloeg blinde hoeken om. Ze hoorde nog een knetterend kogelsalvo, en daarna viel het geluid van de helikoptermotor stil. Opeens verscheen hij scheefhangend boven haar en verdween toen in het labyrint. De propellerbladen sloegen tegen de hagen en snoeiden erdoorheen als een reusachtige blender. Omdat de bladen te diep doordrongen werd het metaal aan stukken gescheurd en vloog alle kanten op. De helikopter kapseisde en stortte met een bulderend lawaai achter een rij heggen neer.

Gedurende enkele seconden bleef het stil. Geen motor meer, geen draaiende propeller. Harry rende radeloos door over het pad. Wat had ze aangericht? Toen hoorde ze een ontploffing en het onmiskenbare geluid van vlammen. Goeie God. Als Jude dood was, was dat haar schuld.

Ze liep tegen een heg aan. Een kruising. Shit, welke kant moest ze op? Haar borstkas brandde en het was alsof ze heftige koorts had. De regel van de linkerhand. Hou je linkerhand tegen de zijkant en blijf die koers volgen.

Maar liep ze dan niet gewoon rondjes? Achter haar hoorde ze voetstappen. Ze legde snel haar linkerhand tegen de heg en sloeg het linkerpad in. Hier was het smaller en het gebladerte versperde haar aan alle kanten de weg. Haar adem gierde door haar keel. Blijf doorrennen!

Ze holde in cirkels, bleef het pad aanhouden en liep als in een spiraal tegen dode hoeken aan. Ze dook de ene tunnel na de andere in en draaide rond tot ze er duizelig van werd.

Toen hield het geslinger op. Het pad werd breder en rechter. Het gebladerte was hier minder dik. De lucht was frisser, net als in een bos, en de hemel lichter. Recht voor haar zag ze een opening die was gemarkeerd door een blauwe vlag. Het leek daar breder dan bij de andere doorgangen. Ze rende eropaf. Toen hield ze haar adem in en bleef stokstijf staan.

Ze bevond zich op een cirkelvormige, open plek die de grootte had van een cricketveld. Jude lag met zijn gezicht in het gras op enkele meters bij haar vandaan. Haar maag trok samen. Iets verderop lag zijn brandende helikopter waar hij zich nog uit had kunnen redden. Naast de helikopter stond een standbeeld van zo'n drie meter hoog. Het was een gigantische zwarte krijger. Hij hield een speer vast; zijn houding was fier en vastberaden en zijn schouders breed en sterk. Maar de kop was een lelijke mutatie op zijn dikke, zwarte nek. Het was de kop van een dolgedraaide stier.

Harry sloot haar ogen. Dillons Minotaurus. Ze was recht naar het hart van zijn verdomde labyrint gerend.

'Het is voorbij, Harry, geef het maar op.'

Rechts van haar stapte Dillon door een opening in de heg het veld op. Hij hield nog steeds het pistool vast. Achter haar ritselde iets. Ze draaide zich met een ruk om. Cameron verscheen in de entree, met de benzine in zijn ene hand en de zwarte koffer in zijn andere. Harry deinsde terug totdat ze naast Jude stond. Cameron kwam achter haar aan; zijn bleke ogen waren gefixeerd op haar gezicht. Dillon hield hen allebei in de gaten, terwijl hij enkele passen naar voren deed.

De hitte van de vlammen schroeide door Harry's shirt heen. De helikopter was vlak bij haar. Ze wasemde benzinedampen uit en ze rook het nu sterker dan ooit. Als ze nog dichter bij het vuur zou komen, zou ze als een lucifer in brand vliegen. Ze strompelde achteruit totdat ze tegen het standbeeld van de Minotaurus botste; de solide stenen sokkel voelde koel aan in haar nek. Cameron sloot haar in. Ze voelde zijn hete adem op haar gezicht. Hij duwde de koffer opzij en begon de dop van zijn fles af te schroeven.

'Cameron!' Dillon deed een stap naar voren. 'Niet zo dicht bij het geld. Gooi die koffer naar me toe!'

Maar Cameron leek in trance. Zijn mond zakte open en zijn ademhaling werd traag. Harry sperde haar ogen wijd open toen hij een hand in zijn broekzak stopte en een aansteker tevoorschijn haalde.

'Cameron!' Dillon richtte zijn wapen nu op hem. 'Doe wat ik zeg!'

Cameron stak de aansteker aan en er schoot een hoge vlam uit. Hij hield hem dicht bij Harry's gezicht. Ze rukte zich los en liep om de sokkel heen. Toen zag ze Jude in beweging komen en zich op de knieën hijsen. Zijn shirt was rood van het bloed en zijn linkerarm hing in een vreemde hoek van zijn lichaam af. Dillon draaide zich om en richtte het pistool op hem.

'Blijf liggen!'

Jude tilde zijn hoofd met een ruk omhoog en bevroor ter plekke. Zijn huid zag er rauw en verbrand uit. Cameron wierp een blik over zijn schouder naar Jude en op hetzelfde moment deed Harry een greep naar de koffer. Ze drukte hem tegen haar borst. Haar hart bonsde tegen het stevige oppervlak.

Cameron scheen het niet in de gaten te hebben. Hij kwam weer dichterbij en hield de fles boven Harry's hoofd. Hij goot benzine over haar heen alsof hij haar doopte. De koude vloeistof stroomde langs haar gezicht en hals en droop over de zwarte koffer. De vlam van de aansteker beefde als een slang die vlees rook.

Er klonk een schot. Harry sprong op en hield haar adem in, in afwachting van de pijn. Ze hoorde Jude schreeuwen. Cameron trok zijn wenkbrauwen op.

'Weet je dat de dood van mijn moeder niet echt een ongeluk was?' Dillons stem klonk verstikt. 'Hij heeft haar niet vermoord.'

Cameron fronste zijn wenkbrauwen en wankelde een beetje. Harry's oren suisden nog na van het pistoolschot.

'Ik heb het hem wijsgemaakt,' zei Dillon. 'Hij was zo stoned dat hij er zich later niets meer van kon herinneren.'

Cameron staarde over Harry's hoofd in de verte. In zijn linker ooglid trilde een klein spiertje.

'Daarna kon ik hem laten doen wat ik wilde,' zei Dillon.

Cameron liet zijn schouders hangen. Toen klapte hij zwaar als een lawine tegen Harry aan, die door zijn gewicht tegen het standbeeld werd gedrukt. Ze schreeuwde, viel op de grond en liet de koffer los. Cameron viel boven op haar en perste de lucht uit haar longen. Ze werkte zich bevend onder hem vandaan. Cameron bleef languit in het gras liggen. Op zijn rug zag ze een steeds groter wordende rode plek. Harry sloeg beide handen voor haar mond om haar gil te smoren.

'Gooi het geld naar me toe, Harry, dan is het allemaal voorbij!' schreeuwde Dillon.

Harry tilde met een ruk haar hoofd omhoog. De sokkel blokkeerde haar uitzicht zodat ze hem niet kon zien. Ze keek naar de koffer en toen naar de halfvolle fles benzine in Camerons hand.

'Harry?'

Ze hoorde zijn voeten door het gras slepen terwijl hij rond het standbeeld liep. Haar hartslag versnelde. Ze greep de fles brandstof. Toen deed ze de zwarte koffer open en hield de fles er ondersteboven boven. Hij liep tergend langzaam leeg. Schiet op, schiet op. Nadat ze de flacon had leeggegoten, sloot ze de koffer. Ze keek weer op, recht in de loop van Dillons pistool.

'Gooi die tas naar me toe.'

Het zweet droop in straaltjes van zijn gezicht. Zijn ogen gleden naar Camerons lichaam op de grond en hij wendde snel zijn blik af. Vlak achter hem maakte de helikopter krakende geluiden; vonken spatten als vuurwerk omhoog.

Harry hees zich overeind en tilde de koffer met beide armen omhoog. Hij was nu nog zwaarder dan eerst en haar armen trilden. Ze keek over haar schouder. Jude keek met wijd opengesperde ogen toe. Ze keek weer naar Dillon. Zijn gezicht was wit.

'Je bent hier niet aan gewend, hè?' hijgde ze. 'In de regel lossen andere mensen jouw vuile zaakjes op.'

'GEEF ME VERDOMME DIE KOFFER!'

Harry tilde de koffer boven haar schouder; de doorweekte inhoud verschoof als een stel stenen. Ze nam de houding aan van een speerwerper en smeet de koffer hoog in de lucht. Hij vloog langs Dillon en smakte tegen de zijkant van de brandende helikopter.

Dillon staarde ernaar en een fractie van een seconde gebeurde er helemaal niets. Toen brulde hij het uit en rende achter de koffer aan, recht de vlammen in. Op hetzelfde moment draaide Harry zich om naar Jude en schreeuwde: 'Rennen!'

Jude kwam snel overeind; zijn bewegingloze linkerarm hield hij vast. Samen renden ze naar de uitgang van het open veld. Achter hen klonk het gierende geluid van een windhoos, als een orkaan die in kracht toenam. Harry bereikte de uitgang als eerste, dook erdoorheen en zocht meteen dekking achter een haag. Jude viel naast haar neer en schreeuwde het uit van pijn. Het lawaai nam toe totdat er een explosie klonk die door de haag heen knalde. Het labyrint werd verlicht door een gloeiende vuurbal waar Harry haar ogen tegen moest beschermen. Overal om hen heen kraakten takken. Harry trok aan haar met benzine doordrenkte kleren. Ze hees zich overeind en trok aan Judes mouw. Ze hield haar rechterhand tegen de muur van heggen en strompelde het pad op. Linkerhand los, rechterhand volgen. Ze trilde op haar benen. Een flakkerend oranje licht zette alles in een bleekgele kleur. Met Jude vlak achter haar volgde ze het kronkelende pad – haar rechterhand liet de haag niet los totdat ze eindelijk haar vaders reistas in het vizier kreeg en daarachter de rode, driehoekige vlag van de uitgang.

53

'HOEVEEL GELD ZAT ER IN die koffer?'

Harry ontweek rechercheur Lynns strakke blik en gaf geen antwoord. Ze zaten op het gazon achter Dillons huis. Ze staarde naar de woeste rode vlammen die het hart van het labyrint hadden verteerd. Brandweermannen spoten dikke stralen water over de heggen om het inferno te bedwingen.

Ze bleef zwijgen. Hij ook. Hij had deze techniek gedurende het laatste halfuur toegepast, in de hoop dat ze de stilte zou opvullen met gekwek en informatie. Niet dus.

Lynne sprak weer als eerste. 'We vinden het toch wel, hoor.' Hij maakte een beweging met zijn hoofd in de richting van de brand. 'Het forensisch team kan bijna alles terugvinden.'

Harry keek naar hem en naar zijn smalle postuur en zijn kleine das. Bijna alles was klein en efficiënt aan die man, alleen een beetje sjofel.

'Wat kan het jou schelen?' vroeg ze uiteindelijk.

'De zaak-Sohoran is nooit afgesloten. We hebben het geld nooit teruggevonden.' Hij bekeek haar alsof ze een schaakbord was en hij over zijn volgende tien zetten zat na te denken. 'Ik ben van plan om door te zoeken totdat we het hebben gevonden.'

Harry knikte en sloot haar ogen; ze draaide haar gezicht naar de vlammen. Ze voelde zich als verdoofd en liet haar wangen door het vuur verwarmen. Het beeld van Dillon flitste door haar hoofd, zoals hij de brandende helikopter in was gesprongen, brullend van woede en pijn. Haar vingers klauwden in het gras. Ze slikte en concentreerde zich op haar tintelende gezicht en de verkoolde, rokerige geur die overal hing.

Toen ze haar ogen weer opendeed was Lynne weg. Harry fronste. Die eikel kwam en ging als een kat. Jude zag haar zitten aan de overkant van het gazon en kwam haar kant op. Ze keek hem even aan. Zijn arm hing bewegingloos in een mitella en zijn wangen waren nog nat, doordat ze hadden geprobeerd zijn brandwonden enige verkoeling te geven. Zijn shirt stond stijf van het opgedroogde bloed dat uit een diepe wond in zijn schouder was gevloeid.

'Gaat het?' vroeg hij.

Ze knikte en beet op haar lip. Ze zwegen beiden een moment. De grond rondom het labyrint zag er drassig uit en de heggen waren toegetakeld. Het vuur was eindelijk geblust, en wat overbleef was een donkere, moerassige rotzooi.

'Ik zag je op het vliegveld,' zei Harry. 'Ik ben weggerend.'

'Dat weet ik.'

'Hoe wist je dat ik daar zou zijn?'

'Die journalist van je belde me vanmorgen.'

Ze trok haar wenkbrauwen op. 'Ruth Woods?'

Hij knikte. 'Ze heeft je gisteren de hele dag tevergeefs geprobeerd te bereiken. Uiteindelijk heeft ze mij gebeld.'

Gisteren. Harry dacht na over wat ze de dag daarvoor had gedaan en in welke tijdzone. Ze knikte; ze herinnerde zich de oproepen die ze had gemist toen ze zich opmaakte voor de meeting met Owen Johnson.

'Ze was naar Leon Ritch gegaan,' zei Jude. 'Hij was dood voordat ze een woord met hem had kunnen wisselen, maar ze vond wel een rapport dat hij had laten samenstellen. Hij was erachter gekomen dat Dillon voor JX Warner had gewerkt, omstreeks dezelfde tijd als de Profeet.'

'Dat wil nog niets zeggen. Jij hebt er ook gewerkt.'

'Er was nog een ander verband. Leon wist van Dillons broer. Hij had foto's, namen – hij had de link tussen de twee gelegd. En hij had het bewijs dat hij achter jouw vaders ongeluk zat.' Zijn ogen ontmoetten de hare. 'Ik vind het heel erg voor je.'

Harry knikte, sloeg haar ogen neer en pulkte aan de grashalmen.

'Hoe dan ook, door dat rapport kon de puzzel worden opgelost.' Zijn mond stond strak. 'Dat had de politie ook kunnen doen als die het dossier had gevonden.'

'Wat bedoel je?'

'Die fijne journalist van jou heeft het voor ze verborgen gehouden. Ze wilde het verhaal naar buiten brengen voordat iemand er een stolp over kon zetten. Als zij dat niet had gedaan, had Dillon gisteren al opgepakt kunnen worden.' Hij gebaarde naar het labyrint. 'En dan was dit allemaal niet gebeurd.'

Harry volgde zijn blik. Een stuk of vijf politiemannen in beschermende pakken liepen het labyrint in, onder regie van een rechercheur die vanaf het panoramabalkon aanwijzingen stond te geven. Een van de politiemannen droeg een stapel ritszakken over zijn arm, alsof hij met een paar kostuums naar de stomerij ging. Jude moest ze ook hebben gezien.

'Lijkzakken,' zei hij.

Harry slikte en sloot haar ogen.

'Dus je kwam me waarschuwen,' zei ze even later.

Hij knikte. 'Iemand moest het doen. Je journalistenvriendinnetje was nergens te bekennen – die zat aan haar artikel te werken. Ik heb haar keer op keer gebeld en talloze berichten achtergelaten, zelfs nog vanaf het vliegveld. Geen respons.'

Ze keek hem recht aan en dacht aan de dikke, ondoordringbare mist en zijn angst om door zoiets heen te moeten vliegen. 'Dank je.'

Hij knikte en weer waren ze even stil. Even later zei hij: 'Hij kon nooit tegen zijn verlies, weet je? Dat was op school al zo. Dillon, bedoel ik. Hij wilde altijd overal de eerste in zijn.'

Harry bestudeerde haar handen. De woorden bleven in haar keel steken.

Jude schraapte zijn keel. 'Dus je hebt dat Sohoran-geld eindelijk te pakken gekregen.'

Harry keek even snel naar de agenten bij het labyrint, en schudde toen haar hoofd. 'Dat heb ik niet tegen de politie gezegd. Ik had gezegd dat er geen geld was.'

'Maar...'

Ze schudde weer haar hoofd en keek hem strak aan. 'Wat heeft het voor zin om ze in te lichten? Met welk doel? Als we nu nog met dat geld aan zouden komen, zouden we mijn vader alleen nog maar meer schade berokkenen.'

Jude keek even bedenkelijk, maar toen scheen het tot hem door te dringen. Hij staarde naar de smeulende heggen.

'Hoeveel was het?' vroeg hij met zachte stem.

'Vijftien miljoen euro.'

Hij floot even en leunde op zijn ellebogen in het gras. Harry voelde de spanning langzaam maar zeker van zich afglijden. Ze dacht aan dat mistroostige Arbour Hill en aan de gevangenen met hun veroordeelde ziel. Ze dacht aan de verende tred van haar vader die dit alles achter zich kon laten. Misschien was het niet slim om tegen de politie te liegen, maar ze wist zeker dat ze hem nooit wederom achter die tralies zou laten belanden. Dan liep ze liever het risico dat ze nog iets zouden terugvinden in die asresten van dat labyrint; wat haar betrof had haar vader niets meer te verbergen.

Maar ze had zich geen zorgen hoeven maken over hoe ze haar vader kon beschermen. Een paar weken later vernam ze van de artsen dat zijn overlevingskansen nihil waren.

54

Hij werd alleen nog maar in leven gehouden door apparaten. 'Hoe lang kunnen ze hem op die manier in leven houden?' vroeg Miriam.

Harry kon daar geen antwoord op geven. Ze zaten samen aan het bed van haar vader; Amaranta was even een luchtje scheppen. Ze spraken op fluisterende toon, maar inwendig wilde Harry schreeuwen.

Al wekenlang probeerde de arts hem van de beademing af te krijgen. Dag in dag uit moest hij de beproeving van een halfuur doorstaan om zonder hulp adem te halen, maar elke keer had hij signalen gegeven dat hij stikte en moest hij weer op het apparaat worden aangesloten.

De dienstdoende verpleegster had hun geadviseerd om niet bij deze behandelingen aanwezig te zijn. Harry vermoedde dat ze iets van de spanningen in hun gezin had opgepikt en dat ze had aangevoeld dat zoiets nadelig voor haar patiënt zou kunnen uitpakken. Harry vond het niet erg. Hoe had ze het kunnen verdragen om haar vader te zien vechten voor zuurstof, terwijl zijn middenrif te zwak was voor die moeizame ademtochten? Hoe kon ze aanzien dat hij daar lag te stikken?

Ze staarde naar zijn frêle gestalte. Zijn armen lagen recht langs zijn zij en het beddengoed was keurig gladgestreken. Hij leek gekrompen en nog maar zo groot als een pop, maar wat Harry nog het meest opviel was de mechanische beweging van zijn borstkas.

Ze slikte de prop in haar keel weg. Dus dat was het verschil tussen leven en dood: het rijzen en dalen van een vrijwillige ademhaling. Haar ogen prikten en ze keek snel opzij.

'Denk er maar niet aan,' zei Miriam zachtjes. 'Dat is de enige manier om hier doorheen te komen.'

Harry keek naar haar. Haar moeders huid zag asgrauw. Ze staarde naar haar echtgenoot, met opgeheven kin en rechte rug. Had haar moeder dit zo haar hele leven gedaan, door er maar niet aan te denken?

Harry boog zich naar haar toe en gaf haar arm een kneepje. Ze kreeg geen reactie. Ze liet haar hand vallen en stond op, liep naar de deur om het estafettestokje aan Amaranta over te geven. Ze liep weg zonder haar vader nog aan te raken. Dat had te veel op een afscheid geleken.

De ellende met het beademingsapparaat duurde nog enkele weken.

Bezoekers kwamen en gingen; een eindeloze stoet van vrienden en buren die hun medeleven kwamen betuigen. Harry herkende bijna niemand, maar ze spraken haar moeder allemaal met haar voornaam aan. Al dit sociale verkeer leek haar moeder op te beuren en ze accepteerde hun steunbetuigingen met gepaste gratie. Harry was de enige die haar goed genoeg kende om het beven van haar handen op te merken.

Jude kwam elke dag naar het ziekenhuis. Zijn arm zat nog steeds in een mitella, maar de wonden op zijn gezicht waren al aan het genezen. Hij kwam nooit zomaar binnenvallen, maar bleef altijd op de gang staan, alsof hij haar wilde laten weten dat hij er was mocht ze hem nodig hebben. Harry wist niet meer wat ze nodig had. Het enige waar ze nog zeker van was, was dat ze niet langer in heroïek geloofde.

Ook Imogen kwam haar opzoeken. Ze zag bleek en geschokt; waarschijnlijk was ze nog altijd aan het bijkomen van de waarheid omtrent Dillon. Zij had ook een held verloren, op een bepaalde manier. Ze had een krant meegenomen met het artikel van Ruth Woods waarin de financiële doopceel van Dillon werd gelicht. Hij verkeerde al geruime tijd in zwaar weer. Zijn ambitieuze strategie om andere beveiligingsbedrijven op te kopen en te laten fuseren met Lúbra was mislukt. Hij had te veel betaald voor de bedrijven die hij had opgekocht en toen zijn geld op was had hij zijn aankopen gefinancierd met leningen die hij niet kon aflossen. De meeste van deze bedrijven waren nu geen cent meer waard en zijn crediteuren hadden gedreigd met faillissementsaanvragen. Zo te zien was Dillon beter geweest in handel met voorkennis dan een legitieme business.

Toen Ashford zich meldde bevroor Harry ter plekke. Ze zag hoe hij de hand van haar moeder vastgreep. Ze had de politie niets verteld over de link die ze tussen Ashford en Leon had gelegd. Ze had per slot van rekening alleen maar een naam. Ze zag haar moeder tegen haar tranen vechten en vroeg zich af wat ze moest voelen. Hoe zou haar moeder reageren als Ashford ook in de gevangenis terechtkwam? Ze keek naar Miriam, die zich weer had hersteld, en vermoedde dat haar moeder zich wel zou redden. Wat er ook gebeurde.

Ashford kwam met uitgestoken hand op Harry af. Ze beet op haar lip. Hij stond nu vlak voor haar, zijn haar uitgewaaierd als tandfloss. Ze had geen enkel bewijs dat Ashford haar schade had willen berokkenen. Het enige wat ze wist was dat hij een vriend van haar vader was. Ze keek in zijn grote, droevige ogen en stak langzaam haar hand uit.

Na zeven weken oefenen met het beademingsapparaat was er nog steeds geen vooruitgang te bespeuren. Bij de laatste poging had haar vader een hartstilstand gekregen en hij was zichtbaar verzwakt.

Harry raakte zijn vingers aan. Ze waren warm, maar reageerden niet. Ze keek naar het vel papier dat haar moeder vasthad, waarop in vette letters NR stond geprint. De verpleegster had het enkele ogenblikken geleden afgegeven zodat ze het kon tekenen en de arts had uitgelegd wat het betekende.

Hij had het over hart- en longstilstand gehad, de organen opgesomd die bij haar vader niet meer werkten. Hij zei dat het beademingsapparaat het sterfproces voor sommige patiënten alleen maar verlengde. Ze hadden het zonder iets te zeggen aangehoord. Zelfs Amaranta had gezwegen.

Uiteindelijk had de arts op zachte toon gezegd: 'Het kan ervan komen dat u het niet langer nodig acht om hem te reanimeren.'

NR. Niet Reanimeren.

Harry's gedachten vielen stil.

Als zijn hart het weer zou begeven, zouden ze niet meer proberen om hem terug te halen. Geen heroïsche maatregelen.

Harry kneep in haar vaders hand en keek de ziekenhuiskamer rond, met al die buisjes en piepende monitors. Ze dacht aan alles wat ze van haar vader had geleerd en aan alle plaatsen waar hij haar mee naartoe had genomen. Deze steriele kamer had niets te maken met de man die hij ooit was geweest.

Haar moeder zat nog steeds met het formulier in haar handen geklemd. Zou ze het ondertekenen, en daarmee zijn doodvonnis vellen? Harry kneep haar ogen stijf dicht. Hoe zou ze het ooit kunnen verdragen om haar vader te begraven?

'Mam?'

Harry deed haar ogen open. Amaranta had haar hand op haar moeders arm gelegd en maakte een gebaar naar het formulier. Miriam draaide zich om naar Harry; er stond een vragende blik in haar ogen. Harry slikte en schudde haar hoofd.

Langzaam vouwde haar moeder het vel papier op en stopte het ongetekend in haar tas. Toen pakte ze haar dochters bij de arm. Eerst Harry, toen Amaranta. Harry keek haar verbaasd aan en greep toen met dichtgeknepen keel haar hand. Zo hielden ze elkaar vast, terwijl ze naar het apparaat keken dat haar vader in leven hield. Op dat moment besefte Harry iets wat ze al lang geleden had moeten beseffen. Haar vader was geen oplichter en hij was ook geen held. Uiteindelijk was hij maar gewoon een mens.

Daarna trok Harry een poosje bij haar moeder in, in het huis dat ooit haar thuis was geweest, en ze wist niet zeker wie wie troostte. Haar vader ademde in en uit, in en uit. Toen het ernaar uitzag dat het niet meer zou veranderen, vertrok Harry naar de Bahama's.

55

HARRY STAPTE OP NASSAU AIRPORT uit het vliegtuig; de hitte omsloot haar als een dikke deken. Ze hield een taxi aan voor de aankomsthal en hoopte half dat Ethan erin zou zitten. Niet natuurlijk.

Ze leunde naar achteren. Het trage ritje en de dromerige reggae op de radio hadden een slaapverwekkende uitwerking. Ze staarde naar de vuurrode en feloranje kleuren van het landschap. Twee maanden geleden was ze hier om een bank op te lichten. Nu was ze om heel andere redenen gekomen.

De taxi kroop door het dichte verkeer in Bay Street en reed daarna naar Paradise Island Bridge. De werf lag vol sierlijke witte jachten en een vlucht zeemeeuwen had met ze meegelift. Harry draaide het raam naar beneden. De marktkooplui onder de brug brulden de prijs van het koopje van de dag en de stalletjes lagen volgestapeld met glanzende vissen, gouden bananen en ananassen. Ze ademde de zilte zeelucht in en merkte tot haar verbazing dat het voelde alsof ze thuiskwam.

De taxi zette haar af bij het Atlantis Resort Hotel, waar ze een kamer nam die het Nassau Sands Hotel op een jeugdherberg deed lijken. Nadat ze zich had opgefrist, ging ze naar beneden en liep de grote overkoepelde lobby in. Ze hield de doos in haar handen stevig vast, maakte een rondje door de hal en liep door de ingang het casino in.

Ze aarzelde een ogenblik op de drempel. Het was er druk, al was het nog maar halverwege de middag. Ze hoorde het gerammel van de fichesorteermachines en de rollende balletjes in de roulette. Serveersters liepen af en aan met gratis drankjes, maar Harry wist dat de serieuze gokkers alleen koffie dronken. Ze liep zuchtend langs de speeltafels naar de andere kant van de ruimte.

Voor haar was het loket waar een vrouw van middelbare leeftijd achter een tralieraam bankbiljetten inwisselde voor fiches. Harry nam plaats in de rij achter een man met een cowboyhoed, en legde haar doos alvast op de balie. Ze draaide zich om en keek weer naar de speeltafels.

Vlakbij was een pokerspel aan de gang waar de inzet hoog was en ze zag dat het om nog maar twee spelers draaide: een zakenman met samengeknepen lippen en een pezige Italiaan met een zonnebril. Op tafel lagen een paar azen en een klaver drie. Uit de lichte trekbeweging in de schouders van de Italiaan viel op te maken dat hij waarschijnlijk de derde aas in zijn handen had. Harry draaide zich om en keek naar haar koffer. Ze gleed met haar vingers langs de deuken in het zwarte vinyl. Dillon had er een paar deuken aan toegevoegd toen hij hem over de grond had geschopt, maar voor de rest was haar vaders pokerdoos met fiches nog intact.

Ze drukte haar duimen tegen de roestige slotjes, klikte het deksel open en keek erin. In de uitsparingen in het zwarte fluweel lagen acht stapels met fiches. Twee derde was vuurrood, de rest was gelijk verdeeld tussen gouden en saffierblauwe fiches. Harry haalde er twee vuurrode fiches uit en liet ze ronddraaien tussen haar vingers. Ze bewonderde de zachte parelmoerglans en het klikkende geluid dat ze produceerden. Ze waren groter en ovaler dan de plastic nepfiches die oorspronkelijk in de doos hadden gezeten. Harry gleed met haar duim over het keramieken oppervlak. De naam van het casino stond erin gegraveerd, samen met de waarde. Hij was honderdduizend dollar waard.

Na haar bezoek aan de Rosenstock Bank was ze met haar geldkoffer naar het hotel teruggegaan. Ze had tijd nodig om na te denken. Toen ging ze naar het Atlantis Casino. Rousseau had woedend gereageerd op haar voorstel. Maar zolang ze het bewijs van zijn handel met voorkennis in handen had, wisten ze allebei dat hij geen keus had. Hij had zich bij de manager van het casino garant voor haar gesteld, die verrukt het grootste gedeelte van haar geld voor waardevolle fiches had ingewisseld. Ze hadden er zo veel fiches voor nodig gehad dat het zelfs een heleboel was voor een casino als het Atlantis, en ze hadden de hulp van twee andere casino's moeten inroepen om het tekort aan te vullen. Niemand wilde zo'n topspeler afwimpelen.

Achter haar hapte iemand naar adem en Harry keek om. De croupier aan de pokertafel had de kaart omgedraaid: nog een drie. Er lagen nu twee paar op tafel: twee azen en twee drieën. De Italiaan zat met zijn handen in zijn haar, maar de man in het pak zat zo stil als een hagedis in de middagzon. Harry schatte in dat hij een full house had, met drie azen.

De man met de cowboyhoed was nu aan de beurt bij het loket. Harry schuifelde achter hem aan; ze had nog steeds de fiches in haar hand. Zodra ze een blik op al dat geld had geworpen, had ze geweten dat ze het niet zomaar kon afstaan. Er waren beelden van haar vader door haar hoofd geschoten; zoals hij aan tafel in de gevangenis zijn armen naar haar had uitgestrekt; zijn lichaam doodstil in de ziekenhuiskamer waar hij in leven werd gehouden door buisjes. Ze had hem een reden willen geven om weer bij bewustzijn te komen.

Ze had voor zeven en een half miljoen euro fiches ingewisseld en in haar vaders pokerdoos gestopt. De rest van het geld had ze in contanten bewaard. Ze had de helft van de zwarte koffer van de Rosenstock Bank aangevuld met pakken printerpapier uit het hotel, en de rest van de bankbiljetten in vijf lagen erbovenop gestapeld. Anderhalf miljoen per laag. Bij het bedenken van haar plan had ze er rekening mee gehouden dat ze ergens op een punt zou komen dat de Profeet de koffer had willen openmaken en die bankbiljetten hadden haar extra tijd kunnen verschaffen. Helaas had ze hem nooit in de val kunnen laten lopen, maar dat contante geld had haar waarschijnlijk het leven gered in het labyrint.

Harry staarde naar de fiches in haar hand en liet haar schouders hangen. Ze wilde dat geld niet. Ze had het voor haar vader willen behouden, maar welk nut diende het nu nog? En het zou nooit de leemte kunnen vullen die hij had achtergelaten.

De man met de cowboyhoed was klaar en Harry ging voor het loket staan. Ze dacht na over Judes lesje over marktethiek; hoe die handel met voorkennis het vertrouwen in de integriteit van de markt schaadde. Ze was teruggekomen naar Nassau om haar fiches in te wisselen en het geld terug te geven aan Bureau Fraudezaken. Het was het enige juiste om te doen. Jude zou het ook zo hebben gedaan. En niemand kon haar vader nog kwaad doen.

De vrouw achter het loket tikte met haar pen op de balie en Harry beet op haar onderlip. Wat kon haar de integriteit van de markt schelen? Gedupeerde investeerders zouden echt niet gecompenseerd worden al zou zij het geld teruggeven. Wie wist waar dat geld uiteindelijk terecht zou komen?

Ze zuchtte en wendde zich tot de loketbediende. Die was gestopt met het getik en staarde nu over Harry's schouder.

'Alles of niets.'

Harry draaide zich om. De Italiaan schoof al zijn fiches naar het midden van de tafel. Er zat een hele stapel vuurrode fiches tussen. Harry hield haar adem in. De spelers draaiden hun kaarten om, en de omstanders kreunden. De Italiaan schoof zijn stoel naar achteren, rukte zijn zonnebril af en ijsbeerde op en neer. De man in het pak nam een slokje water.

Harry rekte haar nek om de kaarten te kunnen zien. De man in het pak had een paar azen, waarmee hij een *four of a kind* had. Met die hand was je zo goed als onverslaanbaar. De Italiaan had een klaver twee en een klaver vier. Harry berekende de combinaties in haar hoofd en ze sperde haar ogen wijd open. Met die aas en de drie op tafel had hij maar één kaart nodig voor een *straight flush*; de enige hand waarmee hij dit spel zou kunnen winnen.

Ze voelde de haartjes in haar nek kriebelen. Ze deed een stap in de richting van de tafel. De Italiaan hield op met ijsberen en greep met witte knokkels de rugleuning van zijn stoel vast. De croupier had de *river card* omgedraaid. Even bleef het stil. Harry ging op haar tenen staan, maar ze kon niet zien welke kaart het was. Toen barstte het publiek in gejuich los. De Italiaan stak zijn vuist in de lucht en loeide als een cowboy. Hij viel omstanders om de hals en schudde zijn opponent de hand. Door een opening in het publiek kon Harry de beslissende klaver vijf op tafel zien liggen en ze glimlachte.

Ze wreef over haar tintelende nek. *Het leven is niet veel bijzonders als je je niet om de zoveel tijd flink uitleeft.* De woorden van haar vader weergalmden in haar hoofd en haar hart zwol van trots. Ze draaide zich weer om naar het loket, stopte de fiches weer in haar doos en deed zachtjes de deksel dicht. 'Sorry,' zei ze tegen de loketbediende, 'ik ben van gedachten veranderd.'

Ze liep op de tafel af en nam de lege stoel naast die waar de man met het pak op had gezeten. Ze glimlachte tegen de Italiaan en wreef met haar knokkels over het groene laken voor goed geluk. Toen opende ze haar vaders pokerdoos en zette hem op tafel.